LA FEMME DU SAMOURAÏ

DU MÊME AUTEUR
AUX ÉDITIONS DU ROCHER

Le Tatouage de la concubine, 2007.

LAURA JOH ROWLAND

LA FEMME DU SAMOURAÏ

Une enquête de Sano Ichirô,
grand investigateur du shogun

Traduit de l'anglais (États-Unis) par Nikou Tridon

éditions du
ROCHER

Conseillère d'édition
Racha Abazied

Titre original : *The Samurai's Wife.*

Première édition : St. Martin's Press, 2000.

ISBN 978 2 268 06666 0

Ce livre est dédié aux libraires indépendants qui ont soutenu mon travail, et plus particulièrement à Britton Trice et Deb Wehmeier de *Garden District Book Shop*, à Barbara Peters de *The Poisoned Pen*, à Tom et Enid Shantz de *The Rue Morgue*, à Patsy Asher de *Remember The Alibi* et à Dean James de *Murder by the Book*. Mes sincères remerciements à tous.

Japon

Ère Genroku, an 4, 6e mois

(juillet 1691)

Prologue

Neuf siècles plus tôt, la ville se nommait Heian-kyô, et cette Capitale de la Paix et la Tranquillité avait été fondée pour les empereurs qui gouvernaient le Japon. Depuis longtemps, le pouvoir était passé aux mains des shoguns du clan Tokugawa installés à Edo, leur lointain bastion de l'est, et la capitale s'appelait désormais Miyako – la future Kyôto. Mais les ombres du passé hantaient les lieux et le palais impérial dominait toujours la cité, figé dans l'éternité. Comme si le temps s'y était arrêté, l'empereur et sa cour y résidaient encore, dénués de tout pouvoir et derniers vestiges d'une splendeur révolue. Des siècles de guerres sanglantes, de renversements de régimes et de revers de fortune n'avaient pas effacé les éternels antagonismes, les secrets oubliés et les dangers ancestraux...

Au cœur du palais impérial, une chaude nuit d'été enveloppait le jardin. Le feuillage immobile des érables, des saules, des cerisiers et des pruniers formait une voûte sombre au-dessus des parterres de fleurs et des allées de gravier. La pluie du soir avait cessé, et la pleine lune brillait à travers les nuages vaporeux. L'eau calme de l'étang reflétait la luminosité du ciel. Au centre, sur un îlot, un pavillon rustique se dressait parmi les pins aux troncs tordus, et la lumière d'une lanterne étincelait derrière les croisillons de la fenêtre.

À l'ouest de ce jardin se trouvaient les résidences, les salles de cérémonie, les bureaux, les entrepôts et les cuisines de la famille impériale. Leurs toits de tuiles miroitaient sous les rayons argentés de la lune. Dans une allée entre deux bâtiments, une seconde lanterne apparut, tenue par la main du « ministre de la gauche », le plus haut fonctionnaire de la cour.

Il s'approcha de l'étang qu'il longea à grands pas pour rejoindre le pont de pierre reliant l'îlot. Un voile de chaleur moite embrumait l'atmosphère et les lucioles clignotaient faiblement, comme si l'humidité ambiante atténuait leur éclat. Près d'une petite cascade, les coassements rythmés des grenouilles se détachaient sur le fond sonore du chant mêlé des cigales et des grillons. La lanterne projetait l'ombre de la haute silhouette du ministre de la gauche qui était vêtu dans le style impérial archaïque – les pantalons larges et la veste courte dont les longues basques traînaient à terre. Sous son chapeau noir à larges bords, elle éclairait le visage cireux d'un homme d'âge moyen, qui avait hérité des sourcils arqués et du nez hautain de la lignée d'ancêtres qui s'étaient succédé à son poste. Un sourire flottait sur ses lèvres. Il suivait l'allée bordée d'arbres vers son rendez-vous secret et, plein d'impatience, il pressa le pas en aspirant de grandes goulées d'air nocturne.

L'arôme entêtant des lis masquait les effluves marécageux de l'étang et les lourdes odeurs estivales de terre et d'herbe humides, d'excréments et d'égouts. Aussi enivrant que les bouffées odorantes de la nuit, un sentiment de bien-être le grisait. Il se sentait plein de vie et d'énergie, et pouvait à présent regarder derrière lui toutes ces années de tourments avec détachement.

Quinze ans plus tôt, un malheureux concours de circonstances l'avait condamné à servir deux maîtres à la fois. Sa naissance l'avait placé dans une position située au cœur des affaires du palais, et il était au courant de tout ce qu'il était important de savoir sur les cinq mille résidents de la cour. Mais un crime commis sous le coup de la passion l'avait rendu vulnérable face à des personnes extérieures, et ses deux plus grandes qualités – son intelligence et son art de la manipulation – lui avaient permis de vivre dans les deux mondes : esclave impuissant dans l'un, isolé de sa famille, de ses amis et de ses collègues dans l'autre. Pendant ces quinze années, il avait agi comme un acteur jouant deux rôles opposés, mais il avait maintenant retrouvé le pouvoir de forger son propre destin, et il était sur le point de réunir ces mondes en se plaçant à leur tête.

Cette nuit allait lui donner un avant-goût des récompenses qui l'attendaient. La lumière qui brillait dans le pavillon attisa son impatience et lui fit encore accélérer sa marche, tandis qu'une vague de désir accentuait sa sensation de toute-puissance. Certes, l'avenir n'était pas dénué d'incertitudes et de dangers, mais il était galvanisé par l'assurance de voir bientôt se réaliser ses plus hautes ambitions et ses plus profondes aspirations. Tout était prêt, et il allait fêter par avance son triomphe.

Le long de l'allée, un bosquet de bambous se mit à bruire sans qu'il y ait le moindre souffle d'air. Surpris, il s'arrêta. Pensant qu'il s'agissait d'un animal inoffensif, il continua son chemin, mais le bruissement le suivit. En entendant des pas, il fronça les sourcils, contrarié et perplexe.

Les membres de la famille impériale, dont la vie était réglée par la tradition, s'aventuraient rarement dehors aussi tard. Et, pour garder son rendez-vous secret, il avait donné des ordres interdisant à quiconque de pénétrer dans le jardin ce soir-là. Qui avait osé lui désobéir ?

À contrecœur, il s'arrêta de nouveau. Il ne lui restait qu'une centaine de pas jusqu'au pont et, de l'autre côté de la surface argentée, la lanterne du petit pavillon semblait lui faire signe. Il scruta l'épais fourré de bambou.

– Qui est là ? demanda-t-il. Montrez-vous !

Pas de réponse. Le feuillage ne bougeait plus. Furieux, le ministre de la gauche s'avança vers l'importun.

– Je vous ordonne de sortir immédiatement !

Un brusque changement dans l'atmosphère le fit s'arrêter à quelques pas du bosquet. La nuit parut soudain chargée d'énergie et son corps se mit à vibrer silencieusement. Le chant strident des insectes s'estompa à la lisière de sa conscience, et l'obscurité pâlit autour de lui. Sa peau frissonna et son cœur se mit à battre très fort, sourdement. Il sentit la volonté de l'être dissimulé dans les bambous se resserrer autour de lui et une peur irraisonnée le saisit. Des gouttes glacées ruisselèrent sur son visage, et ses muscles faiblirent.

Il ne pouvait s'agir que d'un parent de l'empereur, d'un membre de sa suite, d'un serviteur, ou d'un courtisan – bref, d'un simple mortel. Mais, dans l'esprit du ministre de la gauche, l'étrange énergie donnait à l'intrus une taille gigantesque. Il l'entendait aspirer d'énormes goulées d'air.

– Qui êtes-vous ? répéta-t-il d'une voix qui lui parut faible et craintive. Que voulez-vous ?

Même si cette présence anonyme n'avait encore rien dit et rien fait, elle était clairement malintentionnée. En entendant s'accélérer le bruit de l'inquiétante respiration, il fit demi-tour et s'enfuit. Le jardin était clôturé au nord et au sud par une palissade et, à l'est, un mur en pierre le séparait des résidences de la noblesse de la cour. Des salles d'audience vides, verrouillées la nuit, l'empêchaient de rejoindre l'abri du palais. Il n'y avait d'autre refuge que le petit pavillon sur l'île. Le ministre de la gauche voulut courir vers la lumière de sa fenêtre qui lui promettait aide et sécurité, mais ses jambes se mouvaient maladroitement, et la pesanteur de son corps lui donnait l'impression de vivre un cauchemar. Il trébucha et lâcha sa lanterne. Ses vêtements lourds et encombrants entravaient ses mouvements. Derrière lui, tout près, il entendait le souffle rauque et impatient de l'horrible poursuivant dont la volonté soumettait son esprit en étouffant son courage.

– Au secours ! cria-t-il d'une voix étranglée.

Il regrettait maintenant d'avoir interdit l'accès du jardin ce soir-là, et il réalisa qu'il ne pouvait compter sur le soutien de la personne qui l'attendait sur l'îlot.

Alors qu'il luttait de toutes ses forces pour s'échapper, la terrible énergie se referma sur lui comme une bulle. Il fit quelques zigzags désespérés, mais la vibration le suivit, et la faiblesse de ses muscles s'intensifia. Il jeta un coup d'œil derrière lui et, dans une sorte de halo, il entrevit une silhouette indistincte avançant vers lui. Son cœur battait à tout rompre et ses poumons n'arrivaient plus à inspirer suffisamment d'air. En arrivant au pont, il sentit ses forces l'abandonner. Tombant à genoux, il se traîna par terre en s'écorchant les mains sur les aspérités du sol. Le martèlement des pas de l'intrus se rapprochait. Une fois sur l'île, il rampa sur l'herbe jusqu'au pavillon et s'agrippa à la balustrade de la véranda pour se relever. Les trois marches menant à la porte se dressaient devant lui comme d'imposantes falaises. Derrière la fenêtre, la lanterne brillait, symbole narquois de ses espoirs anéantis. Il se tourna pour faire face à son poursuivant.

– Non ! haleta-t-il en levant les mains pour tenter de se protéger. Non ! Je vous en prie !

La silhouette s'arrêta à quelques pas de lui. La respiration bruyante s'interrompit. Des ondes de panique parcoururent le corps du ministre de la gauche affolé par le brusque silence. Dans l'ovale flou du visage de son poursuivant, la bouche s'ouvrit sur une béance encore plus sombre que l'obscurité nocturne. L'air s'y engouffra.

Et, soudain, un cri assourdissant déchira la nuit, montant du plus grave au plus aigu. L'horrible voix inhumaine foudroya le ministre de la gauche. Les notes graves grondèrent en lui avec la force d'un tremblement de terre. Dans ses bras et ses jambes, des claquements semblables à des coups de feu jaillirent le long de ses os. Alors qu'il hurlait de douleur, il sentit ses tendons se rompre dans un mélange d'épouvante et de stupéfaction.

« Dieux miséricordieux, quel est ce maléfice ? »

À mi-chemin des aigus, le cri fit bouillonner dans ses entrailles un liquide en feu et résonna dans son cœur qui se mit à enfler dans sa poitrine en battant de plus en plus vite. Ses poumons gonflés n'arrivaient plus à respirer. Il s'écroula en se tordant de douleur. En montant de plus en plus haut, le cri électrisa ses nerfs et des convulsions secouèrent son corps. Juste avant que la souffrance n'engloutisse sa raison, il comprit qu'il n'irait pas à son rendez-vous. Et que ses rêves ne se réaliseraient jamais.

Dans le corps du ministre de la gauche, tout explosa. Un sang brûlant jaillit dans sa gorge, remplit ses oreilles, étouffa sa respiration et l'aveugla. Les vibrations du cri s'intensifièrent jusqu'à ce que son cerveau explose dans un cataclysme de lumière chauffée à blanc.

Puis la mort anéantit la terreur, la souffrance et la conscience.

Le cri résonna dans toute la ville avant de s'éteindre. Il y eut une pause dans les bruits habituels de la nuit et, pendant un long moment, le temps parut suspendu dans un silence de mort. Puis des portes s'ouvrirent bruyamment, des lampes s'allumèrent derrière les fenêtres, et le palais s'anima, rempli de clameurs et de pas précipités. Des torches portées par des gardes convergèrent vers le jardin impérial.

Un souffle éteignit la flamme de la lanterne dans le pavillon. Une silhouette se glissa silencieusement dans le jardin et, ombre parmi les ombres, se fondit dans la nuit.

1

Au premier étage d'une boutique de Nihonbashi, un quartier commerçant d'Edo, Sano Ichirô était posté près d'une fenêtre. Le *sôsakan-sama* du shogun – le grand investigateur chargé d'enquêter sur les événements, les situations et les personnes – assurait une discrète surveillance avec son adjoint Hirata dans cette petite pièce mansardée. À travers le store, tous deux scrutaient la rue du Tabac – une rue bordée de magasins et d'entrepôts de tabac, de restaurants et de maisons de thé. À l'approche du crépuscule, les silhouettes noires des toits pointus se découpaient sur le ciel rose de cette soirée d'été. Cette rue très animée dans la journée n'était plus qu'une succession de façades aveugles dont les devantures étaient dissimulées par des panneaux coulissants. À chacune de ses extrémités, des lanternes étaient allumées au-dessus des deux grands portails d'entrée, et toute la ville résonnait de sa musique nocturne habituelle – aboiements des chiens, hennissements des chevaux, bruits de ferraille des chariots d'excréments et tintements de cloches des temples. Le seul signe d'activité venait du Restaurant de la Bonne Étoile, un minuscule établissement coincé entre deux boutiques de l'autre côté de la rue. De la lumière brillait derrière les barreaux de sa vitrine et de la fumée s'échappait de sa cuisine.

– Le service du soir est fini depuis longtemps, mais je sens qu'on y fait cuire du poisson, dit Sano.

Hirata hocha la tête.

– Elle attend sûrement quelqu'un.

– Espérons que c'est notre homme !

Reiko était là, elle aussi, près des balles de tabac odorant. Les tons pastel de sa tenue d'été étaient éclairés par la faible lumière venant de la fenêtre et de la lucarne ouverte. Petite et mince, l'épouse de Sano avait vingt et un ans. Ses longs cheveux étaient ramenés en chignon et ses yeux brillaient comme de grands pétales noirs. Depuis leur mariage à l'automne précédent, il avait bravé les convenances en lui permettant de l'aider dans ses enquêtes[1]. Tous deux savaient bien qu'une épouse normale aurait dû attendre son mari à la maison, mais Sano avait fini par reconnaître que Reiko pouvait interroger des témoins et découvrir des preuves dans des lieux où un homme ne pouvait accéder. Venue assister à l'heureux dénouement de cette enquête, Reiko rejoignit Sano et Hirata à la fenêtre, et son ravissant visage aux traits délicats se tendit, aux aguets.

– J'entends venir quelqu'un, dit-elle.

En bas, un vieil homme arriva dans la rue en traînant les pieds, appuyé sur une canne. La lanterne du portail éclaira ses fins cheveux blancs ébouriffés et le kimono en loques qui couvrait son corps voûté.

– C'est lui, le Lion du Kantô ? s'exclama Reiko d'une voix que la surprise avait fait monter d'un cran.

Le célèbre seigneur du crime commandait une bande de brigands qui détroussait les voyageurs, exploitait des tripots et des bordels clandestins, et rançonnait les commerçants dans tout le Kantô, la région autour d'Edo.

– Je m'attendais à voir quelqu'un de plus impressionnant ! ajouta-t-elle.

– Le Lion ne se déplace que déguisé, et très peu de gens connaissent sa véritable apparence, lui rappela Sano. C'est une des ruses qui lui ont permis de ne pas être pris pendant si longtemps.

Il utilisait aussi d'autres moyens, comme soudoyer la police pour qu'elle ne s'intéresse pas à ses activités, tuer ses ennemis et se déplacer constamment. Toutes les tentatives des policiers de Sano pour infiltrer la bande s'étaient soldées par un échec, et leurs informateurs avaient refusé de parler. Reiko avait alors fait appel à son propre réseau de renseignements, constitué d'épouses, de parentes et de servantes des clans de samouraïs les plus puis-

1. Voir, du même auteur, *Le Tatouage de la concubine. (N.d.E.)*

sants, qui recueillait les potins et propageait les nouvelles et les rumeurs. Elle avait ainsi appris que le Lion avait une maîtresse – la veuve qui tenait le Restaurant de la Bonne Étoile. Au cours d'une surveillance qui avait duré un mois, les policiers de Sano avaient remarqué que des hommes d'aspects divers lui rendaient régulièrement visite le soir, après la fermeture. Persuadé qu'il s'agissait du Lion se dissimulant sous des déguisements, Sano avait organisé un guet-apens et fait de ce débit de tabac son quartier général.

– Si ce vieil homme que nous allons arrêter est bien le Lion, nous vous devrons une fière chandelle ! dit-il à Reiko.

Sano sentit une vague d'excitation et d'anxiété le traverser. Mais, tout en brûlant de mettre un terme au règne de ce criminel, il s'inquiétait pour Reiko. Il aurait préféré la savoir en sécurité à la maison, même si elle ne courait aucun risque en se contentant de regarder par la fenêtre.

Une autre personne guettait d'une autre fenêtre, sous le toit de tuiles d'une belle demeure à colombages. Dans le salon bien éclairé de l'étage, le chambellan Yanagisawa avait une excellente vue sur la rue du Tabac, le Restaurant de la Bonne Étoile, et la boutique où Sano se cachait avec sa femme et son adjoint. Il portait une tunique métallique sur ses vêtements de soie, et un casque orné de cornes dorées encadrait son beau visage. Aspirant la fumée d'une longue pipe en argent, il savourait son plaisir à l'avance.

– Tu es certain qu'ils y sont ? demanda-t-il en se tournant vers son adjoint, Aisu, accroupi sur le tatami.

– Oui, Honorable Chambellan.

Aisu était âgé de quelques années de plus que Yanagisawa qui avait lui-même trente-trois ans. C'était un homme svelte et gracieux, toujours tendu et prêt à l'action, malgré ses yeux aux paupières tombantes et sa voix traînante qui lui donnaient un air endormi.

– Je suis monté sur leur toit et, par la lucarne, j'ai vu Sano, sa femme et Hirata. Six policiers sont en bas dans la boutique, et la fenêtre latérale est ouverte, lui confirma Aisu avec un grand sourire. Je crois que le dispositif est parfait. Votre plan est brillant, Honorable Chambellan !

– Aucun signe de présence du Lion ?

Aisu secoua la tête.

– Est-ce que tout est prêt ? demanda Yanagisawa.

– Oui, bien sûr ! répondit Aisu en tapotant un gros sac en toile posé sur une table.

– Le moment est crucial, lui rappela Yanagisawa. As-tu bien transmis mes ordres aux hommes ?

– Oui, tout le monde est en place.

– Quelle chance j'ai eue de pouvoir connaître les plans de Sano à temps pour intervenir ! s'écria le chambellan.

Un sourire suffisant incurva sa bouche.

Le jour même, il avait reçu de son espion infiltré chez Sano un message lui décrivant l'embuscade. Il avait aussitôt mis sur pied son propre plan et réquisitionné la demeure d'un riche marchand de tabac comme poste d'observation. S'il réussissait, il assisterait bientôt à la ruine de son rival et les infortunes de son passé prendraient fin.

Tout jeune, Yanagisawa était devenu l'amant du shogun Tokugawa Tsunayoshi. Son influence sur cet être faible lui avait permis d'obtenir le poste de chambellan qui faisait de lui le véritable dirigeant du Japon, en lui donnant un pouvoir quasi absolu. De son côté, Sano, un homme cultivé et maître en arts martiaux, était le fils d'un simple rônin. Initialement commissaire principal dans la police, il avait été promu au poste de *sôsakan-sama*. Très estimé du shogun, il dirigeait maintenant une équipe d'une centaine de policiers et avait acquis de l'influence sur le *bakufu*, le gouvernement militaire du Japon. De fait, le chambellan se heurtait à l'opposition de Sano chaque fois qu'il proposait des mesures politiques à Tokugawa Tsunayoshi et au Conseil des Anciens, qui avaient parfois tendance à suivre les conseils de son rival, et à négliger les siens. Ses exploits audacieux avaient porté ombrage à l'amour-propre de Yanagisawa, en lui donnant terriblement envie de goûter aux aventures d'une enquête policière. Et ces mêmes exploits lui avaient souvent occasionné de graves ennuis.

Une affaire de double meurtre avait permis à Sano de découvrir un complot contre le régime Tokugawa et, en sauvant la vie du shogun, il avait obtenu son poste au château d'Edo. Au cours de son enquête sur l'affaire Bundori, lorsqu'un fou avait terrorisé la ville avec une épouvantable série d'assassinats, le chambellan pris en otage par le meurtrier avait failli perdre la vie. L'année précédente, Yanagisawa avait exilé Sano à Nagasaki, mais celui-ci était revenu en héros. Et un dernier drame s'était produit quand Sano, qui enquêtait sur l'empoisonnement d'une concubine du shogun, avait provoqué la mort de l'amant du chambellan.

Yanagisawa ne supportait plus de voir Sano et Reiko heureux ensemble. En se débarrassant d'eux cette nuit, il allait enfin mettre un terme aux rivalités et aux humiliations. Et, en prime, il s'approprierait la réputation de grand policier de son vieil adversaire.

Un mouvement dans la rue attira son attention. Raccourcie par la perspective, la silhouette d'un vieil homme appuyé sur une canne passa sous sa fenêtre. Yanagisawa fit signe à Aisu qui s'approcha sans faire de bruit. Ils regardèrent le vieil homme se diriger vers le restaurant.

– Vas-y ! ordonna Yanagisawa.

– Oui, Honorable Chambellan.

Aisu empoigna son sac en toile et disparut silencieusement.

– Regardez ! Il s'arrête ! s'exclama Reiko à voix basse.

Le vieil homme frappa à la porte du restaurant avec sa canne. Elle s'ouvrit et il disparut à l'intérieur.

– Allons-y ! dit Sano à Hirata.

Et il ajouta en se tournant vers Reiko :

– On revient tout de suite !

– Je viens avec vous ! lança-t-elle, les yeux brillant d'excitation, en relevant sa manche pour lui montrer la dague qu'elle avait fixée à son bras.

Consterné, Sano se figea sur place. Le même problème revenait toujours dans leur association : elle voulait en faire plus qu'il ne pouvait le lui permettre. Elle n'avait pas peur d'aller là où une femme respectable ne peut pas se montrer et ne craignait pas de s'exposer au blâme de la société et de risquer sa vie pour leurs enquêtes. Sans cesse, le besoin qu'avait Sano de son aide rivalisait avec son désir de la protéger. Il comprenait son tempérament aventureux, mais craignait que l'aspect non conventionnel de leur mariage ne provoque le scandale et la disgrâce.

– Non, il n'en est pas question ! Vous m'avez promis que vous vous contenteriez de regarder si je vous laissais venir.

Reiko faillit protester, puis renonça d'un air résigné. Les promesses entre eux étaient sacrées et elle devait tenir parole.

Sano et Hirata dévalèrent l'escalier. Dans la pénombre de la boutique, les six policiers qui attendaient devant les coffres de tabac se mirent au garde-à-vous.

– Le Lion est entré dans le restaurant, dit Sano. Nous allons l'encercler et...

Il y eut un choc au plafond, comme si un objet venait de tomber sur le plancher de l'étage, et le bruit d'une explosion sourde, suivi d'un cri.

– Qu'est-ce que c'est ? s'écria Hirata.

– Reiko !

Le cœur serré, Sano se rua vers l'escalier.

Un projectile gros comme le poing passa par la fenêtre, atterrit à ses pieds, et explosa dans un nuage de fumée. Des émanations sulfureuses envahirent la boutique en lui brûlant les yeux. Une quinte de toux contracta sa poitrine et, à travers l'épaisse fumée, il entendit ses hommes tousser et s'agiter dans la pièce.

– C'est une bombe ! hurla l'un d'eux.

– Par ici ! cria Hirata.

Sano entendit Reiko l'appeler, mais il ne voyait même plus l'escalier.

– Ne descendez pas, Reiko ! hurla-t-il. Mettez-vous à la fenêtre !

Il se précipita dehors et la vit se glisser le long d'un des deux piliers en bois du balcon. Des nuages de fumée tourbillonnante s'échappaient de la fenêtre et de la lucarne. En haletant et en suffoquant, Sano tendit les bras et saisit Reiko, secouée elle aussi par des quintes de toux. Une cloche se mit à sonner dans une tour de guet contre les incendies située à proximité. En portant sa femme dans ses bras, Sano courut en titubant dans la rue pour retrouver un peu d'air pur. Devant la foule qui s'était rassemblée, une brigade de pompiers portant leurs tuniques en cuir et leurs casques arriva avec des seaux d'eau.

– N'y entrez pas ! leur cria Sano. Ces fumées sont nocives !

Des exclamations s'élevèrent de la foule. Les pompiers défoncèrent les portes de la boutique et lancèrent de l'eau à l'intérieur tandis que Sano et Reiko s'effondraient par terre. Les policiers les rejoignirent, sauf Hirata qui entra en titubant dans le restaurant, puis ressortit.

– Il n'y a personne à l'intérieur ! Le Lion s'est échappé.

Sano jura à voix basse et se tourna vers Reiko.

– Ça va ?

Soudain, des cris et des martèlements de sabots dispersèrent la foule.

– Oui, je n'ai rien.

Secouée de quintes de toux et de haut-le-cœur, elle leva le doigt.

– Regardez !

L'homme qu'ils avaient vu entrer dans le restaurant courait dans la rue. Il n'était plus voûté et n'avait plus les cheveux blancs, mais se tenait droit et était chauve. Son kimono en loques s'ouvrit et vola autour de lui, dévoilant des bras et une poitrine musclés, et des jambes couvertes de tatouages bleus – le signe distinctif de la pègre. Des cavaliers portant la triple rose trémière des armoiries Tokugawa le poursuivaient au galop. Fou de terreur, son visage au nez épaté rugit en montrant les dents – une grimace qui lui avait valu son surnom.

– C'est le Lion ! s'écria Hirata.

Sano tourna la tête vers d'autres soldats qui chargeaient de la direction opposée.

– Mais d'où viennent-ils ?

Dissimulé par son armure, leur chef projeta sa lance sur le fugitif qui s'affala de tout son long près de Sano. Aussitôt des soldats l'encerclèrent, mirent pied à terre et lui ligotèrent les poignets.

– Vous êtes en état d'arrestation ! cria leur chef.

Sano reconnut instantanément sa voix, et le choc le fit sursauter.

– Le chambellan !

Yanagisawa descendit de son cheval, enleva son heaume et contempla la scène d'un air triomphant. Puis son regard tomba sur Sano et Reiko, et la consternation effaça son sourire. Il s'éloigna en criant à ses soldats :

– Emmenez mon prisonnier à la prison d'Edo !

Dans le salon de sa résidence située dans le quartier des fonctionnaires du château d'Edo, Sano se reposait avec Reiko et Hirata. Ils buvaient une infusion médicinale pour éliminer le poison de leur organisme. Les portes coulissantes étaient grandes ouvertes pour faire entrer l'air frais du jardin. Sano sentait encore le goût âcre de la fumée dans son souffle. Il avait une forte migraine et savait qu'ils avaient de la chance de s'en être sortis vivants.

– Cette histoire dure depuis trop longtemps ! dit-il d'une voix furieuse. Yanagisawa m'en veut depuis mon arrivée au château et cherche sans cesse à m'éliminer.

Pendant l'affaire Bundori, le chambellan avait envoyé un espion qui avait mis Sano sur de fausses pistes et qui avait failli faire échouer le piège tendu au meurtrier. Il avait ensuite échappé de peu à diverses attaques de ses hommes de main.

– L'automne dernier, quand nous enquêtions sur le meurtre de dame Harume, ses intrigues ont failli me détruire, et il me reproche maintenant la mort de Shichisaburô, dont il est entièrement responsable. Depuis le début, il fait tout son possible pour se débarrasser de moi et m'a même exilé !

À Nagasaki, Sano s'était retrouvé mêlé à une affaire politique très délicate après le meurtre d'un négociant hollandais, et il avait failli être accusé de trahison.

– J'ai toléré sa méchanceté pendant deux ans parce que je n'avais pas le choix, continua Sano.

D'après le *bushidô* – la Voie du Guerrier –, critiquer le bras droit du shogun revenait à critiquer Tokugawa Tsunayoshi en personne. S'attaquer au chambellan, c'était s'attaquer au seigneur auquel Sano avait fait serment d'allégeance : un blasphème ! Il s'était donc abstenu de dire ouvertement ce qu'il pensait de lui.

– Mais il est allé trop loin en s'en prenant à Reiko !

– Vous êtes sûr qu'il est responsable de l'attentat à la bombe ? demanda Hirata.

Sano hocha sombrement la tête.

– Son arrivée sur les lieux n'était pas une coïncidence. D'ailleurs, il n'a pas paru surpris de nous y trouver. Il était seulement déçu de nous voir vivants ! Il a dû avoir vent de nos plans et a voulu profiter de la situation.

Un serviteur entra dans la pièce, s'agenouilla et s'inclina.

– Veuillez m'excuser de vous interrompre, maître, mais le shogun veut vous voir tout de suite.

– Que veut Son Excellence ?

– Le messager ne l'a pas dit, mais il a insisté sur l'urgence.

– De toute façon, j'ai quelque chose d'urgent à lui dire, moi aussi !

En se levant, Sano vit l'inquiétude sur les visages de sa femme et de son adjoint.

– Vous avez l'intention de lui parler de Yanagisawa ? s'inquiéta Hirata.

– Je ne pourrai pas résister indéfiniment à ses intrigues et il finira par m'avoir ! Il est temps de le combattre ouvertement.

– Le chambellan va nier tout ce que vous lui reprocherez, lui objecta Reiko. Il vous haïra encore plus si vous le dénoncez au shogun et ça ne fera qu'empirer les choses !

– Elles ne s'amélioreront pas toutes seules si je laisse passer cette occasion !

Sano quitta sa résidence et monta les ruelles bordées de murs et jalonnées de postes de contrôle qui conduisaient au palais du shogun. À son arrivée, des gardes le firent entrer dans la salle d'audience officielle, une longue pièce éclairée par des lanternes de métal suspendues au plafond. Toutes les fenêtres et les portes étaient fermées, et la chaleur était étouffante. Vêtu de ses robes sombres et portant sa coiffe noire cylindrique, le shogun était assis sur l'estrade. Les hommes de sa suite attendaient ses ordres. À sa droite, le chambellan était agenouillé à la place d'honneur, sur le plus haut des deux niveaux inférieurs. Les deux hommes regardèrent en silence Sano qui s'approchait. Le visage doux et aristocratique du shogun fronça les sourcils d'un air songeur, et une sourde hostilité brilla dans le regard sombre de Yanagisawa.

La frustration attisa la colère de Sano : s'il exprimait son mécontentement en présence de son ennemi qui pourrait le contrer, il allait aussitôt perdre le premier round du combat. Mais, s'il attendait pour le faire que Tokugawa Tsunayoshi soit seul, la prochaine agression du chambellan risquait de réussir avant que l'occasion se présente.

– Ah, *Sôsakan* Sano ! lança le shogun d'une voix distante et froide. Venez près de nous, ajouta-t-il en lui faisant signe avec son éventail.

– Merci, Votre Excellence.

Sano s'agenouilla à sa place habituelle, lui aussi sur le plus haut des niveaux inférieurs, mais à gauche du shogun. Il s'inclina devant son seigneur et frissonna d'appréhension. Les choses risquaient de mal tourner, et il pensait savoir pourquoi. Il s'inclina vers Yanagisawa.

– Bonsoir, Honorable Chambellan.

– Bonsoir, répondit Yanagisawa avec une politesse glaciale.

– Je vous ai convoqué d'urgence pour deux raisons très importantes, dit le shogun à Sano. Premièrement, j'ai le regret de vous dire que je suis extrêmement... euh... déçu que vous ne soyez pas parvenu à capturer le Lion du Kantô. Je viens juste d'apprendre que vos hommes et vous étiez ce soir en train de boire et de fumer dans un débit de tabac auquel vous avez... euh... accidentellement mis le feu. Mais, sans que vous le sachiez, le Lion était juste en face, de l'autre côté de la rue ! Votre flagrante incompétence a forcé le chambellan à intervenir personnellement, en montrant la vigilance et l'esprit d'initiative qui vous font défaut.

Sano voyait avec horreur ses soupçons se confirmer : Yanagisawa avait déformé la vérité en s'attribuant le mérite d'avoir résolu l'affaire ! Le shogun n'était pas un dirigeant particulièrement brillant et comprenait souvent mal la situation. Il ignorait l'animosité qui régnait entre Sano et Yanagisawa et croyait beaucoup trop facilement tout ce que lui disait le chambellan. Même si le *bushidô* interdisait à Sano de contredire son seigneur, il lui fallait rectifier cette incroyable déformation des faits.

– Les choses ne se sont pas passées exactement de cette manière, commença-t-il prudemment.

La voix mielleuse du chambellan l'interrompit :

– Voulez-vous dire que Son Excellence se trompe et que vous osez le reprendre ?

C'était effectivement ce que faisait Sano mais, voyant le mécontentement assombrir le visage du shogun, il répondit aussitôt :

– Bien sûr que non ! J'aimerais juste lui donner ma version des événements.

Tokugawa Tsunayoshi le fit taire en levant la main.

– C'est inutile. Le... euh... la vérité saute aux yeux. Vous avez manqué à votre devoir. La confiance que je vous accordais était malheureusement... euh... mal placée.

Cette remontrance imméritée blessa Sano. Comme il était injuste qu'un seul échec, dont il n'était pas responsable, réduise à néant toutes ses réussites passées ! Furieux que Yanagisawa l'empêche de se défendre, il comprit néanmoins qu'insister ne ferait qu'accroître la réprobation de Tsunayoshi. Il inclina la tête.

– Je vous présente mes plus humbles excuses, Votre Excellence.

Submergé par la honte et la peur, il encaissa ce coup porté à son honneur et affronta la perspective de perdre son poste, et peut-être même sa vie.

– Malgré tout, reprit le shogun, j'ai décidé de vous donner une chance d'améliorer votre... euh... votre situation et de retrouver ma faveur.

Cet éventuel sursis réjouit Sano, d'autant plus qu'il perçut une brusque inquiétude sur le visage impassible de Yanagisawa. Il n'était pas définitivement vaincu, comme l'avait visiblement espéré son ennemi.

– Et j'en viens à la seconde raison pour laquelle je vous ai convoqué, dit le shogun.

Il fit un signe de tête à un serviteur qui quitta la salle et revint immédiatement avec un samouraï vêtu d'une tunique cuirassée, dont le plastron portait les armoiries Tokugawa. L'homme s'agenouilla sur le niveau inférieur et s'inclina.

– Voici le capitaine Mori, expliqua le shogun. C'est un émissaire du bureau de mon... euh... de mon *shoshidai* à Miyako.

Contrairement aux autres villes, la vieille capitale n'était pas gouvernée par un daimyô de province – un seigneur féodal –, mais par un représentant spécial, appelé *shoshidai*. C'était toujours un membre du clan Tokugawa, dont le rang et la loyauté méritaient ce poste important.

Après avoir présenté Sano et Yanagisawa, le shogun continua :

– Le capitaine vient juste d'arriver avec d'inquiétantes nouvelles. Euh...

La mémoire ou les mots lui firent défaut, et il fit signe au nouveau venu.

– Répétez-leur ce que vous m'avez dit.

– Il y a seize jours, Konoe Bokuden, le ministre de la gauche impérial, a brutalement perdu la vie, dit le capitaine Mori. Il n'avait que quarante-huit ans et était en bonne santé. Les fonctionnaires de la cour qui ont annoncé sa mort sont restés très vagues sur ses circonstances, et il se peut qu'elle soit due à un acte criminel. Le *shoshidai* a commencé une enquête mais, vu la gravité des faits, il a préféré demander conseil à Edo.

Un espoir teinté d'appréhension surgit en Sano quand il comprit que le shogun allait l'envoyer à Miyako pour enquêter sur ce décès. Cette nouvelle affaire constituait une excellente occasion de restaurer son honneur et sa réputation, mais il ne pouvait partir en laissant le champ libre au chambellan qui risquait de s'en prendre à Reiko et de saper son influence sur Tokugawa Tsunayoshi.

– Même si la mort du ministre de la gauche Konoe est due à un meurtre, ce sont les forces de police du *shoshidai* qui sont chargées d'enquêter sur tous les crimes qui se produisent à Miyako, n'est-ce pas ? dit Sano en essayant de gagner du temps pour retarder l'ordre auquel il ne pourrait désobéir. Puis-je demander à Son Excellence pourquoi cette affaire l'inquiète ?

Certes, la cour impériale occupait une position unique au Japon. L'empereur était vénéré par les Japonais comme un descendant des dieux shintô qui avaient créé l'univers. Lui seul avait le pouvoir de valider officiellement le gouvernement du pays et, quelque quatre-vingt-huit ans plus tôt, l'empereur Go-Yôzei avait donné à Tokugawa Ieyasu le titre de shogun, conférant ainsi une légitimité divine au régime. Mais l'empereur actuel ne jouait aucun rôle dans le gouvernement du Japon et n'avait aucune autorité sur le *bakufu*. De même, à part les tâches courantes associées à la bonne marche du palais, les nobles de la cour n'avaient plus le pouvoir que leurs ancêtres avaient autrefois exercé en coulisse, derrière le trône. La fonction du ministre de la gauche, par exemple, était purement honorifique. Même entourée de mystère, sa mort n'aurait dû éveiller aucun intérêt particulier chez Tokugawa Tsunayoshi qui n'avait jamais mis les pieds à Miyako. Quant au *bakufu*, il avait délégué l'administration des affaires de la cour à ses représentants locaux.

– La situation est plus préoccupante qu'il n'y paraît, *Sôsakan* Sano, soupira sombrement le shogun. Le ministre de la gauche Konoe était un agent secret du *metsuke*.

Le *metsuke* était l'agence d'espionnage des Tokugawa, un service de renseignements qui recueillait des informations dans tout le Japon et qui surveillait les citoyens dont les activités auraient pu menacer leur suprématie. Tout en étant surpris qu'un noble de la cour impériale ait été un espion, Sano ne pouvait pas nier les implications de son éventuel assassinat.

– Il y a quinze ans, le ministre de la gauche Konoe a commis un meurtre, expliqua le capitaine Mori. Il aurait dû être jugé et exécuté, mais nous avons pensé qu'il pourrait nous être utile.

Sano comprit ce qu'il voulait dire : le *bakufu* avait étouffé l'affaire et recruté Konoe pour avoir des informations sur la cour.

– Il se peut que sa mort soit liée à ce crime ou à des conflits dans la cour impériale, ajouta le capitaine.

– Ou à ses missions secrètes d'espionnage, dit Sano en se demandant comment protéger sa famille et ses intérêts s'il s'absentait d'Edo. Le ministre avait peut-être découvert quelque chose de suffisamment grave pour qu'on l'empêche de parler.

Tout au long de son histoire, la cour impériale, même dénuée de tout pouvoir, avait été une source ininterrompue de problèmes, et le *bakufu* la surveillait pour des raisons inhérentes à la nature du gouvernement japonais.

– C'est une affaire sérieuse, Votre Excellence, mais...

– Oui, c'est une affaire très grave et mon régime pourrait être en danger, le coupa le shogun. Voilà pourquoi j'ai décidé de vous envoyer là-bas pour faire la lumière sur la... euh... sur la mort du ministre de la gauche Konoe. Vous devrez résoudre ce mystère et... euh... neutraliser toutes les menaces potentielles.

Sano lança un coup d'œil à Yanagisawa qui avait maintenant le regard opaque qu'il lui connaissait bien et qui lui donna la chair de poule. De toute évidence, il était encore en train de comploter contre lui.

– Je vous remercie infiniment pour votre générosité, dit Sano au shogun. Ma seule inquiétude concerne ce qui pourrait se passer ici en mon absence.

Tandis qu'il cherchait ses mots pour expliquer ses craintes, le shogun insista :

– Mon désir n'est pas de vous voir partir, mais je crois qu'il me faut faire ce... euh... ce sacrifice. Si un... euh... un problème devait survenir en votre absence, votre adjoint pourrait mener les investigations nécessaires.

Sano allait lui dévoiler toute l'histoire de sa relation avec le chambellan et faire appel à sa mansuétude quand Yanagisawa intervint :

– Je trouve votre idée très brillante, Votre Excellence ! commença-t-il en projetant dans sa voix toute la force de sa personnalité, pour la rendre chaleureuse et sincère. Je suis sûr que vous avez pris la bonne décision en envoyant le *sôsakan* Sano à Miyako !

Tsunayoshi le regarda d'un air ravi mais, lorsqu'il se tourna vers Sano, la méfiance assombrit ses yeux. Un sourire se dessina sur les lèvres du chambellan, et Sano perdit le peu d'espoir qui lui restait de convaincre le shogun de mettre un terme aux machinations de son ennemi. Les derniers événements avaient encore renforcé le lien des deux hommes. Le seul moyen pour Sano de retrouver les bonnes grâces du shogun – ou de survivre pour triompher de Yanagisawa – était d'exécuter sa mission en faisant preuve d'une obéissance inconditionnelle et en la réussissant parfaitement.

– J'ai déjà envoyé un messager pour informer les autorités de votre venue, dit le shogun. Allez vite préparer votre départ !

– Oui, Votre Excellence, acquiesça Sano en s'inclinant.

Alors qu'il redescendait les ruelles tortueuses pour rentrer chez lui, Sano pensa aux quinze jours nécessaires pour se rendre à Miyako et aux quinze jours du retour, auxquels il fallait ajouter la durée de l'enquête. Comme la compagnie et les conseils de Reiko allaient lui manquer ! Non, la laisser à Edo, à la merci du chambellan, était impensable, même sous la protection de ses policiers et de son beau-père qui était un homme influent. Soudain, en entrant dans le quartier des fonctionnaires, Sano eut une idée lumineuse. Tout en étant difficile à mettre en œuvre, elle lui parut la solution rêvée et lui remonta aussitôt le moral.

Dans la pièce réservée au bain, Reiko frottait son corps avec un savon au son de riz tandis que deux servantes lui lavaient les cheveux. Puis elle s'allongea dans la baignoire encastrée dans le sol pour se rincer et attendit que l'eau chaude dissolve la tension de ses muscles et calme ses pensées. Mais ses soucis l'empêchèrent de se détendre : la bombe fumigène l'avait terrifiée et elle se demandait pourquoi le shogun avait convoqué Sano.

En travaillant ensemble sur leurs enquêtes, Reiko et son mari étaient devenus plus proches que les couples traditionnels, où le samouraï accomplissait son travail à l'extérieur tandis son épouse tenait la maison. Même lorsqu'ils étaient séparés dans la journée, Reiko et Sano ne perdaient pas le contact qui les unissait, et elle sentait maintenant que les choses ne se passaient pas bien pour lui. Elle aurait voulu pouvoir l'accompagner chez le shogun mais, malheureusement, elle ne pouvait pas suivre son mari partout ni pleinement exercer ses talents. Il lui arrivait parfois de regretter son éducation peu conventionnelle qui était à l'origine de ses insatisfactions.

Elle était l'enfant unique du magistrat Ueda, resté veuf après la mort de sa femme. Il la chérissait tellement qu'il lui avait donné l'éducation normalement réservée à un fils. Elle excellait en lecture, calligraphie, mathématiques, histoire, philosophie, droit, théorie politique, littérature chinoise et arts martiaux. Jeune fille, elle avait rêvé d'une vie pleine d'aventures, méprisant le sort des femmes qui n'existaient que pour se marier, servir leur époux et élever leurs enfants, perpétuellement enfermées chez elles. Heureusement, elle avait échappé à ce destin en épousant Sano. Très réticent au début, il avait fini par accepter qu'elle l'assiste dans son travail, mais elle se retrouvait trop souvent en train de l'attendre à la maison, privée de la liberté et de l'autorité accordées aux hommes.

Se sentant soudain trop nerveuse pour rester inactive, elle sortit de la baignoire. Pendant que les servantes la séchaient avec des serviettes, lui passaient une huile parfumée sur la peau et peignaient ses cheveux, ses pensées se tournèrent vers un autre sujet qui lui occupait l'esprit depuis quelque temps.

Traditionnellement, le devoir le plus important d'une femme était de donner un héritier à son mari. Malgré sa nature peu conventionnelle, Reiko acceptait cette responsabilité, et elle avait envie d'avoir des enfants nés de leur amour. Or une année s'était presque écoulée depuis leur mariage et, même si Sano n'avait jamais abordé le sujet, elle savait qu'il avait très envie d'avoir un fils, et elle commençait à s'inquiéter. Était-elle stérile ?

Enfin, le mois précédent, elle n'avait pas eu ses menstruations. Elle espérait être enceinte, mais n'en avait pas parlé à Sano pour ne pas risquer de le décevoir. Si cela se confirmait, elle lui annoncerait la bonne nouvelle le mois prochain.

À son retour, Sano la trouva assise dans sa chambre, enveloppée dans un peignoir de soie blanche et séchant ses cheveux dans la brise nocturne.

– Alors, qu'est-ce qui s'est passé ? lui cria-t-elle.

Il s'agenouilla près de sa femme et lui raconta comment le chambellan s'était attribué le mérite de la capture du Lion. Quand il lui fit part des remontrances du shogun, le cœur de Reiko se serra, car le coup porté à l'honneur de son mari la blessait elle aussi profondément.

– Mais j'ai la possibilité de redresser la situation, poursuivit Sano en lui relatant la mort du ministre de la gauche. Le shogun m'envoie à Miyako pour enquêter.

En plein désarroi, Reiko eut du mal à apprécier le sursis qui éloignait le désastre. Miyako était si loin ! Ils n'avaient jamais été séparés plus de quelques jours, et un éloignement aussi long lui semblait inconcevable. Des larmes lui montèrent aux yeux, mais elle les refoula. Vu l'importance de cette enquête pour Sano, elle ne devait pas l'importuner avec son chagrin.

Elle se leva en détournant le visage et murmura :

– Il faut que j'aille préparer vos bagages.

Sano lui prit le bras.

– Je voudrais que vous veniez avec moi.

– Quoi ?

La surprise avait fait sursauter Reiko. Les femmes accompagnaient si rarement leur mari en voyage qu'elle n'avait même pas imaginé que ce soit possible. Troublée, elle regarda fixement Sano.

– Vous n'avez pas envie de m'aider dans cette enquête ? lui demanda-t-il en souriant.

– Mais si, bien sûr ! s'écria-t-elle joyeusement en se jetant dans ses bras.

Incapable de contenir son excitation, elle se mit à danser dans la pièce.

– J'ai toujours eu envie de voyager. Quelle merveilleuse aventure !

– Il faut que je vous obtienne un laissez-passer, ce qui risque d'être un peu difficile, l'avertit Sano.

Le *bakufu* limitait les déplacements des femmes pour empêcher les clans de samouraïs d'envoyer leurs familles à la campagne en cas de rébellion. Les laissez-passer n'étaient donc pas faciles à obtenir, mais cet obstacle n'inquiéta pas Reiko. Son éventuelle grossesse non plus. Elle était d'ailleurs contente de ne pas en avoir parlé à Sano, car cette nouvelle aurait pu le faire changer d'avis. Elle se sentait forte et en bonne santé, et ce voyage allait très bien se passer, même si elle attendait un enfant.

– Avec tous vos amis influents, vous pourrez sûrement me l'obtenir !

– Je ne peux pas vous promettre que j'aurai des tâches à vous confier dans cette enquête, la prévint Sano. Les lois et les coutumes habituelles s'appliquent à Miyako, et la cour impériale a en outre ses propres règles particulières. Vous aurez peut-être encore moins de liberté qu'ici !

– Il y aura certainement des choses que je pourrai faire, lança Reiko d'un air insouciant en ouvrant joyeusement une armoire et en sortant des kimonos pour préparer ses bagages. Et je serai avec vous !

– Oui, dit-il d'un ton sérieux et résolu qui la calma instantanément.

Soudain, elle comprit.

– Vous m'emmenez pour que Yanagisawa ne puisse pas me faire de mal en votre absence.

– Et aussi parce que j'ai envie que vous m'accompagniez ! la rassura Sano en se levant et en la prenant dans ses bras.

– Nous résoudrons cette affaire ensemble, dit Reiko pour renforcer sa confiance en lui et sa foi dans leur avenir. Nous serons loin du chambellan suffisamment longtemps pour que vous puissiez restaurer votre honneur et retrouver l'estime du shogun.

2

Un long cortège avançait dans la dernière partie du Tôkaidô, la grande route est-ouest qui reliait Edo à Miyako. Des cavaliers portant des bannières aux armoiries Tokugawa précédaient une troupe de soldats armés de sabres et de lances. Derrière eux, Sano chevauchait à côté du palanquin qui transportait Reiko. Puis venaient les deux policiers que Sano avait emmenés pour remplacer Hirata, qui devait diriger sa brigade en son absence. Les serviteurs portant les bagages marchaient enfin devant les fantassins qui formaient l'arrière-garde.

Au cours de leur voyage, ils avaient traversé des villages et des forêts, longé la mer un moment, franchi des fleuves et des montagnes. Et maintenant, à la fin de l'après-midi du quinzième jour, ils venaient d'entrer dans la plaine de Miyako. Derrière eux, à l'est de la ville, se dressaient les hauteurs dont les sommets disparaissaient dans d'épais nuages et dont les versants boisés étaient voilés de brume. Dans la plaine où l'air était bloqué par les collines du nord et de l'ouest, il régnait une chaleur tropicale très humide. Les mouches bourdonnaient et les moustiques abondaient. Derrière les poteaux indicateurs et le feuillage léger des bambous qui bordaient la route, les rizières d'un vert luxuriant empestaient les excréments humains. Des paysans y menaient des attelages de bœufs noirs. Des hérons se promenaient dans les rigoles d'irrigation et des vols d'oies sauvages traversaient le ciel. Enfermée dans son palanquin, Reiko étouffait malgré les fenêtres ouvertes, et elle agitait un éventail en soie pour se donner un peu d'air. Elle était en nage, épuisée, et les épreuves du voyage avaient terni le charme de son aventure.

Elle connaissait à présent toutes les difficultés qu'éprouvaient les femmes en voyage. La chaleur accablante, les auberges bondées et la nourriture bizarre étaient des problèmes mineurs. Pour obtenir le laissez-passer de Reiko, Sano avait passé une journée à soudoyer des petits fonctionnaires, mais ni ce document, ni son haut rang ne lui avait assuré un passage facile aux postes de contrôle où le *bakufu* surveillait les activités le long du Tôkaidô. Des inspecteurs avaient interrogé Sano en lui demandant pourquoi il avait emmené sa femme, et leurs assistantes avaient fouillé les bagages et la personne de Reiko, cherchant des documents secrets, des armes de contrebande ou de trop grosses sommes d'argent. Et les lois de cette grande route avaient prolongé le calvaire. L'usage interdisait aux femmes de monter à cheval et, pour éviter les mouvements de troupes et les transports de ravitaillement dans tout le pays, les Tokugawa avaient interdit la circulation sur roues, sauf pour les chars à bœufs appartenant au *bakufu*. Les dames devaient donc voyager en palanquin – un moyen de transport lent et inconfortable. Reiko regrettait les dépenses et le retard que sa venue avait imposés à son mari.

– Je suis désolée de vous causer tant de problèmes, lui lança-t-elle par la fenêtre.

– Mais non, je suis content que vous soyez là ! lui répondit-il en baissant tendrement les yeux vers elle.

Il semblait pourtant préoccupé. Reiko savait qu'il avait mal dormi pendant le voyage, même si ses hommes assuraient leur protection. Les assassins du chambellan Yanagisawa avaient déjà réussi à tromper des gardes, et il ne pouvait y avoir de meilleur lieu pour une attaque que cette route, où un meurtre serait mis sur le compte de brigands. Avant de quitter Edo, Sano avait identifié l'espion infiltré dans sa maison, un employé qui avait avoué avoir raconté à Yanagisawa le plan que Sano avait mis en place pour tendre une embuscade au Lion. Reiko se dit qu'il devait redouter de nouveaux actes de sabotage à Miyako.

– Dieux miséricordieux, il fait une chaleur épouvantable ! s'écria derrière eux le policier Marume.

Reiko aimait bien Marume, un homme solidement charpenté qui était un excellent combattant.

– Mais bon, la souffrance est bonne pour l'esprit ! conclut-il avec une bonne humeur à toute épreuve qui le fit éclater de rire.

Puis il lança à son collègue :

– Si j'étais aussi maigre que toi, Fukida-*san*, la chaleur ne me gênerait pas autant.

Reiko jeta un coup d'œil par la fenêtre arrière au policier Fukida, qui avait des yeux soucieux sous son front plissé et paraissait plus âgé que ses vingt-cinq ans. Fils d'un vassal secondaire des Tokugawa, le jeune samouraï avait un penchant pour la poésie. Il récita :

« Tout au long de ce jour, l'été brûle ma peau,
L'air sera frais ce soir près du pont de Sanjô. »

Cette allusion au célèbre ouvrage reliant les deux rives du fleuve Kamo et à la proximité de leur destination ranima l'excitation de Reiko. Dans moins d'une heure, ils seraient à Miyako, et un messager avait été dépêché pour annoncer leur arrivée. Dès que l'enquête commencerait, elle ferait tout pour se montrer utile et ne pas gêner Sano.

La route se terminait devant le Grand Rempart, la haute muraille en terre qui entourait la ville et se dressait comme une forteresse grise derrière les bosquets de bambous. Des toits et des tours de guet contre les incendies dépassaient de son faîte. Reiko se rappela qu'il avait été construit un siècle plus tôt par Toyotomi Hideyoshi, cet homme d'origine modeste qui avait combattu sous les ordres du général Oda Nobunaga et qui avait monté un à un tous les grades de l'armée. Ayant accédé au pouvoir après la mort de son seigneur, il était devenu le maître du Japon et avait reconstruit la capitale ravagée par la guerre pour en faire la cité actuelle[1]. Alors que le cortège se rapprochait, Reiko découvrit la porte Rashômon, l'entrée principale du Grand Rempart. Ses piliers rouges soutenaient des toits à pignons décorés de dauphins

1. Pour en savoir plus sur ce personnage clé de l'histoire japonaise, on peut lire l'essai de Danielle Elisseeff, *Hideyoshi, bâtisseur du Japon moderne* (Fayard, 1986), et la saga historique de Shiba Ryôtarô, *Hideyoshi, Seigneur Singe* (éditions du Rocher, « Série japonaise », 2008). *(N.d.E.)*

dorés, sous lesquels un escalier de pierre pénétrait dans la capitale. Elle avait toujours eu envie de voir le site de tant d'événements historiques et un frisson de plaisir parcourut son corps.

– C'est magnifique ! murmura-t-elle.

Sano lui fit un bref sourire montrant qu'il partageait son sentiment.

Un escadron de soldats traversa le pont de pierre voûté qui enjambait de larges douves. Ils escortaient deux samouraïs à cheval – l'un assez vieux et l'autre beaucoup plus jeune – vêtus de robes de cérémonie noires. Le cortège de Sano fit face à ce comité d'accueil sur l'esplanade pavée située devant le pont, et les deux groupes se placèrent sur des lignes parallèles. Les porte-bannières présentèrent Sano en énonçant son nom et son rang. Deux capitaines des gardes de Miyako annoncèrent en chœur à leur tour :

– L'Honorable Seigneur Matsudaira Moronobu, représentant et cousin de Son Excellence le shogun !

Le samouraï le plus âgé s'inclina devant Sano qui lui rendit son salut.

– Nous sommes heureux de vous accueillir, cria-t-il. Bienvenue dans la capitale impériale !

« Le *shoshidai* Matsudaira ressemble au shogun en plus âgé », se dit Reiko. Il avait les mêmes traits délicats et le même sourire servile et empressé.

– J'ai beaucoup entendu parler de vous, dit-il à Sano, et je regrette de ne pas avoir eu l'honneur de vous rencontrer plus tôt, car je quitte rarement Miyako. En fait, cela fait au moins..., hésita-t-il en se tournant vers son jeune assistant. Depuis quand ne suis-je pas allé à Edo, dites-moi ?

– Un an, seigneur, précisa le samouraï.

C'était un homme grand et large d'épaules, qui avait à peine franchi la trentaine. Il avait un visage anguleux et une mâchoire carrée qui se terminait par un menton pointu. Sa bouche charnue et ses paupières lourdes lui donnaient une beauté virile et sensuelle. Son maintien plein d'assurance était celui d'un homme compétent qui manie bien le sabre et qui monte dans la hiérarchie du *bakufu*.

Le *shoshidai* le regarda avec affection.

– Voici le *yoriki* Hoshina, mon premier assistant, qui est commandant de police en chef de Miyako.

Reiko comprit que la ressemblance du *shoshidai* Matsudaira avec le shogun ne se limitait pas à son apparence : lui aussi avait un bras droit plus malin et plus fort pour penser et agir à sa place.

– Permettez-moi de vous présenter les policiers Marume et Fukida qui font partie de mon équipe, dit Sano.

Les deux hommes s'inclinèrent. Sano ne présenta pas le reste de son groupe, et Reiko comprit qu'il suivait l'usage en reléguant sa femme dans les rangs anonymes de sa suite. Elle espéra que cette exclusion ne présageait rien pour l'avenir.

– Y a-t-il eu du nouveau dans l'enquête concernant la mort du ministre de la gauche Konoe depuis que votre émissaire est venu transmettre la nouvelle à Edo ? demanda Sano au *shoshidai*.

– Non, le mystère reste entier.

« Au moins, l'affaire ne s'est pas déjà résolue toute seule ! » pensa Reiko avec bonheur.

– J'apprécierai donc l'aide du *yoriki* Hoshina dans mon enquête sur ce meurtre, dit Sano.

« Il a deviné que ce fonctionnaire local sera le plus à même de lui fournir l'aide dont il a besoin », se dit Reiko.

– Bien sûr, bien sûr ! acquiesça le *shoshidai* Matsudaira en faisant un petit signe de tête, visiblement ravi de ne rien avoir à faire personnellement. Et j'organiserai demain soir un banquet en votre honneur.

Puis, insensiblement, il passa au second plan.

– Les envoyés d'Edo sont habituellement logés au château de Nijô, dit le *yoriki* Hoshina.

C'était la forteresse du *bakufu* à Miyako.

– Malheureusement, le château est en réparation en ce moment. Le meilleur logement que nous puissions vous offrir est l'hostellerie de Nijô, une auberge privée.

– Ce sera parfait, merci beaucoup, dit Sano.

– Aimeriez-vous vous y installer et prendre un peu de repos maintenant ? demanda Hoshina.

– Je préférerais commencer à travailler sur-le-champ, répondit Sano. Je vous saurais gré de demander à vos troupes d'escorter ma suite à l'hostellerie, puis de me montrer le lieu de la mort du ministre de la gauche Konoe.

Consternée, Reiko vit Sano franchir à cheval la porte Rashômon, accompagné d'Hoshina, des policiers Marume et Fukida et de quelques gardes, tandis qu'elle restait en arrière avec le reste du cortège. Elle mourait d'envie de le suivre, mais ses hôtes trouveraient bizarre qu'il associe sa femme à son travail et lui accorde de l'attention, ce qui saperait son autorité. En maudissant son oisiveté forcée, elle resta piégée dans son palanquin et pria pour pouvoir bientôt faire usage de ses talents.

– Le ministre de la gauche est mort dans l'enceinte du palais impérial, dit le *yoriki* Hoshina à Sano en entrant dans Miyako. Veuillez me suivre.

Derrière la porte Rashômon, d'autres douves bordaient le Grand Rempart, enjambées par un second pont menant dans la vieille capitale. Contrairement à Edo qui était un vrai labyrinthe, Miyako avait été construite en adoptant le quadrillage du modèle chinois traditionnel. Devant Sano s'étendait une large avenue dont il ne voyait pas la fin. Le groupe s'y engagea, passant devant les rues plus étroites qui la coupaient à angle droit et dont certaines étaient bordées de canaux. Même si le moindre pouce de terrain était construit, la disposition de la ville lui donnait un aspect spacieux. Toutes les maisons étaient en bois recouvertes de plâtre et leur uniformité ordonnée créait une ambiance paisible. Leurs toits bas, couverts de tuiles grises, se succédaient comme des vagues stylisées. Des rideaux bleus pendaient devant l'entrée des boutiques, et des stores de bambou protégeaient les marchandises de la poussière. Des galeries abritaient les piétons sous leurs arcades en cas de mauvais temps. Les collines qui s'élevaient au nord, à l'est et à l'ouest isolaient la ville du monde extérieur, et l'absence de samouraïs renforçait cette atmosphère sereine.

La plupart des gens qui se pressaient dans les rues étaient des marchands, des paysans ou des moines, et très peu d'hommes arboraient le haut du crâne rasé et les deux sabres de la classe de Sano. Certains devaient être des soldats du *bakufu* tandis que d'autres, accompagnés par des porteurs lourdement chargés, étaient apparemment des voyageurs. Miyako n'était pas une ville militaire, et l'on s'y occupait de commerce, de religion et d'hôtellerie. Les auberges, les restaurants et les maisons de thé y abondaient. Sano aperçut des boutiques qui vendaient du tissu et des chapelets bouddhiques. Dans cette cité où les incendies, les tremblements de terre et les inondations imposaient de fréquentes reconstructions, il ne vit aucune trace des guerres du passé.

Mais son regard d'historien superposait d'autres scènes sur cette atmosphère paisible : des maisons en ruines, des réfugiés fuyant avec leurs ballots sur le dos, des orphelins qui pleuraient, des hors-la-loi en maraude et des mendiants affamés. De la fumée s'élevait des temples incendiés sur les collines et, dans les rues jonchées de cadavres en décomposition, défilaient les fantômes des armées qui avaient mis la ville à feu et à sang au cours de l'histoire. Ces sombres visions faisaient écho à son humeur inquiète. Allait-il réussir cette enquête, ou sa disgrâce allait-elle s'aggraver avec un nouvel échec ? Il pensa à Reiko qui devait être déçue de manquer une étape cruciale de l'affaire, mais repoussa cette idée pour ne pas perturber sa concentration.

Soudain, le groupe dut s'arrêter aux abords d'un marché qui encombrait l'avenue.

– Je vous prie d'excuser cette gêne, dit le *yoriki* Hoshina. Vous êtes arrivé le premier jour d'Obon.

Obon était la fête des morts et, dans tout le Japon, on accueillait les âmes des défunts qui revenaient pour une visite de cinq jours dans le monde des vivants. Les étals vendaient tout ce qui était indispensable pour célébrer cet important jour férié : de l'encens et des fleurs de lotus pour les tombes et les autels, de la vaisselle en terre cuite rouge pour servir les esprits des morts pendant les festins symboliques, et des lanternes pour les guider et les ramener chez eux. Les acheteurs s'écartèrent pour laisser passer le groupe qui tourna dans une autre avenue et longea un mur plâtré de blanc, édifié sur une base en pierre.

– Voilà le palais impérial, dit le *yoriki* Hoshina en mettant pied à terre devant un portail gardé par des sentinelles Tokugawa. L'entrée principale est réservée à l'empereur et nous allons passer par celle-ci.

Sano et ses policiers laissèrent leurs chevaux et marchèrent avec Hoshina dans la longue allée qui pénétrait à l'intérieur de l'enceinte. Sano, qui avait étudié les cartes du palais, devina que le mur de gauche dissimulait la résidence des empereurs retirés. Seuls des arbres et des toits étaient visibles. De l'autre côté, des palissades clôturaient les propriétés des nobles de la cour. Ils tournèrent à droite et longèrent un autre mur, puis franchirent un nouveau portail, et Sano se sentit transporté à une autre époque, huit cents ans plus tôt.

Un calme inquiétant régnait dans le célèbre Jardin de l'étang du palais impérial. Autour des îles, la surface de l'eau, lisse comme du mercure, était couverte de nénuphars. Des canards mandarins se reposaient sur une plage de cailloux noirs et des colibris filaient au-dessus des parterres colorés de chrysanthèmes, d'iris et de pavots. Le feuillage d'un vert luxuriant des érables, des cerisiers, des pruniers et des bambous resplendissait. Le chant des cigales et le tintement des carillons éoliens, les parfums de fleurs et les odeurs d'herbe, l'eau et la chaleur, tout cristallisait l'essence intemporelle de l'été. Au loin, des saules pleureurs cachaient un ensemble de demeures traditionnelles, construites sur pilotis et reliées par des galeries couvertes. À part un jardinier qui ratissait les feuilles, il n'y avait personne. Vues du palais, les collines semblaient proches, donnant l'illusion que la ville n'existait pas. Impressionné de fouler cette terre sacrée où vivaient les descendants des dieux shintô, Sano marchait avec respect, suivi de ses hommes. Le *yoriki* Hoshina parcourait les allées de gravier comme s'il était chez lui : les représentants du *shoshidai* avaient l'autorité suprême sur le palais. Il les guida vers un pont de pierre qui menait à la plus grande île de l'étang où se trouvait un pavillon ombragé par des pins. Il était construit en planches de cyprès brut, et des croisillons de bambou grillageaient ses fenêtres.

– C'est ici qu'on a trouvé le ministre de la gauche Konoe, dit Hoshina en montrant le pied de l'escalier de la petite véranda.

– Comment est-il mort ? lui demanda Sano.

– Quand le *shoshidai* a été averti, le corps avait déjà été préparé pour les funérailles. Tout ce que je sais provient du rapport publié par la cour impériale plusieurs jours plus tard, lui expliqua

Hoshina. C'est une infraction à la loi, puisque nous sommes censés être immédiatement informés de tous les décès qui surviennent au palais. D'après le médecin de la cour qui l'a examiné, Konoe a perdu presque tout son sang par les yeux, les oreilles, le nez, la bouche et l'anus. Apparemment, les organes internes s'étaient désintégrés. Et son corps était flasque car tous ses os étaient brisés. Mais on n'a pu déterminer la cause de son état. Il n'y avait pas de contusions ni de blessures sur le cadavre.

Une mort aussi bizarre ne pouvait pas avoir été naturelle, et le retard de son annonce laissait entendre qu'on avait voulu étouffer l'affaire, sans doute parce qu'il s'agissait d'un meurtre. Une éventuelle explication des symptômes du ministre de la gauche vint à l'esprit de Sano qui se sentit brusquement inquiet : cette enquête risquait d'être complexe et dangereuse.

– Quelqu'un a-t-il raconté avoir entendu un cri d'une force et d'une puissance exceptionnelles au moment de la mort de Konoe ? demanda Sano.

Hoshina regarda Sano en haussant les sourcils.

– Comment le savez-vous ? Tous les habitants de Miyako l'ont entendu, et moi aussi ! Il était... sinistre, ajouta-t-il en frissonnant. Konoe a dû terriblement souffrir pour laisser échapper ce hurlement.

Sano interpréta différemment ce cri qui confirmait ses soupçons.

– Le ministre de la gauche a probablement été victime d'un meurtre par *kiai*, dit-il.

Victime d'un combat sans contact physique, le summum des arts martiaux.

– Ce cri était un « cri de l'esprit », une explosion d'énergie purement mentale concentrée dans la voix du meurtrier, ajouta-t-il.

Hoshina et les policiers regardèrent Sano d'un air stupéfait. Au Japon, quelques samouraïs avaient acquis la capacité de tuer sans arme, uniquement par la force de leur volonté. Ceux qui pratiquaient le *kiaijutsu* étaient considérés comme les combattants les plus rares, les plus redoutables et les plus dangereux de l'histoire. La monstrueuse puissance du meurtrier assombrit le paisible jardin, et Sano sentit que tous avaient la même impression.

Soudain, le *yoriki* Hoshina eut un petit rire.

– Je n'ai jamais entendu parler de quelqu'un qui ait vraiment été tué par un cri. À mon avis, c'est une légende, déclara-t-il en exprimant le scepticisme moderne qui considérait les exploits stupéfiants des arts martiaux comme de simples mythes.

Sano s'était douté que le *yoriki* ne serait pas toujours aussi accommodant qu'il avait semblé au départ. Il savait maintenant qu'il avait ses propres opinions et n'acceptait pas automatiquement l'avis d'un supérieur. Il se demanda si les fonctionnaires locaux connaissaient les circonstances qui l'avaient conduit ici. Hoshina allait-il tenter de profiter de sa position précaire dans le *bakufu* ? Nombre d'hommes accédaient au pouvoir en attaquant des supérieurs vulnérables et, tout en n'ayant aucune raison particulière de se méfier de lui, Sano savait que les intrigues politiques de Miyako n'avaient rien à envier à celles d'Edo. Conscient de devoir affirmer son autorité, il lui rétorqua :

– Sen-no-Rikyû, le maître de thé de Toyotomi Hideyoshi, contra une attaque du grand général Katô Kiyomasa avec un simple regard qui lui enleva toute sa force !

Lui-même avait tendance à penser que le *kiaijutsu* était un art perdu, mais le meurtre du ministre de la gauche Konoe venait de raviver sa conviction que les mythes étaient fondés sur des faits.

– Et Yagyû Matajurô, le précepteur de Tokugawa Ieyasu, pouvait faire perdre conscience à un homme en poussant un cri, ajouta-t-il.

– J'ai toujours pensé que ces histoires avaient été inventées par des imposteurs qui voulaient conforter leur réputation.

Le ton d'Hoshina était respectueux, mais le fait qu'il ose discuter montrait qu'il aimait bien avoir raison et ne craignait pas de prendre des risques.

– De toute manière, affirma-t-il, il n'y a aucun cas récent et attesté de mort par *kiai*.

– Le niveau général de compétence des combattants a décliné, c'est vrai, et il y a très peu de grands maîtres d'arts martiaux aujourd'hui, reconnut Sano. Mais Miyako a des liens très forts avec le passé, et quelqu'un a sans doute retrouvé le secret du *kiaijutsu*. Le cri et l'état du cadavre indiquent que le ministre de la gauche a clairement été victime d'un cri de l'esprit.

Prononcé par le plus haut représentant du shogun, l'avis de Sano établissait la cause officielle de la mort. Au lieu de poursuivre la discussion et de risquer un blâme, Hoshina hocha la tête.

– Oui, *sôsakan-sama*, dit-il respectueusement.

Sano comprit qu'il savait s'incliner lorsque son instinct de conservation prenait le dessus.

– Qui a découvert la dépouille ? lui demanda Sano en changeant de sujet.

– Quand les habitants du palais ont entendu le cri, ils se sont précipités pour savoir ce qui s'était passé. L'empereur Tomohito et son cousin, le prince Momozono, sont arrivés sur place les premiers. Ils ont trouvé Konoe tout seul, baignant dans une mare de sang.

« L'affaire implique donc au moins deux membres de la cour impériale », se dit Sano.

– Quelle heure était-il ?

– Environ minuit.

– Que faisait le ministre de la gauche Konoe dehors aussi tard ?

– Personne ne m'a dit le savoir.

– Vous avez interrogé les habitants du palais ?

– Oui. Pour simplifier votre enquête, j'ai mené quelques investigations préliminaires. Leurs conclusions sont exposées en détail dans un rapport que je vous remettrai tout à l'heure, dit Hoshina, mais je vais vous les résumer. Tous les gardes, les serviteurs, les employés et les résidents de la cour étaient ailleurs au moment de la mort du ministre de la gauche. Konoe avait donné des ordres pour que personne ne soit dans le jardin ce soir-là.

– Beau travail ! lui dit Sano, qui sentit pointer l'orgueil et l'ambition sous l'attitude modeste du *yoriki*.

Visiblement, Hoshina aimait bien se mettre en valeur et espérait être récompensé en faisant plaisir au *sôsakan-sama* du shogun. De fait, leurs intérêts coïncidaient, et Sano était tenté de faire confiance à cet homme obligeant.

– Y avait-il des visiteurs ou des étrangers dans l'enceinte du palais ce soir-là ? lui demanda-t-il.

– Non, répondit Hoshina, et rien ne montrait qu'une entrée ait été forcée. Il est donc peu probable que le meurtrier soit venu de l'extérieur.

– Tous les membres de la cour ont-ils pu dire ce qu'ils faisaient au moment du meurtre ?

– J'ai pensé qu'il valait mieux attendre votre arrivée pour interroger la famille impériale, mais je me suis discrètement renseigné et je n'ai pu déterminer où se trouvaient certaines personnes. L'empereur Tomohito et le prince Momozono n'étaient pas dans leurs appartements comme d'habitude à cette heure-là, de même que la mère de l'empereur, dame Jokyôden, et sa première épouse, dame Asagao.

Quatre éventuels suspects pour ce meurtre, tous membres de la famille impériale si révérée au Japon ! Sano s'inquiéta de la nature politiquement explosive de l'affaire. En enquêtant sur les habitants du palais, il serait obligé de violer des conventions sociales et religieuses, ce qui dégraderait les relations entre le *bakufu* et l'institution qui entérinait son droit de gouverner. Quoi qu'il en soit, le meurtrier devait être arrêté pour qu'il ne puisse faire d'autres victimes.

En levant les yeux, Sano vit que le crépuscule assombrissait les collines. Rendre visite aux membres de la famille impériale aussi tard et presque à l'improviste risquait de les offenser.

– J'interrogerai demain matin l'empereur, sa mère, son cousin et son épouse.

– Très bien, dit le *yoriki* Hoshina. J'organiserai ces entrevues pour vous. Dois-je vous conduire à vos appartements de l'hostellerie de Nijô ?

C'était une offre tentante pour Sano qui était affamé et épuisé. Il avait besoin de manger, de se laver et de dormir. Il avait également envie de discuter de l'affaire avec Reiko, mais son travail au palais n'était pas encore terminé.

– Avant cela, j'aimerais inspecter la résidence du ministre de la gauche et interroger sa maisonnée.

3

Sano, le *yoriki* Hoshina, Marume et Fukida suivirent vers l'ouest une allée qui traversait le quartier des *kuge* – les nobles de la cour impériale. Des clôtures délimitaient une centaine de résidences serrées les unes contre les autres. L'heure du dîner approchant, des panaches de fumée s'élevaient de nombreuses cheminées, et le bruit de fond des activités et des conversations résonnait dans la nuit. Vêtus des vestes courtes et des chapeaux noirs démodés de la tradition impériale, les nobles qui se promenaient s'inclinaient au passage de Sano et de son groupe.

La résidence de Konoe était située à proximité du mur nord de l'enceinte impériale. Des tentures de deuil noires ornaient sa clôture à croisillons et son entrée surmontée d'un double toit. Hoshina agita une cloche suspendue au portail qui, quelques instants plus tard, s'ouvrit sur un parent du défunt. Visiblement surpris par l'arrivée inopinée de quatre samouraïs, il s'inclina poliment.

– Je vous salue, Honorables Maîtres ! Que puis-je faire pour vous ?

Hoshina présenta Sano et ajouta :

– Le *sôsakan-sama* enquête sur la mort du ministre de la gauche Konoe. Vous devez rassembler sa famille pour que nous puissions l'interroger, puis vous nous ferez visiter ses appartements.

L'homme les précéda sur un chemin dallé qui traversait un jardin joliment aménagé avec des pins. Une résidence construite dans le style du palais se dressait au fond d'une cour couverte de gravier. Les panneaux de bois prévus pour la pluie étaient relevés pour laisser entrer la brise du soir. En suivant leur guide sur le cyprès luisant des longs couloirs, les visiteurs passèrent devant de vastes salons où murmuraient des voix cultivées. Un shamisen jouait derrière une cloison de papier. Dans la salle de réception, une estrade était décorée de paravents peints de scènes sylvestres éclairées par la douce lumière des lanternes.

L'homme invita les quatre samouraïs à s'y asseoir et sortit. Il revint rapidement et annonça :

– Je vous présente l'honorable clan Konoe.

Sano regarda avec stupéfaction une longue file de personnes de tous les âges qui entrèrent dans la salle et vinrent s'agenouiller devant l'estrade. Les frères et les sœurs du mort, ses cousins et ses autres parents leur furent présentés. Sano savait que les familles de la cour étaient vastes, mais il ne s'attendait pas à ce que tant de gens vivent sous le même toit. Les hommes portaient le costume de cour traditionnel, et les femmes étaient vêtues de plusieurs couches de robes pastel pourvues d'amples manches et d'étroites ceintures de brocart. Leurs longs cheveux tombaient librement jusqu'à la taille. Sano se souvint que des « lois relatives au service de l'empereur », édictées par Tokugawa Ieyasu, avaient éloigné cette classe d'aristocrates de la politique en la cantonnant à la pratique de l'érudition et des arts. Isolés du monde pendant les soixante-seize années suivantes, ils n'avaient rien eu d'autre à faire que préserver leur mode de vie obsolète et devaient se sentir prisonniers du *bakufu* qui les entretenait financièrement avec la famille impériale. Parmi les personnes qu'il avait sous les yeux se trouvaient vraisemblablement plusieurs témoins potentiels de l'enquête.

– Mes policiers vont interroger les serviteurs, dit Sano à leur guide. Y a-t-il une pièce où je pourrais interroger moi-même les membres de votre famille un par un, en privé ?

La nuit était tombée, plongeant Miyako dans une obscurité tropicale. Au Marché des morts, les étals brillamment éclairés, devant lesquels se pressaient les passants, transformaient les rues en rubans de lumières multicolores. Des gongs sonnaient, invitant les âmes des défunts à revenir sur terre. Sur les versants des collines et le long du fleuve Kamo, des feux avaient été allumés pour leur montrer le chemin. Des torches illuminaient le seuil des maisons et de l'encens brûlait sur le rebord des fenêtres. Des habitants munis de lanternes convergeaient vers les cimetières pour visiter les tombes de leurs ancêtres, et l'air résonnait des claquements de leurs semelles en bois. Sur les boulevards, les rideaux des boutiques fermées pour la nuit voltigeaient, agités par la brise – ou par le passage de fantômes.

Dans le centre-ville se dressait la silhouette massive du château de Nijô, édifié par Tokugawa Ieyasu quatre-vingt-neuf ans plus tôt avec des fonds prélevés aux seigneurs de la guerre qu'il avait vaincus. Ses hauts murs de pierre et son donjon de quatre étages surplombaient les maisons environnantes. Des armoiries Tokugawa dorées couronnaient ses toits incurvés, mais aucun shogun n'était venu à Miyako depuis plus de cinquante ans. Seule une petite équipe de gardiens y résidait. Quelques sentinelles étaient de faction devant les portes et dans les tourelles au-dessus des larges douves.

Vu de l'extérieur, le château ressemblait à un vieux monument historique inhabité. Mais dans les profondeurs de l'ensemble complexe de ses jardins et de ses bâtiments, des lanternes étaient allumées derrière les fenêtres de la résidence réservée aux shoguns en visite. Dans une pièce austère décorée de peintures murales représentant des paysages d'hiver, le chambellan était assis avec son adjoint Aisu.

Il tirait nerveusement sur sa pipe et soufflait la fumée avec impatience. Les circonstances lui imposaient cette attente alors qu'il mourait d'envie d'agir. Son inquiétude et son exaspération le minaient.

– Tu es sûr que Sano ne sait pas que je suis ici ?

– Oui, maître, lui confirma Aisu qui venait juste de faire l'enquête discrète que lui avait demandée Yanagisawa. À part nos agents locaux, personne n'est au courant à Miyako. Lorsqu'ils ont reçu votre message d'Edo, ils ont eu tout le temps d'exécuter vos instructions : ils ont dit au *shoshidai* Matsudaira que le shogun avait donné l'ordre de rénover le château de Nijô, puis ont fait venir des ouvriers et du matériel comme si c'était vrai, sans qu'on sache que c'était une ruse pour éloigner Sano. Mes espions l'ont surveillé depuis qu'il a quitté Edo et il ne se doute de rien. Votre plan fonctionne parfaitement.

Le sourire empressé d'Aisu implorait silencieusement Yanagisawa d'apprécier son efficacité et de comprendre qu'il méritait de garder son travail malgré l'échec de la bombe. Le chambellan lui avait donné une dernière chance de lui prouver sa valeur avant de le renvoyer, et le destin d'Aisu, comme les espoirs de Yanagisawa, dépendait du succès de l'opération.

– Veille à ce que tout se déroule jusqu'au bout de manière satisfaisante, lui intima Yanagisawa.

Puis il se murmura à lui-même :

– Il faut que les résultats justifient les risques qu'elle me fait prendre.

Quand Sano avait reçu l'ordre d'enquêter sur la mort du ministre de la gauche Konoe, Yanagisawa y avait vu une magnifique occasion de se débarrasser définitivement de son ennemi et d'assurer sa position auprès du shogun. Il avait immédiatement décidé d'aller lui aussi à Miyako et, dès que l'entrevue de Sano s'était terminée, le laissant seul avec le shogun, il lui avait proposé d'effectuer une mission ultraconfidentielle dans la province d'Ômi – où se trouvait Miyako – pour enquêter sur la corruption des fonctionnaires locaux. Le shogun avait hésité, soulevé des objections, et s'était finalement laissé convaincre.

Yanagisawa avait passé le reste de la nuit à s'entretenir avec Aisu et ses meilleurs assistants. Il avait donné des ordres, collationné des rapports secrets et rédigé des messages qu'il avait fait envoyer par porteur rapide à Miyako, pendant que ses serviteurs faisaient ses bagages. Le lendemain, il avait quitté le château à l'aube, accompagné seulement d'Aisu et de quelques adjoints et gardes du corps, au lieu de son énorme suite habituelle. Tous étaient vêtus de vêtements simples qui ne portaient pas les armoiries Tokugawa, et ils avaient réussi à passer les postes de contrôle de la route avec des documents établis à de faux noms. Pressant leurs chevaux, s'arrêtant rarement et ne dormant que quelques heures chaque nuit, ils étaient arrivés à Miyako deux jours avant Sano. Les agents du chambellan les avaient alors introduits dans le château de Nijô déguisés en charpentiers. Yanagisawa et Aisu avaient eu le temps de prendre les dispositions nécessaires avant l'arrivée de Sano, mais le fait que tout avait bien marché jusque-là n'empêchait pas ce plan d'être terriblement dangereux.

Quitter le siège du pouvoir, même pour une courte période, était risqué pour le chambellan. Il avait longuement expliqué au shogun la nature confidentielle de sa mission dans la province d'Ômi et la nécessité qu'eux seuls soient au courant de son départ d'Edo, mais il ne faisait pas confiance à l'esprit faible et borné de Tsunayoshi pour tenir sa langue. Il avait également fait jurer à tous les membres de son personnel de garder le secret, en menaçant de mort ceux qui ne parviendraient pas à dissimuler son absence, mais que se passerait-il si l'on découvrait qu'il n'était pas là ? Yanagisawa imagina ses subalternes en train de piller sa trésorerie, ses espions prenant des vacances au lieu de rassembler les informations dont il avait besoin, ses rivaux usurpant son autorité et montant Tsunayoshi contre lui. Et que deviendrait-il si le shogun apprenait qu'il lui avait menti sur l'objectif de son voyage ? Lui qui se faisait tant d'illusions sur l'honnêteté de ses fonctionnaires ne lui pardonnerait jamais de l'avoir trompé ! À son retour, Yanagisawa serait peut-être en complète disgrâce, dépouillé de sa fortune et de son rang, et condamné à mort.

Mais les avantages potentiels de ce déplacement justifiaient les risques. À Miyako, Sano était plus vulnérable sans ses alliés politiques et sa brigade de policiers pour le protéger et l'assister. Il ne saurait pas que Yanagisawa complotait contre lui, et le chambellan pourrait opérer en secret, loin du shogun et de tous les espions qui scrutaient le moindre de ses mouvements à Edo. Il aurait ainsi la liberté dont il avait besoin. Pourtant, il ne pouvait s'empêcher de s'inquiéter. La fumée de sa pipe stagnait dans l'air immobile. Des papillons de nuit voletaient autour des lanternes, des gongs résonnaient au loin, et le chant continu des insectes passait par les portes ouvertes. Le chambellan changea de position, mal à l'aise dans ses vêtements trempés de sueur. Il détestait Miyako et son épouvantable chaleur. Il était impatient de rentrer à Edo, rassuré par sa victoire.

– Il ne va pas être facile de résoudre le mystère de la mort du ministre de la gauche Konoe en restant dans les coulisses, dit-il. La nécessité de ne pas apparaître jusqu'au moment crucial risque de compliquer les choses !

Mais ce n'était pas le seul problème. D'après les rapports que lui avaient remis ses agents de Miyako, Konoe avait été victime d'un meurtre extrêmement bizarre. N'ayant jamais enquêté sur un crime, Yanagisawa se sentait handicapé par son inexpérience. Quoi qu'il en soit, maintenant qu'il avait mis son plan à exécution, il devait le suivre jusqu'au bout et arrêter le meurtrier avant Sano. La version officielle serait la suivante : au cours de ses investigations dans la province d'Ômi, il était tombé par hasard sur Sano dont l'enquête piétinait, et il était intervenu pour résoudre l'affaire. Personne ne devait deviner qu'il était venu à Miyako intentionnellement pour battre Sano sur son propre terrain, ni penser qu'il avait gagné par des moyens déloyaux. Il ne fallait surtout pas qu'on sache qu'il avait eu recours à une tactique aussi désespérée ! Et, quand toute cette histoire serait terminée, ce ne serait plus Sano qui aurait la réputation d'être un grand policier, mais lui-même.

– Buvons à nos chances de succès ! lui proposa Aisu qui frappa dans ses mains.

Des femmes gardes du corps entrèrent silencieusement dans la pièce, seules à être admises dans les appartements privés du chambellan. Sur l'ordre d'Aisu, elles leur servirent du saké, puis ressortirent sans bruit.

Aisu leva sa coupe :

– À notre victoire et à la chute du *sôsakan-sama* !

Tous deux burent l'alcool tonique et rafraîchissant. Les cris et les rires de la foule d'Obon résonnaient au loin, et d'autres gongs retentirent. Revigoré, Yanagisawa sourit.

En remplissant à nouveau les coupes, Aisu proposa un autre toast :

– Que votre capture du meurtrier du ministre de la gauche Konoe réussisse aussi bien que celle du Lion !

La malveillance durcit le sourire du chambellan.

– Non, dit-il, pas comme celle du Lion ! Car, cette fois-ci, Sano n'aura pas d'autre occasion de se racheter !

Sous leurs paupières tombantes, les yeux d'Aisu étincelèrent et son corps ondula d'impatience.

– Comment va-t-il mourir ?

– Je n'en sais rien, reconnut à contrecœur Yanagisawa. Et je ne peux pas non plus prévoir le résultat exact de l'enquête !

Il se leva d'un bond et se mit à arpenter la pièce pour calmer sa fébrilité.

– Tout va dépendre de son déroulement. Je dois rester vigilant et profiter de toutes les occasions qui se présenteront. Pour l'instant, je n'ai pas suffisamment d'informations pour prendre une initiative, mais ce problème va se résoudre très rapidement.

Yanagisawa s'arrêta près de la porte et regarda longuement le jardin sombre et luxuriant, guettant l'arrivée du messager qui allait lui apporter les nouvelles qu'il attendait.

– Je déciderai alors ce qu'il convient de faire.

Au bout de longues heures qui s'avérèrent stériles, Sano termina son interrogatoire des membres du clan Konoe. Tous avaient été bouleversés d'apprendre que le ministre de la gauche avait été assassiné, et qu'il n'était pas mort d'une mystérieuse maladie comme ils le croyaient. Ils ne savaient pas qu'il était un espion du *metsuke* et aucun d'eux n'avait le moindre indice permettant de deviner qui, parmi les quatre suspects, avait pu le tuer. Sano ne réussit à apprendre que deux faits isolés.

Premièrement, un cousin de Konoe lui avait affirmé avoir entendu à plusieurs reprises un cri beaucoup moins puissant, après lequel on avait retrouvé des oiseaux morts dans le jardin. Sano était désormais convaincu qu'une personne résidant au palais avait vraiment la maîtrise du *kiai.* Cet homme – ou cette femme – avait dû s'entraîner avant le meurtre.

Et deuxièmement, quinze ans plus tôt, le secrétaire de Konoe, un jeune homme appelé Ryôzen, était mort poignardé. C'était vraisemblablement le crime qui avait été couvert par le *bakufu* pour faire de Konoe un espion du *metsuke*, mais Sano n'avait pu établir de lien entre cette affaire et le meurtre. De leur côté, les policiers Marume et Fukida n'avaient glané aucun indice chez les serviteurs.

Sano, Hoshina et les policiers se dirigèrent ensuite vers l'appartement privé de Konoe. Les cloisons à croisillons étaient recouvertes de papier, ce qui donnait à ces deux pièces plus d'intimité que la disposition classique de l'architecture impériale.

– Quelque chose a-t-il été dérangé depuis la mort du ministre de la gauche ? demanda Sano à l'homme qui les avait reçus à leur arrivée.

– L'appartement a été nettoyé, mais ses affaires sont toujours dans son bureau et sa chambre.

L'homme ouvrit la porte et entra. La pièce sentait le renfermé. Après avoir allumé une lanterne, il s'inclina et sortit.

Sano balaya les lieux du regard. Sur le sol recouvert de tatamis, des tables laquées et des coussins de soie étaient soigneusement empilés. Il ne vit aucun objet personnel. Ils devaient être à l'intérieur des rangements et du placard qui étaient encastrés dans une cloison.

– Fouillez cette pièce, ordonna Sano à ses policiers.

– Que devons-nous chercher ? s'enquit Marume.

– N'importe quoi qui nous renseigne sur la vie de Konoe, sur le genre d'homme qu'il était, ou sur ses relations.

Marume commença à ouvrir les tiroirs et Fukida s'attaqua au placard, tandis que Sano et Hoshina passaient dans le bureau. Une alcôve abritait une table de travail et des étagères encastrées, chargées de registres et de livres. Sur la table, des rouleaux calligraphiés étaient déroulés au milieu du matériel d'écriture. Les portes d'un placard étaient entrouvertes, révélant des compartiments en désordre, et une grande corbeille en osier était remplie de papiers froissés. Des coffres métalliques à l'épreuve du feu complétaient le mobilier.

Sano parcourut rapidement les rouleaux éparpillés qui concernaient des réparations effectuées sur les murs du palais. Dans les tiroirs, il découvrit un sceau de jade, une pipe, une blague à tabac, mais pas de journal intime. Il prit sur une étagère un premier registre intitulé « Séances du Conseil impérial, Teikyô, an 3 ». Les archives de la cour ne contenaient sans doute rien d'intéressant pour l'enquête mais, par acquit de conscience, il examina minutieusement tous les registres. Quelle quantité de mots générait la bureaucratie impériale ! Puis il fouilla le placard et y trouva des notes de service rédigées par les collègues du ministre de la gauche, des déclarations émises par des empereurs, et de longs documents décrivant les lois et les protocoles impériaux. Dans la corbeille à papier, les notes griffonnées concernaient le budget du palais.

– Je ne vois aucun rapport sur les personnes qu'espionnait Konoe et sur ce qu'il avait appris, s'étonna Sano. Il n'y a rien qui témoigne d'autres activités que ses fonctions officielles.

– Peut-être vos hommes ont-ils eu plus de chance ? dit Hoshina.

Ils retournèrent dans la chambre, mais le policier Fukida leur déclara :

– Il n'y a rien d'autre ici que des vêtements, de la literie, des affaires de toilette, et les objets habituels qu'on trouve chez tout le monde. Tout ce qu'on peut dire sur lui, c'est qu'il choisissait ses vêtements dans des tons bruns.

– C'est comme s'il avait vécu et travaillé ici sans laisser de trace personnelle, ni le moindre indice sur le mobile et l'identité du meurtrier, dit Sano en secouant la tête, visiblement déçu et perplexe.

Le logement de la victime d'un meurtre donnait généralement quelques pistes précieuses, et Sano n'avait jamais vu un tel manque de personnalité.

– Continuons la fouille encore plus minutieusement.

Pendant que Marume vidait le placard et sondait les murs en cherchant des cachettes ou des tiroirs secrets, Fukida souleva le tatami pour vérifier que rien n'était dissimulé dans le plancher. Sano et Hoshina retournèrent dans le bureau, et le *yoriki* feuilleta tous les rapports officiels pour voir s'il ne s'y était pas glissé des papiers personnels. Sano enleva tous les livres de l'étagère et secoua chacun d'eux au cas où Konoe aurait caché quelque chose entre leurs pages. C'est alors qu'il vit sur la cloison en bois, derrière l'étagère, deux fissures horizontales séparées de la largeur d'une main. Il glissa un ongle dans celle du haut et tira. Un rectangle de bois tomba, révélant la présence d'un petit casier. Sano en retira une liasse de papiers.

– Qu'est-ce que c'est ? lui demanda Hoshina.

Sano examina les documents.

– Des lettres, répondit-il avec un frisson de satisfaction. Il y en a plus d'une centaine, dont les plus anciennes datent de dix ans.

Des lettres aussi soigneusement conservées et dissimulées allaient certainement donner des informations sur la vie de Konoe et sur son meurtre. Elles portaient toutes la signature et le sceau du ministre de la gauche, et elles étaient adressées à la même personne : dame Kozeri, au temple Kôdai.

– Qui est dame Kozeri ? demanda Sano à Hoshina.

Le *yoriki* haussa les sourcils en entendant ce nom.

– Après la mort de Konoe, j'ai examiné le dossier du *metsuke* le concernant.

Le service de renseignements détenait des rapports sur tous les citoyens importants, et Hoshina avait à nouveau fait preuve d'initiative.

– Kozeri a jadis été sa femme. Elle l'a quitté pour devenir nonne.

Sano feuilleta quelques pages.

– Ce sont des lettres d'amour.

En les parcourant, il s'aperçut que cette correspondance unilatérale ne contenait que d'interminables variations sur le même thème. Il en lut quelques passages à voix haute :

Comment avez-vous pu m'abandonner ? Sans vous, chaque journée me semble une éternité dénuée de sens. Mon esprit est comme un guerrier mort au champ d'honneur. La colère altère mon amour pour vous comme la gangrène une chair blessée. Je voudrais pouvoir étouffer cet entêtement qui vous habite. Je me vengerai !

Nos deux âmes émanent de la même essence cosmique. Je l'ai su dès que j'ai posé le regard sur vous. Quand je tenais votre corps contre le mien, notre union faisait de nous un esprit et un être uniques. Comment pouvez-vous déprécier ainsi mon amour et refuser de comprendre que ma conduite était légitime ?

Hier, j'ai voulu vous rendre visite, mais vous avez refusé de me voir. Aujourd'hui, une autre de mes lettres est revenue sans avoir été ouverte. Vous cherchez à rompre notre lien, mais vos tentatives sont vouées à l'échec, car je veux vous avoir et je vous aurai.

– Dix ans sur ce ton ! s'écria Hoshina en faisant la grimace.

Sano était stupéfié par la force et la longévité de cet amour non partagé.

– Une passion aussi obsessionnelle peut être dangereuse. Et si elle avait un lien avec le meurtre de Konoe ?

– Il y a longtemps que Kozeri a quitté le palais, dit Hoshina. Une fois entrées au couvent, les nonnes rompent tout contact avec leur ancienne vie, et c'est apparemment ce qu'elle a fait.

– Il n'y a effectivement aucune réponse de sa part dans cette correspondance, reconnut Sano.

– Et rien ne prouve l'existence d'une relation entre Kozeri et le ministre de la gauche autre que celle qui hantait son esprit. N'oubliez pas qu'il n'y avait aucun étranger dans l'enceinte du palais la nuit où Konoe est mort. Je suis sûr que cette femme n'a rien à voir avec le meurtre.

À nouveau, Sano sentit qu'il pourrait rencontrer des problèmes avec le *yoriki*, même s'il était d'accord avec son raisonnement. Il tourna les feuillets jusqu'à la dernière page et lut en silence d'autres divagations amoureuses, pleines de désir et de rage, qui se terminaient par une déclaration passionnée :

> *Vous pouvez me résister, me défier et torturer mon cœur tant que vous voulez, nous sommes destinés l'un à l'autre. Bientôt, les forces de la défense et du désir se battront sur les hauts sommets sacrés où les flèches percent le ciel, où les plumes s'envolent et où l'eau pure jaillit. Alors vous serez mienne à nouveau.*

Le symbolisme sexuel ampoulé de cette dernière lettre n'offrait rien de nouveau, mais Sano dit à Hoshina :

– D'après sa date, Konoe a écrit cette lettre seulement sept jours avant sa mort. On ne peut pas exclure la possibilité que Kozeri ait parlé avec lui pendant cette période cruciale, ou qu'elle ait connaissance d'un indice important. Je la convoquerai lorsque j'aurai interrogé les suspects, ajouta-t-il en glissant les lettres dans son kimono.

– Oui, *sôsakan-sama*, acquiesça Hoshina en s'inclinant une fois de plus.

Sano vérifia que le compartiment secret ne recélait rien d'autre, puis examina minutieusement le reste du bureau avec le *yoriki*, en sondant les cloisons, les meubles et le plafond sans résultat. Soudain, les policiers Marume et Fukida accoururent.

– Nous venons de découvrir ces pièces ! Elles étaient cousues dans la doublure matelassée d'une grande cape d'hiver, expliqua

Marume en tendant sa paume où se trouvaient trois pièces de monnaie en cuivre identiques. Nous n'avons rien trouvé d'autre.

Sano prit l'une d'elles et l'examina : une face était grossièrement gravée de deux feuilles de fougère croisées, tandis que l'autre était lisse.

– Ce ne sont pas des pièces Tokugawa. C'est une monnaie locale ? demanda Fukida en donnant une autre pièce à Hoshina.

Le *yoriki* la regarda et secoua la tête.

– Je n'en ai jamais vu de telles jusqu'à ce jour.

– Prenez chacun une pièce, Marume-*san* et Fukida-*san*, et vous irez demain la montrer en ville, leur ordonna Sano. Je veux savoir d'où elles viennent et pourquoi le ministre de la gauche les avait sur lui.

Hoshina glissa la troisième pièce dans le petit sac en cuir coulissant qu'il avait à la ceinture.

– Je vais faire moi aussi mon enquête.

Sano contempla le désordre qui régnait maintenant dans l'appartement de Konoe et sentit une vague d'épuisement le submerger.

– Nous allons ranger tout ça avant d'aller manger et nous reposer à l'hostellerie de Nijô, dit-il. Une longue journée nous attend demain.

4

– Avez-vous besoin de quelque chose, Honorable Dame Sano ? demanda l'épouse de l'aubergiste à Reiko.

Les yeux brillant de curiosité, cette femme d'âge moyen se tenait sur le seuil de la porte, dans l'appartement qui faisait partie de l'ensemble des chambres mises à la disposition des nouveaux clients. Les cloisons de la pièce étaient décorées de peintures représentant le mont Mikasa, et Reiko était à la fenêtre, scrutant la cour éclairée par des torches. Depuis son arrivée à l'hostellerie de Nijô, elle avait pris un bain et passé un peignoir de soie jaune, puis avait dîné avant d'envoyer ses servantes se coucher. Elle attendait maintenant anxieusement l'arrivée de Sano.

– Non, merci, dit-elle à la femme qui l'avait inondée d'offres de service toute la soirée.

Mais celle-ci s'attarda.

– N'ayez aucune crainte pour votre sécurité ! reprit-elle en cherchant visiblement une excuse pour rester. Nous avons des gardes qui surveillent constamment les lieux, ainsi qu'un plancher « rossignol » dans les couloirs, qui vous prévient dès que quelqu'un arrive. Et regardez !

Elle traversa la pièce et ouvrit un panneau dans la cloison.

– Il y a une porte secrète pour que vous puissiez vous échapper en cas d'agression !

L'hostellerie de Nijô était un moyen terme entre une demeure roturière et la résidence fortifiée d'un samouraï. Elle avait été construite pour satisfaire un type particulier d'hébergement, avait expliqué l'épouse de l'aubergiste à Reiko. La loi des Tokugawa interdisait aux daimyôs de posséder une propriété dans la capitale, afin de limiter leurs contacts avec la cour impériale. Mais cette auberge offrait à ces seigneurs féodaux un logement sécurisé où ils pouvaient résider lorsqu'ils venaient à Miyako, même si l'endroit manquait d'intimité, comme le ressentait cruellement Reiko.

Elle avait fini par comprendre que, pour les femmes de l'hostellerie, elle devait être la personne la plus intéressante qui y ait séjourné. La patronne ne l'avait pas quittée des yeux et les servantes qui l'avaient aidée à défaire les bagages n'avaient cessé de murmurer en examinant ses kimonos de soie et s'étaient exclamées en voyant sa paire de sabres. Reiko avait ensuite surpris leurs bavardages :

– Je n'ai jamais entendu parler d'une dame ayant des sabres !

– Qu'est-ce qu'elle fait ici ?

– Il faut qu'on se renseigne.

En se rendant aux lieux d'aisances et à la salle de bains, elle avait entendu derrière elle des rires étouffés, des pas furtifs et des bruits derrière la fenêtre. La femme de l'aubergiste lui avait posé des questions indiscrètes, et elle avait tenté de décourager sa curiosité en lui racontant qu'elle était venue visiter les célèbres temples de Miyako – un objectif respectable et sans intérêt. Mais la nouvelle de l'arrivée d'une étrange dame s'était répandue dans le voisinage et, quand Reiko était allée au portail guetter l'arrivée de Sano, une foule de paysannes l'avaient dévisagée avec curiosité.

À présent, la patronne continuait à lui vanter les mérites de l'auberge tandis que, par la fenêtre, elle voyait les servantes dans la cour lui faire signe en gloussant de rire. Sans montrer sa contrariété, elle leur répondit par un hochement de tête et se força à sourire à son interlocutrice. Si jamais il n'y avait pas de rôle pour elle dans l'enquête de Sano, elle serait coincée ici et ne devait surtout pas se mettre à dos toutes ces femmes, et notamment les servantes qui pourraient se venger par toutes sortes de petites représailles agaçantes. Les planchers et les plafonds de l'auberge craquaient sous les pas des autres clients qui s'installaient pour la nuit. Leurs bavardages et leurs rires faisaient un bruit de fond continu. La chaleur humide de la nuit devenait oppressante et, soudain, le moral de la jeune femme baissa. Sano l'avait prévenue qu'elle aurait sans doute moins de liberté qu'à Edo, où elle avait des amies et des parentes à visiter, et toutes sortes d'occupations qui lui donnaient une certaine indépendance. Elle y avait aussi son réseau qu'elle pouvait consulter pendant les enquêtes, tandis qu'elle se sentait isolée et impuissante à Miyako. Elle allait mourir d'ennui si Sano ne lui trouvait pas quelque chose à faire.

Enfin, elle entendit sa voix et celles des policiers Marume et Fukida dans le couloir.

– Veuillez préparer le bain et le dîner de mon mari, s'il vous plaît ! demanda-t-elle aussitôt à la patronne qui s'empressa d'obéir.

Sano entra dans la pièce avec un registre recouvert de tissu sous le bras. L'épuisement assombrissait son visage, mais il sourit à Reiko. Sentant le frisson de désir et de tendresse que suscitait toujours sa présence, elle lui souhaita doucement la bienvenue.

Il la regarda attentivement.

– Je suis désolé d'avoir été forcé de vous abandonner. Est-ce que tout va bien ?

Que sa première préoccupation la concerne, alors même que des affaires très graves lui occupaient l'esprit, la remplit d'amour pour lui.

– Tout va très bien, dit-elle en éludant ses propres problèmes. J'aimerais que vous me racontiez tout ce qui s'est passé, mais commencez par vous détendre !

Après avoir pris un bain et passé un vêtement de coton frais, Sano la rejoignit dans leur chambre. Les servantes lui apportèrent le plateau de son dîner – bouillon, poisson d'eau douce grillé, radis au vinaigre et riz. Tout en mangeant, il expliqua à Reiko les circonstances de la mort du ministre de la gauche Konoe.

– C'était donc bien un meurtre ! s'écria-t-elle, ravie par la perspective du défi que représentait l'arrestation du criminel. Un meurtre dont l'arme était le *kiai* ! C'est une affaire très intéressante !

– Et très difficile, dit Sano.

Il fit une pause pour retirer les arêtes du poisson avec ses baguettes.

– Heureusement, j'aurai bientôt quelques indices, ainsi que les déclarations des suspects. Nous pourrons en discuter et vos idées me seront très utiles.

Le ton prudent de sa voix déclencha un signal d'alerte dans l'esprit de Reiko. Elle eut peur de comprendre ce qu'il impliquait, et son excitation retomba.

– Des discussions et des idées, c'est la seule contribution que vous allez me permettre dans cette enquête ?

– Ne vous fâchez pas, je vous en prie ! s'exclama-t-il en posant ses baguettes et en regardant avec inquiétude son expression consternée. Je vais tout vous expliquer.

Cette déception était plus que ne pouvait supporter Reiko.

– Mais il faut que je participe à la recherche d'indices et que j'assiste aux interrogatoires des suspects et des témoins ! Comment voulez-vous que j'aie la moindre idée sur le meurtre si je ne vois pas les gens et les lieux concernés !

La tradition interdisait à une épouse d'argumenter face à son mari, mais leur mariage ne tenait pas compte de ces conventions.

– Est-ce que j'ai fait tout ce voyage pour rester inactive pendant que vous aller travailler d'arrache-pied tout seul ?

– Je vous ai amenée ici pour vous protéger, lui rappela Sano.

– Pour me protéger du chambellan, je sais, mais il est maintenant très loin, à Edo !

– Pour vous protéger de graves dangers, dit Sano. Et cette enquête va sans doute être très dangereuse.

Mais Reiko préférait prendre des risques que s'ennuyer.

– J'ai déjà travaillé sur des affaires de meurtre similaires. Ça ne me fait pas peur !

– Cette affaire est particulière, insista sombrement Sano, car la maîtrise du *kiai* rend ce meurtrier encore plus inquiétant qu'un criminel ordinaire.

– Il n'est pas plus inquiétant pour moi qu'il ne l'est pour vous ! s'exclama Reiko qui sentait monter son exaspération.

Avec leurs onze années de différence d'âge, Sano se comportait souvent comme un père un peu trop protecteur.

– Le fait que vous soyez plus grand et plus fort que moi ne vous sert à rien contre « le cri de l'esprit » !

– Au cours de mes nombreuses années d'entraînement aux arts martiaux, j'ai pratiqué des rituels qui renforcent la volonté. C'est sur elle que se fonde la maîtrise du *kiai*, et c'est la seule arme contre lui.

Reiko redressa les épaules et leva le menton.

– Alors vous croyez que, comme j'ai vécu moins longtemps que vous, ma volonté est faible ?

– Pas vraiment, dit Sano avec un sourire narquois.

– Des rituels dont vous n'avez jamais pu tester l'efficacité ne garantiront pas votre sécurité si le meurtrier vous attaque, lui rétorqua Reiko. Et votre sexe ou votre rang non plus ! La victime était un homme qui avait le rang le plus élevé de la cour impériale.

Sano prit son bol de soupe, puis le reposa.

– D'autres raisons, qui ne dépendent pas de moi, m'interdisent de vous faire participer à l'enquête. Vous ne pouviez pas m'accompagner sur le lieu du crime aujourd'hui, et je ne pourrai pas vous emmener non plus demain. L'épouse d'un samouraï ne peut pas suivre son mari partout ni s'impliquer dans des affaires officielles. Ça ne se fait pas, vous le savez bien !

Son expression navrée montra à Reiko qu'il comprenait son point de vue, même s'il défendait le sien.

– Je suis désolé, ajouta-t-il.

– Il y a sûrement une chose que je peux faire, insista Reiko. N'y a-t-il pas des témoins que je pourrais interroger ?

– Pas encore.

– Ou alors des suspects ?

– Ce registre que j'ai rapporté contient les rapports du *yoriki* Hoshina sur les investigations qu'il a menées avant notre arrivée. Il confirme les alibis de la plupart des résidents du palais, mais il y a quelques personnes dont on ne sait exactement où elles se trouvaient au moment du crime, comme l'empereur Tomohito et son cousin, le prince Momozono. Ce sont eux qui ont découvert le corps, mais je ne peux pas les faire interroger par une femme. Ce serait inconvenant.

Reiko hocha tristement la tête. Sano avait raison et elle sentait cette affaire de meurtre lui échapper de plus en plus. Néanmoins, il avait dit quelque chose qui lui redonna espoir.

– Il n'y a pas que l'empereur et le prince qui sont suspects. Qui sont les autres ? lui demanda-t-elle.

– La mère de l'empereur, dame Jokyôden, et son épouse, dame Asagao.

En voyant son air contrarié, Reiko comprit qu'il aurait préféré ne pas le lui dire.

– Il serait parfaitement normal que l'épouse du représentant du shogun rende visite aux femmes de la cour impériale ! s'exclama-t-elle, si ravie de la tournure des événements qu'elle en oublia la tentative de dissimulation de Sano. J'irai les voir demain.

– Même s'il n'est pas inconvenant pour vous de leur rendre visite, cela me paraît imprudent, dit Sano. Dans toute l'histoire du Japon, je n'ai jamais entendu parler d'une femme qui ait la maîtrise du *kiai* et le meurtrier est probablement un homme. Mais on ne peut pas exclure la possibilité que la mère ou la femme de l'empereur ait tué Konoe. Mettre le nez dans leurs affaires vous ferait courir trop de risques.

– La cour impériale ne sait pas que je vous aide dans vos enquêtes, lui objecta Reiko. Ces femmes penseront que je leur rends une visite de courtoisie.

– Peut-être, mais si elles devinent votre véritable intention, les conséquences pourraient être fatales !

L'atmosphère douillette de la pièce s'assombrit brusquement avec le souvenir d'une situation récente où, au cours de l'enquête sur l'empoisonnement de la concubine favorite du shogun, la meurtrière avait percé à jour les faux prétextes de Reiko. En réprimant un frisson, la jeune femme posa involontairement sa main sur son ventre, où une nouvelle vie fragile venait sans doute juste de commencer. Dans les yeux de Sano, elle vit sa détermination d'empêcher un autre désastre.

– J'ai beaucoup appris depuis cette erreur, dit-elle. La mère et l'épouse de l'empereur ne pourront pas deviner que je sais qu'elles sont soupçonnées, et elles parleront plus franchement à une personne de leur sexe qu'à un homme. Les femmes de la cour impériale ne sont sûrement pas habituées à rencontrer des samouraïs, et j'aurai plus de chances que vous d'obtenir les informations dont vous avez besoin.

Sano acquiesça à contrecœur en hochant la tête, puis fronça les sourcils, posa ses baguettes au milieu de son bol de riz et contempla les deux moitiés égales.

Reiko comprit le conflit qu'il ressentait entre l'amour et le devoir, entre la prudence et la nécessité de tout faire pour résoudre l'affaire. Elle prit les grandes mains de Sano dans les siennes, si petites et si fines.

– Quand nous nous sommes mariés, la vie et l'honneur de chacun de nous se sont liés pour toujours. Je veux livrer le meurtrier à la justice autant que vous. Pour le meilleur ou pour le pire, je partage votre destin. Ne faut-il pas que je fasse tout ce qui est en mon pouvoir pour que nous réussissions ?

Ils se regardèrent longuement. Puis Sano étreignit les mains de Reiko et soupira en hochant la tête, sans dissimuler son appréhension. Ravie d'avoir remporté cette victoire, Reiko sentit qu'elle avait confiance pour deux dans la réussite de leur association.

Au château de Nijô, un serviteur entra, s'inclina et dit au chambellan Yanagisawa :

– Votre visiteur est arrivé.

– Bien. Je vais le recevoir dans la grande salle d'audience.

Il se tourna vers Aisu.

– Je m'en occuperai seul.

Une lueur de désapprobation passa dans les yeux de son adjoint.

– Mais comment être certain qu'on peut lui faire confiance ? Vous avez besoin de protection.

Yanagisawa avait communiqué par écrit avec son principal agent à Miyako, sans jamais le voir. Mais, avec l'importance des opérations en cours, cette rencontre était désormais indispensable.

De son côté, Aisu avait horreur d'être exclu des affaires importantes, de peur que quelqu'un ne lui vole la faveur de son maître. Yanagisawa le savait, mais il avait pris la précaution de garder secrets certains détails de son plan, afin de ne pas donner de pouvoir sur lui à ceux qui en sauraient trop. Il ne voulait donc pas qu'Aisu assiste à cette rencontre secrète avec l'homme qui allait lui permettre d'atteindre son objectif.

– Personne n'oserait m'attaquer ici. Tu peux te retirer. Je te verrai demain.

– Oui, maître, dit Aisu d'un air contrarié en s'inclinant.

Derrière l'estrade de la vaste salle d'audience, une peinture murale représentait des pins noueux sur un fond doré. Des paons étaient sculptés sur les traverses, et les fleurs peintes sur le plafond à caissons étaient éclairées par de nombreuses lanternes. Des tentures ornées de pompons dissimulaient les portes derrière lesquelles des sentinelles montaient la garde. Les cloisons coulissantes étaient ouvertes sur un jardin où ne poussait aucun arbre – pour que les feuilles mortes ne puissent évoquer le caractère éphémère de la vie ou du pouvoir politique. Le parfum d'un lilas indien embaumait la pièce.

Le chambellan Yanagisawa s'assit sur l'estrade. Un serviteur ouvrit la porte à l'autre bout de la salle et annonça :

– L'honorable Hoshina Sogoru, commandant de police en chef de Miyako.

Vêtu d'un kimono sombre bleu cobalt, le grand samouraï s'avança vers Yanagisawa qui le regarda s'approcher. Un éclair de désir le traversa à la vue du beau visage anguleux aux traits puissants. Les yeux aux paupières lourdes regardèrent le chambellan avec intérêt, puis les lèvres charnues s'incurvèrent dans un bref sourire effronté. Aussitôt, Yanagisawa comprit qu'il aimait les hommes – et partageait son attirance.

– Soyez le bienvenu, dit Yanagisawa, stupéfait que les messages aient transmis si peu de chose sur leur auteur.

Le sérieux des lettres du *yoriki*, qui lui décrivaient les circonstances de la mort du ministre de la gauche et les résultats de ses enquêtes préliminaires, ne l'avait pas préparé à la surprise de cette rencontre.

Hoshina s'agenouilla devant l'estrade et s'inclina.

– Merci, Honorable Chambellan. C'est pour moi un privilège de vous servir.

– Est-ce que quelqu'un vous a vu entrer au château ?

Yanagisawa admira les muscles sculpturaux des bras et de la poitrine du *yoriki*. Depuis neuf mois, il essayait d'oublier Shichisaburô – son amant qui avait été exécuté – dans les bras de nombreux partenaires, masculins et féminins. Mais aucun d'eux n'avait chassé de sa mémoire le seul être qui l'ait jamais aimé. Hoshina allait peut-être créer une diversion agréable, malgré le danger que Yanagisawa percevait dans leur attirance.

– Je ne pense pas, répondit Hoshina. Je suis venu seul et je suis entré par la porte de service en suivant vos ordres.

Une lueur de malice passa dans son regard sombre, comme s'il avait lu les pensées de Yanagisawa.

« Il a bonne opinion de lui-même et n'a pas tort », se dit Yanagisawa.

Trois ans plus tôt, les espions du *metsuke* qui étaient sur place lui avaient recommandé le *yoriki*, un homme de talent bien placé, d'après eux, pour surveiller grâce à son poste les activités des habitants de Miyako. Depuis lors, Hoshina lui avait envoyé ses rapports sous forme de messages réguliers, et Yanagisawa avait été impressionné par la qualité des informations qu'il lui communiquait, dont il avait fait vérifier la fiabilité plusieurs fois. Hoshina était un policier compétent, mais le problème était de savoir s'il serait capable d'effectuer une tâche plus difficile et plus complexe.

– Dites-moi ce qu'a fait Sano aujourd'hui, lui demanda Yanagisawa.

– Je l'ai conduit avec ses policiers au palais impérial, car il voulait voir le lieu du meurtre du ministre de la gauche Konoe.

Hoshina gardait les yeux respectueusement baissés, mais Yanagisawa sentait que le *yoriki* le jaugeait. Il avait dû lui aussi se renseigner et devait être au courant de l'inimitié qui existait entre Sano et lui. Le chambellan remarqua ses cheveux impeccablement huilés et noués en chignon, ainsi que son élégant kimono de soie imprimée d'arbres et de rivières argentées : Hoshina avait soigné son apparence pour cette première entrevue.

– Avez-vous gagné sa confiance ?

Tout en étant conscient que l'attitude du *yoriki* rappelait celle qu'il avait lui-même adoptée avec le shogun, il admirait son audace.

– Autant que possible, répondit celui-ci.

Une touche de fierté voilée de modestie résonna dans sa voix.

– Il est trop prudent pour faire confiance à un homme qu'il vient juste de rencontrer, mais il m'a demandé de l'assister. Il n'a pas l'air de soupçonner que je puisse être autre chose qu'un policier qui veut promouvoir sa carrière.

– C'est parfait. J'ai besoin qu'on me tienne informé de la progression de son enquête, lui expliqua Yanagisawa qui voulait bénéficier de la compétence et des lumières de Sano pour l'aider à résoudre l'affaire. Qu'a-t-il déduit en voyant la scène du crime ?

– D'après lui, le cri entendu le soir de la mort du ministre de la gauche était un « cri de l'esprit », dit Hoshina avec un petit sourire moqueur. Mais, à mon avis, ce n'est pas le *kiai* qui a provoqué la mort de Konoe, car ce cri n'existe pas, et c'est ce que je lui ai dit.

Yanagisawa doutait également de l'existence du *kiai*, même si rien d'autre ne pouvait expliquer l'état du cadavre. Mais il ne voulait pas encourager la tendance inquiétante du *yoriki* à prendre des initiatives et à se mettre en valeur.

– Vous n'auriez pas dû être en désaccord avec Sano. Je ne veux pas que vous le contrariiez. À partir de maintenant, gardez vos opinions pour vous !

– Oui, Honorable Chambellan, murmura Hoshina en courbant la tête. Je vous prie de me pardonner.

– Bien, dit Yanagisawa en se radoucissant. Je pourrai sûrement utiliser certains aspects de cette affaire comme une arme contre lui, dit-il d'un air songeur. Que lui avez-vous dit sur le meurtre ?

– Comme vous me l'avez ordonné dans votre message, je lui ai dit que j'avais fait une enquête préliminaire qui désignait quatre suspects : l'empereur Tomohito, le prince Momozono, dame Jokyôden et dame Asagao. Il sait que la cour impériale a essayé d'étouffer l'affaire et que Konoe avait interdit l'accès du Jardin de l'étang ce soir-là.

Yanagisawa hocha la tête pour montrer son approbation.

– Je ne veux surtout pas lui simplifier les choses, mais il fallait lui donner ces informations utiles et vérifiables pour le convaincre de votre compétence et de votre honnêteté. Vous ne lui avez pas parlé de vos autres constatations, n'est-ce pas ?

– Non, et je suis certain qu'il ne soupçonne même pas leur existence.

Yanagisawa sourit. Ces informations, beaucoup plus précieuses que celles qu'Hoshina avait révélées à Sano, lui donnaient un avantage sur son ennemi.

– Que s'est-il passé d'autre ?

– Sano a interrogé la maisonnée de Konoe.

– Et alors ?

Même si Hoshina avait fait de discrètes enquêtes parmi les proches de la victime avant l'arrivée de Sano à Miyako, celui-ci avait peut-être découvert des indices que Yanagisawa aurait préféré qu'il ignore.

– Ça n'a rien donné.

– Je suppose qu'il a inspecté les appartements du ministre de la gauche et qu'il n'y a rien trouvé d'important, n'est-ce pas ?

Avant l'arrivée de Sano, le chambellan avait envoyé Aisu fouiller les lieux et prendre tout ce qui pouvait avoir de l'intérêt. Plusieurs coffres de papiers étaient maintenant en sa possession.

Hoshina hésita un bref instant avant de dire :

– En fait, il a trouvé quelque chose.

Voyant Yanagisawa froncer les sourcils, le *yoriki* se dépêcha d'ajouter :

– Il y avait un paquet de lettres tellement bien caché que personne ne l'aurait jamais trouvé si Sano n'avait pas fait une fouille aussi minutieuse. Il est compréhensible que votre adjoint ne l'ait pas vu.

Apprendre qu'une nouvelle faute avait été commise par l'homme auquel il accordait auparavant sa confiance mit Yanagisawa en fureur. Il décida de lui trouver très rapidement un remplaçant.

– Elles se trouvaient dans un compartiment secret, poursuivit Hoshina. Elles étaient toutes écrites par le ministre de la gauche Konoe à son ex-femme, Kozeri.

– Kozeri, ah oui ! dit Yanagisawa en se rappelant avoir vu ce nom dans le dossier du *metsuke* concernant Konoe. Que disaient-elles ?

Hoshina résuma les passages que Sano avait lus à voix haute.

– Malheureusement, il a pris ces lettres et je n'ai pas protesté de peur d'éveiller ses soupçons.

Comprenant qu'il pouvait y avoir un lien entre Kozeri et le meurtre, Yanagisawa enragea à l'idée que ces précieuses informations soient dans les mains de son rival.

– Mais je l'ai convaincu que Kozeri n'avait aucun lien avec l'affaire et qu'il valait mieux interroger d'abord les suspects, le rassura Hoshina. Il connaît son existence, mais ne va pas poursuivre tout de suite cette piste.

– Bien, dit Yanagisawa.

Cette nouvelle initiative d'Hoshina allait peut-être lui donner un avantage : le chambellan allait avoir le temps d'envoyer quelqu'un enquêter sur Kozeri avant que Sano ne s'y intéresse. Curieusement, son admiration pour la présence d'esprit du *yoriki* intensifia le désir qu'il lui inspirait, alors que l'intelligence d'un homme ne l'avait jamais attiré jusque-là. Il n'avait séduit que de très jeunes filles et jeunes gens, ou des hommes plus âgés, mais fragiles comme le shogun – des êtres physiquement plus petits et plus faibles que lui, et intellectuellement inférieurs. Cette entorse inattendue à ses habitudes le troubla.

– Qu'a-t-il trouvé d'autre ? demanda-t-il à Hoshina.

Le *yoriki* glissa la main dans le sac de sa ceinture et en sortit une pièce de monnaie qu'il lui tendit. Leurs mains se touchèrent, et la douceur de ce contact surprit Yanagisawa qui réprima un sursaut. Un instant, leurs regards se croisèrent. Hoshina eut un sourire hésitant, comme s'il avait perdu sa hardiesse, et quelque chose d'incompréhensible passa entre eux. Pour cacher sa confusion, Yanagisawa examina la face gravée de fougères.

Hoshina, qui s'était redressé pour lui tendre la pièce, se rassit sur les talons.

– Trois de ces pièces étaient dissimulées dans une cape de Konoe, dit-il d'une voix étranglée, le souffle court. Les policiers de Sano en ont pris deux et il leur a demandé de se renseigner pour déterminer si elles avaient un lien avec le meurtre. Alors j'ai pris la troisième en disant que je ferai moi aussi une enquête. Les contacts que j'ai en ville devraient me donner un avantage sur eux.

– Si vous apprenez quelque chose, venez me le dire à moi, et pas à Sano ! lui ordonna Yanagisawa qui s'était ressaisi. Quels sont ses projets pour demain ?

– Je dois le conduire au palais pour interroger l'empereur Tomohito, le prince Momozono, dame Jokyôden et dame Asagao, répondit Hoshina d'une voix qui avait retrouvé sa fermeté.

Ils se regardèrent calmement, à nouveau maître et serviteur – du moins en surface.

– Et ce soir, nous allons assister au banquet du *shoshidai*, ajouta-t-il.

Yanagisawa réfléchit pour adapter son plan à ces événements, puis dit :

– Avez-vous trouvé un lieu correspondant aux critères que je vous ai précisés dans mon message d'hier ?

– Oui, Honorable Chambellan.

Hoshina lui décrivit une maison et son emplacement.

– Cela me semble parfait, dit Yanagisawa.

Ils mirent au point la marche à suivre pour que Yanagisawa suive la piste principale de l'affaire en laissant Sano enquêter sur des indices mineurs, surveillé par Hoshina qui serait les yeux et les oreilles du chambellan.

– Tenez-vous prêt à venir tout me raconter demain soir. Je vous ferai savoir l'heure et le lieu de notre rencontre.

Soudain, une pensée lui traversa l'esprit.

– Qu'a fait dame Reiko aujourd'hui ?

– Elle est restée à l'hostellerie de Nijô dont la patronne est mon informatrice. Je lui ai ordonné de la surveiller et, jusqu'à présent, elle n'a rien fait d'intéressant.

Mais Yanagisawa en savait assez sur Reiko pour se douter que Sano ne lui avait pas fait faire ce long voyage simplement pour lui tenir compagnie.

– Je veux savoir où elle va, qui elle voit, et quelles sont ses occupations.

– Oui, Honorable Chambellan.

Tout était maintenant réglé, mais Yanagisawa ne prononça pas la phrase congédiant Hoshina. Au loin, la cloche d'un temple sonna l'heure du sanglier. Hoshina attendait, les yeux fixés sur lui. Ni l'un ni l'autre ne parlèrent ni ne bougèrent, mais leur silence résonnait de questions, d'espoirs, et des pulsations rapides de leur sang.

– S'il y a quoi que ce soit d'autre que vous aimeriez que je fasse, Honorable Chambellan..., dit doucement Hoshina.

Malgré son air sombre, sa voix était pleine d'émotion.

– ... je serais extrêmement heureux de vous satisfaire.

L'allusion lascive enflamma Yanagisawa, mais l'audace du *yoriki* le choqua. Comment pouvait-il oser faire le premier pas ? C'était la prérogative de son rang.

– Vraiment ? lui rétorqua-t-il sèchement. Et qu'attendez-vous en échange ? De l'argent ? Des biens ? Un poste dans mon équipe ?

Il savait qu'Hoshina voulait tout cela, mais celui-ci leva les mains et dit tranquillement :

– Juste une chance de vous prouver que je mérite de vous servir.

Puis il se pencha vers Yanagisawa en le fixant d'un regard sans équivoque.

– Et l'honneur de votre compagnie.

Jusque-là, le chambellan avait évité les amants arrivistes qui voudraient se servir de lui pour leur propre intérêt, mais la proposition audacieuse d'Hoshina le tentait terriblement. Il se leva, descendit de l'estrade et s'approcha d'Hoshina qui, toujours agenouillé, leva les yeux vers lui, les muscles tendus et les yeux fiévreux de désir et d'ambition.

– Je vous verrai demain, lui dit-il brusquement avant de marcher à grands pas vers la porte sans se retourner.

Mais il sentit le regard d'Hoshina fixé sur lui, et la douleur du désir frustré. Malgré sa peur de la perfidie, il attendait avec impatience leur prochaine rencontre.

5

Au-dessus du palais impérial, le ciel était d'un bleu pâle et délavé. La lumière blanche du soleil aveuglant baignait la foule qui se pressait sur l'avenue Teramachi. Un petit cortège se dirigeait vers l'entrée du palais réservée aux fonctionnaires du *bakufu*. Sano et le *yoriki* Hoshina chevauchaient en tête, suivis de quelques gardes à pied et de Reiko dans son palanquin.

Quelques instants auparavant, quand Hoshina était arrivé à l'hostellerie de Nijô pour escorter Sano au palais, celui-ci lui avait annoncé :

– Ma femme vient avec nous pour rendre visite à la mère et à l'épouse de l'empereur.

À son grand soulagement, Hoshina avait accepté cette explication de la présence de Reiko sans poser de questions.

– Je vais envoyer un messager pour les prévenir de sa visite, avait-il simplement répondu.

Sano et Hoshina mirent pied à terre et les sentinelles ouvrirent le portail. À l'intérieur de l'enceinte, le cortège se divisa en deux : les deux hommes se dirigèrent vers les appartements impériaux pour leur audience avec l'empereur, tandis qu'un noble de la cour guidait le palanquin de Reiko le long d'une autre galerie.

Comme une haleine chaude et fétide, les odeurs d'égout, de charbon de bois et de fleurs tropicales imprégnaient l'atmosphère du quartier des *kuge*. Au loin, des nuages menaçants recouvraient les collines, mais malgré la chaleur torride Sano se sentait reposé et plein d'énergie. Une bonne nuit de sommeil lui avait redonné confiance. Son enquête allait être couronnée de succès, et il avait pris la bonne décision en acceptant l'aide de Reiko.

Réservée aux événements importants, la salle du Dragon Violet se trouvait au sud du palais. L'austère bâtiment à colombages donnait sur une cour entourée de galeries aux piliers rouge vermillon. Le sol était couvert de sable blanc, afin de réfléchir la lumière du soleil ou de la lune vers les fenêtres. Un cerisier et un oranger encadraient l'entrée, remplaçant les archers et les cavaliers qui, jadis, la gardaient. Dix-huit marches bordées de balustrades rouges montaient vers la porte, symbolisant les échelons de la noblesse dans la hiérarchie de la cour. Sano et Hoshina s'approchèrent du bas des marches, où une rangée de nobles les attendait. L'un d'eux, un homme d'une soixantaine d'années dont les cheveux gris et brillants étaient coupés courts, fit un pas en avant et s'inclina.

– Nous vous saluons, *sôsakan-sama*, lança-t-il d'une voix forte et sonore.

Il portait une coiffe noire prolongée par un rabat à l'arrière, une robe de cour en soie vert mousse et de larges pantalons blancs. De profondes rides plissaient son front et encadraient sa bouche, donnant du caractère à son long visage élégant. Son regard était intelligent et rusé, et ses dents étaient teintes en noir, à l'ancienne mode de la cour.

– Nous sommes très honorés de recevoir un représentant du shogun aussi prestigieux que vous.

Le *yoriki* Hoshina prit la parole.

– Permettez-moi de vous présenter l'Honorable Ministre de la droite Ichijô, dit-il à Sano.

– Je vous remercie infiniment d'avoir accepté d'être mon intermédiaire dans mes relations avec la cour impériale, déclara Sano, même si le ministre de la droite n'avait d'autre choix que de se mettre à son service.

Il se sentit un instant décontenancé par l'aura raffinée d'Ichijô et le respect qu'il inspirait. Il connaissait bien l'histoire du Japon et savait que son ascendance aristocratique remontait à plus de mille ans – une époque où ses propres ancêtres étaient des paysans et où la caste des samouraïs n'avait pas encore émergé des rangs des chefs de tribus. Ichijô était membre du célèbre clan Fujiwara qui avait jadis dominé la cour impériale. Leur ère avait produit des chefs-d'œuvre de peinture et de poésie, et leur nom restait synonyme de culture et de prestige.

– Sa Majesté l'empereur vous attend, dit Ichijô.

Encadré par Ichijô et Hoshina, Sano monta les marches, terriblement impressionné. Comme tous les Japonais, il vénérait l'empereur qui était pour lui le descendant direct d'Amaterasu, la déesse du soleil du panthéon shintô. L'empereur pouvait invoquer le pouvoir de cette divinité pour les affaires humaines, et lui seul avait la capacité de percevoir l'ordre moral de l'univers et de l'imposer à la société. Dans l'ordonnance cosmique de la tradition confucéenne, la dictature militaire du Japon n'était qu'un instrument grâce auquel l'empereur gouvernait.

Ils s'arrêtèrent pour se déchausser et pénétrèrent dans la salle d'audience. Le soleil entrait à flots par les fenêtres à croisillons. Un long tapis blanc était déroulé sur le plancher de cyprès luisant. Ichijô marchait en tête entre deux rangées de courtisans agenouillés. D'autres nobles étaient à genoux devant l'impressionnant trône impérial – un siège laqué et rembourré au centre d'un édifice octogonal surmonté d'un dais, entouré de tentures de soie et surélevé sur une plate-forme bordée de balustrades. Un énorme phénix doré ornait le toit du trône, et des peintures de sages chinois décoraient le mur derrière lui. L'air était parfumé par les fumées d'encens.

Le ministre de la droite Ichijô s'agenouilla devant le trône et s'inclina. Sano et le *yoriki* Hoshina firent de même.

– Votre Majesté, je vous présente Sano Ichirô, le Très Honorable Investigateur de Son Excellence le Shogun, dit Ichijô.

Puis il se tourna vers Sano.

– J'ai l'honneur de vous présenter l'Empereur suprême Tomohito, le cent treizième souverain impérial du Japon.

En découvrant son premier suspect de meurtre, Sano dut cacher sa surprise. Il savait que l'empereur n'avait que seize ans et qu'il était monté sur le trône après l'abdication de son père quatre ans auparavant. L'extrême jeunesse de Tomohito ne le choqua donc pas, mais le jeune homme assis sous le dais ne ressemblait en rien à ses élégants portraits officiels. Grand pour son âge, il portait une haute coiffe noire et une robe violette ornée des chrysanthèmes dorés des armoiries impériales. Musclé et solidement bâti, il avait le visage rond d'un enfant avec de bonnes joues roses, une bouche charnue, un front lisse et des yeux brillants. Il regarda Sano avec l'insolence d'un adolescent effronté qui se sait trop grand pour être puni.

– Le *sôsakan* Sano enquête sur la mort du ministre de la gauche Konoe et il aimerait vous poser quelques questions, Votre Majesté, dit le ministre de la droite Ichijô.

– Vraiment ? s'écria Tomohito d'un air agressif. Alors, c'est bien dommage pour lui, parce que c'est *moi* qui vais lui poser des questions à *lui* !

Sano fut choqué par sa grossièreté, même s'il s'y était préparé. Au cours du trajet jusqu'au palais, il s'était renseigné sur les suspects auprès du *yoriki* et, à propos de l'empereur, Hoshina lui avait dit : « Il a été trop gâté depuis son enfance. L'éducation d'un prince héritier, qui est censée lui inculquer les bonnes manières et la discipline, n'a pas marché avec lui. Il se croit libre de faire tout ce qu'il veut, et personne au palais n'ose le critiquer à cause de son mauvais caractère. Quand il est de mauvaise humeur, il menace de faire tomber la colère des cieux sur le pays ! »

Dans la salle du Dragon Violet, un lourd silence pesa sur l'assemblée qui se demandait comment allait réagir Sano face à l'esprit contestataire du jeune homme. Il ne voulait pas offenser l'empereur ni envenimer les relations entre le *bakufu* et la cour impériale, mais il devait garder la maîtrise de l'interrogatoire.

– Je répondrai à vos questions à condition que vous répondiez aux miennes.

Tomohito se renfrogna comme s'il allait refuser.

– Très bien, dit-il à contrecœur.

Puis il demanda avec une lueur de malice dans les yeux :

– Est-il vrai qu'il y a des endroits où des filles sont assises dans des cages et où les hommes peuvent les acheter pour la nuit ?

Ainsi, le grand empereur avait les mêmes intérêts lubriques que les adolescents ordinaires !

– Oui, répondit Sano, dans certains quartiers de plaisirs autorisés.

– Y êtes-vous déjà allé ?

Un sourire insinuant incurva les lèvres de Tomohito.

– Votre Majesté, je vous conseille de limiter vos questions à des sujets moins personnels afin de ne pas insulter le *sôsakan-sama*, s'inquiéta le ministre de la droite Ichijô.

« Et le shogun par la même occasion ! » laissa entendre le ton de sa voix.

– Il doit me répondre, insista Tomohito. C'est ce qui était convenu.

– Oui, mais c'est mon tour de vous interroger, reprit Sano. Quelle était votre opinion sur le ministre de la gauche Konoe ?

Les yeux de Tomohito s'agrandirent de surprise. Sano en conclut que très peu de gens le pressaient de tenir parole ou se permettaient de changer de sujet de conversation sans sa permission.

– On m'a dit que Konoe avait été assassiné, dit-il en fronçant les sourcils. Vous croyez que j'ai quelque chose à voir avec ce meurtre ?

Sano secoua la tête en levant la main.

– Rappelez-vous notre accord !

L'empereur le regarda, bouche bée. Ses yeux cherchèrent de l'aide mais, voyant que personne n'intervenait, il dit d'un air maussade :

– Le ministre de la gauche était mon conseiller depuis mon enfance. C'est lui qui m'a appris à accomplir les rituels sacrés et les cérémonies de la cour. Il m'écoutait réciter mes leçons et s'assurait que j'avais tout compris. C'était un bon professeur, ajouta-t-il en haussant les épaules.

Sano réfléchit à ce qu'il savait sur l'empereur. « Il n'écoute personne à part sa mère, dame Asagao, et Ichijô, lui avait dit le *yoriki* Hoshina. Le ministre de la gauche Konoe avait de l'influence sur lui mais, maintenant qu'il est mort, son caractère a empiré ! Il se comporte comme si le monde lui appartenait et se permet n'importe quoi. » L'empereur en voulait-il à Konoe qui réprimait son indiscipline ?

– C'est à moi de vous demander quelque chose, dit Tomohito. Y a-t-il vraiment une très longue route de Miyako à Edo, qui passe par de nombreuses villes ?

– Il y a cinquante-trois relais de poste et le voyage prend quinze jours, répondit Sano.

– Cinquante-trois relais de poste ! Quinze jours !

Visiblement déconcerté, Tomohito déclara :

– Je n'imaginais pas qu'Edo soit si loin. Combien de temps faudrait-il pour traverser tout le pays ?

– Environ trois mois, selon les conditions climatiques.

En se mordillant les lèvres, l'empereur rumina ce fait, puis dit d'une voix abattue :

– Je ne le savais pas.

L'ignorance de Tomohito s'expliquait, car les empereurs ne s'aventuraient hors du palais que lorsque des catastrophes naturelles imposaient l'évacuation de la cour. De bonnes raisons expliquaient qu'il reste cloîtré et voie si peu de gens de l'extérieur. La première était sa sécurité physique : le souverain sacré du Japon devait être protégé des accidents, des agressions et des maladies. Son bien-être spirituel nécessitait aussi un isolement des personnes, des idées, ou des lieux impurs susceptibles de contaminer son âme. Son éducation se limitait donc aux traditions de la cour et aux arts. Mais la raison la plus importante était politique : le *bakufu* craignait que des éléments dangereux de la société ne puissent convaincre un souverain influençable de s'élever contre le régime du shogun en constituant un gouvernement rival, en levant des armées, en faisant appel à la loyauté du peuple et en affaiblissant l'autorité du clan Tokugawa. Le jeune empereur Tomohito se trouvait dans l'œil d'un cyclone autour duquel les vents de l'insurrection pouvaient souffler. Mieux valait l'isoler du monde et le maintenir dans l'ignorance, afin qu'il n'ait pas conscience de son propre pouvoir.

– Vous aviez des cours et vous pratiquiez des rituels et des cérémonies avec le ministre de la gauche, mais vous receviez également ses conseils, reprit Sano. Il vous critiquait, corrigeait vos erreurs, et devait blesser parfois votre amour-propre, non ?

Brutalement tiré de ses préoccupations sur la taille du Japon, Tomohito secoua la tête.

– Il le faisait pour mon bien. Il voulait que je sois le meilleur souverain possible et que j'accomplisse ma haute destinée. Je lui étais reconnaissant pour l'attention qu'il me portait.

– N'y avait-il pas des jours où vous auriez préféré vous amuser au lieu de travailler ? lui suggéra Sano avec tact. Vous ne vous mettiez pas en colère contre ce subalterne qui vous punissait alors que vous étiez son seigneur ?

L'empereur rougit et ses yeux lancèrent des éclairs.

– Le ministre de la gauche ne m'a jamais rien forcé à faire, dit-il en lançant un regard de défi. Il ne m'a jamais corrigé. Il n'avait pas le droit de me toucher. Je ne lui obéissais que parce que je le voulais.

– D'accord.

Mais Sano savait que les remarques cinglantes d'un homme plus âgé pouvaient blesser un jeune amour-propre fragile, et l'allusion spontanée au châtiment corporel suggérait que sa relation avec le ministre de la gauche avait aussi inclus cet aspect.

– Vous pensez que je l'ai tué ? Vous êtes complètement fou ! s'écria l'empereur qui bondit de son siège et, les poings serrés, lança à Sano un regard furieux.

Il jeta un coup d'œil circulaire comme s'il cherchait un objet à lui lancer à la figure.

– Comment osez-vous m'accuser ?

– Est-il vraiment nécessaire de le contrarier, *sôsakan-sama* ? murmura le ministre de la droite Ichijô.

– Vous oubliez que je commande les forces du cosmos ? Si vous m'insultez, vous le regretterez ! hurla l'empereur.

– Je vous prie d'accepter mes excuses, s'empressa de dire Sano, choqué par ce brusque accès de fureur qui donnait une preuve inquiétante du tempérament explosif de l'empereur.

Peut-être Tomohito s'était-il disputé avec le ministre de la gauche Konoe dans le jardin ? Avait-il vraiment les pouvoirs surnaturels qu'impliquait sa menace ?

– Regrettez-vous la mort du ministre de la gauche ?

L'empereur réintégra son trône. Il n'était plus en colère et avait seulement l'air maussade.

– Il me manque, mais je n'ai plus besoin de lui.

– Que voulez-vous dire ? lui demanda Sano, intrigué par cette étrange réponse.

– Rien.

Les mâchoires serrées, l'empereur Tomohito regardait le plancher. Sano attendit mais, voyant que l'empereur ne lui donnait aucune explication, il changea de sujet.

– J'ai cru comprendre que vous aviez découvert le corps du ministre de la gauche ?

– Oui, c'est vrai, répondit Tomohito en lançant à Sano un coup d'œil méfiant. Mon cousin était avec moi.

Puis un sourire rusé éclaira son visage.

– Je suppose que vous voulez aussi lui parler ?

– Oui, Votre Majesté.

Sano voulait vérifier les dires de l'empereur, et ce cousin serait peut-être plus coopératif que lui.

Tomohito se tourna vers ses serviteurs.

– Faites venir le prince Momozono, leur ordonna-t-il.

6

Regardant par la fenêtre du palanquin qui la transportait dans le labyrinthe du palais, Reiko eut l'impression bizarre d'avoir quitté sa vie habituelle pour visiter un lieu hors du temps. Le long des allées étroites, les costumes archaïques des gens qu'elle croisait et les bâtisses désuètes qu'elle apercevait par les portails ouverts évoquaient de vieilles légendes sur les empereurs et les impératrices, les princes et les princesses, et les nobles de la cour. Mais la réalité du meurtre assombrissait ce passé romantique.

Le vieux courtisan aux cheveux blancs la fit pénétrer dans une enceinte intérieure du palais, et la conduisit vers une vaste demeure qui se dressait dans une cour entourée de bâtiments. Les porteurs posèrent le palanquin. Reiko en sortit et vit les avant-toits incurvés des larges vérandas et les fenêtres ajourées aux motifs raffinés. Des oiseaux volaient au-dessus des arbres qui dépassaient des toits.

– Où sommes-nous ? demanda Reiko au courtisan.

– C'est le palais des empereurs retirés.

Reiko savait que des empereurs avaient renoncé au trône pour diverses raisons : certains l'avaient fait en raison de leur âge avancé ou de leur mauvaise santé, ou bien pour entrer dans un monastère, alors que d'autres avaient préféré laisser leur successeur assurer les rituels ennuyeux, tout en dirigeant les affaires de la cour dans les coulisses. Mais beaucoup avaient été forcés de quitter le trône, destitués à cause de dissensions dans la famille impériale ou de mauvais présages. Quand le règne de l'empereur Go-Sai avait été troublé par une suite de catastrophes naturelles, la cour avait estimé que cela prouvait son inaptitude à gouverner et avait ordonné son abdication. Reiko se rappelait que le grand-père de l'empereur actuel, qui avait eu un différend avec le *bakufu* à propos de l'instauration de lois limitant son pouvoir, avait démissionné en signe de protestation, mais elle ne se souvenait plus pourquoi l'empereur Reigen, le père de Tomohito, avait abdiqué.

– Dame Jokyôden passe ici la plupart de son temps, dit le courtisan. Elle attend votre arrivée.

Reiko s'imaginait la mère de l'empereur comme une vieille femme frêle et timide, qu'on pouvait difficilement suspecter de posséder la maîtrise du *kiai*. En montant les marches, elle sourit intérieurement en se rappelant la mise en garde de Sano contre d'éventuels dangers. Tout ce qu'elle espérait, c'était lui faire dire où elle se trouvait la nuit du meurtre, afin de barrer un nom sur la liste des suspects.

La vaste salle d'audience était vide, mais ses cloisons coulissantes étaient ouvertes. Elles donnaient sur un parc où des érables et des cerisiers créaient des oasis de fraîcheur autour d'une montagne miniature, édifiée pour que l'empereur précédent puisse apercevoir la ville. Des personnes vêtues de couleurs vives se promenaient, et leurs rires se mêlaient aux tintements des carillons éoliens. Dans la véranda qui dominait le parc, un homme et une femme étaient agenouillés l'un près de l'autre, tournant le dos à la salle. Une rangée de nobles était assise en face d'eux, et des serviteurs attendaient sur le côté.

– Comme le montrent ces chiffres, le budget impérial de cette année dépasse les fonds alloués par le *bakufu*, expliquait un noble. Et puisque nous ne pouvons réduire les dépenses sans affecter le mode de vie de l'empereur, nous préconisons à nouveau de vendre ses poèmes au public. Approuvez-vous, Votre Altesse ?

– Il approuve, dit la femme. Rédigez un ordre adressé à tous les poètes de la cour, leur demandant d'écrire des vers pour que l'empereur les recopie et les signe.

Un secrétaire se mit à écrire d'un air affairé. Le courtisan s'approcha avec Reiko.

– Honorable Empereur retiré et Haut Conseil impérial, veuillez excuser cette interruption.

Personne ne dit rien pendant que Reiko s'agenouillait dans la véranda et s'inclinait.

– L'épouse du *sôsakan-sama* du shogun est venue rendre visite à dame Jokyôden.

L'empereur retiré Reigen poussa un soupir de lassitude. Proche de la quarantaine, il avait un visage empâté et placide. Son corps grassouillet s'étalait sur les coussins qui le soutenaient. Il regarda Reiko avec indifférence.

– Je vous salue, marmonna-t-il mollement.

Fascinée par sa femme, Reiko murmura une réponse polie.

– Que c'est gentil à vous d'être venue, Honorable Dame Sano !

En contraste absolu avec son mari, dame Jokyôden avait le dos droit et le regard vif. Sa voix cultivée était bien timbrée. Âgée de quelques années de plus que l'empereur retiré, elle avait un visage jeune et lisse et de longs cheveux d'un noir profond, relevés avec des peignes. C'était une beauté classique de Miyako : un corps mince aux membres longs, une bouche fine, un nez délicat, des yeux allongés sous de hauts sourcils peints. Mais Reiko perçut la force qui émanait de ce corps vêtu de robes de soie superposées ivoire et mauve, l'intelligence qui brillait dans ces yeux ravissants, et le sang-froid plein d'assurance qui se devinait à la façon dont ses mains pâles aux doigts fuselés reposaient sur le bureau d'ébène devant elle.

– Votre attention est un honneur immérité pour l'humble femme que je suis.

Comme l'image reflétée sur un plan d'eau quand on y lance une pierre, les idées préconçues de Reiko sur la mère de l'empereur volèrent en éclats. Troublée, elle répondit :

– Je vous remercie infiniment de me recevoir.

– Je vous prie de me laisser quelques instants pour terminer ma tâche, dit dame Jokyôden.

C'était moins une requête qu'un ordre donné par une femme accoutumée à commander et à être obéie. Elle se tourna vers l'empereur retiré.

– Voulez-vous signer la directive aux poètes de la cour, je vous prie, messire ?

Reigen poussa un nouveau soupir.

– Puisqu'il le faut, je vais le faire !

Le secrétaire lui tendit une longue feuille de papier. Jokyôden encra le sceau de jade, prit la main de son mari pour le lui glisser entre les doigts et, sans la lâcher, tamponna le document. Puis elle le tendit au secrétaire et congédia les nobles qui s'inclinèrent pendant que Reigen s'éclipsait. Très impressionnée, Reiko la regarda avec admiration. Elle qui se trouvait si audacieuse et intelligente d'aider Sano dans son travail, elle avait devant elle une femme qui pensait et donnait des ordres à la place de son mari !

Dame Jokyôden effectua le rituel de bienvenue habituel en servant le thé. Reiko était si intriguée par son hôtesse qu'elle en oublia ses bonnes manières.

– Comment se fait-il que vous puissiez diriger des affaires qui sont généralement du ressort des hommes ? lança-t-elle.

Surprise par cette question, Jokyôden, qui était en train de remplir le bol de Reiko, la regarda plus attentivement. L'atmosphère entre elles se modifia subtilement, abolissant les contraintes sociales qui n'autorisaient que des propos superficiels lors des visites officielles. Elle répondit avec la même franchise.

– Reigen a toujours manifesté peu d'inclination pour les efforts physiques et mentaux. Il m'a épousée parce qu'il savait que je pourrais faire son travail à sa place. Son abdication l'a déchargé de certaines tâches, mais je continue à m'occuper de tout jusqu'à ce que notre fils soit prêt à le faire. La cour accepte cette situation par respect pour mon mari.

– Pardonnez l'impertinence de ma question, dit Reiko, frappée par la similitude de leur situation – le mariage leur avait donné à toutes les deux la possibilité d'exercer leurs talents particuliers. Il est si rare de voir une femme ayant ce genre de responsabilités !

– Il est aussi très rare de voir la femme d'un fonctionnaire d'Edo accompagner son mari jusqu'à Miyako, répliqua Jokyôden. Puis-je vous demander la raison de ce voyage ?

Saisie d'inquiétude, Reiko se dit qu'elle savait sûrement que Sano était venu enquêter sur la mort du ministre de la gauche Konoe. Allait-elle deviner que Reiko était là pour le seconder dans son travail ? Il avait eu raison de la mettre en garde.

– Mon mari a pensé que j'aimerais visiter la capitale impériale.

– Vraiment ? lança Jokyôden d'un air sceptique. Et quelles sont vos premières impressions sur Miyako ?

– Je n'ai pas encore vu grand-chose, mais c'est une ville très différente d'Edo, dit Reiko, contente que son explication ne soit pas contestée. Je suis particulièrement fascinée par le palais impérial.

Un sourire désabusé se dessina sur les lèvres de Jokyôden.

– Vous le trouveriez moins fascinant si vous y aviez passé toute votre vie !

– Vous n'en êtes jamais sortie ? s'étonna Reiko.

– Seulement quatre fois depuis que je suis née, quand la cour a dû être évacuée en raison d'incendies. Et cela fait seize ans que je n'en ai pas bougé.

« Je serais devenue folle à sa place », se dit Reiko.

– Cela vous contrarie beaucoup ?

Jokyôden haussa calmement les épaules.

– Même si j'ai parfois très envie de changer de décor et de voir autre chose, la vie n'est pas ennuyeuse ici. Le palais est un monde en miniature, avec son lot de comédies et de drames humains.

– Et aussi ses crimes ! dit Reiko en sautant sur l'occasion de détourner la conversation vers son centre d'intérêt.

– Vous êtes donc au courant du meurtre sur lequel votre mari est en train d'enquêter ? lui demanda sèchement Jokyôden.

Reiko sentit une soudaine tension.

– Tout ce que je sais, c'est que le ministre de la gauche Konoe a été tué par un « cri de l'esprit » dans le Jardin de l'étang. Mon mari préfère me tenir à l'écart de ses affaires, mais je ne peux m'empêcher d'être curieuse. Vous connaissiez le ministre de la gauche ?

– Oui, bien sûr.

Jokyôden posa brusquement son bol de thé et se leva.

– Allons nous promener dans le parc, voulez-vous ?

Elles descendirent les marches de la véranda et prirent une allée qui serpentait entre les arbres. Jokyôden était plus grande que Reiko, et son pas était vif tout en restant fluide. Reiko se dit qu'elle avait interrompu leur conversation pour avoir le temps de réfléchir à ce qu'elle allait répondre. Elle devait se demander si ce qu'elle allait dire serait rapporté à Sano.

Affectant d'être contrariée, Reiko s'excusa :

– Je suis désolée. Je n'aurais pas dû évoquer ce meurtre.

Elle devait persuader Jokyôden qu'elle ne dirait mot de leur conversation.

– Mon mari serait furieux s'il apprenait que je vous ai importunée en me mêlant de ce qui ne me regarde pas !

Dame Jokyôden marchait en silence, les yeux fixés sur un groupe de nobles qui pique-niquaient sur la montagne miniature.

– Il est inutile de vous excuser, finit-elle par dire.

Elle avait sans doute décidé qu'il n'y avait aucun mal à discuter du meurtre avec Reiko, car elle ajouta :

– Personnellement, la mort du ministre de la gauche Konoe ne m'a pas causé de chagrin. Je le voyais fréquemment quand il conseillait mon fils, et je parlais souvent avec lui de l'administration du palais, mais nos rapports étaient distants.

Le ton et l'attitude de Jokyôden paraissaient sincères, mais Reiko se dit que leur soudaine sympathie mutuelle n'excluait pas la dissimulation, puisque elle-même l'avait trompée.

– Quel genre d'homme était-il ?

Pour que son intérêt ne semble pas excessif, elle ajouta :

– Je n'ai jamais connu personne qui ait été assassiné ! Je voudrais comprendre pourquoi on peut suffisamment haïr quelqu'un pour le tuer.

Jokyôden hésita un instant.

– Il était plus respecté qu'apprécié. C'était un bel homme qui avait du charme, mais il était ambitieux et égoïste, et il avait besoin de dominer les autres. Il ne supportait pas qu'on lui résiste et ne voulait jamais admettre qu'il avait tort.

Ces traits de caractère pouvaient clairement provoquer chez autrui des réactions violentes.

– Comment vous entendiez-vous avec lui ?

– Nous n'avions pas de différends.

Elles passèrent sous une tonnelle couverte de vigne et la pénombre obscurcit le visage de Jokyôden.

– Je n'approuvais pas toujours la manière dont il gérait les finances du palais ou traitait mon fils, mais ce n'était pas à moi de mettre en doute son discernement. Mon devoir était d'obéir à ses ordres.

Reiko se dit que ce portrait aurait très bien pu la décrire. S'étaient-ils affrontés pour la mainmise sur la cour ? Dans ce cas,

Konoe avait forcément gagné grâce à son rang et son sexe. S'était-elle vengée en le tuant ?

– Le ministre de la gauche n'était-il pas contrarié qu'une femme ait autant d'influence ?

– Il tolérait la situation car il savait qu'elle était temporaire, dit Jokyôden. L'empereur aura bientôt la maturité nécessaire pour diriger la cour, et je n'aurai plus à m'en occuper.

Reiko l'avait vue présider le Haut Conseil impérial. Peut-être Konoe avait-il considéré qu'elle empiétait sur sa propre autorité. Avait-elle cherché à renforcer sa position pour le peu de temps qui restait ? Que lui avait rapporté la mort du ministre de la gauche ?

Elles sortirent de la tonnelle et s'approchèrent d'un étang. Jokyôden posa son regard perspicace sur Reiko qui se sentit transparente sous le soleil brûlant. La mère de l'empereur devait être consciente du lien que l'enquête pourrait établir entre sa relation avec Konoe et le meurtre.

– La politique impériale peut être brutale, même si les temps ont changé et si les membres de la cour se battent pour améliorer leur rang et leurs privilèges, et non pour diriger la nation, dit fermement Jokyôden. Le ministre de la gauche Konoe avait de nombreux ennemis, dont certains nobles de haut rang.

Mais, comme presque tout le monde à la cour, ces hommes avaient des alibis pour la nuit du meurtre. La veille, Reiko avait lu le rapport du *yoriki* Hoshina.

– À votre avis, qui l'a tué ? lui demanda-t-elle.

– Il est difficile d'imaginer qu'un de ses proches soit un meurtrier.

Persuadée que, si elle n'avait pas tué Konoe elle-même, Jokyôden devait avoir en tête d'éventuels coupables, Reiko lança d'un air détaché :

– La personne qui l'a tué doit être experte en arts martiaux pour avoir maîtrisé l'énergie du *kiai*.

– Effectivement, il doit être un expert, acquiesça Jokyôden en refusant d'en dire davantage.

– Vous avez dit « il », lui fit remarquer Reiko. Vous croyez que c'est un homme ?

– Les hommes ont la liberté de se déplacer à leur guise, alors que celle des femmes de la cour est limitée par une surveillance très stricte.

Même si Reiko voyait la logique de ce raisonnement, il avantageait la mère et l'épouse de l'empereur en les éliminant de la liste des suspects. D'ailleurs, le manque de liberté concernait aussi Tomohito qui était constamment entouré de sa suite et quittait rarement le palais. Il ne restait donc plus que son cousin, le prince Momozono, que Jokyôden préférait évidemment voir accusé de meurtre plutôt qu'elle-même, son fils ou sa bru.

– Qui pouvait bien être dans le Jardin de l'étang avec le ministre de la gauche cette nuit-là ? dit Reiko en espérant que son insistance passe pour une simple curiosité.

– Il avait ordonné que personne ne vienne dans le jardin ce soir-là. Très peu de gens auraient osé lui désobéir et prendre le risque d'être punis, répondit évasivement Jokyôden.

Il était clair qu'en donnant cet ordre, Konoe avait informé tous les suspects qu'il serait seul dans le jardin. L'un d'entre eux avait-il profité de cette occasion ? Reiko évoqua une autre possibilité.

– Celui ou celle qui l'a tué avait peut-être un rendez-vous secret avec lui ?

– Pour autant que je sache, il n'a dit à personne pourquoi il voulait le jardin pour lui tout seul, dit Jokyôden en regardant fixement les feuilles de lotus qui recouvraient l'étang. Je ne l'ai pas vu ce soir-là. Il faisait très chaud et, comme je ne pouvais pas dormir, je me suis promenée autour du pavillon d'été qui est au nord du Jardin de l'étang. Je m'étais assise pour contempler la lune quand j'ai entendu le cri.

– Vous avez vu quelqu'un d'autre cette nuit-là ?

Tout en étant consciente que ses questions pouvaient la trahir, Reiko avait besoin des réponses.

– Non. Les alentours du pavillon étaient déserts et je n'avais dit à personne que je sortais, car je voulais être seule.

Cela expliquait que Jokyôden n'ait pas été vue dans ses appartements et n'ait aucun témoin pour lui donner un alibi. Contente qu'clle n'ait aucun mobile apparent pour le meurtre, Reiko se sentit soudain mal à l'aise : cette rencontre avait modifié son attitude dans l'enquête. Elle était venue au palais identifier un assassin, en souhaitant le trouver parmi les suspects qu'elle interrogerait, et voilà qu'elle préférait que cette femme ne soit pas coupable, juste parce qu'elle avait des affinités avec elle ! Elle devait veiller à ne pas laisser ses sentiments compromettre son jugement.

Dame Jokyôden parut lire dans ses pensées :

– Il me semble un peu étrange de discuter aussi longtemps d'un meurtre au cours d'une visite de courtoisie, fit-elle remarquer d'une voix douce. Je ne suis sans doute pas la seule épouse qui exerce les fonctions de son mari ! Le *sôsakan-sama* n'aura plus besoin de m'interroger, puisque vous avez les réponses aux questions qu'il m'aurait certainement posées.

Inquiète, Reiko protesta aussitôt.

– Vous faites erreur ! Jamais je n'essaierais de faire le travail d'un homme ! s'écria-t-elle avec un sérieux qui ne lui parut pas convaincant. Les informations que désire mon mari, il vous les demandera lui-même, et je ne connais rien au travail d'enquête. Je voulais juste avoir le plaisir de vous rencontrer.

Jokyôden regarda l'embarras de Reiko avec l'air amusé d'une grande sœur devant les explications maladroites de sa cadette.

– Oserais-je affirmer que vous continuez à vous cacher derrière de faux prétextes, Honorable Dame Sano ? dit-elle avec un rire mélodieux. Mais il se peut que vous ne soyez pas la seule personne dont les motivations sont ambiguës.

Trop troublée pour trouver une réplique, Reiko se demanda qui avait manipulé qui. C'était peut-être pour de sinistres raisons que Jokyôden l'avait si bien accueillie et lui avait parlé si librement ! Consciente que leur conversation serait rapportée à Sano, elle voulait le persuader qu'elle était innocente et l'influencer en sa faveur en sympathisant avec sa femme. Et elle avait de toute évidence la forte volonté indispensable pour maîtriser le *kiai* ! Reiko commençait à douter de tout ce qu'elle avait dit.

Le silence des deux femmes fut rompu par un crissement du gravier de l'allée. Une servante s'approcha d'elles, s'inclina et dit à Jokyôden :

– Veuillez m'excuser, mais Son Altesse l'empereur retiré vous demande.

Reiko sauta sur cette occasion de s'échapper.

– Je ne vais pas abuser de votre hospitalité ni interrompre vos occupations plus longtemps. Je dois maintenant aller présenter mes respects à l'honorable épouse de Sa Majesté.

Une envie de rire se devina sur le visage de Jokyôden, comme si elle savait ce qu'elle pensait. Elles s'inclinèrent l'une en face de l'autre.

– Merci pour cette conversation si intéressante ! dit Jokyôden à Reiko. J'espère que vous reviendrez me rendre visite avant votre départ de Miyako. Je serais ravie que nous prenions le temps de mieux nous connaître.

– Moi de même. Oui, je reviendrai.

Tout en étant contente d'avoir cette possibilité d'en apprendre davantage sur son rôle éventuel dans le meurtre, Reiko vit poindre un nouveau danger à l'horizon. Si Jokyôden était la meurtrière, allait-elle la considérer comme une ennemie à éliminer ?

7

De drôles de petits cris et glapissements retentirent à l'extérieur de la salle du Dragon Violet où Sano, le *yoriki* Hoshina et le ministre de la droite Ichijô attendaient avec l'empereur l'arrivée du prince Momozono.

– Momo-*chan* ! appela Tomohito de son trône. Viens ici !

Une porte latérale s'ouvrit, livrant passage à un jeune homme petit et mince qui semblait avoir quelques années de plus que Tomohito. Il s'approcha de son cousin d'un pas saccadé, tandis que d'étranges bruits sortaient de sa bouche et que sa tête s'agitait comme celle d'un cheval. Quand il s'agenouilla près du trône, les nobles détournèrent le regard et leurs bouches grimacèrent en montrant le dégoût qui était normalement réservé aux infirmes. Sano le regarda fixement, incapable de cacher sa stupéfaction.

– Mon cousin, le prince Momozono, annonça l'empereur.

Le ministre de la droite Ichijô murmura à Sano :

– Le prince est un idiot incurable qui ne peut pas se contrôler.

Momozono essayait pourtant visiblement de se maîtriser et roulait des yeux tristes en serrant ses mâchoires pour étouffer les sons qui jaillissaient de sa bouche. La sueur perlait sur son visage maigre et pâle. Lorsqu'il s'inclina devant l'empereur, son bras gauche se leva brusquement en l'air, et il dut le baisser avec sa main droite.

– Momo-*chan*, voici le *sôsakan* Sano, dit Tomohito en jetant un regard provocateur vers Ichijô et les nobles, comme s'il prenait plaisir à les soumettre à la détestable présence de son cousin et ne partageait pas leur dégoût. Il enquête sur la mort du ministre de la gauche Konoe.

– Per... permettez-moi de me rendre utile, bredouilla le prince Momozono.

Il ne put retenir de nouveaux glapissements, puis cria :

– Mille excuses !

En venant au palais, Sano avait posé quelques questions à Hoshina. Il lui avait dit que le prince était le protégé de l'empereur, mais le portrait qu'il lui en avait fait ne l'avait pas préparé à ce spectacle désolant.

– Vous étiez ensemble quand vous avez découvert le corps du ministre de la gauche ? demanda Sano en s'adressant à l'empereur, trop abasourdi pour imaginer communiquer avec son cousin.

Le ministre de la droite Ichijô intervint :

– Vraiment, Votre Majesté, je ne pense pas que la présence du prince Momozono soit nécessaire. Vous pouvez répondre vous-même aux questions du *sôsakan-sama*.

L'aversion altérait son ton poli.

– Momo-*chan* peut rester s'il en a envie, dit l'empereur. Tu veux rester ? demanda-t-il en se tournant vers son cousin.

– Oui, je... je vous en prie, répondit celui-ci en agitant les mains.

La dévotion dans ses yeux et l'accent suppliant de sa voix firent comprendre à Sano que le « protégé » adorait son maître. Un élan de pitié atténua sa répulsion initiale et, discernant de la honte dans les yeux papillotants de Momozono, il comprit qu'il était conscient du dégoût qu'il inspirait.

En croisant les bras, Tomohito regarda ses sujets d'un air menaçant.

– Ceux à qui ça ne plaît pas n'ont qu'à sortir, *eux* !

Personne ne bougea. Ichijô murmura en aparté à Sano :

– Veuillez nous pardonner ce désagrément.

– Ce n'est pas grave.

Sano comprenait la gêne que constituait pour la cour impériale la présence d'un idiot parmi eux, même s'il déplorait la cruauté de leur attitude.

– Pouvez-vous me raconter comment s'est passée la découverte du corps du ministre de la gauche Konoe ? demanda-t-il aux jeunes gens.

Momozono poussa de petits glapissements et agita la tête.

– Nous avons entendu un cri dans le jardin et nous sommes allés voir ce qui se passait, expliqua Tomohito. Nous avons trouvé le ministre de la gauche par terre, près du pavillon.

– Avez-vous vu quelqu'un d'autre dans les parages ? demanda Sano.

– Tout le monde est ve... venu juste après nous, dit Momozono.

– Oui, mais avez-vous vu quelqu'un avant, quand vous êtes arrivés sur place ? demanda Sano en remarquant l'élocution étonnamment claire et cultivée du jeune homme.

En le regardant mieux, il vit que son corps était bien proportionné. C'étaient ses spasmes qui donnaient cette fausse impression de difformité physique. Son visage aux traits fins aurait pu être beau s'il n'avait pas été tendu par son effort pour se contrôler.

– Y avait-il déjà quelqu'un dans le jardin ?

– Je ne crois pas, répondit Tomohito. Mais il faisait nuit et nous n'avons pas eu le temps de regarder autour de nous.

– Avez-vous entendu quelque chose ? demanda Sano.

– Les gens cou... couraient et criaient, bégaya le prince Momozono dont la bouche se contracta convulsivement.

Sano comprit à cet instant que le prince n'était pas un idiot. Il essayait de détourner la conversation du moment où Tomohito et lui étaient arrivés dans le jardin avant les autres. Il avait donc parfaitement saisi ce qu'impliquait le fait que c'était eux qui avaient découvert le ministre de la gauche. Sano accepta momentanément cette manœuvre de diversion.

– Toute la cour s'est ainsi retrouvée dans le jardin. Votre mère était-elle là, Votre Majesté ?

– Oui, dit Tomohito en montrant son impatience.

– Et votre épouse ?

– Momo-*chan* vient de vous le dire, tout le monde est venu.

Sano espérait que Reiko aurait des précisions sur les faits et gestes de dame Jokyôden et dame Asagao ce soir-là. L'une d'elles avait peut-être assassiné Konoe, avant de se mêler à la foule dans le jardin. Mais il paraissait plus vraisemblable que les coupables soient Tomohito et Momozono. Ils avaient été les premiers à trouver Konoe et ne devaient pas être loin quand il était mort. Ils avaient pu faire semblant de le découvrir ensemble après que l'un d'eux l'avait tué.

– Où étiez-vous avant d'aller dans le jardin ? leur demanda Sano.

– Dans la salle d'études, répondit l'empereur Tomohito.

Sano vit que ses mains commençaient à s'agiter.

– Qu'y faisiez-vous ?

– Nous jouions aux fléchettes, dit Tomohito en se mordillant un ongle.

– À minuit ! Pourquoi si tard ? s'étonna Sano.

Tout en soutenant sans broncher son regard, l'empereur se rongeait les ongles de plus en plus nerveusement.

– J'en avais envie, c'est tout.

– Votre cousin y jouait, lui aussi ? lança Sano d'un air incrédule.

Il imaginait le prince envoyant ses fléchettes n'importe où, mais se rendit soudain compte qu'il faisait la même erreur de jugement que les courtisans, qui pensaient que l'affliction de Momozono le rendait complètement infirme, physiquement et mentalement. En revanche, on ne pouvait imaginer qu'il ait la maîtrise nécessaire à la pratique du *kiai*. Des deux jeunes gens, Tomohito était de loin le plus suspect.

– Oui. Enfin, je veux dire qu'il me regardait jouer. J'ai réussi trois bons lancers.

– Y avait-il quelqu'un d'autre avec vous dans la salle d'études ?

– Non, mais nous y étions ce soir-là, dit Tomohito d'un ton agressif, défiant Sano de mettre sa parole en doute. Tous les deux. Ensemble.

– D'accord.

Surpris par la nervosité de Tomohito, Sano remarqua que Momozono n'avait strictement rien dit pendant ce dernier échange. Il était évident qu'ils mentaient. Mais faire pression sur eux pour leur faire dire la vérité serait très dangereux.

Connaissant le climat politique du Japon, il savait très bien ce qui se passerait s'il découvrait des preuves contre l'empereur et l'accusait de crime. Tomohito nierait l'évidence et prétendrait être victime d'un coup monté par Sano. La cour impériale le soutiendrait contre le *bakufu* qui, lui, prendrait le parti de Sano, ce qui mettrait en conflit les institutions militaires et le pouvoir spirituel de la nation. L'empereur incriminerait le régime du shogun et lui retirerait l'aval divin que lui seul avait le pouvoir de conférer. Ce déni de la légitimité du gouvernement provoquerait une agitation de citoyens mécontents qui se révolteraient, et les daimyôs en profiteraient aussitôt pour lancer une offensive et renverser le régime.

Que les Tokugawa parviennent ou non à se maintenir au pouvoir, on reprocherait alors à Sano d'avoir provoqué un désastre au Japon.

– J'en ai assez de toutes ces questions ! déclara Tomohito avec mauvaise humeur en se rongeant toujours les ongles.

– Vous avez fini ? cria le prince au milieu de ses glapissements et de ses gestes incontrôlés.

Sano ne pouvait non plus concentrer ses efforts sur Momozono. Ni la cour impériale ni le *bakufu* ne s'inquiéteraient bien sûr de son sort, mais il partageait l'alibi de Tomohito, et le contester discréditerait l'empereur. Tout en sachant que son honneur dépendait de la résolution de cette affaire, Sano avait peur d'inculper Tomohito. Il souhaitait ardemment que la mère ou l'épouse de l'empereur soient les vraies coupables.

– J'ai fini pour aujourd'hui, Votre Majesté, dit Sano.

Après s'être inclinés devant l'empereur, Sano, le *yoriki* Hoshina et le ministre de la droite Ichijô se rejoignirent à l'extérieur de la salle du Dragon Violet.

– Je suppose que vous voulez voir dame Jokyôden et dame Asagao. Dois-je vous conduire auprès d'elles ? proposa Ichijô.

– Pas encore, dit Sano qui voulait d'abord savoir ce que Reiko avait appris de ces femmes. J'aimerais voir la salle d'études et parler avec les serviteurs personnels de Sa Majesté.

Si des témoins déclaraient que l'empereur Tomohito et le prince Momozono n'étaient pas dans cette salle d'études, il serait forcé de mettre en cause leur alibi, quelles qu'en soient les conséquences.

– Le *yoriki* Hoshina va m'y conduire.

Ichijô hésita avant d'ajouter :

– Y a-t-il quelqu'un d'autre avec qui vous aimeriez parler ?

– Peut-être plus tard. Merci pour votre aide, dit Sano en congédiant poliment Ichijô.

Une expression indéchiffrable voila les traits du ministre de la droite qui s'inclina pour se retirer. En s'éloignant avec Hoshina, Sano eut la vague impression que certaines dimensions de cette affaire lui échappaient. L'idée qu'il avait peut-être négligé quelque chose d'important l'inquiétait.

8

Des pins, des saules, des érables rouges et des arbustes fleuris décoraient le jardin clôturé de murs de la résidence des épouses de l'empereur. En le traversant avec son guide, Reiko entendit résonner de la musique et des rires dans la chaleur accablante.

– Son Altesse la Première Épouse impériale s'amuse avec sa suite, dit le noble qui l'accompagnait. Elle vous a invitée à les rejoindre.

Dans une cour ombragée par les ailes du bâtiment, des glycines couvertes de grappes de fleurs violettes grimpaient sur des treillages. Un décor représentant une forêt au clair de lune formait la toile de fond d'une plate-forme en bois, protégée par un auvent, où se trouvait un couple. La jeune femme portait un somptueux kimono de soie rouge vif, et ses cheveux étaient relevés dans une coiffure compliquée, rehaussée d'ornements floraux. Le jeune homme était vêtu comme un paysan, avec une tunique de coton et des sandales de paille. Près d'eux, trois musiciens jouaient de la flûte, du shamisen et du claquoir en bois qu'on utilise dans le théâtre kabuki. Des nobles de la cour, hommes et femmes en tenue traditionnelle, étaient agenouillés sur des coussins devant la scène improvisée, les yeux fixés sur le drame qui s'y déroulait.

– Le moment est venu pour nous de mourir ! cria l'acteur avec une passion exagérée en saisissant les mains de sa partenaire.

– Nous ne pouvions être ensemble dans cette vie, mais nous serons mari et femme dans l'autre monde, gémit la femme en sanglotant.

Cramponnés l'un à l'autre dans la sombre forêt imaginaire, tous deux avançaient en trébuchant vers un pot de céramique où se dressait un grand bambou feuillu.

Reiko reconnut la pièce intitulée *Suicides d'amour à Kamakura*, qui avait eu beaucoup de succès dans le quartier des théâtres, à Edo, quelque temps auparavant. Elle se fondait sur une histoire vraie, celle des amours interdites d'une prostituée et d'un potier. Debout derrière l'assistance, Reiko regarda avec stupéfaction ce spectacle amateur de kabuki, un divertissement populaire et bon marché qui détonnait avec le décorum de la cour impériale.

– Voici l'Honorable Dame Asagao, murmura le courtisan à Reiko en lui montrant la jeune femme qui jouait le rôle de la prostituée.

La stupeur de Reiko s'accrut quand elle regarda l'épouse de l'empereur. Âgée d'une vingtaine d'années, dame Asagao avait un visage tout rond aux joues fardées de rouge, un nez retroussé et des yeux ronds très maquillés. Une poitrine généreuse et des hanches arrondies gonflaient son kimono. Comment une femme d'un rang aussi élevé pouvait-elle s'abaisser à une telle vulgarité !

L'acteur qui jouait son amant, un beau jeune homme svelte aux traits délicats, la conduisit près du bambou et cria :

– Mettons fin à nos jours à l'ombre de ce bosquet !

Il s'agenouilla près du bambou et dame Asagao se mit à chanter :

Nous n'aurons jamais connu
Un seul jour de paix,
Mais seulement le tourment
D'un amour funeste.

Sa voix était mélodieuse, mais elle chantait faux, et elle se trémoussa sur la scène en battant des paupières vers l'acteur.

Tue-moi de tes mains,
Libère-moi de ce supplice,
Et suis-moi dans la mort !

Tombant à genoux à côté de son amant, elle le supplia en pleurant : « Et prends-moi une dernière fois dans tes bras avant que je meure. »

Ils s'étreignirent. L'assistance soupira. Les mains de l'acteur caressèrent passionnément sa partenaire, qui se montra elle-même très tendre avec lui. Ils semblaient y prendre tellement de plaisir que leur ardeur embarrassa Reiko.

L'acteur sortit une dague en bois de sa ceinture.

– Grâce à elle, nos âmes ne se sépareront jamais !

– Je suis prête. Fais vite !

Dame Asagao ferma les yeux et se redressa.

En pleurant, l'acteur fit semblant de lui poignarder la poitrine. Elle poussa un cri, s'effondra et se tordit de douleur en simulant une agonie. Il la tint dans ses bras jusqu'à ce que ses gémissements se calment et qu'elle ne bouge plus. Puis il s'exclama :

– Ma bien-aimée, je vais te rejoindre !

Et il plongea la dague dans sa propre poitrine.

Les applaudissements éclatèrent et le public les acclama. Le couple maudit resta immobile quelques instants avant de se relever et de s'incliner en riant. Soudain, dame Asagao aperçut les nouveaux arrivants. Ses yeux brillèrent. Elle sauta de l'estrade et marcha en se dandinant vers Reiko.

– Honorable Dame Sano ! Je suis si heureuse de vous rencontrer ! s'exclama-t-elle.

Et elle lança au courtisan qui avait accompagné Reiko :

– Veuillez vous retirer !

Il s'en alla docilement. Dame Asagao gloussa de rire, tandis que ses yeux dévisageaient Reiko avec le regard calculateur qu'une femme toujours en quête d'admirateurs réserve à ses rivales.

– C'est merveilleux que vous soyez arrivée à temps pour voir notre pièce ! Que pensez-vous de mon interprétation ?

– Je n'ai jamais rien vu de tel, dit Reiko en s'efforçant de trouver un compromis entre l'honnêteté et la flatterie.

Ce compliment ambigu fit éclater de rire Asagao, ravie.

– Mon humble talent ne mérite pas de tels éloges ! D'autant plus qu'ils viennent d'une personne qui a sûrement vu les meilleurs acteurs du Japon. Oh, comme j'aimerais les voir, moi aussi ! s'écria-t-elle en faisant une moue charmante avec ses lèvres rouges et charnues. Nous sommes si loin de tout dans ce palais, et nous devons nous contenter de nos petits divertissements, mais nous faisons de notre mieux. Les décors de la pièce ont été peints par un des meilleurs artistes de la cour, qui a également dessiné mon costume.

Elle pirouetta devant Reiko.

– Vous trouvez qu'il me va bien ?

– Oui, vous êtes très belle ! dit Reiko.

Son kimono était une véritable œuvre d'art, quoiqu'une couleur plus sombre et un motif plus simple lui auraient mieux convenu en la mincissant.

– Merci, merci ! Vous êtes trop gentille !

Asagao se rengorgea et fit signe à son public.

– Venez voir notre invitée qui arrive d'Edo !

Courtisans et dames d'honneur affluèrent autour de Reiko en souriant et murmurèrent leurs salutations en s'inclinant, pendant qu'Asagao faisait les présentations. Elle posa une main possessive sur le bras de l'acteur qui avait joué son amant sur scène.

– Et voici sire Gojô, un des secrétaires de l'empereur.

Tous deux échangèrent en souriant un regard complice et, soudain, les yeux d'Asagao s'agrandirent.

– Je viens d'avoir une idée merveilleuse, s'écria-t-elle. Dame Sano doit jouer un rôle dans notre pièce !

– Non, non, je ne peux pas ! dit Reiko en reculant, horrifiée.

Le groupe accueillit l'idée d'Asagao avec enthousiasme.

– Elle pourrait être la meilleure amie de l'héroïne, suggéra sire Gojô.

– Mais je ne connais pas le texte, protesta Reiko, voulant à tout prix éviter de se donner en spectacle.

– Ça ne fait rien, dit Asagao. Pour l'instant, vous allez le lire et vous l'apprendrez par cœur plus tard.

Elle avança la lèvre inférieure et prit un air boudeur.

– Vous n'allez pas nous décevoir, n'est-ce pas ?

Le ton plaintif et l'expression contrariée d'Asagao firent comprendre à Reiko qu'elle s'offusquait très vite dès que l'on refusait de lui céder. Si elle maintenait son refus, l'épouse de l'empereur écourterait sa visite, ce qui l'empêcherait de lui poser des questions sur le meurtre.

– Je ne peux bien sûr vous décevoir, s'écria Reiko en s'efforçant de paraître sincère. C'est un honneur pour moi de jouer dans votre pièce !

– Merveilleux !

Asagao éclata de rire et tapa des mains, à nouveau de bonne

humeur et heureuse de voir l'assistance pousser des acclamations. Elle contempla d'un œil critique la coiffure toute simple de Reiko et son kimono de soie bleue imprimée de lierre vert pâle.

– Il faudra qu'on vous trouve un autre costume, mais on va tout de suite arranger vos cheveux et votre visage. Venez avec nous !

Asagao et ses dames d'honneur emmenèrent Reiko dans un angle de la cour où un large parasol abritait une table couverte de miroirs, de brosses, de peignes, d'ornements de coiffure et de pots de maquillage.

– Apportez-nous à boire, Gojô-*san*, lui cria dame Asagao, puis allez préparer la scène pour le premier acte.

Le jeune homme s'exécuta. Deux dames d'honneur modifièrent la coiffure de Reiko, tandis que les autres buvaient en leur donnant des conseils. Reiko avala quelques petites gorgées d'alcool de prune, espérant calmer son embarras. Asagao étala sur son visage un mélange de crème et de poudre de riz.

– Vous devez nous trouver frivoles de passer ainsi notre temps, dit Asagao qui fit une pause pour avaler une gorgée d'alcool, mais il y a si peu de choses à faire ici que la vie devient vite affreusement ennuyeuse.

Reiko se retint de grimacer en sentant l'épais maquillage tiède recouvrir sa peau. Elle s'efforça de ne pas avoir de mouvement de recul devant l'excessive intimité de ses contacts avec ses nouvelles connaissances.

– Le terrible drame du Jardin de l'étang a dû vous offrir un peu de distraction !

Asagao la regarda d'un air perplexe et, soudain, son visage s'éclaira.

– Ah oui ! Vous voulez parler de la mort du ministre de la gauche Konoe.

Elle écarta le meurtre d'un revers de main.

– C'est une vieille histoire qui ne nous excite plus. En me voyant m'amuser pendant la période de deuil, vous trouvez peut-être que je n'ai pas de cœur ! Mais je refuse de vivre dans la tristesse et l'ennui pendant des mois, même si mon père désapprouve mon comportement.

Elle ajouta :

– Je suis la fille du ministre de la droite Ichijô.

Reiko se souvint qu'Ichijô jouait le rôle d'intermédiaire dans les relations de Sano avec la cour impériale, dont il était devenu le plus haut fonctionnaire depuis la mort de Konoe. Il avait donc suivi la pratique ancestrale grâce à laquelle les nobles parvenaient à dominer le trône : l'alliance avec la famille impériale.

– Je ne vois aucune raison de pleurer le ministre de la gauche, dit Asagao en prenant un pinceau pour rosir les paupières de Reiko, et je suis contente qu'il soit mort !

Sa déclaration brutale flotta dans l'atmosphère comme une mauvaise odeur. Les dames d'honneur furent subitement très occupées à remplir les coupes et à enduire d'huile de camélia les cheveux de Reiko, elle-même trop surprise pour réagir. Mais Asagao continua, sans se rendre compte que ses paroles pouvaient se retourner contre elle.

– Cet horrible tyran ! Vous savez ce qu'il m'a fait ?

– Non, que vous a-t-il fait ? demanda Reiko en dissimulant son impatience.

– Il a décidé que je dépensais trop d'argent et il a réduit ma rente ! s'exclama Asagao en poussant un soupir indigné. Je ne pouvais pas avoir de nouveaux vêtements ou divertissements jusqu'à la fin de l'année ! Moi, l'épouse de l'empereur, j'aurais dû vivre comme une indigente !

– Quel désagrément pour vous !

Reiko n'en revenait pas. Quelle chance elle avait de voir une personne figurant sur la liste des suspects lui donner si spontanément ce genre d'informations !

– En fait, je ne vous jetterais pas la pierre si vous aviez décidé de vous venger de lui !

– Eh bien, c'est ce que j'ai fait, déclara Asagao en buvant une autre coupe.

Elle articulait mal et son regard était légèrement vitreux. « C'est peut-être l'alcool qui lui a délié la langue, pensa Reiko, mais elle est du genre à parler sans réfléchir. Quel contraste entre la mère de l'empereur et son épouse ! » Les dames d'honneur étaient en train de remonter sa chevelure mais, concentrée sur Asagao, elle remarqua à peine que leurs épingles lui faisaient mal.

– Je suis d'abord allé voir mon père, mais il m'a dit qu'il ne pouvait rien faire. Le ministre de la gauche avait un rang plus élevé que lui, expliqua Asagao en appliquant du rouge à joues sur le visage de Reiko avec une éponge. Alors je suis allée me plaindre à Tomohito, qui m'a dit que je devais accepter cette décision et arrêter de gaspiller autant d'argent. Je l'ai supplié ! J'ai pleuré ! J'étais furieuse qu'il écoute un simple fonctionnaire *kuge* sans tenir compte de moi ! Oui, j'ai vraiment détesté ce ministre de la gauche qui nous a désunis !

La voix d'Asagao avait pris un ton larmoyant.

Reiko hocha la tête et sentit son cœur s'accélérer.

– Et qu'est-ce que vous avez fait ensuite ? murmura-t-elle d'un air compatissant.

Il y eut un moment de silence pendant lequel Asagao plongea un petit pinceau dans un colorant rouge et commença à peindre les lèvres de Reiko, en fronçant les sourcils pour se concentrer. Vus de près, ses traits n'avaient pas cette mièvrerie féminine qui aurait dû sous-tendre son aspect frivole. Dans ses veines coulait le sang de ses ancêtres qui, derrière le trône, avaient dirigé le Japon. Reiko réprima une envie de reculer. La jeune femme avait-elle étudié en secret les arts martiaux pour satisfaire son appétit de pouvoir ? Avait-elle développé son énergie mentale jusqu'à ce qu'elle maîtrise le *kiai* ?

Ce cri surpuissant avait-il pu sortir de cette bouche douce et sensuelle ?

Asagao recula, posa le pinceau et but une nouvelle coupe.

– Je n'ai rien fait, dit-elle en se renfrognant. Je n'avais aucun moyen de me venger de ce vieux grippe-sou. Mais, quand il est mort, j'ai remercié les dieux parce que, maintenant, c'est mon père qui commande, et il me donne tout ce que je veux !

Une terrible déception submergea Reiko. Elle était furieuse contre elle-même. Comment avait-elle pu croire qu'elle allait obtenir des aveux ? Dame Asagao n'avait sans doute pas l'intelligence de dame Jokyôden, mais sa futilité cachait un bon instinct de conservation. De toute manière, Reiko ne pouvait croire qu'Asagao soit la meurtrière. Malgré son évidente antipathie pour la victime, c'était une jeune femme faible et inconsistante qui avait seulement tiré avantage du crime d'un autre. Mais avant de l'éliminer définitivement des suspects, il manquait à Reiko une donnée importante.

– Avez-vous vu quelque chose la nuit du meurtre qui pourrait désigner le coupable ?

– Comment aurais-je pu voir quoi que ce soit ? dit Asagao d'un air perplexe. Je n'étais pas près du Jardin de l'étang.

– Ah bon ! Et où étiez-vous ? demanda négligemment Reiko.

Une lueur d'inquiétude passa dans les yeux de la jeune femme, et toutes les dames d'honneur retinrent leur souffle, têtes baissées.

– Je ne m'en souviens pas. Ça fait si longtemps !

Le regard fuyant d'Asagao se détourna, puis fixa à nouveau Reiko, brillant du désir de convaincre.

– Attendez ! s'écria-t-elle. J'étais dans le pavillon d'été avec mes dames d'honneur. Nous buvions et jouions du shamisen, n'est-ce pas ? leur demanda-t-elle en les regardant comme pour leur demander confirmation.

Les femmes hochèrent la tête avec de vagues sourires, mais Reiko savait qu'elles mentaient : d'après le rapport du *yoriki* Hoshina, elles étaient toutes dans leurs appartements le soir du meurtre. Et si dame Jokyôden s'était effectivement promenée autour du pavillon, comme elle l'affirmait, elle aurait vu les lumières et entendu la fête. Tout semblait confirmer les déclarations de Jokyôden et réfuter celles d'Asagao.

L'épouse de l'empereur se renfrogna.

– Cette conversation sur le meurtre me contrarie énormément. Laissons là ce sujet.

Elle contempla Reiko, et un sourire satisfait balaya instantanément sa nervosité.

– Je crois que vous êtes prête à monter sur scène.

Elle tendit un miroir à Reiko.

– Ça vous plaît ?

Reiko regarda son image, interloquée. Remontés dans une coiffure compliquée, ses cheveux étaient parsemés d'ornements floraux tape-à-l'œil. Des sourcils exagérément arqués étaient peints sur son front et des demi-lunes roses coloraient ses paupières. Deux ronds rouges ornaient ses joues, et de grosses lèvres incurvées étaient peintes en rouge sur les siennes. Elle était le vivant portrait d'une courtisane de basse caste.

– Je ne sais que dire, murmura-t-elle, morte de honte.

L'œuvre d'Asagao bafouait son rang et son héritage samouraï, tout en heurtant sa modestie naturelle. Elle savait que beaucoup d'hommes admiraient l'allure des prostituées, mais Sano serait horrifié en la voyant ainsi.

Ravie, Asagao éclata de rire.

– Vous êtes magnifique !

Les dames d'honneur acquiescèrent en chœur.

– Suivez-nous !

Elles conduisirent Reiko vers la scène qui arborait maintenant une nouvelle toile de fond représentant une rue du quartier des plaisirs, où les malheureux amants de la pièce s'étaient rencontrés. Sire Gojô et ses amis installèrent une grande cage en bois représentant la fenêtre d'une maison close. Asagao s'y installa avec son invitée et les dames d'honneur, et quelqu'un tendit à Reiko un livre recouvert de soie.

– Nous sommes prêtes. On commence ! cria Asagao.

Les hommes se mirent à passer et repasser devant la prétendue fenêtre en lançant des plaisanteries grivoises et en lorgnant les jeunes femmes.

– Oh, comme cette vie sordide attriste mon âme ! récita tragiquement Asagao. Je voudrais tant que mon cher Jihei puisse acheter ma liberté et m'épouser !

Elle prit le livret de Reiko et, en lui montrant la bonne ligne, lui murmura :

– Le nom de votre personnage est Perce-Neige. Lisez à partir d'ici.

– Quel malheur que vous soyez tombée amoureuse d'un pauvre potier qui est déjà marié ! lut Reiko d'une voix presque inaudible.

Tandis qu'un passant s'approchait d'elle en lui lançant un regard lubrique, elle continua :

– Eh, maître, les fleurs de cerisiers se sont pleinement épanouies ce soir. Voudriez-vous goûter leur doux parfum ?

Un badinage amoureux s'ensuivait. Morte d'humiliation, Reiko rougit sous son maquillage. Comment la fille d'un magistrat et la femme du *sôsakan-sama* pouvait-elle se conduire ainsi ! Elle mourait d'envie de s'enfuir de la scène, mais sa détermination l'en empêcha. Dame Asagao avait une bonne raison d'avoir commis ce meurtre, et elle n'avait pas d'alibi. Si Reiko voulait trouver des preuves pour la confondre, elle devait rester dans les bonnes grâces de l'épouse de l'empereur.

La pièce continua. Entre les répliques, Asagao donna un petit coup de coude à Reiko en lui murmurant joyeusement :

– On s'amuse bien, non ?

9

Le soleil torride de l'après-midi illuminait le toit de tuiles et les murs à colombages de la salle d'études impériale, un petit bâtiment faisant partie de l'ensemble qui constituait la résidence de l'empereur. Tandis que Sano y interrogeait les serviteurs de Tomohito, le ministre de la droite Ichijô, debout dans l'ombre de la véranda, tendait l'oreille près de la fenêtre ouverte tout en regardant les hommes de Sano arpenter le parc aménagé entre la salle d'études et le Jardin de l'étang. Il ne pouvait s'empêcher d'être inquiet que le *sôsakan-sama* ne l'ait pas interrogé sur le meurtre du ministre de la gauche.

Sano n'était-il pas au courant de sa mésentente avec Konoe ? Ichijô était convaincu que les rapports du *metsuke* devaient la décrire en détail, et il était impossible qu'on ne le compte pas parmi les suspects. Sano avait été informé que l'empereur Tomohito, le prince Momozono, dame Jokyôden et dame Asagao n'étaient pas dans leurs appartements au moment du meurtre, sans qu'on sache exactement où ils se trouvaient. Pourquoi semblait-il ignorer qu'il était dans le même cas ?

C'était d'ailleurs une chance, car Ichijô savait que si Sano se renseignait sur lui et l'accusait de meurtre, il serait condamné. Presque tous les procès se terminaient par un verdict de culpabilité. Il imagina sa brillante carrière se terminant par un épouvantable scandale et une exécution publique. Pendant toute la matinée, il avait attentivement suivi les interrogatoires de Sano, terrifié à l'idée que quelqu'un lui dise ce que beaucoup savaient à la cour et pourraient révéler si on leur posait les bonnes questions. Et quand Sano lui avait dit qu'il n'avait plus besoin de ses services, Ichijô n'était pas parti, pour continuer à surveiller l'enquête.

Mais son comportement risquait d'éveiller des soupçons et il se força à s'éloigner. Il passa le portail et prit l'allée qui traversait le quartier des *kuge* et conduisait à sa résidence.

Soudain, un soldat Tokugawa surgit au coin d'une ruelle. Solidement bâti et l'air sévère, il lui barra le chemin.

– Honorable Ministre de la droite, je vous prie de me suivre.

– Où ça ? dit Ichijô, stupéfait. Pourquoi ?

– Suivez-moi, se contenta de répéter le soldat sur un ton excluant toute tentative de refus.

L'inquiétude s'empara d'Ichijô. Son instinct lui disait de ne pas y aller, mais désobéir à un ordre du *bakufu* était sévèrement puni. Repensant aux jours anciens où ses ancêtres gouvernaient le Japon, lorsque la cour impériale détenait le pouvoir suprême, il suivit le soldat qui le fit sortir par la porte nord du palais.

Dehors, dans la rue, d'autres gardes l'attendaient avec un palanquin noir et quatre porteurs.

– Montez à l'intérieur, ordonna le soldat à Ichijô.

Ichijô s'exécuta à contrecœur. Quand le soldat baissa les stores à lattes et ferma les portes avec une barre, son inquiétude fut à son comble.

– Qu'est-ce qui se passe ? cria-t-il. Je suis arrêté ?

Il n'y eut pas de réponse. Les porteurs chargèrent le palanquin sur leurs épaules et s'élancèrent à vive allure. Ichijô n'osait pas tenter de s'échapper ou d'appeler au secours. Il cherchait désespérément la raison de son enlèvement. Peut-être le *bakufu* le suspectait-il du meurtre du ministre de la gauche Konoe ? Peut-être était-il en route pour son procès ? Mais, dans ce cas, pourquoi sa capture était-elle secrète ? Les Tokugawa exhibaient d'habitude les criminels pour mettre en garde le public, et le *sôsakan* Sano, qui était officiellement chargé de l'enquête sur le meurtre, ne devait pas être au courant de ce qui lui arrivait. Luttant contre la panique, Ichijô essaya de deviner où on l'emmenait.

Il entendait le bruit de la foule sur l'avenue Imadegawa. Puis le palanquin tourna à droite en se dirigeant vers le nord. Il sentit des odeurs familières de poisson et de laque, et entendit des hommes scier du bois. Des gongs retentirent dans un sanctuaire. Ils avaient dû prendre l'avenue Karasuma. Le mouvement du palanquin lui donnait la nausée et son angoisse le faisait transpirer. Peu à peu, les bruits diminuèrent et le palanquin s'inclina de plus en plus comme s'il gravissait une colline. En plus du halètement des porteurs et du piétinement régulier de leurs pas, il entendit des chants d'oiseaux. Dans le petit espace sombre et surchauffé, sa terreur redoubla.

Brusquement, le sol s'aplatit. Ichijô entendit le grincement d'un portail s'ouvrant sur ses charnières rouillées. Les porteurs posèrent le palanquin et la porte s'ouvrit mais, avant qu'il puisse entrevoir les lieux, un soldat se pencha pour lui mettre un sac de tissu noir sur la tête, et ses mains puissantes le sortirent à l'air libre.

Haletant dans l'obscurité étouffante du sac, Ichijô tenta de l'enlever et de se dégager, mais les soldats lui coincèrent les bras derrière le dos. Ils le firent avancer sur un sol recouvert d'herbe, et la brise agita ses vêtements sous les rayons brûlants du soleil. Une porte coulissa. Le vent et la chaleur s'atténuèrent, et il sentit le vide d'un espace intérieur. Les soldats lui enlevèrent ses chaussures en les poussant du pied et il avança en trébuchant sur un plancher en bois. Il voulait protester, mais n'osait pas le faire. Il avait peur de vomir s'il essayait de parler.

Le sol sous ses pieds se transforma en tatamis épais et fermes. Les soldats le firent tomber à genoux et le lâchèrent. Leurs pas s'éloignèrent et une porte se referma. Ichijô perçut une présence humaine dans la pièce et sa panique s'amplifia. Il ne pouvait plus respirer. D'un geste désespéré, il arracha le sac de sa tête.

La lumière vive l'aveugla, mais ses yeux s'y accoutumèrent et il vit qu'il se trouvait dans une vaste pièce vide. Des cloisons coulissantes s'ouvraient sur un ciel bleu pâle au-dessus de vertes collines brumeuses. Les peintures murales représentaient le même paysage, créant l'illusion que la pièce était une extension de la nature environnante. Un homme entra dans son champ de vision. C'était un grand samouraï élancé, vêtu de soie sombre, portant ses sabres à la ceinture. Il se tenait très droit, majestueux et sévère, et son visage était d'une beauté saisissante.

– Qui êtes-vous ? lui demanda Ichijô en essayant de retrouver un semblant d'autorité.

Le samouraï lui sourit, et son regard intense l'examina attentivement.

– Je vous présente mes excuses pour la gêne et les désagréments que vous avez subis. Soyez sûr que je n'aurais pas employé une méthode aussi inhabituelle pour vous transporter si cela n'avait pas été nécessaire. Je suis le chambellan Yanagisawa Yoshiyasu.

Soudain, Ichijô vit les armoiries Tokugawa dorées qui ornaient les vêtements de l'homme.

– Le bras droit du shogun ? s'écria-t-il avec stupéfaction.

Une nouvelle vague de terreur le submergea. Le chambellan était l'homme le plus puissant du Japon, et il était connu pour sa cruauté. Cette rencontre secrète dans un lieu mystérieux – personne ne savait où il était ! – présageait des événements funestes dépassant l'imagination.

– Mais... mais je ne savais pas que vous étiez à Miyako !

– Très peu de gens le savent, dit le chambellan, et je préfère pour l'instant que ma présence reste secrète.

– Pourquoi ?

Les visites des fonctionnaires importants du *bakufu* avaient toujours beaucoup d'éclat.

– Mes raisons ne vous regardent pas.

Cette arrogance doucereuse indigna Ichijô. Après avoir été emmené de force et transporté comme un paquet, mourant de peur, sa fierté se révolta contre ce nouveau manque de respect, et la colère lui donna de l'audace. Il se leva et dit d'un air hautain :

– Quelles que soient les affaires que vous voulez traiter avec moi, je préfère que nous en discutions dans mon bureau, comme des gens civilisés. Je vais donc m'y rendre de ce pas.

Il se tourna pour se diriger vers la porte, mais la voix calme du chambellan l'arrêta :

– Je ne vous le conseille pas. Les soldats qui vous ont amené montent la garde à l'extérieur. Si nécessaire, ils vous retiendront de force et vous souffrirez pour rien. Mieux vaut pour vous accepter de rester un moment ici.

Vaincu, Ichijô affronta le sourire méprisant de son adversaire.

– Que voulez-vous de moi ? demanda-t-il, furieux de son impuissance face au régime des Tokugawa.

– Des informations, répondit le chambellan.

Il tournait autour d'Ichijô, comme s'il l'enfermait dans un piège invisible.

– Des informations concernant le meurtre du ministre de la gauche Konoe.

De son côté, le chambellan observait son prisonnier avec un vif intérêt : le visage congestionné d'Ichijô ruisselait de sueur, ses cheveux gris étaient en désordre et ses vêtements froissés. Tout en étant terrifié, il n'avait rien perdu de son assurance, et son éducation aristocratique lui donnait une dignité inébranlable. L'admiration fit douter Yanagisawa. Il avait là un opposant dont la défaite lui procurerait une grande satisfaction, mais il ne pouvait pas escompter une victoire facile. Saurait-il exploiter les informations qu'il allait obtenir de lui ?

– Parlez-moi de votre relation avec Konoe, dit-il.

Ichijô prit un air impassible qui ne parvint pas à masquer son impérieux désir d'éviter le sujet de la mort de son collègue.

– Cette affaire concerne le *sôsakan* Sano. C'est lui qui est chargé de l'enquête, et non vous ! Pourquoi me traitez-vous de cette manière ?

– Disons que j'ai un intérêt personnel dans cette histoire.

Yanagisawa perçut la ruse visant à détourner la conversation du ministre de la gauche. Il se croyait le maître de la joute verbale, mais comprit qu'Ichijô l'égalait. Devant ce constat difficile à admettre, il se consola en repensant au déclin des Fujiwara, le clan familial d'Ichijô.

Les Fujiwara avaient autrefois contrôlé d'immenses territoires, en offrant leur protection aux propriétaires contre leur loyauté et le versement de redevances. Mais, le temps passant, ils avaient gaspillé leur énergie en divertissements frivoles, et leur emprise sur les provinces s'était relâchée. Des révoltes avaient éclaté dans les campagnes, et ils avaient dû faire appel aux clans de guerriers Taira et Minamoto pour maintenir l'ordre. Deux cents ans plus tôt, ces clans avaient fini par se battre au cours des guerres Gempei, et les Minamoto avaient triomphé. Cette victoire leur avait donné le droit de gouverner au nom de l'empereur, et elle avait marqué la fin de l'ère Fujiwara et l'arrivée au pouvoir des samouraïs. Le ministre de la droite et les siens étaient les survivants d'un régime aboli.

– Le *sôsakan* Sano est-il au courant de ce que vous venez de faire ? demanda Ichijô.

Son impertinence contraria Yanagisawa.

– Vous êtes ici pour répondre à des questions et non pour en poser ! N'essayez pas de gagner du temps ! À genoux !

Avec une expression de dédain montrant qu'il considérait Yanagisawa et les samouraïs comme des rustres, Ichijô s'agenouilla.

– Parlez-moi du ministre de la gauche Konoe, lui intima le chambellan.

Ichijô resta silencieux un instant pour bien lui faire comprendre que cette affaire ne le regardait pas et qu'il n'allait en parler que sous la menace.

– Konoe-*san* était un homme avisé, zélé et respectable. Un brillant administrateur.

Yanagisawa sentit que quelque chose sonnait faux dans la voix d'Ichijô.

– Vous ne l'aimiez pas, c'est ça ?

– Nous étions collègues, et également cousins.

Par une légère contraction de sa bouche aristocratique, le ministre de la droite lui reprocha d'oser mettre en doute son esprit de famille, car les Konoe faisaient partie du clan Fujiwara. La cour impériale était unie contre les étrangers, mais Yanagisawa avait une arme spéciale : les rapports du *metsuke* qu'il avait cachés à Sano et qu'il avait étudiés au cours du voyage vers Miyako.

– Je sais que le poste de Premier ministre impérial est vacant dit-il.

– C'est vrai, reconnut Ichijô.

Un léger raidissement de son maintien montra qu'il devinait où son interlocuteur voulait en venir.

– Le dernier titulaire de cette charge est mort ce printemps, ajouta-t-il.

Le Premier ministre était le plus haut fonctionnaire de la cour et le principal conseiller de l'empereur. Il contrôlait les communications entre le souverain et les cinq mille résidents du palais et dirigeait la classe de la noblesse. Le pouvoir sur un royaume aussi minuscule semblait dérisoire à Yanagisawa, mais c'était le seul que pouvaient ambitionner les nobles, puisqu'il leur était interdit de faire du commerce ou d'avoir de vrais postes gouvernementaux.

– Quand l'empereur a-t-il prévu de nommer un nouveau Premier ministre ? demanda-t-il en connaissant déjà la réponse.

– À la fin du mois.

– Qui sont les principaux candidats ?

Ichijô hésita.

– Vraiment, Honorable Chambellan, je ne vois pas en quoi les nominations de la cour vous concernent !

– Répondez à ma question !

– Konoe et moi-même étions sur les rangs pour être le prochain Premier ministre, reconnut Ichijô.

– Lequel d'entre vous avait le plus de chances d'avoir cet honneur ? demanda Yanagisawa.

– En tant que ministre de la gauche, à la tête de la branche la plus ancienne de notre clan, mon cousin Konoe-*san* avait la préséance sur moi, répondit Ichijô, le teint blême. Sa Majesté l'empereur aurait naturellement tenu compte de ce fait.

– Naturellement. Mais cela vous contrariait, n'est-ce pas ?

Ichijô lui lança un regard furibond.

– Vous lui étiez supérieur en âge, en expérience, et en force morale, poursuivit Yanagisawa.

Aucun scandale ne ternissait la réputation d'Ichijô, et sa carrière consciencieuse témoignait de son sens du devoir.

– Vous méritiez d'être Premier ministre, et Konoe vous considérait comme un rival. J'imagine que vous n'appréciiez pas beaucoup les méthodes qu'il utilisait contre vous.

– De quoi parlez-vous ? demanda Ichijô.

Les pointes noires de ses dents brillèrent entre ses lèvres qui bougeaient à peine. Dans son ton monocorde qui se voulait menaçant, Yanagisawa perçut sa peur. Passionné de théâtre nô, il s'imagina sur une scène avec lui, comme deux acteurs avançant vers un paroxysme dramatique. Les gongs d'Obon qui résonnaient au loin et les cris des oiseaux qui survolaient la colline imitaient la musique et le chœur de la pièce qu'ils jouaient. L'après-midi touchait à sa fin et un rayon oblique de lumière cuivrée illuminait la silhouette agenouillée d'Ichijô.

– Konoe propageait des rumeurs sur les membres les plus influents de la cour, lui expliqua Yanagisawa. Il prétendait que vous deveniez sénile, que vous ne contrôliez plus votre vessie et vos intestins, et qu'il vous avait vu errant en ville, incapable de retrouver le chemin de votre résidence. Indépendamment de votre excellent dossier, vous étiez d'après lui trop mal en point pour être Premier ministre.

Les hautes pommettes d'Ichijô rougirent d'indignation.

– Je suppose que ce sont vos espions qui vous ont rapporté ses accusations. C'étaient de pures calomnies malveillantes et intéressées.

Dans les papiers qu'Aisu avait pris chez Konoe, il avait trouvé des plans pour discréditer Ichijô et des copies de rapports envoyés aux nobles de haut rang vivant à la cour.

– Maintenant qu'il est mort, qui sera le prochain Premier ministre ?

– Le processus de sélection a recommencé et son résultat est incertain.

Ichijô s'était ressaisi et parlait d'une voix sèche et glaciale.

– Mais qui est dorénavant le plus haut fonctionnaire de la cour ? Qui est dans la meilleure position pour être choisi par l'empereur ?

Ichijô accueillit ces insinuations avec un léger sourire.

– Dans l'art ancestral de la diplomatie politique, il n'est pas nécessaire d'insister sur l'évidence, dit-il sur un ton impliquant que seul un samouraï pouvait commettre une telle bévue. Mais je vais vous répondre. Oui, je vais probablement être nommé Premier ministre.

– Avez-vous assassiné Konoe pour obtenir cette promotion ? demanda Yanagisawa, irrité par son insulte implicite.

– Votre accusation est ridicule et infondée, répliqua Ichijô dédaigneusement. Puisque vous croyez tout savoir, il est inutile que je réponde à vos questions. Rien de ce que je pourrais dire ne rectifiera votre interprétation déformée des faits. Alors pourquoi avoir organisé cette farce ?

Depuis le début, Yanagisawa avait considéré le ministre de la droite comme le premier suspect du meurtre, mais il ne comptait pas réellement obtenir les aveux qui lui auraient évidemment facilité les choses. Il avait simplement voulu vérifier sa thèse en le rencontrant. De fait, l'intelligence et la forte personnalité d'Ichijô renforcèrent sa décision de cacher à Sano les informations le concernant. Tout concordait : les talents d'Ichijô pouvaient inclure la maîtrise du *kiai*, Konoe avait été son ennemi politique, et la mort de son rival l'avantageait. D'autres éléments confirmaient d'ailleurs sa culpabilité.

– La cour impériale a attendu plusieurs jours avant d'informer le *shoshidai* de la mort du ministre de la gauche, et je sais que c'est vous qui avez décidé de retarder l'annonce du meurtre.

– Effectivement, j'ai décidé que la cour devait mener une enquête et réunir des informations avant d'annoncer sa mort.

– De belles paroles pour faire illusion ! s'écria Yanagisawa. Où étiez-vous quand le ministre de la gauche est mort ?

– J'étais dans le pavillon de thé où je vais souvent dans la soirée, répondit calmement Ichijô. J'avais avec moi ma fille, dame Asagao, qui est l'épouse de l'empereur.

Le chambellan dissimula sa jubilation de le prendre en flagrant délit de mensonge. D'après le rapport du *yoriki* Hoshina, un jeune noble et une dame d'honneur avaient utilisé le pavillon pour un rendez-vous galant ce soir-là. Ichijô et sa fille ne pouvaient donc s'y trouver, et le ministre de la droite savait que dame Asagao faisait partie des suspects. Il était clair qu'il voulait se constituer un alibi avec une personne de confiance qui n'hésiterait pas à mentir pour lui et qui ferait tout pour protéger son lien avec l'empereur.

– Si vous étiez dans le pavillon de thé, vous avez dû entendre le cri, puis le vacarme qui a suivi la mort du ministre de la gauche. Mais, contrairement à dame Asagao, vous n'êtes pas allé voir ce qui se passait dans le Jardin de l'étang. Et quand les gardes du palais ont voulu vous informer du drame, ils ne vous ont trouvé nulle part.

C'étaient d'autres faits que le *yoriki* Hoshina avait dissimulés à Sano.

– Pourquoi ne vous êtes-vous pas montré et n'avez-vous pas pris les choses en main ?

– Je reconnais avoir été négligent, dit Ichijô en esquivant la question avec habileté. Mais puisque vous êtes sûr que je suis le meurtrier, pourquoi prenez-vous le risque de me fâcher ? demanda-t-il avec un sourire qui fit briller ses dents noires. Vous n'avez pas peur que je vous tue avant que vous ayez le temps d'appeler vos gardes ?

Avec un petit rire, Yanagisawa resserra le cercle qu'il décrivait autour de lui.

– Les risques sont une part essentielle de la vie ! répondit-il sans montrer qu'il avait effectivement peur de lui. Mais vous imaginez bien que mes adjoints savent où je suis et avec qui, de même qu'ils sont au courant de tout ce qui vous concerne. Vous ne pourriez pas vous en tirer si vous m'assassiniez.

– Bon, alors je suppose que vous allez m'arrêter pour ce meurtre, dit Ichijô en se relevant avec raideur et en regardant Yanagisawa dans les yeux.

– Non, vous êtes libre de partir.

Yanagisawa tapa dans ses mains et deux gardes entrèrent dans la pièce.

– Ramenez le ministre de la droite au palais !

Ichijô le regarda d'un air stupéfait.

– Mais... mais si vous ne m'arrêtez pas, pourquoi m'avoir enlevé ? demanda-t-il d'une voix méfiante et incrédule. Pourquoi me relâchez-vous après m'avoir accusé ?

Le chambellan Yanagisawa se contenta de sourire et de s'incliner en disant :

– Merci infiniment pour votre compagnie, Honorable Ministre de la droite.

Il avait obtenu ce qu'il voulait : la possibilité de jauger le principal suspect et une idée pour l'étape suivante de son plan, qui allait lui permettre de résoudre l'affaire, de piéger le meurtrier et d'éliminer Sano.

Il sentit l'envie de fuir d'Ichijô qui resta néanmoins immobile et le fixa d'un regard calculateur.

– Je suppose que le *sôsakan-sama* n'est pas au courant de votre présence à Miyako et que vous n'aimeriez pas qu'il l'apprenne. C'est sûrement à cause de vous qu'il ne m'a pas inclus dans les suspects. Et si je lui parlais de notre conversation ?

– Ce serait une erreur, dit le chambellan, car son enquête s'orienterait alors sur vous. Et s'il ne découvrait pas tout seul ce que je sais à votre sujet, je le lui dirais. De toute manière, il vous arrêterait. Je suis donc certain que vous garderez notre rencontre secrète, n'est-ce pas ?

À contrecœur, Ichijô acquiesça d'un signe de tête. Yanagisawa sentit se dissoudre la légère tension due à son inquiétude. Si son plan se déroulait comme prévu, il n'aurait plus besoin d'interroger personne, et il venait de réduire au silence l'homme qui pouvait dévoiler sa machination.

10

– Cette affaire m'inquiète, confia Sano à Reiko.

Après leur journée de travail au palais impérial, ils étaient de retour dans leur chambre à l'hostellerie de Nijô. Le crépuscule assombrissait les fenêtres et les gongs annonçaient le début des rituels du soir. Sano s'habillait pour le banquet du *shoshidai*, où seuls les hommes étaient conviés. Reiko était assise près de lui.

– C'est votre première journée. Vous ne pouvez pas espérer résoudre le mystère aussi vite !

– Je sais.

Tout en passant un kimono de soie bordeaux sur ses pantalons larges, Sano se dit qu'une des choses qu'il aimait le plus dans leur mariage, c'était la façon dont leurs deux esprits trouvaient souvent des réponses que lui, malgré tous ses efforts, n'obtenait pas seul. Au début, il avait eu du mal à accepter l'aide de sa femme mais, désormais, il lui semblait naturel de discuter de ses enquêtes avec elle.

– À nous deux, nous avons interrogé les quatre suspects, dit-il, et apparemment, chacun d'eux pourrait avoir commis le meurtre. L'alibi de l'empereur Tomohito et du prince Momozono ne repose que sur leur parole mutuelle. Le personnel de la résidence impériale les a vus ensemble avant que tout le monde se retire pour la nuit, mais qu'ont-ils fait ensuite ? Au moment de la mort du ministre de la gauche Konoe, rien ne prouve qu'ils étaient tous les deux dans la salle d'études comme ils l'affirment. De votre côté, dame Jokyôden prétend qu'elle était seule et qu'elle a entendu le terrible cri alors qu'elle se trouvait près du pavillon d'été. J'ai demandé à tous les membres de sa maisonnée si quelqu'un l'avait aperçue ou suivie sans qu'elle le sache, mais personne ne l'a vue. Dame Asagao, elle, a menti sur son alibi, et je n'ai pas réussi à savoir où elle était au moment du meurtre, ce qui la met dans la même situation que les autres suspects.

– Pas tout à fait, lui objecta Reiko, puisqu'elle est la seule à avoir un mobile évident. De son propre aveu, elle détestait le ministre de la gauche qui avait réduit son allocation et monté l'empereur contre elle.

Sano noua une ceinture de brocart autour de sa taille.

– Mais vous croyez vraiment que dame Asagao pourrait maîtriser le *kiai* ? D'après ce que vous m'en avez dit, cela me paraît impossible.

Et Sano mit le doigt sur le problème :

– En fait, je ne peux imaginer aucune de ces personnes tuant Konoe avec ce cri.

– Mais, en admettant que dame Asagao soit mentalement incapable de maîtriser le *kiai* et que le prince Momozono soit trop diminué physiquement, il reste l'empereur et dame Jokyôden ! s'écria Reiko. Nous ne pouvons pas éliminer tous les suspects sur une simple intuition.

– Oui, vous avez raison..., reconnut Sano en s'asseyant pour enfiler des socquettes de coton blanc. Mais je suis tout de même inquiet. Quelque chose ne tient pas debout dans cette affaire.

– Comment ça ? Que voulez-vous dire ? lui demanda Reiko d'un air perplexe.

Sano se leva.

– J'ai sans cesse l'impression que quelque chose m'échappe.

– Mais pourquoi ? Qu'est-ce que ça pourrait être ?

– J'aimerais bien le savoir.

Ce que ressentait Sano ressemblait à une démangeaison dont l'emplacement changeait chaque fois qu'il voulait la gratter. Il vit sa propre inquiétude se refléter sur le visage de Reiko.

– Qu'allons-nous faire ? dit-elle.

– J'ai encore ces lettres que j'ai trouvées chez le ministre de la gauche. Il se peut que son ex-femme, Kozeri, soit cet élément manquant. J'irai lui rendre visite demain. Il y a aussi les pièces de monnaie gravées de fougères. Marume et Fukida ont prospecté en ville toute la journée sans résultat, mais ils vont continuer. Le *yoriki* Hoshina est lui aussi censé enquêter, et je lui ai demandé d'interroger les espions du *metsuke* au palais pour avoir des informations sur les suspects. Il va peut-être me donner de nouvelles pistes ce soir au banquet.

Soudain, Sano réalisa que le *yoriki* n'était pas étranger à ses doutes sur l'affaire.

– Je me demande si les résultats de son enquête préliminaire sont fiables.

– Vous pensez qu'il pourrait être moins compétent ou moins honnête qu'il le paraît ?

– Pas nécessairement. Les personnes qu'il a interrogées ont pu lui mentir quand elles lui ont dit où elles étaient pendant le meurtre ou ce qu'elles savaient.

Sano fixa ses sabres à sa taille en secouant la tête d'un air découragé.

– Il va falloir que je recommence l'enquête depuis le début. Le ministre de la gauche avait sans doute des ennemis qui ont réussi à dissimuler leur implication dans sa mort. L'un d'eux pourrait être l'assassin.

Une idée lui traversa l'esprit.

– Et si le meurtrier avait retiré des pièces à convictions du logement de Konoe avant que je le fouille ! Ça expliquerait que j'y ai trouvé si peu d'indices !

Reiko se leva et lissa la tenue de Sano en disant :

– Je vais essayer de découvrir qui pourraient être ces autres suspects quand je retournerai au palais.

– Mais vous avez déjà parlé avec la mère et l'épouse de l'empereur !

Faire prendre des risques à Reiko lorsqu'il croyait connaître l'identité de tous les suspects lui avait déjà inspiré des réticences mais, maintenant, avec l'éventualité de nouveaux meurtriers potentiels, il n'avait vraiment pas envie qu'elle retourne au palais.

– Dame Jokyôden et dame Asagao m'ont toutes les deux invitée à venir les revoir, déclara fermement Reiko pour montrer sa détermination de poursuivre son enquête. Dame Jokyôden m'a dit que le ministre de la gauche avait des ennemis parmi les nobles de la cour. Je vais chercher à les identifier.

– Elle sait aussi que vous êtes mon espion, lui objecta Sano. Je doute qu'elle vous révèle des faits compromettants sur eux, et je pense qu'elle va plutôt tenter de vous mettre sur de fausses pistes. En fait, elle me semble extrêmement suspecte et, si elle est la meurtrière, il serait trop dangereux que vous la fréquentiez. Promettez-moi de ne pas aller la voir, dit-il en posant ses mains sur les épaules de sa femme.

Elle hocha la tête avec réticence.

– Si vous y tenez vraiment...

Puis elle ajouta :

– Mais dame Asagao, elle, n'a aucune idée de la raison de ma visite. Elle voudrait que je joue dans sa pièce. Même si nous ne pensons ni l'un ni l'autre qu'elle puisse être la meurtrière, nous ne pouvons l'éliminer de la liste des suspects tant que nous ne saurons pas où elle se trouvait au moment du meurtre. De plus, elle est proche de l'empereur Tomohito, de dame Jokyôden et de nombreux résidents du palais. Je ne vais pas laisser passer cette occasion d'apprendre ce qu'elle sait sur la cour !

Reiko n'avait pas tort et Sano ne put résister à sa voix suppliante.

– D'accord, dit-il. Allez rendre visite à dame Asagao demain pendant que j'interrogerai dame Kozeri au temple Kôdai.

Elle lui fit un sourire débordant de joie et de tendresse.

– N'ayez pas peur pour moi et ne vous inquiétez pas pour cette affaire. Tout va très bien se passer !

Ils s'enlacèrent et sentirent le désir jaillir entre eux.

– Bon, je dois y aller si je ne veux pas être en retard pour le banquet du *shoshidai*. Je vais revenir le plus vite possible, lui promit Sano.

À Pontochô, un quartier de divertissements situé sur la rive ouest du fleuve Kamo, des lanternes étoilées ornaient les avant-toits des maisons de thé et des restaurants remplis de joyeux convives. De la musique sortait des fenêtres et les rues étaient bondées. Pendant cette seconde nuit d'Obon, les gongs des temples ne cessaient de retentir et les gens glissaient des branches de pin dans les puits pour que les esprits puissent remonter de leur sombre demeure.

Sano, Marume et Fukida arrivèrent devant la grande maison de thé où devait se dérouler le banquet. Le détachement Tokugawa qui la gardait les laissa passer, et des serviteurs les conduisirent sur une vaste terrasse édifiée au-dessus du fleuve. Des lanternes étaient accrochées à des poteaux et des serpentins colorés bruissaient dans la brise fraîche. Les reflets du soleil couchant, les lumières des autres établissements situés le long de la berge et les feux allumés sur la rive pour guider les esprits faisaient miroiter la surface de l'eau sombre. Les rires des passants qui se promenaient au bord du fleuve résonnaient dans la nuit qui sentait le poisson, la cuisine, et l'huile de citronnelle que l'on faisait brûler pour chasser les moustiques. Une ligne de lumières mouvantes suivait l'arche du pont de Sanjo que les gens traversaient pour se rendre aux cimetières situés sur les collines.

Quelques invités s'étaient déjà rassemblés pour le banquet. Le *yoriki* Hoshina s'approcha pour saluer Sano et ses policiers, et celui-ci le prit à part pour un bref entretien.

– Qu'avez-vous découvert cet après-midi ?

– J'ai interrogé tous les espions du palais. Apparemment, aucun d'eux n'a grand-chose à dire sur le prince Momozono, mais tous affirment que la relation de l'empereur Tomohito et du ministre de la gauche était orageuse. Konoe éduquait l'empereur d'une main ferme, et celui-ci se mettait parfois en fureur et piquait des crises, alors qu'à d'autres moments, il était docile et le vénérait. Dame Jokyôden, elle, se querellait sans cesse avec le ministre de la gauche sur sa manière de diriger la cour et sur l'autorité qu'il exerçait sur son fils. Quant à dame Asagao, Konoe avait réussi à s'en faire une ennemie.

– Tout cela ne fait que confirmer ce que je savais sur l'empereur et ses proches.

Sano lui raconta ce que Reiko avait appris lors de ses visites à Asagao et Jokyôden, mais il était déçu que les informations d'Hoshina ne donnent pas de nouvelles pistes.

– Et la pièce gravée de fougères ?

Hoshina secoua la tête.

– Je l'ai montrée à la police, mais personne n'a jamais vu ce genre de pièce. Je vais essayer de me renseigner demain en ville.

– Bien, dit Sano d'un ton qu'il s'efforça de rendre positif, alors que la déception alourdissait encore ses soucis.

– Puis-je vous demander quels sont vos projets pour demain ? s'enquit Hoshina.

– Je vais aller voir Kozeri pendant que ma femme retournera rendre visite à dame Asagao.

Non loin d'eux, des servantes disposaient sur le plancher des plateaux et des coussins. Les musiciens se mirent à jouer un air joyeux au shamisen, au tambour et à la flûte. En bas, sur la berge, un feu brûlait en craquant. De nouveaux invités arrivaient, et le *shoshidai* s'approcha de Sano.

– Bienvenue, *sôsakan-sama* ! lança-t-il en souriant.

Il présenta Sano et ses hommes aux divers fonctionnaires locaux et les invita à s'asseoir.

– Venez, le banquet va commencer.

Les trente samouraïs du banquet organisé par le *shoshidai* dégustèrent des cailles rôties décorées de plumes, un émincé de racines de lis, une soupe de tortue, des sashimis, de la dorade grillée, du riz et du melon mariné au vinaigre. Puis ils accomplirent le rituel consistant à servir du saké à leurs voisins et à boire à leur tour. Vers minuit, quand les fonctionnaires locaux très éméchés se mirent à régaler Sano avec des histoires hilarantes, Hoshina s'éclipsa discrètement en descendant l'escalier menant au fleuve. La foule des promeneurs avait disparu. Des rubans de fumée s'élevaient des feux réduits en cendres, où quelques braises rougeoyaient encore. Le *yoriki* se pressa sur l'allée qui longeait la rive et quitta le quartier des divertissements.

Accoudé au balcon d'une villa donnant sur le fleuve avec ses deux gardes du corps, le chambellan Yanagisawa vit Hoshina émerger de l'obscurité près de l'eau et venir vers lui. Le désir qu'il avait refoulé la veille resurgit aussitôt, et son pouls s'accéléra.

Hoshina s'approcha, leva les yeux et s'inclina pour le saluer.

– J'ai quitté le banquet dès que j'ai pu. Veuillez m'excuser si je vous ai fait attendre.

– Ce n'est pas grave. Montez !

Hoshina grimpa l'escalier menant au balcon et, laissant les

gardes à l'extérieur, tous deux entrèrent dans la maison. C'était une résidence de vacances empruntée à l'un des agents locaux du chambellan. L'air frais du fleuve passait à travers les stores de bambou tirés sur les fenêtres d'un salon d'été. Éclairés par la lumière douce d'une lanterne ronde, ils s'agenouillèrent l'un en face de l'autre. Yanagisawa perçut l'odeur virile d'Hoshina où se mêlaient huile capillaire de wintergreen, fumée de tabac, alcool et sueur. L'atmosphère entre eux lui parut à la fois intime et menaçante, et ses mains tremblèrent lorsqu'il prit la carafe de saké pour remplir les deux coupes posées sur la table. Il en tendit une à Hoshina, en veillant à ne pas le toucher.

– Eh bien ? dit-il en s'efforçant de croiser le regard vif du *yoriki* sans montrer son trouble. Qu'avez-vous à me raconter ?

Hoshina lui relata ce que Sano avait fait et dit ce jour-là, et Yanagisawa hocha la tête d'un air satisfait.

– Il m'a épargné une tâche fastidieuse en enquêtant sur les suspects de moindre importance, et le fait qu'il n'ait rien retenu contre eux confirme leur innocence. Qu'avez-vous trouvé d'autre ?

– J'ai appris plusieurs choses intéressantes pendant que je menais mon enquête au palais.

– Quoi donc ?

– Un visiteur vient voir dame Jokyôden tous les jours à l'heure du mouton. C'est un jeune homme qui semble appartenir à la classe des marchands, d'après ce qu'on m'a décrit de sa coiffure et ses vêtements. Il apporte des lettres et attend à la porte du palais pendant qu'on les lui porte, puis il repart avec les réponses.

– Qui est-ce ? lui demanda Yanagisawa.

– Il dit s'appeler Hiro, mais personne ne le connaît. Chaque fois que les gardes ont essayé de le suivre, il leur a échappé.

– Qu'y a-t-il dans ces lettres ?

– On ne le sait pas non plus. C'est la première dame d'honneur de Jokyôden qui vient toujours les chercher et, si elle est au courant de leur contenu, elle est trop loyale envers sa maîtresse pour le révéler.

– Ce que fait Jokyôden n'est pas forcément lié avec le meurtre du ministre de la gauche, dit pensivement Yanagisawa. Demandez tout de même à vos espions de se renseigner sur l'identité de cet homme et sur ces messages.

– Oui, Honorable Chambellan. Mais j'ai une information sur le ministre de la droite qui va probablement vous être utile. Ichijô quitte le palais tout seul, environ une fois par mois, le soir. Il reste généralement absent un jour ou deux, mais il arrive qu'il revienne la même nuit.

– Où va-t-il ?

– Personne ne le sait.

Yanagisawa entrevit toutes sortes de raisons anodines pouvant expliquer qu'un noble sorte discrètement du palais la nuit, mais la découverte d'Hoshina pouvait avoir des implications pour l'affaire.

– Si Ichijô n'était pas là le soir du meurtre, ce n'est pas lui qui a tué Konoe, dit Yanagisawa.

– Je n'ai pu trouver aucun témoin qui puisse jurer l'avoir vu au palais cette nuit-là. Il était donc peut-être effectivement parti, mais ce n'est pas parce que personne ne l'a aperçu qu'il n'était pas là. Il a pu s'éclipser après avoir assassiné Konoe !

– C'est vrai, reconnut Yanagisawa. Je le considère toujours comme le principal suspect : il a un puissant mobile et une personnalité qui colle avec le crime.

Hoshina prit un air songeur.

– Je me demande ce qu'il peut bien faire de si secret pour vouloir que personne ne le sache.

– On peut s'y intéresser, mais l'essentiel, c'est qu'il a menti pour donner un alibi à sa fille. À mon avis, il peut aller très loin pour la protéger, et nous allons le piéger en éliminant Sano par la même occasion.

– Comment ça ? demanda Hoshina.

Yanagisawa lui décrivit le plan qu'il avait imaginé.

– Excellent ! s'écria le *yoriki* en le regardant avec une sincère admiration. Vraiment brillant !

Cet éloge spontané fit davantage plaisir à Yanagisawa que tous les compliments que ne cessait de lui prodiguer Aisu. En fait, Hoshina se révélait plus compétent que ne l'avait été son adjoint ces derniers temps. Il lui vint à l'esprit qu'il pourrait être le nouveau bras droit dont il avait besoin.

– Le minutage est crucial, reprit Yanagisawa en ramenant ses pensées sur son plan. Quel est le programme de Sano pour demain ?

– Il doit aller voir Kozeri dans la matinée.

– J'ai des agents qui la surveillent, mais ils ne m'ont pas encore fait leur rapport. Je n'ai pas l'impression qu'elle ait joué un rôle dans cette affaire. Ça tombe bien que Sano ne soit pas au palais impérial !

– Oui, mais sa femme va rendre visite à dame Asagao.

– Vous devez agir vite, alors !

– Je vais commencer cette nuit, déclara Hoshina. Avant de rentrer chez moi, je me procurerai ce dont j'ai besoin et je m'arrêterai aux écuries de la police.

– Il faudra le faire avec soin, le mit en garde Yanagisawa.

– Je le ferai un peu chauffer et le tour sera joué.

Hoshina sourit, fier de son ingéniosité.

– Le problème sera de le mettre en place, s'inquiéta Yanagisawa. Ce n'est pas vous qui devez le faire.

Hoshina hocha la tête.

– J'ai quelqu'un qui peut le faire pour moi.

– L'étape suivante exigera toute votre attention et la plus grande discrétion, poursuivit Yanagisawa.

– Ça se passera dans les locaux du *bakufu* au palais et j'enverrai un messager de confiance porter la convocation. Personne d'autre ne saura que je suis là-bas, ni ce que j'y fais.

– Il est facile d'imaginer ce que va décider Sano, conclut Yanagisawa, mais toute la question est de savoir quand il le fera. Envoyez-moi toutes les heures au château de Nijô des rapports faisant le point sur la situation. Nous devrons être prêts à agir sur-le-champ, mais également à attendre le temps qu'il faut. À mon avis, nous aurons des résultats en moins de vingt-quatre heures et nous pourrons passer à la phase finale de mon plan.

– Oui, Honorable Chambellan.

– À demain, alors, dit Yanagisawa en se levant.

Hoshina se leva lui aussi, mais, au lieu de prendre congé avec les salutations d'usage, il lui demanda :

– N'y aurait-il pas quelque chose d'autre que je puisse faire pour vous ce soir ?

Il avait prononcé cette invite sexuelle d'une voix rauque et sa bouche charnue ne souriait pas vraiment. Comment osait-il tenter à nouveau de le séduire, après le rejet de la nuit précédente ! Son audace offensa Yanagisawa tout en l'excitant. Il croisa le regard du *yoriki* sans baisser les yeux. Exactement de la même taille, ils se tenaient face à face, et leur désir mutuel pesait comme une troisième présence dans la pièce, alourdissant l'atmosphère. Mais Yanagisawa sentit que ce qui se passait était différent de ses jeux sexuels habituels, et pas seulement parce qu'Hoshina ne ressemblait pas au type de partenaires qu'il s'était toujours choisis.

Ce n'était pas seulement du sexe qu'il attendait de lui, mais il n'aurait su dire ce qu'il voulait d'autre. Un nouveau besoin creusait le vide qu'il avait en lui depuis la mort de Shichisaburô, et ce besoin lui faisait peur, car c'était une faiblesse qui donnait aux autres un pouvoir sur lui. Sa peur se transforma tout à coup en colère.

– Vous me prenez pour un échelon dans votre ascension vers le pouvoir ? Vous voulez m'utiliser comme vous l'avez fait pour le *shoshidai* Matsudaira ?

D'après le dossier qu'il avait consulté, Hoshina avait obtenu son poste en séduisant le *shoshidai* et en usant de son influence auprès du vieil homme. En fait, grâce à sa beauté et son intelligence, il avait fait carrière par le biais du sexe en commençant près de vingt-cinq ans plus tôt.

– Ou vous me confondez avec Arima Nagisa, l'inspecteur des bâtiments de Miyako ?

Hoshina tressaillit comme si Yanagisawa l'avait frappé.

– Ainsi vous savez tout de moi, dit-il avec un rire forcé. Eh bien, mon histoire n'est pas très originale, n'est-ce pas ?

Mais quelque chose s'était brisé dans son regard. Yanagisawa y vit la détresse du petit garçon de huit ans, placé en apprentissage auprès de l'inspecteur Arima qui l'avait abusé et partagé avec tant d'autres. À seize ans, il était devenu l'amant du commissaire de police en chef de Miyako, et il avait grimpé dans la hiérarchie jusqu'au rang de *yoriki* avant d'attirer l'attention du *shoshidai.* Mais tandis que Yanagisawa imaginait la vie d'Hoshina, ses propres yeux durent révéler quelque chose de profond, car celui-ci le regarda soudain avec étonnement, comme s'il commençait à comprendre.

– Oui, ce n'est pas une histoire originale, répondit-il à sa propre question d'une voix étouffée.

Yanagisawa n'avait jamais parlé de son passé à quiconque. Il avait tenu secrète l'histoire de son apprentissage auprès du daimyô que servait jadis son clan, en menaçant de mort quiconque insinuerait quoi que ce soit sur lui. Donc personne n'était au courant des relations sexuelles imposées et de la discipline cruelle que lui avait fait subir sire Takei pendant son adolescence, et Hoshina n'en savait rien jusqu'à cet instant. Brusquement, en dépit de la culture samouraï où le stoïcisme était la règle et où les hommes ne discutaient pas de sujets privés, Yanagisawa se sentit tout nu devant le *yoriki*.

– Ne me regardez pas de cette manière ! lui ordonna-t-il. Gardez vos distances ! Un peu de respect !

– Je vous demande pardon ! dit Hoshina en reculant.

Mais son regard soutint celui de Yanagisawa.

Comme le soir précédent, quelque chose passa entre eux – une sensation étrange et profonde de plaisir mêlé de souffrance. Yanagisawa sentit qu'Hoshina retenait son souffle, et il comprit subitement ce que tous deux avaient en commun.

Même si beaucoup d'hommes avaient vécu des expériences similaires dans ce monde où l'on exaltait l'amour viril sans craindre d'exploiter les faibles, Yanagisawa n'avait jamais pensé qu'un autre homme ait pu souffrir autant que lui. Il comprenait à présent qu'Hoshina avait également connu la honte et la rage, et que des émotions similaires avaient façonné leurs vies.

– Quand j'ai su que vous veniez à Miyako, c'est vrai, j'ai projeté de faire ce dont vous m'accusez, reconnut Hoshina d'un air contrit qui le fit soudain paraître plus jeune. Mais maintenant...

Il baissa les yeux en haussant les épaules.

– Si vous préférez que je parte, je vais m'en aller.

Il se dirigea vers la porte.

– Attendez !

L'ordre jaillit involontairement de Yanagisawa, et Hoshina s'arrêta, visiblement tiraillé entre son envie de fuir et la tentation de rester. Plaire à l'homme le plus puissant du Japon pourrait lui procurer d'immenses avantages, mais il risquait de perdre la vie si leur relation tournait mal. Lui qui avait si bien su exploiter les jeux du sexe dans le passé sentait que les règles avaient désormais changé, et ne savait que faire.

Les mêmes doutes et pulsions contraires tourmentaient Yanagisawa qui, lui aussi, évaluait ce qu'il risquait de perdre. Tous deux ne partageaient pas seulement des traumatismes d'enfance et une forte attirance charnelle : ils s'étaient servis des hommes pour leur intérêt personnel, et le chambellan avait menti, triché, intrigué, tué et ruiné des vies pour arriver au sommet du *bakufu*. Hoshina allait-il l'imiter ?

Mais ses craintes s'évanouirent devant l'ardent et mystérieux besoin qui lui fit tendre la main.

– Venez, lui dit-il en voyant ses espoirs, ses peurs et ses désirs se refléter dans les yeux du *yoriki*.

Il lui prit la main. En sentant la chaude pression de celle d'Hoshina, une vague d'excitation le traversa. Rien de ce qu'il avait vécu avec ses autres partenaires ne l'avait préparé à ce qui allait suivre, mais son instinct le guidait. Il leva son autre main et lui caressa doucement la joue. Hoshina posa la sienne sur son épaule, et ils restèrent immobiles dans cette position, les yeux dans les yeux, pendant une courte éternité.

Soudain, ils se retrouvèrent brutalement enlacés, pressant l'un contre l'autre leurs corps aux muscles tendus. Derrière leurs souffles haletants, Yanagisawa entendit le son lointain des gongs d'Obon et sentit la fumée des feux presque éteints. Une ivresse physique irrésistible l'entraîna et, tandis qu'il se laissait tomber sur le sol avec Hoshina, il comprit qu'il se lançait dans une dangereuse aventure qui allait changer leurs deux vies pour toujours.

11

Le lendemain matin, d'épais nuages atténuèrent un peu la chaleur étouffante de Miyako, mais l'humidité de l'air s'accrut. Les flèches des pagodes se perdaient dans la brume et, au loin, les collines étaient invisibles. Tandis que la vieille capitale se réveillait dans cette atmosphère moite, des bourrasques faisaient s'envoler les cendres froides et les fleurs de papier déchirées des festivités de la veille. Sano passa le portail du temple Kôdai où il venait rendre visite à l'ex-femme du ministre de la gauche Konoe.

Fondé dans les temps anciens, le temple Kôdai avait pris de l'importance après la mort de Toyotomi Hideyoshi, près d'un siècle plus tôt. Son successeur, Tokugawa Ieyasu, en avait fait don à la veuve d'Hideyoshi. Devenue nonne, celle-ci avait choisi le nom religieux de Kôdai-in et s'était retirée dans le couvent qui en dépendait. Une dizaine d'années plus tard, décidé à éliminer tous ses rivaux potentiels, Ieyasu avait assiégé la forteresse Toyotomi à Ôsaka, où Kôdai-in avait rejoint son fils. Elle avait été tuée avec ce qui restait du clan Toyotomi et, maintenant, le temple de la Veuve honorait sa mémoire.

Sano traversa la galerie du Dragon, un pont abrité par un toit de tuiles ondulant qui semblait couvert d'écailles. De chaque côté, il vit des étangs, des jardins, des salles de cérémonies et des résidences. À l'est, les rangées de pierres tombales du cimetière Higashi s'étageaient sur une colline. Sano entra dans le sanctuaire. Sur les murs et sur l'autel, les laques et les sculptures dorées reflétaient les flammes de milliers de lampes à huile. De l'encens brûlait devant une statue en or représentant Kannon, la déesse de la Compassion du bouddhisme. Devant les portraits de Kôdai-in et Hideyoshi, la chaleur faisait miroiter l'air comme la surface d'une eau qui coule. Une nonne âgée au crâne rasé, petite et voûtée, s'inclina devant Sano.

– Je suis l'abbesse du couvent du temple Kôdai. Puis-je vous aider ?

Sano se présenta et lui dit :

– Je voudrais voir une de vos nonnes, qui s'appelle Kozeri.

Le visage ridé de l'abbesse se durcit.

– Si c'est de la part de son ancien mari, vous perdez votre temps, dit-elle d'une voix glaciale. Elle n'a rien à lui dire et ne voit personne de l'extérieur. Venir sans cesse lui rendre visite, envoyer des lettres ou des émissaires ne sert à rien. Transmettez ce message au ministre de la gauche ! Il faut qu'il accepte la situation et laisse Kozeri tranquille.

– Je ne suis pas envoyé par Konoe. J'enquête sur son meurtre, lui expliqua aussitôt Sano.

– Son meurtre ! s'écria l'abbesse dont les petits yeux s'agrandirent sous le choc. Je suis désolée, je ne savais pas, ajouta-t-elle en secouant la tête. Ici, nous ne suivons pas les nouvelles du monde... Pardonnez-moi de m'être trompée sur le but de votre visite !

– Je dois poser quelques questions à Kozeri pour mon enquête, dit Sano. Ce ne sera pas long.

L'abbesse hésita un instant.

– Je vais la chercher.

– Je vous demande de ne pas lui dire qui je suis, ni pourquoi je suis là. Je le ferai moi-même.

– Très bien.

Après le départ de l'abbesse, Sano glissa une pièce dans le tronc, alluma un cierge et le plaça sur l'autel. Puis il pria en silence pour le succès de sa mission et pour la sécurité de Reiko qui était maintenant au palais.

– Dame Asagao a dû s'absenter, mais elle m'a dit de vous faire essayer votre nouveau costume pour la pièce, dit la dame d'honneur qui venait d'accueillir Reiko devant la résidence des épouses de l'empereur.

Une bourrasque agita les arbres et les glycines, et un coup de tonnerre ébranla le ciel plombé. De grosses gouttes de pluie s'écrasèrent sur le gravier de la cour.

– L'orage va éclater ! Dépêchons-nous d'entrer !

Elle la précéda dans la résidence où, à part l'empereur, aucun homme ne pouvait pénétrer. En parcourant les couloirs derrière son guide, Reiko vit des servantes mettre en place les persiennes en bois qui protégeaient le mur extérieur de la pluie. Des cloisons de papier délimitaient une succession de chambres dont les portes étaient ouvertes. Des jeunes femmes s'y pomponnaient en sirotant du thé ou lui souriaient en s'inclinant. L'empereur avait apparemment de nombreuses épouses – en plus de dame Asagao –, ayant elles-mêmes beaucoup de suivantes à leur service. Leurs bavardages et leurs rires résonnaient partout.

Dans les appartements de dame Asagao, situés au centre de la résidence, les stores et les cloisons de papier étaient ouverts sur un jardin joliment décoré avec des saules et du gazon. Des paysages peints décoraient les grands paravents qui séparaient la suite en trois pièces bourrées de meubles et d'objets personnels. Dans la partie réservée à l'habillement, une alcôve était garnie de placards dont les tiroirs et les étagères débordaient de vêtements colorés. Des lampes étaient allumées sur une table basse couverte de peignes, de pinceaux, de pots de maquillage et de miroirs. Des chaussures étaient éparpillées par terre. La dame d'honneur montra du doigt un somptueux kimono brodé de lis roses, suspendu sur un support en bois.

– Voici votre costume. Dois-je vous aider à vous changer ?

– Non, merci, ne vous dérangez pas.

– Cela ne me dérange pas ! dit la femme en souriant. C'est un honneur pour moi de vous servir.

– Je vous remercie, mais vous êtes sûrement très occupée. Je vais le faire toute seule.

La jeune femme hésita.

– Ne vous inquiétez pas, dit Reiko. Je ne toucherai à rien chez Son Altesse et je vous appellerai si j'ai besoin d'aide.

Après son départ, Reiko attendit un instant qu'elle se soit éloignée, puis referma en hâte les portes du couloir et les panneaux coulissants donnant sur le jardin. Son cœur battait à tout rompre car elle ne savait pas de combien de temps elle disposait. Elle voulait fouiller les lieux avant le retour de dame Asagao, avec l'espoir de trouver quelque chose de compromettant.

Le plus logique était de commencer par les lettres et les papiers personnels, et elle se précipita derrière le paravent. Elle se retrouva dans un salon où un shamisen, des partitions de musique et des cartes à jouer étaient éparpillés sur les tatamis. La pièce était meublée de tables basses, de lanternes, de coussins posés sur le sol, d'un coffre métallique et d'une écritoire – une boîte plate et carrée laquée de rouge. Quatre petits livres recouverts de tissu étaient posés sur son couvercle incliné. Reiko en ouvrit un et reconnut le texte de la pièce dans laquelle elle avait joué la veille. Elle les poussa de côté et souleva le couvercle. L'intérieur ne contenait que des pots vides, des pinceaux de calligraphie usés, une pierre à encre effritée couverte de pigment séché, et quelques papiers froissés. Elle les feuilleta rapidement et vit qu'il s'agissait de programmes de théâtre et de copies de poèmes classiques datant sans doute des leçons de calligraphie de son enfance. Si dame Asagao avait écrit quelque chose de plus révélateur, Reiko ne le trouva pas.

La pluie tambourinait sur le toit et le vent soufflait dans le jardin. Reiko ouvrit en hâte le couvercle du coffre métallique. Il contenait des poupées et d'autres jouets qu'Asagao avait dû aussi garder de son enfance. En entendant des voix de femmes s'approcher, Reiko se figea et retint son souffle. À l'extérieur, il y eut une série de bruits sourds à mesure que les servantes baissaient les persiennes contre la pluie. Le salon fut soudain dans la pénombre, et elles s'éloignèrent. Reiko poussa un soupir de soulagement. Elle referma le coffre et se glissa dans la dernière partie de la suite, là où dormait Asagao.

À côté d'un futon et d'une légère courtepointe d'été, des vêtements de nuit traînaient par terre. Reiko ouvrit à toute allure les portes d'un placard mural où elle ne vit que de la literie, des braseros, des lampes et des bougies. Des coffres contenaient des courtepointes d'hiver. Seule découverte insolite, une réserve de carafes de saké était dissimulée dans un coin du placard !

Elle retourna en courant dans la partie réservée à l'habillement et fouilla tous les rangements. Robes et ceintures de soie dégageaient les senteurs de lis du parfum d'Asagao, et les toucher éveilla en elle un sentiment de culpabilité. Il était clair que le travail de policier contrevenait aux règles les plus élémentaires de la courtoisie. Et tout en inspectant des tiroirs pleins d'éventails et d'ornements de coiffure, elle se dit qu'elle violait cette intimité pour rien, puisqu'elle ne trouvait que ce qu'on peut s'attendre à voir chez une inoffensive jeune femme riche et aimant les plaisirs. C'est alors qu'elle ouvrit la porte d'un rangement à la hauteur de son visage...

Une odeur métallique et aigre s'en échappa, troublante et familière. Reiko retint son souffle. Le cœur battant, elle essaya de voir ce qu'il recélait, tout au fond, dans l'ombre. Lentement, elle avança la main à l'intérieur, et ses doigts touchèrent un tissu d'une drôle de texture – lisse et douce, avec des plaques rigides. Elle sortit un paquet de lourde soie mauve et un autre de tissu blanc plus fin. Tous deux portaient des taches d'un brun rougeâtre.

Des taches de sang séché.

Interloquée, Reiko déplia les deux vêtements : c'étaient une robe de cour et une sous-robe, dont le bas était maculé de sang. Une image lui vint à l'esprit : Asagao vêtue de ces robes, à minuit, dans le Jardin de l'étang. Le cadavre de Konoe était étendu à ses pieds, perdant son sang qui coulait par terre et imprégnait l'ourlet des robes. Elle haletait, cherchant son souffle après avoir poussé l'épouvantable cri, un mauvais regard de triomphe sur son joli visage...

Reiko secoua la tête d'un air incrédule. Dehors, le vent rabattait sur le toit et les murs des torrents de pluie qui dégoulinaient bruyamment. Un coup de tonnerre fit crier d'excitation les femmes du palais. Dans la pièce où régnait une chaleur suffocante, il n'y avait pas un souffle d'air.

– Dieux miséricordieux ! murmura Reiko.

Elle venait de trouver un indice très compromettant, qui l'inquiétait au lieu de lui faire plaisir, car elle ne pouvait pas croire qu'Asagao soit la coupable. Tenant les robes à bout de bras, elle regarda les taches de sang en leur cherchant une autre explication.

Rien ne prouvait que c'était celui du ministre de la gauche Konoe ! Dame Asagao avait pu souiller accidentellement ses vêtements avec ses menstrues. Non, il y avait trop de sang, et seulement sur les ourlets. Asagao ou une autre personne s'était peut-être blessée, du sang avait coulé par terre, et elle avait ensuite marché dedans. Mais pourquoi avait-elle caché les vêtements au lieu de les nettoyer ? Et à l'inverse, si elle était coupable, pourquoi ne pas avoir fait disparaître cette preuve ?

Le glissement d'une porte coulissante tira brusquement Reiko de ses réflexions. Avec un sursaut de surprise, elle serra les robes contre sa poitrine, se retourna et vit entrer Asagao. Un terrible sentiment de culpabilité et de honte la submergea.

– Bonjour, Votre Altesse ! lança-t-elle gaiement. Je... euh... j'allais juste essayer mon costume pour la pièce.

Asagao ne répondit pas. Toute sa vivacité s'était évanouie. Elle n'était plus que l'ombre d'elle-même, et son maquillage éclatant était comme un masque rieur peint sur son visage éteint. Elle regarda Reiko en plissant le front, comme si elle se demandait qui elle était.

– Votre Altesse ? dit Reiko, perplexe.

Le regard d'Asagao se porta sur les robes que tenait Reiko, puis descendit vers les ourlets tachés de sang. Incrédulité, terreur et résignation se succédèrent dans ses yeux. Avec un petit gémissement, elle se laissa tomber par terre en cachant son visage dans ses mains.

Les rafales de pluie s'abattaient sur le temple Kôdai tandis que Sano écoutait gronder le tonnerre de cet orage estival. Il regardait pensivement le cierge qu'il avait allumé sur l'autel du sanctuaire et vit la flamme s'allonger sous l'effet d'un courant d'air. Sentant une présence non loin de lui, il se retourna et vit une nonne. Elle était entrée si doucement qu'il ne l'avait pas entendue.

Elle lui sourit. C'était une femme de taille moyenne, âgée d'environ trente-cinq ans, vêtue d'une ample robe grise.

– Je suis Kozeri, dit-elle d'une voix mélodieuse qui résonna dans la salle sombre. Vous voulez me parler ?

– Oui, répondit Sano qui la regarda mieux.

Le modelé de son front haut, de ses pommettes saillantes et de son crâne rasé était ravissant. Son teint ivoire resplendissait à la lumière des lampes à huile. Sous leurs paupières lourdes et sensuelles, ses yeux étaient de longs croissants contemplatifs, et ses lèvres souriantes étaient charnues. L'admiration submergea Sano. Son pouls et sa respiration s'accélérèrent, et cette brusque réaction physique le surprit. Il croyait que son âge et son mariage l'avaient changé et que la beauté d'une inconnue ne pouvait plus l'attirer.

Dissimulant son malaise, Sano se présenta et lui dit :

– J'ai malheureusement une mauvaise nouvelle à vous annoncer. Votre ancien mari, le ministre de la gauche Konoe, est mort.

Kozeri se raidit et son sourire s'effaça. Elle se détourna vers l'autel.

– Comment est-ce arrivé ?

– Il a été assassiné.

Tandis qu'il lui donnait des détails et lui expliquait pourquoi il était venu, il se dit que son choc semblait réel et que sa question était logique. Mais était-elle troublée par la mort de Konoe ou par l'arrivée de l'enquêteur du shogun ?

– Je dois vous parler de sujets qui peuvent avoir un rapport avec le crime.

Elle avala sa salive.

– Très bien.

– Comment en êtes-vous venue à épouser le ministre de la gauche Konoe ? lui demanda Sano en se rapprochant d'elle.

– J'appartiens au clan Nakano-in.

C'était une famille de la noblesse d'importance mineure.

– Je me suis mariée à quinze ans avec un cousin, mais il est mort.

La lumière des lampes à huile illuminait son profil.

– Le ministre de la gauche était veuf et il a arrangé notre union avec ma famille.

– Étiez-vous d'accord à l'époque ? demanda Sano en essayant de chasser le trouble engendré par sa présence, et inquiet de sentir naître en lui une attirance sexuelle.

Cette nonne était un témoin potentiel dans une affaire de meurtre. Lui-même avait une épouse qu'il aimait tendrement et, depuis son mariage, il n'avait jamais prêté attention à d'autres femmes. Que lui arrivait-il ?

Kozeri fixait les petites flammes comme si elle s'efforçait de remonter toutes ces années.

– C'était il y a si longtemps !

Elle joignit les mains en caressant machinalement le haut de sa poitrine.

– J'ai tiré un trait sur mon passé quand je suis entrée au couvent.

En la regardant, Sano ne pouvait s'empêcher d'imaginer la douceur de sa peau, la tiédeur et la souplesse de son corps. Les flammes des lampes vacillaient dans le courant d'air et, dehors, la pluie martelait les tuiles et tombait en cascade des avant-toits. Sano s'efforça de chasser ces pensées de son esprit.

– Aimiez-vous le ministre de la gauche ?

– Non, avoua-t-elle avec un léger sourire qui souleva un coin de sa bouche. J'avais dix-sept ans lorsque je l'ai épousé, et lui en avait trente-deux. Nous n'avons jamais été proches, ajouta-t-elle en lançant un regard oblique à Sano. Je suppose que nous n'étions pas faits l'un pour l'autre.

– Vous n'avez pas eu d'enfants ?

Une rougeur apparut sur l'ivoire de son teint.

– Le ministre de la gauche avait des filles qui étaient déjà grandes.

Sano les avait interrogées comme tous les membres de sa famille. Leurs alibis étaient solides et elles n'avaient aucune raison de souhaiter la mort de leur père.

– Mais nous n'avons été mariés qu'un an, expliqua Kozeri en lançant un nouveau coup d'œil à Sano. Ce n'était sans doute pas suffisant pour que nous ayons un enfant.

– C'est vous qui avez mis un terme à ce mariage ?

Kozeri hocha la tête.

– Pourquoi ?

– J'ai décidé de consacrer ma vie à ma vocation spirituelle.

– Aviez-vous d'autres raisons de quitter le ministre de la gauche ?

– Non, dit Kozeri. C'était un homme de bien qui m'a donné tout ce qu'une femme peut souhaiter.

Il était clair que la passion avait été à sens unique dans ce mariage, et que leur lien spirituel était un pur produit de l'imagination de Konoe. Sano sortit de son kimono les lettres qu'il avait trouvées et dit à la nonne :

– Permettez-moi de vous lire quelque chose :

Comment avez-vous pu m'abandonner ? Sans vous, chaque journée me semble une éternité dénuée de sens. Mon esprit est comme un guerrier mort au champ d'honneur. La colère altère mon amour pour vous comme la gangrène une chair blessée. Je voudrais pouvoir étouffer cet entêtement qui vous habite. Je me vengerai !

Kozeri haussa les épaules, et ses lourdes paupières se refermèrent sur ses yeux. Elle leva la main vers Sano, comme si elle voulait repousser ces horribles paroles.

– C'est une lettre que vous a écrite le ministre de la gauche. Vous ne l'avez pas lue ?

– Je ne lis plus rien de lui depuis des années. Quand j'étais novice, je lui répondais pour tenter de lui faire comprendre que je voulais rester ici. Mais dès que j'ai eu prononcé mes vœux, le temple a retourné toutes ses lettres sans les ouvrir.

Kozeri mit son visage dans ses mains.

– J'avais oublié à quoi elles ressemblaient.

– Je les ai toutes lues, dit Sano en les feuilletant, et il m'a paru violent et vindicatif. Était-il ainsi avec vous lorsque vous étiez mariés ?

Kozeri secoua la tête en passant distraitement des doigts tremblants sur son cou.

– Il a changé après notre séparation.

Tout en sachant qu'un mariage brisé pouvait provoquer des comportements extrêmes, Sano ne croyait pas que la nature profonde d'un conjoint puisse changer si radicalement. Mais il comprenait que Konoe ait pu être obsédé par cette femme, dont le charme énigmatique avait éveillé son besoin de la posséder, puis sa rage et sa frustration quand elle l'avait repoussé. Sano sentit qu'il était lui-même terriblement intrigué par Kozeri. « Qui êtes-vous ? avait-il envie de lui demander. Quelles pensées secrètes chassez-vous de votre esprit par la méditation et la prière ? »

Mais il lui posa une autre question :

– Konoe vous a-t-il maltraitée d'une manière ou d'une autre ?

– Jamais.

Elle se tourna vers Sano et il vit dans ses yeux qu'elle ne le considérait plus comme un simple fonctionnaire du *bakufu*, mais comme un homme, et qu'elle avait aussi envie d'en savoir plus sur lui.

– Que pensiez-vous de l'attention persistante qu'il vous portait ? demanda Sano, déconcerté par ce regard.

– Je ne comprenais pas pourquoi mon mari agissait de la sorte. Je ne voulais surtout pas l'y inciter et je ne lui donnais aucun encouragement. Au début, je lui en voulais mais, au bout de quelques années, j'ai fini par penser qu'il avait un problème mental. Il croyait pouvoir posséder tout ce qu'il voulait, et il était trop obstiné pour accepter la défaite. J'avais pitié de lui.

« Une attitude extraordinairement clémente ! » se dit Sano.

– Mais vous devez être contente qu'il soit mort ! Il ne vous ennuiera plus.

Kozeri lui fit un sourire hésitant.

– Peut-être que son esprit goûte maintenant une paix qu'il n'a pas connue de son vivant. Mais je ne souhaite la mort de personne, et je n'ai pas encore eu le temps d'intégrer le fait qu'il est vraiment parti. Je suppose que je dormirai plus tranquille, mais je ne peux pas m'empêcher de me reprocher la souffrance que nous nous sommes causée mutuellement.

Sano se demanda si son sentiment de culpabilité n'avait pas une autre origine. Avait-elle joué un rôle dans le meurtre de Konoe ? Il faisait de plus en plus chaud dans la pièce et s'efforcer de réfléchir en présence de Kozeri s'avérait étrangement difficile.

– Le ministre de la gauche vous rendait visite, dit Sano en s'efforçant de dissiper son trouble. Quand l'avez-vous vu pour la dernière fois ?

Elle chercha dans sa mémoire en fronçant les sourcils.

– Au début de l'été, je crois. Il est entré de force dans le couvent, comme d'habitude, et les gardes l'ont fait sortir.

Si elle disait la vérité, elle n'avait aucun mobile pour vouloir sa mort. Mais Sano se dit qu'il vérifierait l'histoire de leur relation avec des témoins qui les connaissaient tous les deux, car Kozeri restait suspecte. Quinze années passées dans un couvent bouddhiste avaient pu la mettre en rapport avec la méthode utilisée pour le meurtre du ministre de la gauche.

– Les nonnes qui sont ici pratiquent-elles le *shugendô* ? lui demanda Sano.

Les moines bouddhistes avaient été les premiers à expérimenter le *shugendô*, la voie des pouvoirs surnaturels. En-no-Gyôja, le héros légendaire qui avait vécu six siècles plus tôt, pouvait commander des armées à distance, marcher sur l'eau, voler dans les airs et apparaître en divers lieux simultanément. Ses disciples étaient réputés pour leurs connaissances occultes, et les magistrats de l'époque les engageaient pour lire dans l'esprit des prévenus et révéler des faits, grâce à leurs transes magiques. Tout au long de l'histoire, des samouraïs avaient étudié auprès de moines zen des techniques ésotériques de maîtrise mentale – qui incluaient l'art du *kiai*.

– Nous pratiquons des méthodes apparentées au *shugendô*, répondit Kozeri, mais uniquement celles qui concernent le développement de l'harmonie intérieure. Notre ordre religieux est pacifique, ajouta-t-elle. Nous évitons la violence et n'avons pas besoin de techniques de combat occultes.

Jadis, les monastères bouddhistes avaient pourtant activement participé aux guerres. Et, pour soumettre le clergé, les samouraïs avaient dû raser un grand nombre de temples et massacrer beaucoup de moines. Les Tokugawa maintenaient une surveillance très stricte mais ici, au temple Kôdai qui était le refuge de la tradition bouddhiste, d'anciennes pratiques n'auraient-elles pas survécu ? Le *yoriki* Hoshina se trompait peut-être en croyant qu'il n'y avait pas d'étrangers au palais impérial la nuit du meurtre. Était-il possible que Kozeri ait appris à tuer avec sa voix ? Et qu'elle ait échappé à son enquête préliminaire ?

Sano était de plus en plus conscient de son charme. La façon dont elle caressait inconsciemment sa poitrine suggérait qu'elle n'était pas insensible aux plaisirs des sens, même si elle avait choisi une vie religieuse. Sano imagina le corps splendide dissimulé sous sa robe, et une vague tumultueuse de désir brûlant le submergea.

Il posa sa question suivante en étant à peine conscient des mots qu'il prononçait :

– Un employé faisant partie du personnel de Konoe a été assassiné peu de temps avant que vous l'épousiez. Pouvez-vous me dire quelque chose à ce sujet ?

Les yeux humides et les lèvres entrouvertes de Kozeri brillaient dans la lumière enfumée.

– Je me souviens vaguement de cet incident.

Elle respirait vite, et Sano frissonna en comprenant qu'elle éprouvait du désir elle aussi.

– Mais j'étais malade à l'époque, et je n'étais pas au courant de grand-chose à part mes propres ennuis. Je suis désolée de ne pouvoir vous aider.

Soudain, un terrible sentiment de culpabilité accabla Sano qui entendit à peine sa réponse. Comment pouvait-il désirer une autre femme alors qu'il aimait Reiko ?

Il sentit qu'il avait oublié de lui poser une question importante, mais ne put s'en souvenir. Il lui fallait partir sur-le-champ.

– Je vous prie de m'excuser, dit-il avec brusquerie.

Et, laissant Kozeri seule, il s'enfuit du sanctuaire. La pluie s'était transformée en bruine, et les flaques reflétaient le ciel plombé. Sano respira l'air humide et parfumé. « Qu'est-ce qui m'arrive ? » se demanda-t-il. Puis il entendit qu'on l'appelait et vit un de ses hommes se hâter vers lui.

– J'ai un message urgent pour vous de la part de votre femme.

12

– Je vous ai convoquée ici pour que nous parlions du meurtre du ministre de la gauche, expliqua Sano à dame Asagao.

Il se trouvait dans la salle de réception des locaux que le *bakufu* avait fait construire dans l'enceinte impériale pour les visites cérémonielles des shoguns et pour le logement des fonctionnaires qui travaillaient au palais. Plusieurs personnes étaient assises en face de lui : dame Asagao, le ministre de la droite Ichijô, dame Jokyôden et un groupe de nobles de la cour. Quant à l'empereur, il était sur une estrade surmontée d'un dais. Asagao avait un air étrangement absent, Tomohito une expression perplexe, et les autres visages affichaient la prudence. Les troupes Tokugawa montaient la garde autour de la salle.

– Ma femme a trouvé ceci dans votre chambre, Votre Altesse, dit Sano en montrant du doigt un support sur lequel étaient exposées les robes tachées de sang. Veuillez nous expliquer de quoi il s'agit.

Dans le message qu'elle avait envoyé au temple Kôdai, Reiko demandait à Sano de venir immédiatement la retrouver à l'hostellerie de Nijô. Là, elle lui avait montré les vêtements en lui racontant comment elle les avait découverts. Sano avait sauté sur son cheval pour se rendre au palais, et il avait convoqué dame Asagao dans la salle du *bakufu*, ainsi que l'empereur, sa mère, et quelques hauts fonctionnaires et conseillers.

– Le fait que votre femme ait fouillé les appartements de dame Asagao sans sa permission est une grave offense à la cour impériale, déclara le ministre de la droite Ichijô d'un ton glacial.

– Dame Asagao et moi avons offert notre amitié à votre épouse qui en a profité pour nous espionner, renchérit dame

Jokyôden avec sévérité. Ces tactiques sournoises sont extrêmement choquantes.

« Une femme très belle et pleine d'autorité, exactement comme Reiko me l'a décrite ! » se dit Sano.

L'empereur lui lança un regard furieux.

– Dame Asagao, mon épouse, est sacrée. Personne n'a le droit de lui donner des ordres. Elle n'a pas à vous répondre.

Immobile, Asagao ne disait rien. Elle était jolie, mais ses vêtements de couleurs vives détonnaient avec son regard éteint. Sano n'arrivait pas à faire le lien avec l'actrice de théâtre qui, sous l'emprise de l'alcool, s'était si naïvement confiée à Reiko.

– Elle n'a rien à voir avec le ministre de la gauche, ajouta l'empereur Tomohito. Vous n'avez pas le droit de la traiter de cette manière.

Sano voyait ses pires craintes se confirmer : en menant son enquête, il avait gravement offensé ces gens, ce qui allait aggraver la tension séculaire qui régnait entre la cour impériale et le *bakufu*. S'ils bouleversaient l'équilibre du pouvoir au Japon, Reiko et lui devaient s'attendre à être punis par le shogun. Mais ils ne pouvaient rien faire d'autre que poursuivre l'enquête dans cette direction.

– Je suis désolé, Votre Majesté, dit-il respectueusement, mais la justice a la préséance sur les règles de la cour. J'ai reçu des ordres pour enquêter sur la mort du ministre de la gauche Konoe et je dois découvrir la vérité. Je ne porte aucune accusation contre dame Asagao. Je veux juste savoir d'où provient ce sang sur ses vêtements.

Sano se tourna vers elle.

– Votre Altesse ?

Elle le regarda comme s'il s'exprimait dans une langue inconnue.

– Vous lui avez fait si peur qu'elle n'arrive plus à parler ! s'écria l'empereur.

– *Sôsakan-sama*, il y a de toute évidence une erreur ! Vous semblez suggérer que dame Asagao a souillé ses vêtements en tuant le ministre de la gauche. Mais nous ne savons même pas s'ils lui appartiennent ! lui objecta Ichijô, qui essayait de défendre sa fille, d'une voix calme et raisonnable. Et rien ne dit que ce sang soit celui de Konoe !

– Quelqu'un a pu introduire ces robes dans les appartements de dame Asagao, suggéra dame Jokyôden.

Sano avait bien sûr envisagé toutes ces éventualités. Il était d'ailleurs possible que ces personnes, qui voulaient apparemment protéger dame Asagao, aient agi ainsi pour détourner les soupçons d'elles-mêmes. Mais, malgré la compassion que lui inspirait la jeune femme, il devait entendre sa version des faits.

– Ces robes sont-elles à vous, Votre Altesse ? lui demanda doucement Sano.

Au lieu de répondre, Asagao fixait un point, quelque part derrière lui.

– Ou quelqu'un les a-t-il cachées dans votre placard ?

Toujours pas de réponse. L'empereur marmonna d'un air furieux. Immobiles, les nobles regardaient sévèrement Sano. Les ombres des arbres agités par le vent se mouvaient sur les cloisons de papier mais, dans la salle de réception, personne ne bougeait.

Soudain, Asagao inclina la tête et dit d'une voix tremblante et presque inaudible :

– Elles sont à moi. Je les portais la nuit où le ministre de la gauche est mort. Je l'ai tué.

Une chape de silence glacée s'abattit sur l'assistance. L'empereur Tomohito resta la bouche ouverte, et le choc fit blêmir les traits élégants du ministre de la droite Ichijô et de dame Jokyôden. Les nobles ouvraient de grands yeux. Et, subitement, tout le monde parla ensemble.

– Non ! C'est impossible ! s'écria l'empereur qui se précipita vers sa femme et lui secoua les épaules. Pourquoi dites-vous ça ? Retirez-le tout de suite pour ne pas avoir d'ennuis !

Les nobles s'entretenaient anxieusement à voix basse.

– Ne dites plus rien, ma fille ! lui ordonna Ichijô en essayant de dissimuler sa panique sous un calme apparent. Elle n'est pas dans son état normal ! Il ne faut pas la croire !

– Vous l'avez intimidée pour lui faire dire ce que vous vouliez entendre et, maintenant, elle est folle d'angoisse, s'écria Jokyôden. Nous devons la ramener dans sa chambre et appeler un médecin.

Tout le monde se leva, sauf Asagao qui était à genoux, les yeux baissés et les bras serrés sur le ventre.

– Asseyez-vous ! ordonna Sano. Personne ne doit quitter cette pièce !

Il lui déplaisait au plus haut point de contrarier la cour impériale, mais il devait reprendre la situation en main. Ses hommes bloquèrent les portes. L'empereur, Jokyôden, Ichijô et les autres reprirent leurs places avec réticence. Sano sentit la peur qui sous-tendait leurs expressions furieuses. Dans le silence embarrassé qui suivit, il concentra son attention sur dame Asagao.

Recroquevillée sur le sol, elle avait l'air d'une coupable accablée par l'horreur de son crime. Tout en espérant bien sûr achever rapidement cette enquête, Sano trouvait que ces aveux lui avaient été offerts trop facilement, avant même qu'il n'évoque le meurtre de Konoe. Il n'avait pas encore exploré tous les tenants et les aboutissants de l'affaire, et il ne donnerait pas suite à ces aveux tant qu'il ne serait pas certain de leur véracité.

– Votre Altesse, vous venez de dire que vous avez tué le ministre de la gauche Konoe. Est-ce vrai ?

Asagao hocha la tête.

– C'est une affirmation très grave. Comprenez-vous ce que cela veut dire ? Vous risquez d'être condamnée à mort ! lui expliqua Sano.

L'empereur Tomohito ouvrit la bouche pour protester, mais un regard de dame Jokyôden l'en dissuada.

– Je sais, murmura Asagao.

– Si vous n'avez pas dit la vérité, vous pouvez vous rétracter maintenant, lui proposa Sano. Avez-vous tué le ministre de la gauche Konoe ?

Ichijô se pencha vers sa fille en la regardant intensément, comme pour lui faire dire les mots qui la sauveraient. L'empereur laissa échapper un murmure étranglé. Jokyôden et les nobles attendaient sans faire un geste, les yeux fixés sur elle.

– C'était la vérité, déclara Asagao d'une voix plus forte, mais sourde et étrangement dénuée de conviction. Je l'ai tué.

Sano prit une profonde inspiration et la retint un moment avant d'expirer. Il avait eu plus d'égards envers dame Asagao que la loi ne l'exigeait, mais n'était toujours pas satisfait.

– Pourquoi avez-vous tué le ministre de la gauche ? demanda-t-il.

– J'étais en colère contre lui.

– Regardez-moi, Votre Altesse.

Asagao leva les yeux vers Sano. Sa bouche tremblait.

– Pourquoi étiez-vous en colère ? lui demanda patiemment Sano.

– Depuis le printemps dernier, il s'intéressait à moi, m'offrait des cadeaux et me faisait des compliments. Il était si beau et si charmant que je suis tombée amoureuse de lui.

Asagao continuait à parler d'une voix monocorde et son regard était fuyant.

– Il y a quelque temps, il a voulu faire de moi sa maîtresse et j'ai accepté.

– Non ! cria l'empereur Tomohito à sa femme, à la fois blessé et furieux. Vous êtes à moi et vous ne pouvez vous lier avec personne d'autre. Le ministre de la gauche était mon professeur et mon ami ! Vous m'avez tous les deux trahi !

Il se précipita sur elle en hurlant pour la gifler, et elle tomba sur le côté. Puis il se réfugia au fond de son estrade et s'agenouilla en tournant le dos à tout le monde, les épaules secouées de sanglots étouffés et furieux.

Ichijô secoua la tête d'un air abasourdi. Les nobles échangèrent des regards horrifiés. Seule Jokyôden garda son calme.

Comme si elle n'avait pas été interrompue, Asagao se redressa et poursuivit :

– Nous nous rencontrions chaque fois que c'était possible, précisa-t-elle en adressant à Sano un sourire contraint et implorant. Mais je me suis aperçue qu'il m'avait séduite pour me séparer de l'empereur. Il voulait lui dire que c'était moi qui l'avais aguiché, pour que Tomo-*chan* soit jaloux et me laisse tomber. La fille cadette du ministre de la gauche, qui est la deuxième favorite de l'empereur, serait devenue son épouse officielle. Tomo-*chan* aimait tellement le ministre de la gauche qu'il lui aurait pardonné d'avoir été mon amant, et Konoe aurait finalement renforcé son pouvoir sur la cour. Mais moi, je ne voulais pas renoncer à ma position et je ne pouvais pas le laisser raconter à tout le monde ce qui s'était passé entre nous. Alors je l'ai tué.

Ce scénario lui donnait un meilleur mobile que la querelle d'argent qu'elle avait racontée à Reiko. Mais Sano réalisa qu'une liaison entre Asagao et Konoe pouvait aussi orienter les soupçons dans une autre direction.

– Qui était au courant de cette liaison ? lui demanda-t-il.

– Uniquement ses assistants qui transmettaient les messages entre nous et organisaient nos rendez-vous.

Les nobles se consultèrent à voix basse. Sano vit que l'empereur Tomohito avait cessé de pleurer et qu'il écoutait la conversation, la tête à moitié tournée. Peut-être avait-il fait semblant d'être choqué en apprenant l'infidélité de son épouse ? S'il était au courant de leur liaison, la jalousie avait pu l'inciter à commettre un meurtre. Mais, à part Asagao, une autre personne aurait souffert si l'affaire avait été rendue publique – un proche de l'empereur qui aurait pu décider d'éliminer Konoe.

Sano tourna son regard vers le ministre de la droite Ichijô. Avant la mort de Konoe, Ichijô était le second plus haut fonctionnaire impérial. Les deux hommes avaient-ils été rivaux ? Si le ministre de la gauche avait voulu l'écarter en compromettant sa fille, sa mort avait déjoué ce plan. Et le meurtre faisait désormais d'Ichijô le plus haut fonctionnaire de la cour. Le scandale provoqué par cette liaison lui aurait fait beaucoup plus de tort qu'à dame Jokyôden, dont la position à la cour ne dépendait pas de l'épouse que choisissait son fils, ou qu'au prince Momozono qui ne jouait aucun rôle dans la politique impériale.

Le ministre de la droite croisa le regard de Sano qui perçut chez lui une soudaine méfiance, comme s'il sentait une menace. Sano savait qu'Ichijô ne faisait pas partie des suspects : d'après le rapport du *yoriki* Hoshina, il était chez lui avec sa famille et ses serviteurs au moment du meurtre. Mais son cas devrait sans doute être examiné d'un peu plus près.

– Comment avez-vous su que le ministre de la gauche avait l'intention de vous trahir ? demanda Sano à Asagao.

– J'ai surpris une conversation de ses assistants, dit-elle. Ils admiraient l'ingéniosité de son plan et se moquaient de ma naïveté.

Sano se rendit compte que, curieusement, sa voix montait à la fin des phrases, comme si elle voulait qu'il vérifie leur exactitude.

– Dites-moi ce qui s'est passé la nuit où le ministre de la gauche est mort.

– Quelque temps après avoir découvert ce qu'il voulait faire, j'ai reçu un message me demandant de le retrouver au Jardin de l'étang à minuit. C'était l'occasion que j'attendais pour me débarrasser de lui avant qu'il ne mettre son plan à exécution. Je suis donc allée à ce rendez-vous un peu plus tôt et je l'ai attendu. Quand il est arrivé, je l'ai suivi jusqu'au pavillon...

Asagao parlait de plus en plus vite, comme pour en finir.

– ... et je l'ai tué. J'ai entendu des gens venir et, dans ma précipitation, j'ai marché dans son sang.

Son histoire était convaincante, car elle lui donnait à la fois un mobile pour le crime et une occasion pour l'accomplir. Elle expliquait la présence du sang sur ses vêtements, son absence d'alibi et l'ordre qu'avait donné ce soir-là Konoe, interdisant l'accès du Jardin de l'étang. Mais il restait encore quelques interrogations dans l'esprit de Sano.

– Si vous ne vouliez pas que l'empereur découvre votre liaison avec le ministre de la gauche, pourquoi en parlez-vous maintenant ? demanda Sano. Pourquoi tenez-vous tellement à avouer ce meurtre alors que la peine encourue est la mort ?

– Parce que j'ai mal agi. Je suis désolée de l'avoir commis et je dois payer pour ce crime afin de purifier mon esprit.

À nouveau, la voix d'Asagao avait pris cette inflexion hésitante et interrogatrice.

– Hier, vous avez pourtant dit à ma femme que vous étiez contente que le ministre de la gauche soit mort, lui rappela Sano.

Asagao se tortilla, mal à l'aise.

– J'ai changé d'avis.

– Je vois.

Sano prit un instant de réflexion : si son histoire était un mensonge, Asagao ne lui semblait pas capable de l'avoir inventée toute seule.

– C'est vous qui avez décidé d'avouer ?

– Oui, bien sûr ! dit-elle en hochant vigoureusement la tête.

Tous la regardaient avec attention, les sourcils froncés.

– Donc personne ne vous a soufflé ce que vous deviez raconter ?

– Non, personne, confirma Asagao en détournant son regard avant de le ramener sur Sano.

– Vous n'essayez pas de protéger quelqu'un en endossant la responsabilité du meurtre ? demanda Sano en jetant un regard circulaire vers Ichijô, Jokyôden et Tomohito.

– Comment osez-vous insinuer que j'aie demandé à ma fille de se sacrifier pour me protéger ! s'indigna Ichijô d'un air hautain. Je ne suis pas un meurtrier, et elle non plus. Tout ce qu'elle vient de dire montre seulement qu'elle a perdu l'esprit.

– Non, je ne suis pas folle ! s'écria-t-elle en se tournant vers son père avec une véhémence qui le fit reculer. Je dis la vérité ! J'ai tué le ministre de la gauche.

– Il n'y a qu'une seule manière de nous en convaincre, dit Sano. Dame Asagao, je vous ordonne de me faire une démonstration du « cri de l'esprit ».

Il y eut un silence de mort. Sano entendit bruire la soie des vêtements agités par de petits mouvements involontaires, et il vit la consternation sur les visages autour de lui.

Puis Ichijô dit d'un ton méprisant :

– Tout cela est ridicule. Ma fille en est incapable.

– Vous avez vous-même des doutes ! Je trouve vraiment cruel et inutile d'encourager des fantasmes aussi malsains ! reprocha dame Jokyôden à Sano.

Mais l'attente alourdit l'atmosphère de la pièce. L'empereur Tomohito fixait son épouse avec un regard curieux et craintif. Un vif intérêt transparaissait sur le visage des gardes habituellement impassibles. Sous le regard insistant de tous, dame Asagao se recroquevilla.

– Eh bien, Votre Altesse ? dit Sano. J'attends.

– Mais je pourrais blesser quelqu'un ! protesta-t-elle faiblement.

Sano se leva, traversa la salle et ouvrit une cloison coulissante. Dehors, des merles étaient perchés sur une barrière dans le jardin luxuriant.

– Je ne vous demande pas d'utiliser toute la force du *kiai*. Contentez-vous d'assommer ces oiseaux.

Asagao se tortilla d'un air effrayé.

– Ça ne va pas marcher. Pas avec tous ces gens qui me regardent !

– Vous ne pouvez pas le faire, n'est-ce pas ? conclut Sano en refermant le panneau coulissant. Ni maintenant, ni jamais. Et vous ne l'avez pas fait la nuit où le ministre de la gauche est mort.

– Bien sûr qu'elle ne l'a pas fait ! s'exclama Ichijô d'une voix que le désespoir rendait perçante. Dis la vérité, ma fille, avant qu'il ne soit trop tard !

– Je reconnais avoir tué le ministre de la gauche. Ce n'est pas suffisant ?

C'était suffisant pour l'incriminer puisque ses aveux étaient une preuve légale de culpabilité, et Sano avait le devoir de respecter la loi, qu'il croie ou non qu'elle ait commis ce crime.

– Si vous maintenez vos aveux, je dois vous arrêter, dit-il à contrecœur.

Il fit signe aux soldats qui avancèrent vers dame Asagao.

– Non !

Ce cri strident avait jailli de la gorge d'Ichijô, tandis que Jokyôden et les nobles regardaient la scène d'un air horrifié.

L'empereur Tomohito se leva d'un bond, descendit de l'estrade et tendit les bras pour s'interposer entre les soldats et son épouse.

– N'approchez pas d'elle !

Même s'il l'avait répudiée, il ne voulait apparemment pas l'abandonner.

– Veuillez vous écarter, Votre Majesté ! dit Sano, redoutant un incident.

– Non ! Vous ne l'aurez pas ! Vous devrez d'abord me tuer en premier !

Une rage puérile déformait le visage de Tomohito. Les soldats regardèrent Sano pour avoir ses instructions. Il s'approcha de l'empereur et tendit la main vers lui.

– C'est la loi, Votre Majesté. Elle a décidé de faire des aveux. Elle doit partir.

Il ne l'avait pas touché, mais le jeune homme s'écarta d'un bond comme si Sano l'avait frappé.

– Comment osez-vous poser la main sur moi ? hurla-t-il en reculant.

Il trébucha et tomba sur son arrière-train.

– Blasphème ! Sacrilège ! s'exclamèrent les nobles avec indignation.

D'après la tradition, le corps de l'empereur ne pouvait toucher le sol où marchait le commun des mortels. Sano fut atterré : il était responsable de la fouille effectuée par Reiko dans la chambre de dame Asagao, et maintenant de cet affront encore plus grave à l'encontre de la cour impériale. Au lieu de retrouver les bonnes grâces du shogun, il allait être blâmé pour la façon déplorable dont il avait mené l'enquête. Mais il ne pouvait pas contrevenir aux ordres qu'il avait reçus.

– Emmenez-la, ordonna-t-il aux soldats.

Quand ils saisirent les bras de dame Asagao, une expression de pure terreur se lut sur son visage, comme si elle venait enfin de comprendre les conséquences de ses actes. En se débattant de toutes ses forces, elle se mit à pousser des cris aigus, et les soldats durent la traîner vers la porte. Jokyôden, Ichijô et les nobles se pressèrent autour de Sano.

– Vous n'allez pas commettre cette atrocité ? s'indigna Jokyôden.

– Libérez ma fille immédiatement ! protesta Ichijô.

« Leurs efforts pour aider dame Asagao cachent-ils leur désir de la voir accusée pour être eux-mêmes disculpés du meurtre ? » se demanda Sano.

– Père ! hurla Asagao. Ne les laissez pas m'emmener !

L'empereur se jeta sur les soldats en essayant d'arracher leurs mains de sa femme et en criant :

– Au secours ! Aidez-moi !

On entendit glapir le prince Momozono qui devait écouter derrière la porte. Il entra dans la salle en titubant et se rua sur Sano.

– Vous... vous ne pouvez pas arrêter l'épouse de Sa... Sa Majesté !

Sano repoussa de son mieux les coups désordonnés du prince. Les nobles se précipitèrent au secours de leur souverain et il y eut une bousculade, des empoignades et des cris, au cœur desquels dame Asagao se démenait en hurlant. Craignant qu'une émeute ne se propage dans le palais, Sano dégaina son sabre. Tout le monde battit en retraite en poussant des cris de frayeur. Dame Asagao et l'empereur éclatèrent en sanglots hystériques. Assailli par le doute et sans le moindre sentiment de victoire, Sano fit sortir ses hommes et leur prisonnière de la salle.

– Où l'emmenez-vous ? lui demanda le ministre de la droite Ichijô en les suivant dans le couloir. Une femme de son rang ne peut aller dans la prison de la ville.

– Pour l'instant, dame Asagao va résider dans un lieu confortable où elle ne craindra rien, lui répondit Sano.

Il avait besoin de temps pour enquêter sur la version de la jeune femme.

– Et ensuite ?

– Je l'emmènerai à Edo pour son procès.

Sauf si les doutes que lui inspiraient ses aveux s'avéraient justifiés.

13

La nuit tombait quand le cheval de Sano passa le portail de l'hostellerie de Nijô. Au-dessus de ses murs blancs et de ses larges toits de tuiles, une dernière lueur ocre illuminait à l'ouest le ciel déjà sombre. Des lanternes brillaient derrière les fenêtres des maisons environnantes. Une foule bruyante affluait vers les sanctuaires, les temples, les cimetières et le quartier des plaisirs pour les festivités d'Obon. La cour de l'auberge était remplie de voyageurs nouvellement arrivés. Il confia son cheval à un valet d'écurie et se dirigea vers ses appartements. Il était impatient de retrouver Reiko, tout en éprouvant un grand besoin de solitude.

Cette longue journée d'enquête n'avait pas résolu les problèmes que lui posaient les aveux de dame Asagao. Moralement et physiquement épuisé, Sano aurait voulu pouvoir se détendre un moment, mais Reiko devait attendre avec impatience qu'il lui raconte tout. En fait, il n'avait pas la force d'affronter ses questions, son énergie juvénile et son goût pour la discussion. Et il redoutait aussi autre chose.

Ils n'avaient pas encore évoqué l'ex-femme du ministre de la gauche, mais elle finirait par se souvenir qu'il était allé la voir au temple Kôdai. Elle lui demanderait de lui parler d'elle. Et, lui qui appréciait tellement la compréhension intuitive qui les unissait, il avait maintenant peur que Reiko ne se doute de ce qui s'était passé.

Des servantes transportant des bagages dans le couloir bloquèrent quelques instants l'entrée de leur suite, et il fut content d'avoir un peu de répit pour retrouver son calme. Puis il fit coulisser la porte.

Reiko était là, fraîche et ravissante dans son peignoir jaune. Quand elle le vit, elle bondit de son siège près de la fenêtre, les yeux brillants d'impatience.

– Alors, qu'est-ce qui s'est passé ? s'écria-t-elle.

Sano ressentit la joie et la tendresse habituelles que lui inspirait la vue de sa femme, aussitôt suivies d'un sentiment de culpabilité.

– L'enquête semble avoir abouti, mais je ne suis pas vraiment satisfait de sa conclusion.

Il rangea ses sabres dans le râtelier mural et s'allongea par terre en posant la tête sur un coussin. Soulagés, ses muscles se détendirent, mais ses nerfs restèrent à fleur de peau.

– Vous êtes fatigué. Je vais vous laisser vous reposer et ne pas vous bombarder de questions, dit Reiko d'un air désolé.

Elle s'agenouilla près de lui, posa un linge humide et frais sur son front et lui versa une coupe d'eau. Sa sollicitude intensifia le malaise de Sano.

– Mais non, tout va bien.

Et il lui raconta les aveux et l'arrestation de dame Asagao. Reiko poussa une exclamation de stupéfaction.

– Je ne peux pas croire qu'elle ait avoué. Ni qu'elle soit coupable. Avez-vous vérifié son histoire ?

– Oui, évidemment.

Sans bien savoir pourquoi, Sano lui en voulut d'insinuer qu'il aurait pu prendre les déclarations d'Asagao pour argent comptant.

– Après l'arrestation, je suis retourné chez le ministre de la gauche et j'ai interrogé ses serviteurs. Ils ont reconnu être au courant de sa liaison avec dame Asagao, et ce sont eux qui ont transmis le message qui lui demandait de rencontrer Konoe dans le Jardin de l'étang la nuit où il est mort. Quand je leur ai demandé pourquoi ils n'en avaient pas parlé lors de leur premier interrogatoire, ils m'ont dit qu'ils voulaient éviter un scandale. Mais, maintenant qu'elle avait avoué, ils pouvaient dire la vérité : Konoe et Asagao avaient bien une liaison, ce qui donnait à la jeune femme un puissant mobile pour vouloir la mort de son amant.

– Oui, mais il y a aussi la manière dont il a été tué et la possibilité de sa présence sur les lieux !

– Comme je vous l'ai dit, Asagao n'a pas voulu ou pu faire une démonstration de sa maîtrise du *kiai.*

Sano but sa coupe d'eau en essayant de refouler son agacement. Pensait-elle vraiment qu'il avait oublié les bases de son travail de policier ?

– J'ai interrogé les dames d'honneur que vous avez rencontrées hier. Elles ont reconnu vous avoir menti lorsqu'elles ont affirmé qu'Asagao était avec elles au moment du meurtre. Elle avait quitté ses appartements un peu avant minuit, pour un rendez-vous secret. Ces femmes ne savent pas qui elle rencontrait ni où elle allait, mais elle sortait souvent discrètement ces derniers mois. Leurs déclarations confirment indirectement sa liaison et démentent son alibi.

Reiko réfléchit un moment à ces informations, naïvement inconsciente de la mauvaise humeur de Sano.

– Asagao n'est pas très intelligente, mais elle se rendait forcément compte qu'il était dangereux pour elle de prendre un amant. Comment a-t-elle pu prendre le risque de perdre sa position ? Et pour un homme assez vieux pour être son père !

Même si la différence d'âge entre Reiko et lui était moindre, Sano lui en voulut de faire cette réflexion.

– Certaines femmes apprécient les hommes plus âgés qui ont généralement une maturité et un raffinement qui manquent aux jeunes gens, dit-il en réprimant son impatience. Asagao ne vous a-t-elle pas confié que la vie au palais était ennuyeuse ? Elle n'a pas pu résister à la perspective excitante d'une histoire d'amour interdite !

Reiko avait dû percevoir l'hostilité qui pointait dans sa voix car elle fronça les sourcils d'un air perplexe.

– Mais vous n'auriez probablement jamais su qu'elle avait cette liaison si elle ne vous l'avait pas dit. Il aurait mieux valu pour elle qu'elle se taise.

Soudain, Reiko eut une idée qui fit briller ses yeux.

– Et si l'empereur avait appris l'existence de cette liaison, tout en aimant trop Asagao pour lui faire du mal ? Il aurait tué Konoe et fait semblant de découvrir le corps, pensant ainsi mettre un terme à ses problèmes. Mais voilà que vous venez enquêter sur le meurtre, et il panique car il va perdre son trône, et sans doute même sa vie, s'il est inculpé d'un crime grave. Il demande au prince Momozono de lui fournir un alibi, tout en craignant que ce ne soit pas suffisant. Il raconte alors ce qu'il a fait au ministre de la droite et à dame Jokyôden en les suppliant de l'aider, et ils décident que dame Asagao doit se sacrifier pour le sauver.

– Et tout ça se serait passé entre hier, quand vous l'avez laissée après avoir joué dans la pièce de kabuki, et ce matin lorsqu'elle est revenue dans sa chambre et vous a trouvée en train de fouiller dans ses affaires ?

Reiko hocha la tête.

– Ça expliquerait qu'elle ait été si effrayée et malheureuse, et que ses aveux soient peu convaincants. Elle a menti, en sachant parfaitement ce qui allait lui arriver.

– Et les robes tachées de sang ? lui demanda Sano.

Reiko réfléchit un instant.

– Le ministre de la gauche Konoe croyait qu'il allait rencontrer Asagao dans le Jardin de l'étang mais, si l'empereur a intercepté le message, c'est lui qui est allé au rendez-vous ! Il faisait nuit et il avait mis les vêtements d'Asagao au cas où quelqu'un l'apercevrait. C'est lui qui a marché dans le sang de Konoe. Puis il a caché les vêtements, et dame Jokyôden ou lui les ont dissimulés dans la chambre d'Asagao.

– Votre théorie me paraît un peu tirée par les cheveux. Mais j'ai bien sûr envisagé la possibilité qu'on ait obligé Asagao à faire ces aveux, dit Sano en pensant que Reiko aurait pu lui reconnaître ce minimum d'intelligence. Je suis allé la voir. Elle est au quartier général de la police, dans une cellule spéciale.

Les samouraïs inculpés de crime attendaient ordinairement leur procès en étant assignés à domicile, alors que les paysans étaient incarcérés dans les prisons publiques. Mais à cause du grand nombre de voyageurs qui venaient visiter Miyako, des logements de sûreté étaient prévus pour les citoyens de haut rang.

– J'espérais qu'elle me dirait la vérité si je la rencontrais toute seule, mais elle n'a fait que répéter son histoire sans rien y changer. J'ai tout fait pour la dissuader de se laisser accuser du meurtre si elle était innocente, mais elle maintient ses aveux.

– Vous ne croyez pas à sa culpabilité, n'est-ce pas ?

– Non, reconnut Sano. Depuis le début, je sens que quelque chose sonne faux dans cette affaire, et cette impression est encore plus forte maintenant. Ces aveux ne tiennent pas debout, c'est évident.

– Et, pourtant, vous l'avez arrêtée.

– Comment faire autrement ! s'exclama Sano, sur la défensive. Elle est coupable devant la loi. Laisser en liberté une meurtrière qui a avoué son crime serait manquer à mon devoir envers le shogun et la population. Et je recevrais un blâme officiel pour ne pas avoir réussi à faire respecter le pouvoir du *bakufu*... comme si je n'avais pas déjà suffisamment de soucis !

– Et les soucis de dame Asagao ? lui rétorqua Reiko. Vous la laisseriez mourir pour un crime qu'elle n'a pas commis, pendant que le meurtrier est en liberté ? Vous ne servez plus la justice et la vérité ?

– Bien sûr que si ! s'écria Sano d'un ton furieux.

Comment Reiko pouvait-elle l'accuser de transiger sur ses principes pour rapidement résoudre l'affaire ! Il se redressa et se tourna vers elle.

– Vous n'avez pas l'air de comprendre ce qui est en jeu. Un nouveau revers après le fiasco de l'affaire du Lion, et je perdrai mon poste, et sans doute même la vie ! Dois-je faire de vous une veuve qui partagera ma disgrâce ? C'est ça que vous voulez ?

– Pas du tout ! dit Reiko, les yeux assombris par l'indignation et la perplexité. Et je comprends parfaitement ce qui est en jeu. Ce que je ne comprends pas, c'est pourquoi vous êtes en colère contre moi.

– Je ne suis pas en colère ! Pourquoi faut-il que vous preniez les choses tellement à cœur ?

– Si vous n'êtes pas en colère, pourquoi criez-vous ?

Tandis qu'ils se foudroyaient du regard, Sano réalisa qu'il était en fait furieux contre lui-même : il s'en voulait de s'être laissé troubler par Kozeri et passait sa colère sur sa femme. Il eut soudain l'affreux pressentiment que cette affaire allait détruire son mariage et tout ce qui comptait pour lui. En se forçant à sourire, il prit la main de Reiko.

– Je suis désolé. La journée a été très longue, et je suis irritable. Pardonnez-moi.

Reiko hésita un instant, puis elle lui rendit son sourire et sa main serra celle de son mari.

– Je sais pourquoi vous avez arrêté dame Asagao et je n'aurais pas dû être si véhémente. Vous aviez raison d'être en colère. Je suis désolée moi aussi.

La sincérité de ses excuses ne fit qu'accroître le sentiment de culpabilité qui rongeait Sano.

– Je me sens responsable de ce qui est arrivé à dame Asagao, poursuivit-elle d'une voix inquiète. C'est moi qui ai fouillé sa chambre, qui ai trouvé les vêtements et qui vous les ai donnés.

– Ce n'est pas à vous qu'elle a fait ses aveux. J'avais décidé de vous laisser enquêter sur les femmes du palais, et votre devoir était de me remettre tout ce que vous aviez découvert.

– Je sais, acquiesça tristement Reiko. Mais tout de même...

Sano se sentait également responsable de la situation de dame Asagao. Ils restèrent sans bouger quelques instants, se tenant les mains, unis dans leur crainte de l'avenir.

– Qu'allons-nous faire ? demanda Reiko. Trouver le vrai meurtrier ?

– Disons plutôt essayer de le trouver. Le problème, c'est que nous n'avons pas beaucoup de temps. Retarder le procès d'Asagao me déconsidérerait, et ce discrédit pourrait se transmettre jusqu'à Edo et me faire expulser du *bakufu* avant que j'aie pu résoudre l'affaire. Quelqu'un d'autre reprendrait mon travail, et Asagao mourrait.

– Donc, nous n'allons pas renoncer.

– Mais non, sûrement pas ! conclut Sano, encouragé par la détermination de sa femme. Demain, je reprendrai l'enquête à zéro et, s'il y a des indices ou des suspects qui ont échappé au *yoriki* Hoshina, je les trouverai.

– En parlant d'autres suspects, dit Reiko, j'ai oublié de vous demander si vous avez vu l'ex-femme du ministre de la gauche.

L'espace autour de Sano lui parut soudain truffé de sables mouvants, de chausse-trappes et de pointes acérées. Il retira sa main de celle de Reiko pour qu'elle ne sente pas sa nervosité.

– Oui, je l'ai vue.

Puis, d'une voix la plus neutre possible, il lui raconta l'interrogatoire de Kozeri.

– Alors Konoe n'avait cessé de lui poser des problèmes depuis qu'elle l'avait quitté, dit Reiko d'un air songeur.

À son grand soulagement, Sano sentit qu'elle ne se doutait de rien.

– Elle a beau appartenir à un ordre bouddhiste, pacifique et non violent, qui ne pratique pas les arts martiaux, reprit-elle, je trouve difficile à croire qu'elle ne lui en voulait pas. Je me demande si elle vous a tout dit. Elle parlerait peut-être plus sincèrement à une femme. Je pourrais aller la voir.

– Non ! s'écria spontanément Sano.

Reiko haussa les sourcils, visiblement étonnée par sa véhémence.

– Je veux dire, vous allez perdre votre temps ! Elle n'est pas aussi intéressante que les témoins ou les suspects de la cour impériale.

Il devait absolument empêcher cette rencontre. Si Reiko la voyait, elle devinerait sans doute ce qu'il avait ressenti devant sa beauté. Et si le cours de l'enquête exigeait un nouvel interrogatoire, il irait le faire lui-même, parce qu'il voulait la revoir. Toutes ces pensées intensifièrent encore son sentiment de culpabilité.

– Mais c'est la seule piste que je peux suivre ! s'exclama Reiko, déçue. Maintenant que la cour impériale sait que je collabore avec vous, ce n'est pas la peine que je retourne au palais. Les femmes ne me diront plus rien. Alors je pourrais aller parler à Kozeri au lieu de rester assise ici sans rien faire, pendant que le temps passe pour vous et pour dame Asagao.

Un petit coup frappé à la porte évita à Sano de répondre.

– Entrez ! cria-t-il, heureux de cette diversion.

Les policiers Marume et Fukida entrèrent et s'inclinèrent devant Sano et Reiko.

– Veuillez nous excuser de vous déranger, *sôsakan-sama*, mais en revenant à l'auberge, nous avons vu qu'un messager impérial vous demandait, lui annonça Marume.

– Il vous apportait ceci, dit Fukida en tendant à Sano un cylindre de laque noire orné de chrysanthèmes dorés.

Sano l'ouvrit et déroula le message qu'il contenait. Il parcourut rapidement la calligraphie vigoureuse et vérifia le sceau de la signature.

– C'est un message de l'empereur, dit-il. Sa Majesté demande à me voir immédiatement.

– Pour quoi faire ? demanda Reiko.

– Il ne le précise pas, mais je suppose qu'il veut me convaincre de libérer dame Asagao.

Le cœur de Sano se serra à l'idée d'un nouvel affrontement avec la cour impériale.

– De toute façon, je ne peux pas ignorer un ordre de l'empereur. Il faut que j'y aille.

Avec l'impression d'échapper à un danger pour aller en affronter un autre, Sano se leva et prit ses sabres.

– Marume-*san* et Fukida-*san*, vous allez venir avec moi.

Et, en partant, il lança à Reiko :

– Nous terminerons cette conversation plus tard.

14

Quand Sano, Marume et Fukida arrivèrent à cheval au palais impérial, les cloches du temple sonnaient la moitié de l'heure du chien. Deux sentinelles – un soldat Tokugawa et un garde impérial – étaient de faction devant la porte.

Sano mit pied à terre, se présenta et leur dit :

– Je viens voir l'empereur sur sa requête.

– Oui, *sôsakan-sama*.

Le soldat Tokugawa s'inclina, puis se tourna vers le garde.

– Allez chercher l'escorte impériale.

Celui-ci entra dans l'enceinte du palais, et Sano attendit avec ses policiers dans la rue vide et silencieuse. Sous le ciel violet constellé d'étoiles, les cimes sombres des arbres se dressaient au-dessus des murs du palais. Le temps passait. Voyant la lune se lever au-dessus des collines, Sano commença à perdre son calme : la faim, la soif et son épuisement physique et mental mettaient sa patience à rude épreuve. En regardant les visages fatigués de ses hommes, il comprit qu'ils ne se sentaient pas mieux que lui. Ils avaient passé la journée à enquêter sur les pièces de monnaie, sans aucun résultat. Pendant le trajet jusqu'au palais, il leur avait raconté les aveux et l'arrestation de dame Asagao. Ils partageaient ses doutes et avaient loyalement approuvé sa décision de prolonger l'enquête pour découvrir la vérité avant d'emmener Asagao à Edo pour son procès. Eux aussi souffriraient s'il avait des ennuis, car leur sort et leur honneur étaient liés aux siens.

Le garde revint enfin avec deux hommes portant des lanternes. Ils firent entrer Sano et ses policiers à l'intérieur de l'enceinte impériale et leur montrèrent le chemin.

La nuit, le palais était un monde différent. L'obscurité y était plus dense qu'en ville. Les lanternes des gardes éclairaient faiblement les clôtures et projetaient de longues ombres derrière eux. Ils traversèrent le quartier des *kuge* sans rencontrer personne. À part le bruit de leurs pas qui résonnait lugubrement, ils n'entendaient que l'eau qui coulait dans les tuyaux d'écoulement et le chant des insectes qui ne s'arrêtait jamais. L'air chaud et moite sentait la terre, la cendre et la décrépitude des siècles passés.

– Ce palais est sinistre, s'écria Marume dont la voix joviale avait un écho caverneux. Quel contraste avec les lumières et l'animation du château d'Edo !

Fukida regarda nerveusement autour de lui et son inquiétude gagna Sano. Il avait l'impression qu'on les espionnait. Dans son état d'épuisement et de tension, l'idée de trois samouraïs armés qui avaient peur du noir ne lui parut pas aussi risible qu'elle aurait dû l'être. Il aurait voulu que les gardes accélèrent le pas, mais ils marchaient lentement, en respectant le protocole.

En arrivant devant la seconde enceinte du palais, ils franchirent un portail ouvrant sur un ensemble de bâtiments reliés par des galeries. Ils les contournèrent en suivant un itinéraire compliqué, puis empruntèrent un étroit passage et débouchèrent dans une cour entourée de bâtiments sombres et de galeries couvertes.

Soudain, les deux gardes s'enfuirent dans des directions opposées et disparurent avec les lanternes.

– Hé ! Qu'est-ce qui se passe ? protesta Marume d'une voix inquiète.

Dans les ténèbres de la nuit, l'endroit n'était plus qu'un labyrinthe obscur. Le blanc du gravier et des murs brillait faiblement au clair de lune, mais les galeries et les bâtiments étaient plongés dans le noir.

– Attendez ! Revenez ! cria Sano aux gardes.

Le bruit de leurs pas précipités s'éloigna dans la nuit.

– Qu'est-ce que ça veut dire ! s'écria Sano, sur le qui-vive. On dirait un piège !

Les trois hommes dégainèrent leurs sabres et commencèrent à traverser la cour. Sano éprouva aussitôt une drôle de sensation, comme si l'air autour de lui vibrait en silence. Il frissonna, et les battements de son cœur s'accélérèrent. La respiration haletante, il sentit ses muscles se contracter, comme s'ils percevaient une présence malveillante.

Il s'arrêta et cria :

– Qui va là ?

Marume et Fukida se figèrent sur place, saisis du même pressentiment inexplicable. Sano entendit son sang battre dans ses oreilles, et son cœur s'affola dans sa poitrine.

– Où êtes-vous ? grommela Fukida en brandissant son sabre comme s'il était attaqué par un fantôme.

– Montrez-vous ! dit Marume en agitant le sien vers les ombres.

Au fond de la cour, une étrange brume blafarde éclairait faiblement une galerie et la dentelle sombre du feuillage des arbres. Les vibrations provenaient de cette brillance, étouffant des bruits qui ressemblaient à des cris de frayeur. Sano la montra du doigt.

– Je me demande ce que c'est, regardez là-bas !

Marume et Fukida se précipitèrent devant lui pour le protéger de cette mystérieuse menace.

– Il faut sortir d'ici, *sôsakan-sama*, lui dit Fukida.

– Venez, sauvons-nous ! cria Marume.

Oppressé par la sensation d'un danger imminent, Sano n'écouta pas ses hommes : il traversa la cour à toute allure, franchit d'un bond la galerie et courut dans un jardin vers la lueur.

– Non ! Non ! Arrêtez-vous ! lui crièrent les policiers en le suivant.

Sano vit qu'un mur se dressait entre lui et la sinistre lueur. Il sentait toujours l'invisible présence menaçante et il entendit alors le souffle rauque et puissant d'une créature monstrueuse. En luttant contre son envie de fuir, il rengaina son sabre, se baissa et sauta en levant les bras. Ses mains s'agrippèrent au sommet du mur et ses pieds raclèrent le plâtre tandis qu'il se hissait tout en haut.

Soudain, la nuit explosa dans un cri d'une incroyable intensité, comme si un million de voix fusionnaient dans un épouvantable hurlement. Sa force fit basculer Sano qui tomba du mur et atterrit sur le dos. Mais il remarqua à peine la douleur et roula sur le ventre, en mettant ses mains sur sa tête pour se protéger du bruit assourdissant. Des sanglots involontaires le secouèrent. Incapable de se maîtriser, il sentait ses muscles trembler et ses tendons se contracter. Le sang martelait douloureusement ses oreilles. Dans son ventre et sa poitrine, tous ses nerfs vibraient. Il comprit que cet horrible cri était le même que celui qui avait été entendu à Miyako la nuit du meurtre du ministre de la gauche Konoe.

Il poussa un hurlement de terreur sans pouvoir l'entendre et eut une pensée pour ses policiers, soumis eux aussi à la puissance mortelle du *kiai*.

Qui était ce meurtrier ?

Tout en souffrant atrocement, Sano éprouva un sentiment d'admiration. Face à cette ultime expression des arts martiaux, ce n'était pas seulement sa croyance dans l'existence du *kiai* qui était confortée, mais également sa foi dans la Voie du Guerrier.

Le cri s'arrêta brusquement, et un immense vide silencieux se répandit dans la nuit. Pantelant, Sano poussa un énorme soupir de soulagement. Ses oreilles résonnaient encore et il avait mal partout. Des élancements lui traversaient le crâne et son cœur battait très fort. Il se mit à genoux et inspira profondément plusieurs fois en regardant autour de lui. L'étrange brillance était partie. Éclairés par la lune, deux corps inertes étaient couchés sur l'herbe non loin de lui.

– Marume-*san* ! cria-t-il. Fukida-*san* !

À son grand soulagement, il vit ses hommes remuer et se redresser.

– Dieux miséricordieux ! grogna Marume. Je me demande comment j'ai fait pour en réchapper !

– Je sais maintenant que le *kiai* n'est pas une légende, haleta Fukida.

Sano comprit qu'ils avaient tous survécu parce qu'ils se trouvaient suffisamment loin de la source du cri et n'avaient subi que ses effets mineurs.

– Ce qui est sûr, c'est que dame Asagao n'a pas assassiné le ministre de la gauche puisqu'elle est enfermée au quartier général de la police. Le meurtrier court toujours ! dit-il.

Derrière le mur, un bruit de pas rapides et désordonnés s'éloigna.

– Vite ! cria Sano.

Tous trois escaladèrent le mur et se retrouvèrent dans une autre cour. Devant eux, de longs bâtiments se dressaient dans l'obscurité, avec d'énormes foyers de pierre et de grands tas de bois contre les murs. Un silence de mort régnait sur le palais comme si, après ce cri funeste, tout le monde préférait se terrer chez soi jusqu'à ce que tout danger soit écarté.

– Ce sont sans doute les cuisines, dit Sano à voix basse. Nous allons nous séparer pour traquer le meurtrier. Si vous voyez la lueur ou sentez les vibrations, faites beaucoup de bruit pour troubler sa concentration et l'empêcher de pousser son cri.

Marume et Fukida disparurent dans la nuit. Sano avança sans faire de bruit, guettant le moindre mouvement ou le moindre indice de la présence du criminel. Encore sous le coup de l'horrible puissance du cri de l'esprit et transi de peur, il explora la cour des cuisines. Il aperçut une forme sombre par terre au pied d'un mur et s'en approcha prudemment. C'était un homme à plat ventre, immobile, bras et jambes écartés, serrant un sabre dans sa main.

L'obscurité paraissait visqueuse autour du corps et, quand Sano le toucha, un liquide chaud mouilla ses doigts. Assailli par l'odeur métallique du sang frais et la puanteur des viscères, il écouta la respiration, mais n'entendit rien. Il retourna le cadavre qui avait une étrange souplesse, comme si ses os s'étaient dissous, et qui semblait bizarrement chaud. Dans la pénombre, Sano vit que le visage du mort était couvert de sang – un sang qui avait coulé de son nez, de sa bouche, de ses yeux et de ses oreilles et qui trempait ses vêtements. Il se souvint du récit que lui avait fait le *yoriki* Hoshina de la mort du ministre de la gauche Konoe : « ... perdu presque tout son sang... organes internes désintégrés... tous les os brisés... »

Une nausée d'horreur lui souleva l'estomac : il n'avait pas arrêté le criminel, et quelqu'un d'autre était mort.

En entendant des pas précipités, il eut peur d'une nouvelle attaque. Il leva les yeux et poussa un soupir de soulagement en voyant arriver Marume et Fukida.

– Nous n'avons trouvé personne, dit Marume. Il doit être loin maintenant ! Il a peut-être même quitté le palais.

Puis il aperçut le cadavre près de Sano.

– Dieux miséricordieux ! s'écria-t-il.

– Qui est-ce ? demanda Fukida.

Sano prit un mouchoir dans sa ceinture pour essuyer le visage du cadavre et vit des traits qu'il connaissait : des yeux aux paupières tombantes, un nez plat et une bouche fine.

– C'est Aisu ! s'exclama-t-il avec stupéfaction. L'adjoint du chambellan Yanagisawa !

– Ce salaud ? Tant pis pour lui ! Je suis sûr que c'est lui qui nous a jeté cette bombe dans la boutique du marchand de tabac. Il méritait de mourir, conclut Marume.

– Qu'est-ce qu'il faisait ici ? s'étonna Fukida.

– Je n'en sais rien, mais sa présence veut dire que Yanagisawa est à Miyako. Ils ne sont jamais loin l'un de l'autre, dit Sano.

Sous le choc de cette incroyable nouvelle, il se releva en marmonnant un juron. Lui qui se croyait loin du chambellan et voulait tranquillement retrouver son honneur et l'estime du shogun, il n'avait même pas imaginé que son ennemi ait pu secrètement le suivre. Comment avait-il pu croire que Yanagisawa allait le laisser partir si facilement ?

– Mais pour quelle raison le chambellan aurait-il pris le risque de quitter Edo ? lui objecta Marume d'un air sceptique. Et où est-il maintenant ? Qu'est-ce qu'il manigance ?

Les yeux fixés sur le cadavre d'Aisu, Sano comprit que Yanagisawa devait être le fameux élément manquant de l'affaire et qu'il tramait un nouveau complot contre lui. Les détails n'étaient pas encore clairs, mais la situation était grave.

– Toute cette enquête a été truquée pour me piéger, dit-il. Yanagisawa a tiré les ficelles dans les coulisses en orientant le moindre de mes mouvements. Son adjoint n'aurait pas pu organiser seul une opération aussi délicate. Et tout cela devait aboutir à ma mort, cette nuit, par le cri de l'esprit. Mais le meurtrier a tué Aisu à ma place.

Marume et Fukida le regardèrent avec inquiétude, comme s'il avait perdu la raison.

– Vous croyez ? s'étonna Marume. En admettant que ce soit le chambellan qui vous ait envoyé le message vous convoquant au palais et qui ait ordonné aux gardes de nous fausser compagnie, comment aurait-il pu inciter le meurtrier à vous agresser ? Et pourquoi Aisu était-il là ?

Sano avait quelques idées sur le sujet, mais pas de certitude. Un plan commençait à prendre forme dans son esprit. Le coup de chance inespéré qui lui avait sauvé la vie en lui dévoilant ces informations allait peut-être lui permettre de tourner à son avantage le machiavélisme de Yanagisawa. Mais il devait agir vite. Au lieu de répondre aux questions de Marume, il leva la tête et prêta l'oreille. Il entendit des voix au loin et vit le halo des lanternes de ceux qui allaient bientôt affluer pour voir les nouveaux ravages du terrible cri.

– Je n'ai pas le temps de vous donner des explications. Je vous demande de m'écouter et de faire ce que je vais vous dire. Fukida-*san*, passez-moi votre veste.

Le policier haussa les sourcils, mais obéit. Sano étala le vêtement sur le visage d'Aisu.

– Vous allez rester près du cadavre et dire à la cour impériale que c'est moi qui ai été victime du meurtrier.

Sans prêter attention aux exclamations stupéfaites de ses hommes, Sano ajouta en hâte :

– Aisu était plus grand et plus mince que moi, mais le sang et la puanteur vont dissuader tout le monde d'y regarder de plus près. Il faut que vous enleviez le corps le plus vite possible et que vous trouviez un moyen de le cacher, Fukisa-*san*. Puis annoncez officiellement ma mort, et gardez le secret sur les vrais événements qui se sont produits ici cette nuit.

– Oui, *sôsakan-sama*.

Fukida avait l'air abasourdi, mais Sano savait qu'il exécuterait ses ordres.

– Marume-*san*, vous allez venir avec moi, dit Sano. Nous devons sortir du palais sans que personne ne me voie.

– Attendez, *sôsakan-sama* ! s'écria Fukida. Qu'est-ce que je dois dire à votre femme ?

Sa question faillit ébranler la détermination de Sano. Les voix se rapprochaient et les lanternes éclairaient maintenant les arbres derrière l'enceinte des cuisines. Tandis qu'un temps précieux s'écoulait à toute allure, il imagina la souffrance de Reiko à l'annonce de son meurtre. La laisser croire qu'il était mort était pire encore que son attirance pour une autre femme ! Quand elle apprendrait la vérité, elle ne lui pardonnerait peut-être jamais sa supercherie. Mais s'il laissait passer cette chance de combattre les machinations de son ennemi, il ne parviendrait sans doute pas à résoudre l'affaire et ne gagnerait pas sa bataille contre le chambellan. Et ce fiasco condamnerait Reiko en même temps que lui. Il devait sauver leurs vies à tous les deux.

– Annoncez-lui la nouvelle le plus doucement possible, finit-il par dire. Elle ne doit pas savoir que j'ai survécu jusqu'à ce que j'aie terminé ce que je dois faire.

Si le secret s'ébruitait, tout risquait d'échouer. À part eux trois, personne ne devait être au courant de son stratagème.

– Avec un peu de chance, je pourrai la rassurer rapidement, ajouta Sano.

Puis il s'éloigna en hâte avec Marume.

15

Tandis que Sano et Marume s'enfuyaient en courant, des lumières s'allumaient derrière les fenêtres des résidences, des lanternes avançaient dans les galeries, des gens s'interpellaient et une certaine agitation commençait à gagner le palais. Tous deux changèrent de direction à plusieurs reprises pour éviter d'être vus par les curieux qui convergeaient vers la scène du crime. Dans un jardin, ils virent arriver un escadron de gardes et se cachèrent derrière un pavillon. Ils traversèrent à toute allure des cours et des galeries, et arrivèrent enfin devant le mur du quartier des *kuge*. Ils l'escaladèrent et sautèrent dans l'allée qui le longeait.

– On va de quel côté ? demanda Marume d'une voix haletante.

Sano ne pouvait pas risquer de se perdre ou de rencontrer qui que ce soit.

– On va prendre un raccourci.

Marume et lui grimpèrent sur la clôture qui bordait l'allée et se hissèrent sur l'avant-toit d'une maison. Les toits s'étendaient autour d'eux comme un paysage étrange – une succession de pics recouverts de tuiles grises. Ils les parcoururent en courant, sautant de maison en maison au-dessus d'étroits passages, et franchirent enfin l'enceinte du palais. Ils s'arrêtèrent un instant pour reprendre leur souffle dans un recoin obscur de l'avenue Imadegawa.

– Et maintenant ? dit Marume.

– Retourne au portail par lequel nous sommes entrés et prends nos chevaux. Éloigne-toi avec eux en faisant un crochet pour que les gardes du palais ne te voient pas revenir, et retrouve-moi dans la deuxième rue qui croise l'avenue Teramachi du côté nord.

Marume s'empressa d'obéir. Sano parcourut quelques rues désertes bordées de maisons sombres et de boutiques fermées et, quand il arriva au lieu du rendez-vous, Marume était déjà là. Il l'attendait sous un balcon avec les chevaux.

– Vous pouvez m'expliquer ce qu'on va faire ? demanda Marume.

Sano lui exposa rapidement son plan. Ils restèrent dans la ruelle pour surveiller l'avenue et n'eurent pas longtemps à attendre.

– Regardez, le voilà ! s'exclama Marume.

Exactement comme Sano l'avait prévu, le *yoriki* Hoshina arriva à cheval devant le portail avec une équipe de policiers. Les hommes mirent pied à terre et pénétrèrent dans l'enceinte du palais.

– Allons-y ! dit Sano.

Ils se remirent en selle et se dirigèrent vers le quartier général de la police, qui se trouvait dans le secteur administratif de Miyako, près des résidences des fonctionnaires locaux. Un mur en pierre entourait les écuries, les casernements et la grande bâtisse qui abritait les bureaux. Des torches brûlaient pour éclairer les allées. Sano connaissait les lieux car c'était là qu'il avait interrogé dame Asagao dans sa cellule et qu'il avait rencontré Hoshina pour l'informer de cette arrestation. Il savait donc où se trouvaient les appartements privés du *yoriki.*

Les deux hommes laissèrent leurs chevaux dans une rue transversale, puis Marume s'approcha du portail pour dire aux gardes qu'il voulait informer Hoshina du meurtre qui venait de se produire au palais. Sano, lui, se glissa le long du mur pour se retrouver à l'arrière des logements.

Devant les portails qui s'ouvraient à intervalles réguliers dans cette enceinte, des sentinelles désœuvrées avaient l'air de s'ennuyer ferme. Visiblement, personne n'imaginait qu'un intrus tente de pénétrer dans le quartier général de la police. Sano escalada le mur, se laissa tomber de l'autre côté et repéra les lieux. Quatre bâtiments de plain-pied étaient disposés autour d'une cour. Ils avaient d'étroites vérandas à l'avant et des abris pour les lieux d'aisances à l'arrière. Il se faufila derrière le logement d'Hoshina qui était à l'angle du bâtiment de l'est. Devant l'entrée, Marume discutait avec le garde qui l'avait escorté chez le *yoriki.* Quelques instants plus tard, Sano entendit une porte s'ouvrir. Il y eut du bruit à l'intérieur et les fenêtres s'éclairèrent. La large silhouette de Marume se profila derrière les cloisons de papier et la porte de derrière coulissa.

Il jeta un regard circulaire et fit un signe de tête à Sano qui entra sans faire de bruit. Ils traversèrent une chambre où un futon était étendu par terre, un bureau séparé par une cloison de papier, aménagé avec une table de travail et des meubles de rangement, puis un salon où une lanterne était allumée au-dessus d'une table basse et de coussins posés sur le sol. Marume s'agenouilla dans le salon, mais Sano se dissimula derrière la cloison, dans l'ombre d'un meuble de rangement, pour attendre Hoshina.

Reiko entendit le cri de l'esprit depuis sa chambre à l'hostellerie de Nijô.

Après le départ de Sano pour le palais impérial, elle s'était allongée sur le futon pour attendre son retour et s'était endormie. L'horrible cri la réveilla en sursaut. Aussitôt, les planchers craquèrent sous les pas des hôtes de l'auberge. Des voix criaient :

– Vous avez entendu ?

– Qu'est-ce que c'était ?

Reiko, elle, comprit tout de suite de quoi il s'agissait. Dame Asagao n'était donc pas l'assassin puisque le cri qu'elle venait d'entendre provenait du palais. À la lumière du clair de lune qui passait par les fenêtres, elle vit qu'elle était seule. Sano n'était pas rentré. Une soudaine panique la submergea. Le *kiai* avait déjà tué une fois. Cela ne faisait pas longtemps que Sano était parti et il était peut-être encore au palais. Il fallait qu'elle s'assure qu'il ne lui était rien arrivé.

Elle s'habilla en hâte, courut dans le couloir et tomba sur la femme de l'aubergiste en tenue de nuit.

– C'était ce cri qu'on a entendu la nuit où le ministre de la gauche est mort ! Le fantôme qui l'a tué est revenu !

Très superstitieux, les habitants de la ville avaient attribué le cri et le meurtre à un spectre doté de pouvoirs surnaturels.

– Mieux vaut rester dans votre chambre où vous ne risquez rien !

– Je dois m'assurer que mon mari va bien, déclara Reiko en se dirigeant vers la porte.

– Mais vous ne pouvez pas sortir la nuit toute seule ! s'exclama la femme de l'aubergiste en la retenant. Des bandits vont vous agresser !

– Les gardes de mon mari vont m'accompagner, lui rétorqua impatiemment Reiko, pressée de rejoindre Sano.

– Non, non, vous devez rester ici, insista la femme d'une voix à laquelle l'inquiétude donnait de l'autorité. Je vais envoyer un serviteur au palais pour se renseigner sur ce qui s'est passé.

Reiko accepta à contrecœur, moins par crainte pour sa sécurité que pour une autre raison : Sano devait sans doute déjà enquêter sur un nouveau meurtre, et il serait contrarié si elle le dérangeait. La femme de l'aubergiste envoya son serviteur aux nouvelles. Reiko alluma une lampe dans sa chambre et s'assit pour boire du thé en se demandant qui avait poussé ce cri et pourquoi le meurtrier avait à nouveau frappé.

Une heure plus tard, la femme de l'aubergiste revint lui dire :

– Le serviteur vient juste de rentrer. Il a parlé avec les gardes devant la porte du palais. Il y a un nouveau mort, mais ils ne savent pas qui c'est.

La peur étreignit le cœur de Reiko.

– Merci, dit-elle.

Seule dans sa chambre, elle se raisonna. Non, ce ne pouvait pas être Sano. S'il lui était arrivé quelque chose, elle l'aurait senti. Mais il se doutait sûrement qu'elle avait entendu ce cri, alors pourquoi ne lui envoyait-il pas un message pour la rassurer ? Elle sentit monter son angoisse. L'auberge avait retrouvé son calme. Tout le monde s'était recouché et le silence était si profond que Reiko entendait le sang battre dans ses oreilles. Malgré la chaleur qui régnait dans la chambre, ses mains s'étaient refroidies, et elle frissonnait. Elle pensa envoyer un garde de Sano au palais pour avoir des nouvelles, puis se ravisa. Voulait-elle vraiment le savoir ?

L'attente n'en finissait pas. Soudain, elle entendit des pas approcher de sa chambre. Elle se précipita pour ouvrir la porte et vit le policier Fukida. Un simple regard sur son visage hagard lui confirma ses craintes. Et, brusquement, un horrible vide noir absorba toute la lumière, la chaleur et la joie du monde.

– Non ! murmura-t-elle.

– Nous étions en chemin pour aller voir l'empereur, commença le jeune samouraï d'une voix tremblante. L'assassin nous a tendu une embuscade dans l'enceinte du palais et...

– Non, c'est impossible ! Quand il est parti, il m'a dit qu'il allait bientôt revenir !

Reiko s'entendit refuser l'effroyable vérité. Elle recula dans la chambre et jeta des regards effarés autour d'elle.

– Ses affaires sont toujours là ! Il ne peut pas être...

Elle ne put se résoudre à prononcer le mot.

Fukida s'approcha et lui prit les mains. Ce geste qu'il n'aurait jamais osé faire en temps normal convainquit Reiko et lui transperça le cœur. Elle retira ses mains et se recroquevilla en serrant ses bras autour d'elle.

– Je suis désolé, Honorable Dame Reiko, dit Fukida qui semblait sur le point de pleurer. Votre mari est mort.

– Où est-il ? demanda-t-elle en éprouvant le besoin irrépressible d'être près de lui.

Malgré son calme apparent, l'émotion montait en elle, comme si son esprit sentait approcher une violente tempête.

– Emmenez-moi le voir.

Fukida secoua la tête d'un air pitoyable.

– Je ne peux pas. Il a été si grièvement atteint..., s'excusa le jeune policier, la gorge serrée. Avant de mourir, il m'a ordonné dans son dernier souffle de vous épargner sa vue. Je suis désolé.

– Mais je suis sa femme ! Vous ne pouvez pas m'en empêcher !

La tempête prenait de la puissance. Reiko sentait se rapprocher les bourrasques du chagrin, le tonnerre de l'indignation et les nuages tumultueux du désespoir qui fondaient sur elle.

– Où est-il ? J'exige que vous me conduisiez auprès de lui immédiatement !

Soudain, la tempête la submergea. Elle tomba à genoux et se mit à hurler :

– Non ! Non ! Non !

Élevée dans la tradition des samouraïs, elle avait appris à pratiquer le stoïcisme et la maîtrise de soi. Mais cette éducation ne l'avait pas vraiment préparée à affronter une telle tragédie. Il lui était complètement égal de manquer de dignité. Avec la mort de son époux bien-aimé, les convenances sociales pouvaient-elles encore compter ?

À travers les larmes qui ruisselaient sur son visage, elle vit Fukida debout devant elle, impuissant et consterné.

– Je vais chercher de l'aide, dit-il avant de s'enfuir.

Les servantes de Reiko arrivèrent quelques instants plus tard et la serrèrent dans leurs bras en lui murmurant des mots de réconfort. Elle les entendit à peine au milieu de ses propres sanglots et gémissements. Elles l'empêchèrent de bouger lorsqu'un médecin versa un liquide amer dans sa gorge. C'était sûrement une potion pour la faire dormir, car tout devint flou autour d'elle, et elle perdit conscience.

Sano et Marume attendirent longtemps le retour d'Hoshina. Les cloches du temple sonnèrent l'heure suivante, puis celle d'après. Enfin, quelqu'un traversa la cour d'un pas vif et monta les marches de la véranda. Toujours caché derrière le meuble de rangement, Sano se prépara à agir. La porte d'entrée s'ouvrit et une seconde silhouette apparut derrière la cloison de papier.

– Ah, Marume-*san* ! dit la voix du *yoriki*. Les sentinelles viennent de m'informer que vous étiez ici. Je suis désolé de vous avoir fait attendre aussi longtemps mais, après être allé au palais, j'ai dû me rendre chez le *shoshidai* pour l'informer de ce qui s'était passé.

Les deux ombres s'inclinèrent et Hoshina s'agenouilla.

– C'est moi qui m'excuse d'être venu sans vous prévenir.

– Dans de telles circonstances, les convenances n'ont plus la même importance, affirma Hoshina d'un ton compréhensif.

De toute évidence, il ne se doutait pas que Marume et lui n'étaient pas seuls.

– Toutes mes condoléances pour le meurtre de votre maître.

– Je vous remercie, dit tristement Marume. C'est pour cela que je suis ici.

– Si vous voulez reprendre l'enquête, je ferai tout ce qui est en mon pouvoir pour vous aider à identifier l'assassin et à obtenir justice pour le *sôsakan-sama*.

L'apparente sincérité d'Hoshina agaça Sano. Le *yoriki* jouait à la perfection le rôle du subalterne compatissant et dévoué, alors qu'il devait être ravi en son for intérieur.

– Eh bien, je suis content que vous me proposiez votre aide, lança Marume d'une voix subitement joyeuse, parce que vous allez justement pouvoir nous aider !

Sano contourna la cloison et entra dans le salon.

– Bonsoir, Hoshina-*san*.

Sous le choc, le *yoriki* écarquilla les yeux.

– *Sôsakan-sama* ! s'écria-t-il. Mais je croyais que vous...

Ayant compris le rôle que tenait Hoshina dans le complot mené contre lui, Sano se délecta de voir sa réaction et se permit un sourire sardonique.

– Vous croyiez que j'étais mort ? C'est normal, puisque vous revenez du lieu de mon meurtre !

Hoshina se leva et lui lança un regard furieux. Marume se plaça discrètement entre le *yoriki* et la porte.

– Mais j'ai vu votre corps par terre, baignant dans le sang, et le policier Fukida bouleversé près de vous ! s'écria-t-il en secouant la tête d'un air incrédule.

– De toute évidence, ni vos hommes ni vous n'avez pris la peine de regarder la tête du cadavre, dit Sano, content que sa ruse ait marché. C'est une erreur stupide pour l'homme intelligent que vous croyez être !

Le visage d'Hoshina se renfrogna sous l'insulte. Sa respiration s'accéléra et sa bouche se crispa tandis qu'il s'efforçait de maîtriser ses émotions et de comprendre ce qui lui arrivait.

– Si ce n'était pas vous, qui est ce mort que j'ai vu ? demanda-t-il.

– C'est Aisu, répondit Sano.

Le regard du *yoriki* montra qu'il connaissait ce nom et qu'il avait peur.

– Mais qui est-ce ? s'écria-t-il en masquant sa réaction avec une expression perplexe.

– Un serviteur de haut rang du *bakufu* d'Edo. Vous l'avez sans doute rencontré ces derniers jours.

– Euh... non, je ne crois pas, dit Hoshina en fronçant les sourcils comme s'il cherchait dans sa mémoire. Je suis désolé, ce nom ne me dit rien.

Mais le tourbillon de pensées qui affluait dans sa tête et l'angoisse qui l'étreignait étaient perceptibles.

– Que faisait cet homme à Miyako ?
– Vous allez me le dire.
Hoshina eut un petit rire nerveux.
– Comment voulez-vous que je le sache, puisque je ne le connais pas ?
Puis il tendit les bras vers Sano et dit avec gravité :
– Ce qui compte, c'est que vous soyez sain et sauf ! Mais pourquoi avez-vous fait croire à tout le monde que vous étiez mort ?
Le plan de Sano s'appuyait sur l'effet de surprise, qui avait déjà déstabilisé le *yoriki* et dont il voulait encore tirer parti.
– Et pourquoi vous êtes-vous introduit chez moi ? ajouta Hoshina.
– Où est-il ? demanda Sano sans répondre à ses questions.
– Où est qui ?
Le *yoriki* avait pris un air innocent, mais son regard s'était furtivement détourné.
– Le chambellan Yanagisawa, précisa Sano.
– L'adjoint du shogun ? À Edo, je suppose. Comment pourrais-je le savoir ?
Marume éclata d'un rire moqueur.
– Vous êtes un excellent acteur ! Vous auriez dû faire carrière dans le théâtre, et non dans la police, parce que vous ne seriez pas dans le pétrin où vous vous retrouvez maintenant. Répondez à la question du *sôsakan-sama* !
– Je vous assure que je le ferais si je le pouvais ! répliqua Hoshina.
La colère et la panique commençaient à transparaître derrière le voile de sa courtoisie. Il se passa la langue sur les lèvres.
– Votre ton est menaçant et je ne comprends pas pourquoi ! Je pourrais peut-être me montrer plus utile si on m'expliquait ce qui se passe.
Excédé par sa mauvaise foi, Sano prit un certain plaisir à lui faire part de ses déductions.
– Yanagisawa a décidé de résoudre lui-même le mystère de la mort du ministre de la gauche, afin de ruiner ma réputation de policier en me battant sur mon propre terrain, et de me faire limoger par le shogun. Comme il ne veut pas prendre de risque en cas d'échec, il est venu à Miyako secrètement. Mais, pour

identifier le meurtrier, il lui faut les informations sur la victime, la scène du crime et les suspects, qu'il ne peut obtenir en restant caché. Il doit être au courant de tous les indices et les pistes de mon enquête, et il a besoin de quelqu'un qui l'informe de sa progression. De quelqu'un qui est dans le *bakufu* local, qui a l'habitude d'enquêter sur des crimes, et qui va m'assister. De quelqu'un à qui il peut faire confiance pour saboter mon travail en me dissimulant certains aspects de l'affaire. De quelqu'un comme vous ! dit Sano en regardant Hoshina dans les yeux.

– Avec tout le respect que je vous dois, vous vous trompez complètement sur moi, affirma ce dernier avec le sourire plein d'assurance d'un homme habitué à utiliser sa beauté et son charme pour se faciliter la vie.

Mais sa peur était perceptible dans l'odeur acide de sa transpiration.

– J'ai fait tout ce qui était en mon pouvoir pour vous aider et, si le chambellan est à Miyako, c'est vous qui me l'apprenez. Je n'ai aucune raison de saboter votre enquête.

– Si, vous en avez une, rétorqua Sano en regardant Hoshina avec mépris, furieux de ne pas avoir compris qu'il était non seulement peu fiable, mais dangereux. C'est votre ambition !

– C'est vrai, je suis ambitieux. Le fait que je veux progresser dans la vie et monter en grade n'est un secret pour personne. Il est donc dans mon intérêt de vous aider de mon mieux, pour que vous m'appréciiez et me recommandiez pour une éventuelle promotion à Edo, répliqua Hoshina en prenant un ton extrêmement courtois et raisonnable. Je n'ai rien à gagner à vous mettre des bâtons dans les roues !

– Vous aviez beaucoup à gagner en vous mettant au service d'un homme qui peut faire bien davantage pour vous !

– Je suis désolé que vous ayez une si mauvaise opinion de moi, dit Hoshina d'un air contrit, mais avec le regard circonspect d'un homme sensé qui essaie d'amadouer un fou. Dites-moi au moins ce que vous me reprochez, pour que je puisse me défendre et rétablir la vérité.

– Vous saviez que j'allais enquêter sur dame Asagao après qu'elle a révélé sa querelle avec Konoe et menti à ma femme sur son alibi. Vous avez deviné que je fouillerais ou ferais fouiller ses appartements, et vous avez dissimulé dans son placard les robes tachées de sang.

Sano observa la réaction d'Hoshina, mais son visage ne montra qu'une consternation qui pouvait aussi bien confirmer sa culpabilité qu'exprimer la surprise d'un innocent.

– Un de vos espions du palais a dû voler ces vêtements, continua Sano, et je suis sûr que si j'allais faire un tour dans les écuries de la police, je trouverais sur un cheval une coupure récente ! Vous avez trempé le bas des robes dans son sang avant de les faire sécher devant un feu pour que les taches paraissent anciennes. Vous avez tout organisé, le chambellan et vous, pour que je me trompe en l'inculpant, afin qu'il puisse ensuite faire semblant d'arriver par hasard et qu'il arrête le véritable assassin en s'attribuant tout le mérite.

Hoshina éclata de rire en se donnant une claque sur le genou.

– Veuillez me pardonner d'en rire, *sôsakan-sama*, mais c'est l'histoire la plus farfelue que j'ai jamais entendue ! À mon avis, c'est le meurtrier qui a dissimulé les fausses preuves chez dame Asagao pour orienter l'enquête vers elle. Cette explication ne vous paraît pas plus logique ?

« Il a peut-être raison, se dit Sano, mais s'il ment, il ne va certainement pas le reconnaître. Maintenant qu'il s'est ressaisi du choc de me voir vivant, il a retrouvé son bagout et, plus l'interrogatoire va durer, moins il se trahira. Il faut faire vite, pour éviter que quelqu'un arrive et découvre que je suis vivant. »

– Vous ne vous êtes pas contenté de me cacher des informations et de me lancer sur de fausses pistes. Avec le chambellan, vous avez organisé le coup monté qui devait se conclure par mon assassinat.

Tout en gardant son apparence aimable, le visage du *yoriki* se figea et son corps se tendit. Sano comprit à quoi il pensait. Hoshina ne prenait pas trop de risques en sabotant l'enquête, puisque c'était Yanagisawa qui le lui avait ordonné. Il n'encourrait aucune sanction tant qu'il serait sous la protection du chambellan. Mais conspirer pour assassiner le *sôsakan-sama* du shogun était un chef d'accusation très grave ! Même sans preuve de sa participation, Sano pouvait ruiner sa carrière en l'accusant publiquement. Et s'il le traduisait en justice dans un système judiciaire où la plupart des procès se concluaient par un verdict de culpabilité, il serait condamné à mort. Le chambellan lui mettrait tout sur le dos et n'hésiterait pas à le sacrifier pour sauver sa réputation.

Son angoisse brilla un instant dans ses yeux, transformant son sourire en grimace, puis il s'efforça de lentement détendre ses muscles et ne bougea plus, prudent, comme s'il était au bord d'un gouffre.

– Je ne sais pas de quoi vous parlez.

Et, soudain, il se rua vers la porte. Sano se précipita sur lui, mais Marume fut plus rapide. Le robuste policier plongea sur ses jambes et le fit tomber dans un bruit fracassant. Hoshina lança des coups de pied et se débattit en essayant de se libérer, mais Marume ne lâcha pas prise. Sano n'était pas surpris qu'il ait tenté de s'enfuir. Le meilleur moyen d'éviter une catastrophe était de prévenir le chambellan que Sano était vivant et au courant du complot.

Hoshina parvint à se dégager et tenta de s'échapper, mais Sano sauta sur lui, et Marume lui attrapa les chevilles. Le *yoriki* avait une force incroyable, avec ses muscles d'acier et ses excellents réflexes. Il se battit sauvagement, matraquant Sano et Marume avec ses poings, ses genoux, ses coudes et sa tête, mais sans se servir des sabres qu'il avait à la taille. Seule la fuite pouvait le sauver. Tuer deux fonctionnaires du *bakufu* ne ferait qu'empirer la situation. Sano prit un terrible coup de poing dans la mâchoire, et Marume un coup de pied dans le ventre, mais ils ne lâchèrent pas prise, recevant et donnant les coups en silence pour n'alerter personne. Hoshina lui-même n'appelait pas à l'aide, sans doute pour ne pas avoir à expliquer pourquoi il se battait avec deux de ses supérieurs. Les seuls bruits dans la pièce étaient des halètements, des coups sourds, des cliquetis de fourreaux et les chocs des corps heurtant le plancher et les murs.

Marume et Sano finirent par immobiliser Hoshina en le maintenant à plat ventre sous eux. Il tenta de se soulever et de donner des ruades, mais Sano lui tordit le bras. Marume lui arracha sa ceinture et la coupa en deux avec son sabre. Puis ils lui ligotèrent les chevilles et lui attachèrent les poignets dans le dos, en nouant ensemble les extrémités des liens pour que les genoux d'Hoshina soient repliés vers l'arrière. Le *yoriki* se tortilla sur le plancher, en bandant ses muscles pour se libérer. La sueur brillait sur son visage et un filet de sang coulait de son nez. Avec ses cheveux ébouriffés et ses dents luisantes, il ressemblait plus à un animal qu'à un être humain.

Sano se releva en essuyant son visage avec sa manche. Des points douloureux sur sa poitrine et sur ses membres indiquaient les endroits où des bleus allaient bientôt apparaître. Marume s'appuya contre le mur, tâtant son œil gauche rouge et enflé.

– Vous avez le choix entre deux possibilités, expliqua Sano au *yoriki*. Soit vous maintenez vos mensonges, ce que je vous déconseille car je serai forcé de vous éliminer.

Hoshina se débattit encore plus fort et lui lança des jurons.

– Soit vous coopérez avec moi et je ne vous punirai pas, continua Sano. Si vous me communiquez tout ce que vous savez sur le meurtre du ministre de la gauche et si vous me révélez les plans de Yanagisawa et me dites où il est, je vous mettrai sous protection pour qu'il ne puisse pas vous punir de l'avoir trahi.

Hoshina regarda Sano avec mépris.

– Ce n'est pas deux possibilités que vous m'offrez, mais une seule, celle de mourir !

Il eut un rire étranglé.

Sano savait que sa promesse de protection contre l'homme le plus puissant du Japon risquait d'être vaine. Peut-être exigeait-il la coopération d'Hoshina au prix de sa vie, mais il ne pouvait pas fléchir.

– Choisissez maintenant, lui ordonna-t-il.

Le *yoriki* se souleva sur le côté en haletant et tenta une dernière fois de se libérer. Il se raidit et les tendons de son cou saillirent. Puis il poussa un gémissement et s'affaissa. Les yeux fermés, il hocha la tête pour reconnaître sa défaite, exactement comme Sano l'avait prévu : Hoshina n'avait pas la noblesse d'un samouraï prêt à se sacrifier par loyauté envers son maître.

– Merci, dit Sano en échangeant un regard satisfait avec

Marume. Bon, quelles sont les informations que vous m'avez cachées ? Sur quoi avez-vous menti ?

Le visage fermé, Hoshina raconta tout d'une voix monocorde, confirmant ce que Sano soupçonnait.

– Parlez-moi du complot que le chambellan a tramé contre moi.

Hoshina lui donna quelques détails inquiétants, mais Sano sentit de grosses lacunes dans ses révélations.

– Où est Yanagisawa ? demanda-t-il.

– Je ne sais pas où il est cette nuit, mais je suis censé le rencontrer demain matin dans une maison sur les hauteurs près de Miyako.

Sano lui demanda des indications sur son emplacement, puis fit signe à Marume de le suivre à l'arrière de la maison et lui chuchota :

– Enferme-le et fais-le garder pour qu'il ne puisse pas courir chez Yanagisawa ni annoncer partout que je ne suis pas mort. Tu peux renvoyer dame Asagao chez elle et le placer dans cette cellule spéciale du quartier général de la police. Et donne l'ordre à ses collègues de ne dire à personne qu'il est là.

Et, en fronçant les sourcils, il ajouta :

– Dis à Fukida-*san* de veiller sur Reiko.

Penser à sa femme réveilla son sentiment de culpabilité et son envie de la retrouver. Elle devait avoir appris la nouvelle de son meurtre maintenant. Il aurait tellement voulu pouvoir aller la rassurer pour qu'elle ne souffre pas inutilement, mais la partie la plus cruciale de sa tâche restait à faire.

– Je reviendrai dès que possible.

– Vous allez voir Yanagisawa tout seul ? lui demanda Marume en plissant le front.

– Je dois prendre ce risque. Rassembler nos troupes prendrait trop de temps et je ne veux pas que ses espions me voient et l'informent de ma résurrection.

Sano et Marume s'inclinèrent l'un devant l'autre, leurs regards se souhaitant mutuellement bonne chance. Puis Sano ouvrit la porte et disparut dans la nuit.

Après une incursion dans un vide hors du temps, Reiko se réveilla. Les fenêtres laissaient passer la pâle lueur de l'aube, et ses servantes dormaient sur un futon à côté d'elle. Elle se demanda où elle était. Une terrible lassitude engourdissait son corps et des élancements lui traversaient la tête. Ses yeux la brûlaient, et elle avait la vague impression que quelque chose d'affreux s'était produit. Et, soudain, elle se souvint : elle était à Miyako et Sano était mort. Elle ferma les yeux et de nouvelles larmes s'échappèrent entre ses paupières gonflées. Elle voulait se rendormir. Elle voulait mourir.

Mais, tout au fond d'elle, quelque chose se rebella. Elle n'allait pas baisser les bras si facilement.

L'assassinat de son mari était un scandale révoltant ! La fureur submergea sa souffrance. Elle allait venger la mort de Sano ! Tant qu'elle ne l'aurait pas fait, elle ne pourrait pas trouver de repos ni se laisser aller à son chagrin. Plus que jamais, elle espérait être enceinte. Une partie de Sano lui survivrait, mais elle ne pouvait pas voir leur enfant grandir en laissant impuni le meurtrier de son père.

Sa détermination lui redonna des forces et elle s'assit sur son futon. Un vertige fit tourner la pièce autour d'elle. En respirant profondément, elle attendit que les effets du somnifère s'estompent et réfléchit à ce qu'elle allait faire. Pour venger la mort de Sano, elle devait identifier son meurtrier et donc résoudre l'affaire. Mais de sérieux obstacles se dressaient devant elle.

Elle n'avait aucun droit d'enquêter sur des crimes, et le palais impérial lui était interdit. Elle ne pouvait pas compter sur l'aide de Marume et Fukida, car rien ne les obligeait à obéir à ses ordres. Ils avaient accepté qu'elle collabore avec Sano parce que leur devoir était de lui obéir, mais ils n'approuvaient pas sa participation. En fait, ils allaient sans doute vouloir résoudre l'affaire eux-mêmes et venger la mort de Sano seuls, en la renvoyant chez elle.

Soudain, elle eut une idée, et un plan s'échafauda dans son esprit. Il était dangereux et impliquait la participation d'une personne ayant très peu de raisons de coopérer, mais elle ne voyait pas d'autre solution.

Elle se leva sur ses jambes tremblantes. Une de ses servantes se réveilla.

– Que faites-vous, maîtresse ? demanda-t-elle.

– Je vais sortir, dit Reiko.

– Mais vous avez besoin de repos ! Il faut vous recoucher, je vous en prie...

Reiko la fit taire avec un regard menaçant d'une épouvantable punition quiconque tenterait de l'arrêter.

– Je vais sortir, répéta-t-elle. Aide-moi à me laver et à m'habiller.

16

Accroupi dans les broussailles sous de grands cèdres, Sano leva les yeux. Le chemin escarpé montait vers la haute palissade qui entourait la maison perchée sur une colline au nord de Miyako. La rosée mouillait ses pantalons, et la brume matinale qui flottait sur la forêt voilait la lumière du soleil et la vue sur la ville. Dans les arbres, les oiseaux chantaient à tue-tête.

Vue de cette distance, la maison paraissait inhabitée. Les volets des fenêtres du premier étage qu'il voyait au-dessus de la clôture étaient fermés. Il était là depuis plus d'une heure et avait observé la propriété sous tous ses angles sans y voir le moindre signe d'activité. Pourtant, le portail avait dans ses armoiries la spirale que lui avait décrite le *yoriki* Hoshina, et Sano pouvait sentir la proximité du chambellan comme un picotement inquiet dans son esprit. Il se mit à monter précautionneusement la pente à travers bois.

Les maisons voisines étaient assez loin, situees plus haut ou plus bas sur le versant, et la route principale passait plus à l'est. Sano avait exploré les lieux en arrivant et découvert que Yanagisawa avait choisi un site très isolé pour ses activités secrètes.

Il s'arrêta à la lisière des arbres, devant la palissade qui était à une quinzaine de pas. Par les fentes entre les planches, il vit passer une forme humaine. Un garde patrouillait, suivi quelques instants plus tard d'une seconde silhouette, plus corpulente. En comptant silencieusement entre chaque passage, Sano évalua le temps dont il disposait. La fatigue de sa nuit mouvementée et de son long trajet à cheval depuis la ville commençait à se faire sentir, et il rassembla toute son énergie.

Il attendit le bon moment, courut jusqu'à la clôture, l'escalada et jeta un rapide regard circulaire. Une pelouse décorée d'arbustes et de rochers entourait la maison de campagne – une demeure rustique qui avait des fenêtres à croisillons et des murs à colombages. En équilibre sur son perchoir, il entendit des pas sur le gravier du chemin qui contournait le jardin. Il reconnut un des gardes du corps de Yanagisawa et sauta par terre juste devant lui. L'homme poussa un grognement de surprise et tendit la main vers son sabre, mais Sano lui asséna un terrible coup de poing dans la figure. Le garde recula en titubant, s'effondra sur le sol et ne bougea plus.

Le crissement du gravier signala l'arrivée du second garde. Sano se dissimula derrière un rocher. Il regarda l'homme s'approcher du corps de son camarade et s'accroupir pour l'examiner, puis jaillit de sa cachette et lui lança un coup de pied au menton qui lui fit perdre connaissance. Il leur ligota les mains et les pieds avec leurs ceintures, et mit leurs chaussettes dans leur bouche pour les bâillonner. Le cœur battant, il vérifia qu'il n'y avait pas d'autre garde. Il ne voulait tuer personne. La violence était familière pour les samouraïs. Elle faisait inévitablement partie de leur vie, mais Sano préférait éviter les morts inutiles.

Ne voyant pas d'autres gardes à l'extérieur de la maison, Sano entra discrètement par la porte de derrière et avança sur la pointe des pieds le long d'un couloir sombre. Il aperçut la cuisine, la salle de réception et le bureau. Toutes inoccupées, ces pièces étaient meublées avec l'élégante simplicité d'une demeure campagnarde appartenant à un riche samouraï. En arrivant dans l'entrée, il vit qu'un troisième garde s'était endormi, assis contre le mur. Sano s'avança vers lui sans bruit et lui saisit le cou en appuyant sur quelques points précis. Avec un sursaut et un gémissement, le garde passa du sommeil à l'inconscience. Sano le ligota et le bâillonna rapidement. Puis il monta doucement l'escalier.

Au premier étage, au bout d'un autre couloir, une porte était ouverte et laissait passer la lumière. Il dégaina son sabre. En s'approchant, il entendit quelqu'un tousser et cracher violemment. Debout à côté de la porte, il lança un coup d'œil dans la pièce. Une lanterne suspendue au plafond faisait briller les dorures des peintures murales et la laque des meubles. À quatre pattes sur un futon installé au milieu de la chambre, le chambellan Yanagisawa était en train de vomir dans une cuvette. Vêtu d'un sous-kimono de soie blanc, il avait un teint gris épouvantable. Visiblement très angoissé, il ne cessait d'avoir des haut-le-cœur, mais ne régurgitait qu'un mince filet de bave qui lui coulait sur le menton. Il finit par se laisser retomber sur le lit, haletant.

Déconcerté, Sano entra dans la chambre. Il avait toujours vu Yanagisawa en pleine forme et s'attendait à le trouver soit endormi, soit en train de fêter l'élimination de son rival. Pourquoi était-il dans cet état ?

En entendant quelqu'un arriver, Yanagisawa tourna la tête et vit Sano.

– Vous ? s'écria-t-il d'une voix incrédule et terrifiée.

Il se redressa et cria :

– Gardes !

Sano vit avec soulagement que personne ne venait.

– Tous vos hommes sont momentanément indisponibles, dit-il en s'avançant vers lui.

Pour une fois, l'équilibre du pouvoir était en sa faveur, et il exultait.

– Il n'y a que vous et moi.

La gorge du chambellan se contracta comme s'il allait avoir la nausée, mais il se leva en titubant et fit face à Sano avec un courage arrogant.

– Que faites-vous ici ? demanda-t-il.

– Je suis venu discuter de votre sabotage de mon enquête sur le meurtre du ministre de la gauche, répondit Sano. Vous pensiez résoudre l'affaire personnellement pour impressionner le shogun et m'éliminer par la même occasion, n'est-ce pas ?

Yanagisawa ignora sa question. Il ne semblait pas l'avoir entendue.

– Comment m'avez-vous trouvé ?

– Le *yoriki* Hoshina m'a indiqué où vous étiez.

– Hoshina ? Il vous a dit que j'étais à Miyako ?

L'incrédulité de sa voix était encore plus marquée que lorsqu'il avait vu Sano surgir devant lui.

– Il vous a envoyé ici ? Non, ce n'est pas possible, dit-il en secouant la tête avec véhémence.

– Si, si, il m'a tout expliqué.

Surpris, Sano s'éloigna de quelques pas. Cette conversation était vraiment bizarre. Pourquoi Yanagisawa était-il plus déconcerté d'apprendre comment Sano l'avait trouvé que de le voir vivant ?

– On ne vous a pas informé de mon meurtre au palais impérial ?

Yanagisawa fit un pas vers Sano en se déplaçant avec précaution, comme s'il souffrait. Son expression était indéchiffrable.

– Où est Hoshina ?

– En lieu sûr, répondit Sano, de plus en plus perplexe.

Yanagisawa devait pourtant attendre la nouvelle de sa mort avec impatience et un de ses agents s'était certainement précipité pour la lui annoncer.

– Je l'ai mis sous protection après l'avoir convaincu de me décrire le complot que vous avez tramé contre moi.

Le chambellan eut un rire convulsif, puis secoua à nouveau la tête comme pour une plaisanterie amère, connue de lui seul. Il n'essaya même pas de nier l'existence du complot. Toutes sortes d'idées affluèrent dans l'esprit de Sano qui cherchait à comprendre sa réaction et, soudain, divers aspects de la situation qui ne paraissaient pas liés à première vue – la présence d'Aisu au palais, l'état de Yanagisawa et les procédés qu'il avait déjà utilisés contre son ennemi – s'associèrent pour reconstituer l'étonnante vérité.

– Vous étiez avec Aisu, c'est ça ? dit Sano, pour qui tout s'éclaircissait. C'est vous qui m'avez adressé le faux message de l'empereur me convoquant au palais, et vous m'attendiez tous les deux, prêts à arrêter le meurtrier qui allait me tuer. Et vous auriez prétendu avoir personnellement résolu l'affaire – la même astuce que vous avez utilisée quand j'ai tendu mon embuscade au Lion. Mais, cette fois, quelque chose s'est mal passé : le meurtrier s'en est pris à vous, et non à moi. C'étaient vos cris de frayeur que j'ai entendus juste avant le *kiai*. Mais, contrairement à Aisu, vous avez réussi à vous échapper et vous ne souffrez que de ces nausées, qui sont de simples effets secondaires.

Le chambellan grimaça en se tenant le ventre et tomba à genoux sur le futon. Avec leur blanc veiné de rouge et leurs sombres iris liquides, ses yeux regardaient intensément Sano qui se rendit compte que son propre plan avait été bien près d'échouer. Yanagisawa avait peut-être envoyé un de ses hommes pour le retrouver et l'arrêter avant qu'il comprenne tout.

– Vous n'avez pas été surpris de me voir vivant car, lorsqu'on vous a annoncé ma mort, vous saviez que c'était Aisu qui avait été la victime du tueur, et non moi. Vous deviez attendre la venue d'Hoshina pour planifier la suite.

Mais une importante question demeurait.

– Comment aviez-vous combiné mon meurtre ?

Soudain, Yanagisawa se rua à la tête du lit et glissa la main sous le futon. Sano bondit et lui pointa son sabre sur la gorge. Yanagisawa poussa un cri de frayeur, tenant dans sa main la dague qu'il avait voulu lancer sur Sano. Il tomba sur le côté en essayant de s'éloigner du sabre.

– Lâchez cette dague, lui ordonna Sano, son cœur battant à tout rompre. Lâchez-la ou je vous tue !

La peur brilla dans les yeux de son adversaire. Il était figé dans une pause inconfortable, appuyé sur sa main gauche, la dague dans sa main droite. Mais sa bouche se tordit dans un sourire insolent.

– Vous ne me tuerez pas ! dit-il d'une voix rauque et haletante. Vous n'aimez pas tuer. Vous vous croyez si noble et si généreux que prendre la vie d'un autre vous semble indigne de vous ! ajouta-t-il avec un éclat de rire moqueur. Mais, moi, je sais la vérité : vous n'êtes pas seulement un policier incompétent qui est tombé dans le piège que je lui ai tendu, vous êtes un lâche ! Vous avez peur de ce qui pourrait vous arriver si vous tuiez le bras droit du shogun. Vous êtes incapable de me regarder dans les yeux et de me trancher la gorge !

De fait, Sano n'avait prononcé cette menace que pour l'effrayer et le faire obéir. Il n'avait pas vraiment l'intention de le tuer. Mais une brusque fureur le submergea : comment osait-il insulter ses compétences professionnelles et son honneur ? Depuis plus de deux ans, Sano subissait en silence ses agressions physiques et verbales. Il avait réprimé son envie de se venger parce qu'il avait le devoir de respecter le bras droit du shogun, et parce que son ennemi aurait pu s'en prendre à sa famille. Mais maintenant, dans le feu de la colère, il sentit qu'il pouvait le tuer sans se soucier des conséquences. Ce qu'il pensait de lui sans le lui avoir jamais dit jaillit subitement de sa bouche.

– Vous dites que *moi*, je suis incompétent ! hurla-t-il. Mais c'est *vous* qui l'êtes ! Vous n'auriez jamais pu trouver le Lion tout seul et vous n'auriez sûrement rien fait dans cette enquête sans mon aide et celle du *yoriki* Hoshina !

Stupéfait, Yanagisawa avait écouté bouche bée l'explosion de Sano.

– Comment osez-vous me parler ainsi ? s'écria-t-il, la colère faisant rougir son teint blême. Vous oubliez qui je suis ?

– C'est vous qui oubliez que vous êtes à ma merci ! lui rétorqua Sano en accentuant la pression de son sabre sur sa gorge.

Yanagisawa haleta et recula, la dague à la main, mais Sano avança jusqu'à l'acculer contre le mur.

– Vous dites que je suis un lâche, mais il n'y a pas de plus grand lâche au monde que vous ! Vous envoyez des larbins pour m'assassiner, car vous avez peur de le faire vous-même. Vous poignardez vos ennemis dans le dos parce que vous n'avez pas le courage de les affronter en face !

– Taisez-vous ! lui ordonna Yanagisawa.

Sano tremblait de rage et d'indignation, grisé de donner enfin libre cours à sa fureur si longtemps contenue.

– Vous essayez toujours d'éliminer vos adversaires en douce, mais je vais mettre un terme à vos agissements si vous ne lâchez pas cette dague ! Vous n'êtes qu'un pervers malfaisant, un lâche qui fait honte au *bushidô* !

Hors de lui, il perdit toute prudence. Son champ de vision se rétrécit jusqu'à ce qu'il ne voie plus que le visage détestable de son ennemi, et ses muscles se tendirent, prêts à enfoncer le sabre dans sa gorge. En sentant la pression de la lame, le chambellan comprit dans quel état était Sano, et l'horreur remplaça l'insolence dans son regard. Ils se fixèrent pendant un long moment où le pire pouvait à tout instant se produire.

Yanagisawa ouvrit la main et lâcha la dague qui tomba bruyamment par terre.

Comme si un morceau de glace venait de tomber dans de l'eau bouillante, la raison reprit possession de Sano et anéantit sa rage meurtrière. Le plaisir sauvage de tenir la vie de son ennemi entre ses mains s'évanouit. Il repoussa la dague d'un coup de pied et allégea la pression de sa main sur son sabre. Que se serait-il passé s'il avait tué le chambellan ?

Des images lui traversèrent l'esprit : lui-même penché sur le cadavre ensanglanté de son ennemi, assistant à son procès pour meurtre, puis marchant avec Reiko, leurs deux familles et leurs proches jusqu'au lieu de l'exécution publique et mourant pour ce crime de haute trahison contre le régime Tokugawa. Il fut soudain horrifié par cet instant de folie où, sans se soucier de son honneur, il avait failli donner libre cours à sa colère.

Il regarda Yanagisawa et vit transparaître une sorte de respect sur son visage. Le chambellan n'avait jamais eu peur de lui jusque-là, persuadé que sa maîtrise et son sang-froid l'empêcheraient de se venger. Mais, avec ce qui venait de se passer, il était clair qu'il ne pourrait plus s'en prendre à Sano sans risquer de graves conséquences.

– Voilà qui est mieux ! dit Sano.

Sa voix avait retrouvé son calme habituel, mais un sentiment grisant de puissance l'habitait encore.

– Dites-moi maintenant comment vous aviez combiné mon meurtre.

Yanagisawa baissa les yeux sur la lame toujours pointée sur sa gorge.

– Si ça ne vous dérange pas, je voudrais me redresser un peu, demanda-t-il d'un ton courtois et implorant que Sano ne lui connaissait pas.

Il recula un peu sa lame pour qu'elle ne le touche plus. Yanagisawa poussa un long soupir tremblant et bougea précautionneusement. La sueur ruisselait sur son visage.

– Le soir du banquet du *shoshidai*, Hoshina m'a dit que dame Asagao avait reconnu qu'elle détestait le ministre de la gauche et qu'elle avait menti sur l'endroit où elle se trouvait au moment du meurtre. Je me suis dit que vous alliez fouiller ses appartements pour y chercher des indices, et j'ai demandé à Hoshina de trouver des robes ressemblant à celles qu'elle porte, de les tacher avec le sang d'un cheval et de les cacher chez elle. Le lendemain matin, il a eu avec elle un entretien secret. Il l'a informée que vous alliez la convoquer et lui a transmis mes ordres qui lui demandaient de vous avouer le meurtre. Il lui a bien expliqué l'histoire qu'elle devait raconter afin de vous convaincre qu'elle était coupable. Elle ne voulait pas le faire, mais il lui a donné ma promesse que, si elle coopérait, elle serait disculpée par la suite. En revanche, si elle refusait ou si elle parlait à qui que ce soit de ce qu'il lui avait dit, elle serait exécutée.

Sano comprenait à présent pourquoi Asagao s'était comportée si bizarrement, en faisant des aveux qui paraissaient logiques, mais douteux, et pourquoi elle semblait si terrifiée, mais également déterminée à le convaincre qu'elle avait tué Konoe. Ce n'était pas pour protéger l'empereur Tomohito et la cour impériale qu'elle avait menti, mais pour échapper au châtiment dont l'avait menacée Hoshina.

– Vous m'avez manipulé pour me forcer à l'arrêter, dit Sano en admirant malgré lui l'ingéniosité de ce plan. Vous avez demandé à Hoshina de faire pression sur les serviteurs du ministre de la gauche pour qu'ils confirment la liaison, et de convaincre les dames d'honneur de se rétracter sur l'alibi d'Asagao. Vous aviez prévu de faire votre apparition officielle à Miyako après ma mort, pour reprendre l'enquête et arrêter le véritable meurtrier. Vous aviez choisi Asagao pour me piéger car sa culpabilité était si invraisemblable que j'aurais eu l'air stupide de l'avoir arrêtée, même si la loi ne me donnait pas le choix. Ma mort ne vous suffisait pas, vous vouliez aussi ruiner ma réputation !

– C'est vrai, reconnut le chambellan avec réticence. Dame Asagao convenait parfaitement à mon objectif, mais je ne l'ai pas choisie uniquement pour cette raison. Il me fallait donner au vrai coupable une raison de vous tuer.

Le rapport entre l'arrestation de dame Asagao et l'attaque du meurtrier sauta soudain aux yeux de Sano.

– Je comprends. Hoshina ne m'a pas dit que le ministre de la droite était suspect parce que vous vouliez vous le garder pour vous. Dame Asagao est sa fille, et le fait qu'elle est l'épouse de l'empereur donne à Ichijô une influence accrue sur la cour impériale, qu'il perdrait si elle était inculpée. Vous pensiez que l'arrestation le désespérerait suffisamment pour qu'il tente de sauver la tête de sa fille en me tuant, ce qui vous éviterait le souci de le faire.

– Quand Hoshina vous a envoyé la fausse convocation, dit le chambellan, il a aussi envoyé des messages anonymes au ministre de la droite, à l'empereur, à dame Jokyôden et au prince Momozono, en les prévenant que vous alliez venir au palais.

Bien sûr, Yanagisawa était suffisamment malin pour ne pas tout miser sur la culpabilité d'Ichijô, se dit Sano. Il avait étendu son pari aux autres suspects. Il était d'ailleurs facile d'imaginer les raisons pour lesquelles certains d'entre eux auraient pu vouloir éliminer l'homme chargé d'enquêter sur le meurtre.

– Ces messages précisaient le chemin que suivraient les gardes qui allaient vous escorter dans l'enceinte du palais, poursuivit Yanagisawa. J'y suis donc allé un peu plus tôt avec Aisu et mes gardes du corps, afin de prendre le meurtrier sur le fait. Mais quand nous nous sommes approchés de l'endroit où les gardes étaient censés vous fausser compagnie, j'ai senti une drôle de vibration dans l'atmosphère et j'ai vu une lueur inquiétante. Puis j'ai entendu une respiration haletante, j'ai senti qu'on nous suivait, et j'ai eu brusquement très peur. Mes hommes aussi : je leur ai ordonné de rester groupés, mais ils se sont enfuis. J'ai suivi Aisu vers les cuisines impériales, et alors...

Les muscles de la gorge de Yanagisawa se contractèrent et il frissonna.

– Dieux miséricordieux, j'ai entendu ce cri ! Il m'a fait tomber à la renverse ! Je ne pouvais plus bouger, je ne pouvais rien faire d'autre que hurler de douleur pendant qu'il continuait, continuait...

Le chambellan prit une profonde inspiration.

– Il a fini par s'arrêter. Mes oreilles bourdonnaient, je tremblais, j'avais des douleurs et des nausées. Je me suis relevé et j'ai vu Aisu par terre un peu plus loin. Il était mort. La vibration a recommencé. Elle était faible et venait d'un passage entre deux bâtiments. Le meurtrier était là, je le sentais. Il s'apprêtait à pousser un autre cri qui allait me tuer.

Sano ne se souvenait pas d'avoir senti de nouvelles vibrations après le cri, sans doute parce qu'il était trop loin. Soudain, Yanagisawa éclata d'un rire hystérique.

– Qu'est-ce qui vous semble si drôle ? s'étonna Sano en se demandant si le *kiai* ne lui avait pas dérangé l'esprit.

– C'est l'ironie des événements. Vous savez ce qui m'a sauvé ?

Perplexe, Sano secoua la tête.

– C'est vous, dit Yanagisawa en pointant le doigt vers lui. Je vous ai entendu parler, vous et vos policiers, et la vibration a subitement cessé. J'ai vu un mouvement dans l'ombre et je n'ai plus senti la présence du meurtrier. Vous lui avez fait peur.

Mais l'humour de Yanagisawa s'effaça devant l'ampleur de sa défaite.

– C'est vous qui m'avez sauvé la vie, vous vous rendez compte ?

Sano eut presque un élan de pitié pour lui. Être sauvé par l'ennemi qu'il avait projeté de tuer – quel coup pour son orgueil !

– Vous avez vu le meurtrier ?

– Non.

Pâle, malade et brisé, Yanagisawa n'opposait plus de résistance. Peut-être pleurait-il la mort d'Aisu ? Y avait-il autre chose qui le tracassait ?

– Vous avez parlé du meurtrier au masculin, reprit Sano. Vous pensez que c'était un homme ?

Yanagisawa secoua la tête.

– Sur le moment, je ne me suis pas posé la question. J'ai retrouvé mes gardes du corps à l'extérieur du palais et nous avons récupéré nos chevaux pour rentrer directement ici. Je leur ai demandé s'ils avaient vu notre agresseur, et ils m'ont dit que non.

– Malheureusement, le seul témoin potentiel est mort, dit Sano. À mon avis, il n'y a qu'une seule personne qui maîtrise le *kiai* au palais, et elle a commis les deux meurtres. L'agression que vous avez subie a innocenté dame Asagao, et nous avons quatre suspects. Je vais déterminer où chacun d'eux était hier soir.

– Je suis ravi que le drame que je viens de vivre soit si utile pour votre enquête ! lança Yanagisawa en reprenant son ton sarcastique.

Puis la contrariété altéra ses traits.

– Pourquoi le meurtrier voulait-il me tuer ?

– C'est une bonne question. La réponse pourrait nous donner un indice sur son identité.

– Je suppose que vous allez m'enfermer sous bonne garde dans une geôle secrète jusqu'à ce que votre travail à Miyako soit achevé, dit Yanagisawa. Vous me remmènerez ensuite à Edo et vous raconterez ce que j'ai fait au shogun. Il sera tellement furieux que je lui aie menti et que j'aie tenté de faire échouer l'enquête qu'il avait ordonnée qu'il croira tout ce que vous lui révélerez sur mon compte. Et le *yoriki* Hoshina sera sûrement ravi de confirmer votre histoire, si ça lui permet d'être gracié.

Une profonde tristesse fit trembler la voix de Yanagisawa.

– Je perdrai ma fonction, et sans doute aussi ma vie.

Sano était venu avec l'intention de faire exactement ce que venait de décrire Yanagisawa. C'était ce qu'il méritait, et il serait enfin débarrassé des intrigues de son ennemi. Mais il eut soudain une sensation bizarre, comme si d'invisibles esprits d'Obon venaient de le frôler en lui chuchotant : « Derrière tous ces événements qui vous ont réunis, Yanagisawa et toi, n'y a-t-il pas une raison supérieure, et n'auras-tu pas de regrets si tu fais ce que tu avais prévu ? » Il fronça les sourcils en cherchant à comprendre ce signe du destin, et eut alors un doute : son propre esprit avait-il été affecté par le *kiai* ? Mais son instinct prit le dessus et le pressa d'obéir à son intuition.

– Oui, je pourrais vous anéantir, mais je vais plutôt vous proposer un marché.

Stupéfait, Yanagisawa écarquilla les yeux, puis les rétrécit, soupçonneux.

– Si vous acceptez de conclure une trêve avec moi et si vous m'aidez à résoudre l'affaire, dit Sano, je n'informerai pas le shogun de vos agissements.

Yanagisawa eut un rire incrédule.

– Vous n'êtes pas sérieux ?

– Si. Je veux les informations que vous me cachez. Vous voulez être policier ? Eh bien, si nous travaillons ensemble, je pourrai mener à bien la mission que m'a confiée le shogun, et nous en partagerons le mérite !

En voyant le regard opaque du chambellan, Sano comprit qu'il évaluait les avantages de ce marché et le prix à payer pour ne pas être inquiété, tout en cherchant le moyen de le devancer.

– D'accord, nous allons travailler ensemble. Mais vous devriez réfléchir à ce que je peux vous faire si vous me laissez en liberté ! maugréa Yanagisawa avec ressentiment et mépris.

– C'est vous qui devriez réfléchir à ce que, moi, je pourrai vous faire si je vous prends en défaut ! l'avertit Sano, en le fixant d'un regard noir pour lui rappeler qu'il venait de frôler la mort.

Il était clair que, la prochaine fois, il ne maîtriserait pas sa colère. « Où que tu te caches et quel que soit le nombre de tes gardes, je te trouverai et je serai sans pitié », lui dit silencieusement Sano.

Yanagisawa le regarda d'un air horrifié, puis hocha la tête avec résignation.

– Très bien, *Sôsakan* Sano. J'accepte la trêve.

17

Reiko prit un bain qui rinça ses larmes et lui redonna des forces. Elle cacha sous un épais maquillage ses paupières gonflées et sa peau rougie, puis releva ses cheveux qu'elle allait bientôt couper et placer dans le cercueil de Sano comme gage de fidélité. N'ayant pas le temps d'aller acheter une tenue de deuil plus sombre, elle mit un kimono de soie gris clair, imprimé d'un motif d'herbes d'été. Enfin prête, elle ordonna aux porteurs de son palanquin de la conduire au palais impérial.

Mais traverser la ville raviva cruellement son chagrin : le soleil qui brillait, les boutiques colorées et la foule grouillante lui semblaient irréels, comme si la mort de l'homme qu'elle aimait n'avait eu aucune incidence sur le monde. Et le pire, c'est qu'elle n'arrivait pas à chasser cette sensation qu'il était toujours vivant ! Chaque fois qu'elle voyait un samouraï de son âge et de sa carrure, son cœur bondissait. Et lorsqu'elle comprenait que ce n'était pas lui, une nouvelle vague de désespoir la submergeait. Sentant ses larmes perler, elle se tamponnait les yeux pour ne pas abîmer son maquillage. Elle finit par fermer les stores pour ne plus rien voir.

Les porteurs déposèrent le palanquin dans la cour du palais de l'empereur retiré. Elle en sortit et vit dame Jokyôden venir à sa rencontre.

– Bonjour, dame Sano, lui dit la mère de l'empereur.

Son visage était impassible et son port majestueux. Elle s'inclina avec froideur.

– Veuillez accepter mes sincères condoléances pour votre deuil.

Je vous remercie infiniment.

Reiko lutta pour raffermir sa voix tremblante et ne pas montrer son émotion devant cette femme qui n'avait visiblement pas envie de la voir.

– Je ne m'attendais pas à cette visite.

– Vous m'avez demandé de revenir ! lui rappela Reiko.

Une légère surprise haussa les sourcils peints de Jokyôden.

– C'est vrai. Mais les événements d'hier ont prouvé que vous étiez malintentionnée envers moi et dangereuse pour la cour impériale. Quand nous avons bavardé ensemble, j'ai bien sûr deviné que vous m'interrogiez sur le meurtre du ministre de la gauche pour aider votre mari. Vous m'intriguiez et, comme vous paraissiez inoffensive, j'ai pensé qu'il n'y avait pas de mal à poursuivre notre relation. Mais vous avez eu le toupet de fouiller les appartements privés de l'épouse de l'empereur pour y chercher des preuves, et votre découverte a provoqué son arrestation. Votre mari a choisi de conclure rapidement son enquête en inculpant une innocente.

Le ton de Jokyôden était dur et inflexible.

– Que vous osiez venir ici maintenant dépasse mes facultés d'entendement !

– Je vous prie de m'excuser, dit humblement Reiko. J'ai réellement abusé de la confiance de dame Asagao et j'ai commis une terrible erreur.

Mais elle voulut tout de même réfuter les critiques de Jokyôden.

– Malheureusement, une enquête sur un meurtre implique souvent le recours à des moyens détournés pour servir la justice. Si mon mari a arrêté dame Asagao au lieu de se lancer sur une autre piste, c'est parce qu'il ne pouvait faire autrement. Son devoir était de l'inculper après ses aveux.

Reiko ne put empêcher son amertume de transparaître dans sa voix.

– Il a payé mon erreur et cette inculpation de sa vie.

Un élan de pitié adoucit l'expression de Jokyôden, mais elle resta distante.

– J'en suis désolée pour vous. Mais je suppose que vous n'êtes pas venue ici pour discuter du passé. Que voulez-vous de moi ?

– Je voudrais que vous m'aidiez à retrouver l'assassin de mon mari, lui répondit Reiko.

– Je vois.

Cette réponse évasive fut prononcée comme si Jokyôden s'attendait un peu à cette requête, mais n'arrivait pas à croire qu'elle l'ait réellement entendue. Puis elle croisa ses mains devant elle et lui demanda :

– Vous ne pensez pas que le *bakufu* va désigner quelqu'un pour mener cette enquête ?

– Si, mais je veux terminer le travail de mon mari et apprendre la vérité sur sa mort.

Reiko s'abstint de mentionner qu'elle avait l'intention d'exécuter l'assassin de ses propres mains.

– Je comprends votre désir, mais enquêter sur un crime n'est pas de votre ressort. Le statut de votre mari vous donnait une liberté et un pouvoir que vous n'avez plus.

Et Jokyôden ajouta gentiment :

– Puis-je vous donner un conseil ? Vous êtes jeune. Le temps guérira votre douleur. Votre famille vous arrangera un autre mariage et, avec un peu de chance, vous retrouverez l'amour et le bonheur. Acceptez la réalité, continuez votre vie, et laissez les autorités s'occuper des affaires officielles.

Quand elle comprit que Jokyôden lui refusait son aide, un terrible désespoir envahit Reiko, et son conseil d'oublier Sano et d'abandonner sa quête de justice la mit en fureur.

– Je doute que vous ayez jamais accepté la fatalité ou laissé à d'autres une affaire qui vous tenait à cœur ! Vous voudriez que je suive des conseils que vous n'appliquez pas vous-même ?

Jokyôden la regarda fixement, choquée par son franc-parler. Puis elle secoua la tête et eut un rire plein d'autodérision. Mais une lueur de respect brilla dans son regard.

– Je vois que l'hypocrisie ne peut vous convaincre.

Sentant qu'elle allait peut-être se laisser fléchir, Reiko insista :

– Je sais bien que je n'ai plus aucun pouvoir sans mon mari. Mais vous, vous avez beaucoup d'autorité au palais impérial. Vous pourriez m'emmener partout où je dois aller, me présenter aux témoins en leur demandant de coopérer avec moi et me procurer toutes les informations dont j'aurais besoin.

De peur de paraître présomptueuse, elle ajouta :

– Si vous choisissiez d'accéder à ma requête, bien sûr.

Jokyôden fronça les sourcils et baissa les yeux un instant.

– Vous ne semblez pas comprendre que mes intérêts sont opposés aux vôtres. Vous me demandez de vous ouvrir le palais, avec l'idée d'y accuser quelqu'un. Dame Asagao ayant été innocentée, la liste des suspects s'est réduite, et elle inclut l'empereur. Vous croyez que je vais trahir mon fils pour vous aider ?

Sa voix calme était montée d'un cran.

– Et je suis moi aussi toujours suspecte ! Vous pensez que je vais vous fournir les preuves de ma culpabilité ?

Reiko savait que Jokyôden était sur la liste des suspects, et elle avait conscience du danger de l'impliquer dans son enquête. Pour se protéger, pour préserver son fils et la cour, cette femme intelligente pourrait détruire des indices, fabriquer de fausses preuves et ordonner à des témoins de mentir. Reiko ne saurait jamais avec certitude si elle l'aidait ou si elle sabotait son travail. Et un danger encore plus grave la menaçait : si Jokyôden était la meurtrière et si elle avait tué Sano pour mettre un terme à son enquête, elle agirait de même avec Reiko et aurait de nombreuses occasions de le faire.

Mais elle n'avait pas le choix et devait prendre ce risque.

– Avant sa mort, mon mari m'a dit qu'il avait l'impression de ne pas connaître tous les dessous de cette affaire. Il pensait qu'il y avait peut-être d'autres suspects auxquels on n'avait pas pensé. En m'aidant à découvrir la vérité, vous pourrez vous innocenter, vous et votre fils.

Jokyôden la regarda d'un air sceptique en se croisant les bras.

– Je n'ai personne d'autre vers qui me tourner, dit Reiko en renonçant à son raisonnement pour tenter de l'attendrir.

Elle s'agenouilla devant Jokyôden.

– Si vous refusez de m'aider, je devrai rentrer à Edo sans savoir qui a tué mon mari et compter sur le *bakufu* pour obtenir justice pour sa mort. Et je... je ne peux pas supporter...

Un trop-plein de chagrin fit voler en éclats son calme apparent. Elle pensa à Sano, à sa voix, à son sourire, à son odeur, à son contact, elle imagina les longues années qu'elle allait passer sans lui, et le désespoir la submergea. Elle pressa une main sur sa bouche pour étouffer un sanglot et essaya de se ressaisir en regardant ce qui l'entourait: le soleil matinal qui projetait les ombres des bâtiments dans la cour, les porteurs qui attendaient près de son palanquin, les fleurs imprimées sur la robe de soie bleue de Jokyôden.

Celle-ci la regardait et réfléchissait sans rien dire. Était-elle en train d'hésiter entre sa compassion pour une veuve endeuillée et sa loyauté pour la cour impériale ? Songeait-elle à ce qu'elles avaient d'exceptionnel toutes les deux dans cette société et cherchait-elle une manière d'honorer cette affinité tout en protégeant sa famille ? Ou était-elle une coupable qui se demandait comment tourner la situation à son avantage ?

– Mon autorité ne me donne pas le droit de vous emmener aux quatre coins du palais ou de vous aider à interroger les membres de la cour. Mais je pourrais peut-être vous être utile d'une autre façon, si vous voulez bien m'accompagner pour une petite sortie.

Elle parlait comme si elle avait peur de s'engager, et son regard rusé n'avait aucune gentillesse, mais Reiko fut trop ravie pour y prêter attention.

– Je vous remercie infiniment, s'exclama-t-elle en luttant pour ne pas pleurer de gratitude. Vous ne regretterez pas votre décision !

Jokyôden lui fit un sourire énigmatique.

– J'espère sincèrement que nous ne la regretterons ni l'une ni l'autre, dit-elle.

Reiko préféra ignorer l'avertissement implicite de ces paroles. Ne sachant pas ce qui avait fait pencher la balance en sa faveur, elle ne voulait pas s'en inquiéter.

L'industrie textile de Miyako était concentrée dans un secteur appelé Nishijin – « camp ouest » –, ainsi nommé parce qu'un campement de l'armée y avait été établi au cours des guerres civiles. Les grandes avenues de Kuramaguchi et d'Imadegawa au nord et au sud, et celles d'Horikawa et de Senbon à l'est et à l'ouest, délimitaient ce quartier de rues plus étroites, où coulaient à ciel ouvert des égouts nauséabonds. Des employés portaient des rouleaux de tissu et des paniers remplis de cocons de vers à soie. Des femmes aspergeaient d'eau le seuil des portes pour retenir la poussière. Devant les boutiques et leurs étagères de tissus colorés, des vendeurs faisaient l'article en criant pour couvrir le bruit de fond des innombrables métiers à tisser.

Escortant deux palanquins, un cortège de gardes impériaux et de soldats Tokugawa s'arrêta dans une des rues. Reiko et dame Jokyôden en descendirent et s'approchèrent d'une boutique qui, contrairement aux établissements voisins pris d'assaut par les clients, était déserte : ses grandes portes en bois étaient fermées.

– Que faisons-nous ici ? demanda Reiko.

– Cette boutique appartient au ministre de la gauche Konoe. Il l'a achetée il y a quelques années.

– Pour quoi faire ? dit Reiko, déconcertée.

La classe des nobles ne faisant pas de commerce, elle ne comprenait pas que Konoe ait voulu s'installer dans ce quartier sale et bruyant.

– Pour avoir une intimité qu'il ne pouvait trouver chez lui.

Jokyôden ouvrit les portes de la devanture et Reiko la suivit à l'intérieur. Dans la pénombre, l'air surchauffé sentait le renfermé. Jokyôden prit une longue perche en bois près de l'entrée pour ouvrir une lucarne, puis elle referma les portes. Dans la lumière poussiéreuse qui venait du toit, Reiko vit ce qui avait dû être la salle d'exposition d'une entreprise de textile. Elle était vide et le plancher était parsemé de cadavres d'insectes. Reiko sentit des gouttes de transpiration ruisseler sur ses tempes. La souffrance de son chagrin s'intensifia. Dire qu'elle aurait pu être là pour travailler avec Sano, au lieu d'enquêter sur son meurtre ! Elle parvint à contenir son désespoir en se demandant pourquoi le ministre de la gauche avait eu besoin de l'intimité que lui offrait cet espace.

Konoe était un espion du *metsuke*. Avait-il acheté ce pied-à-terre discret pour y mener ses activités secrètes ? Si c'était le cas, son emplacement était parfait : situé commodément près du palais, mais dans le secteur d'une autre caste, ce qui protégeait son anonymat. Et cet aspect de sa vie avait peut-être un lien avec son meurtre.

Avec la démarche assurée d'une personne qui sait où elle va, Jokyôden se dirigea vers une porte ouverte au fond de la pièce. Reiko la rejoignit dans une deuxième salle où se dressait un métier à tisser abandonné, couvert de toiles d'araignées, avec des fils fanés encore accrochés aux rouleaux cassés.

– Comment se fait-il que vous connaissiez cet endroit ? demanda Reiko.

Une autre porte, fermée celle-là, donnait sur l'arrière-boutique. Jokyôden s'y adossa et répondit :

– Je vais vous le dire, mais vous devez me promettre que cela restera entre nous.

Reiko hésita. Son instinct lui disait que cette information serait sans doute importante pour son enquête, et elle ne savait pas si elle pourrait tenir parole. Venger la mort de Sano passait en premier et, si révéler les secrets de Jokyôden devait un jour faire avancer sa cause, elle n'aurait aucun scrupule. Mais elle trouverait certainement le moyen de ne rien divulguer sans que cela compromette sa propre mission.

– Je vous le promets, dit-elle.

Pendant un long moment, Jokyôden la regarda en silence. La pièce était sombre et Reiko ne pouvait voir l'expression de son visage. Le bruit continu des métiers à tisser du voisinage résonnait à travers les murs. Et soudain, elle dit d'un ton dénué d'émotion :

– Le ministre de la gauche et moi avons été amants à une époque. Nous nous rencontrions ici, où l'on ne s'inquiétait pas de nous voir ensemble.

La surprise stupéfia Reiko. Lorsqu'elles avaient parlé de Konoe deux jours plus tôt, Jokyôden n'avait laissé deviner aucun sentiment personnel à son égard ! Elle éprouva une brusque appréhension en se demandant ce que Jokyôden lui avait dissimulé d'autre.

– Quand avez-vous eu cette liaison ? demanda-t-elle.

– Avant sa mort, bien sûr !

Jokyôden lui fit cette réponse sarcastique avec une froideur montrant qu'elle n'avait pas l'intention de lui donner davantage de détails. Elle se tourna pour ouvrir la porte et fit entrer Reiko dans la dernière pièce, qui avait jadis été le logement du propriétaire.

Elle ouvrit la lucarne et les fenêtres. À gauche, Reiko vit une cuisine où une bouilloire était posée sur le foyer. Un peu de vaisselle, du thé et des fruits secs étaient rangés sur des étagères. À droite, près d'un brasero, un futon miteux était déplié sur un tatami élimé. Une lampe était posée sur une table en pin et un parapluie était appuyé contre les planches du mur blanchies à la chaux. Le seul meuble qui révélait le rang aristocratique de Konoe était un bureau en teck incrusté de motifs géométriques dorés. Les fenêtres donnaient sur une ruelle bordée de boîtes à ordures et de lieux d'aisances qui empestaient jusque dans la pièce. Reiko ne pouvait imaginer l'élégante Jokyôden couchée sur ce lit dans cette horrible chambre.

– C'est le seul endroit que je peux vous montrer où pourraient se trouver des indices sur ce qu'il a fait pendant les jours qui ont précédé sa mort, sur les gens qu'il a rencontrés, et sur les motivations de son meurtrier, dit Jokyôden, dont le maintien plein de dignité cachait la honte qu'elle devait éprouver. Il gardait parfois des papiers personnels ici.

« Il gardait très peu de choses ici, pensa Reiko. Juste ce qu'il fallait pour un rendez-vous galant de temps à autre. » Puis elle remarqua des ombres rectangulaires sur le tatami, là où s'étaient autrefois trouvés des meubles, ainsi que des crochets sur les murs auxquels avaient sans doute été suspendues des peintures ou des tentures. Et, soudain, elle comprit : la pièce avait été confortablement meublée à l'époque où Jokyôden et Konoe s'y retrouvaient, mais il l'avait ensuite vidée, en ne gardant que le strict nécessaire, dès que leur liaison s'était terminée.

– Nous faisions toujours le trajet séparément pour venir ici, lui expliqua Jokyôden. Il était parfois en train d'écrire quand j'arrivais, et il rangeait ses papiers dans ce bureau. Ils y sont peut-être encore.

Reiko s'agenouilla devant le meuble et réfléchit un instant. Toutes sortes de questions tournaient dans sa tête. Pourquoi leur liaison s'était-elle terminée, et quand ? Elle se souvenait d'avoir demandé à Jokyôden si elle s'entendait bien avec Konoe, et celle-ci lui avait répondu qu'ils « n'avaient pas de différends ». Et s'ils avaient justement eu une querelle provoquant leur rupture quelque temps avant sa mort ? Reiko repensa à dame Asagao qui prétendait avoir été séduite par Konoe. Si son histoire était vraie, cette infidélité pouvait avoir mis Jokyôden en colère.

Au départ, Reiko n'avait pensé qu'à des désaccords portant sur la politique impériale, mais un amour qui tourne mal pouvait également constituer un mobile puissant pour un meurtre.

Elle leva les yeux vers Jokyôden qui était debout près d'une fenêtre et regardait dehors. Un rayon de soleil oblique éclairait son profil et faisait briller ses yeux. Sereine et indifférente, elle dissimulait parfaitement ses pensées. Reiko frissonna en se rappelant qu'elle avait soigneusement refermé les portes de la boutique. Est-ce que c'était elle qui avait tué Konoe – et aussi Sano ? Avait-elle organisé cette sortie pour éliminer celle qui cherchait à prouver sa culpabilité ?

Sa peur lui parut aussitôt ridicule. Elle ne pensait pas que Jokyôden soit l'assassin. Mais, dans le cas contraire, elle ne commettrait pas un nouveau meurtre ici. Il y avait du monde dehors, et surtout ses gardes qui s'inquiéteraient de ne pas la voir revenir. Le cœur battant, elle examina le bureau. Une couche uniforme de poussière ternissait sa surface incrustée, ce qui laissait espérer que rien n'avait bougé depuis la dernière visite de Konoe. Ses mains tremblaient lorsqu'elle souleva le couvercle.

À l'intérieur, avec les pinceaux, les pierres à encre et les rubans pour attacher les rouleaux calligraphiés, elle ne trouva qu'une pile de feuilles blanches. Déçue, elle sortit tout ce que contenait le casier, cherchant des bouts de papier qu'elle n'aurait pas vus ou des compartiments secrets, mais en vain. Konoe, l'espion du *metsuke*, avait pris soin de cacher le moindre document, de peur que ses activités secrètes ne soient démasquées. Ou bien quelqu'un d'autre avait enlevé les papiers compromettants en veillant à ne laisser aucun signe de son intervention.

Reiko leva les yeux et vit que Jokyôden la regardait.

– À part vous et le ministre de la gauche, qui connaissait cet endroit ? lui demanda-t-elle.

– Personne, que je sache.

– Quand êtes-vous venue ici pour la dernière fois ?

– Si vous me demandez si je suis venue après la mort de Konoe, la réponse est non.

Jokyôden se retourna vers la fenêtre.

Elle était peut-être tout de même venue après le meurtre reprendre tous les objets personnels qu'elle avait laissés sur place, ne laissant rien qui puisse révéler sa relation avec le ministre de la gauche. Reiko savait que la cour impériale avait envers l'adultère la même attitude que la société dans son ensemble : les hommes mariés étaient libres d'avoir des liaisons, mais leurs femmes payaient très cher leurs frasques sexuelles. Si le scandale avait éclaté, l'empereur retiré aurait probablement divorcé de son épouse, et elle aurait alors perdu son autorité sur la cour.

Mais une autre raison pouvait expliquer que Jokyôden ait enlevé du bureau les papiers qui auraient pu l'impliquer dans le meurtre de Konoe. Une femme aussi intelligente savait bien qu'il lui fallait détruire les preuves qui l'accusaient et, en amenant Reiko dans ce lieu où elle ne trouverait rien, n'avait-elle pas voulu faire semblant de l'aider dans son enquête, pour qu'elle la croie innocente ?

Perplexe, Reiko jeta un coup d'œil circulaire dans la pièce pour voir s'il n'y avait pas autre chose à fouiller. Son regard se posa sur le brasero et, soudain, son pouls s'accéléra. Un fol espoir surgit dans son esprit...

Elle se précipita vers le brasero et s'agenouilla pour regarder à l'intérieur : il contenait des cendres, du charbon de bois et une liasse de papiers à moitié consumés. Le cœur de Reiko bondit. Elle ouvrit la grille pour les sortir sans se soucier de la cendre qui salissait ses doigts. Puis elle enleva délicatement plusieurs feuilles noires et découvrit la seule qui n'avait pas brûlé. Noircie sur les bords, elle était couverte de notes griffonnées. Un cercle tracé à l'encre entourait un nom : Ibe Masanobu. Reiko savait que c'était le daimyô de la province d'Echizen. D'autres notes disaient : « Organiser une surveillance et patrouiller la nuit », « Arrivé le dix-septième jour du troisième mois », « Onze de plus dans la journée d'hier », « Interdit aux étrangers », « Agents infiltrés ? ».

Reiko resta parfaitement immobile, suivant un fil aussi mince et fragile que le papier qu'elle tenait précieusement dans ses mains. C'étaient sans doute des notes sur une mission que le ministre de la gauche avait effectuée pour le *metsuke* juste avant de mourir. Sire Ibe et les gens que Konoe avait espionnés étaient peut-être impliqués dans son meurtre. Il était possible que son assassin – et celui de Sano – soit l'un d'eux. Reiko décida de le croire car, avec le palais impérial qui lui était fermé et dame Jokyôden qui ne pouvait l'aider davantage, elle n'avait pas d'autre piste pour résoudre l'affaire et venger la mort de Sano.

– Vous avez trouvé ce que vous cherchiez ? lui demanda Jokyôden.

– Oui, dit-elle d'une voix ferme

18

– Je suis extrêmement surpris et content de vous voir en vie, *sôsakan-sama* ! s'écria le *shoshidai* Matsudaira. Et c'est un grand privilège pour moi de vous accueillir à Miyako, Honorable Chambellan Yanagisawa !

Après leur affrontement, Sano avait expliqué à Yanagisawa comment ils allaient officialiser leur pacte. Pendant que le chambellan s'habillait, il avait détaché les trois gardes, et ils étaient retournés à cheval tous les cinq à Miyako. Ils se trouvaient maintenant dans la salle de réception de la résidence du *shoshidai*. Agenouillé sur l'estrade, Matsudaira semblait très troublé par l'apparition simultanée de Sano, qu'il croyait mort, et de Yanagisawa, l'homme si haut placé qui était le bras droit de son cousin, le shogun.

– Dans la confusion des événements qui se sont produits la nuit dernière au palais, des erreurs ont été commises, lui expliqua Sano de sa place située sous l'estrade, à la gauche du *shoshidai*. C'est en fait un de mes assistants qui est mort, et non moi.

C'était l'histoire qu'avait inventée Sano pour expliquer le meurtre d'Aisu.

– Je vais faire tout mon possible pour résoudre les problèmes provoqués par la fausse nouvelle de ma mort.

– Très bien.

Le *shoshidai* n'avait pas l'air convaincu mais, comme Sano l'avait prévu, il était trop timoré pour poser des questions.

Le chambellan était assis à la droite du *shoshidai*, avec ses trois gardes du corps derrière lui. Vêtu de somptueuses robes de soie, il avait son apparence habituelle, quoique son teint était toujours d'un gris maladif.

– Je me suis rendu dans la province d'Ômi pour exécuter une mission que m'a confiée le shogun et, quand j'ai terminé mon travail, j'ai décidé d'offrir mon aide au *sôsakan-sama* qui enquête sur les meurtres du palais impérial.

– C'est très généreux de votre part.

Le *shoshidai* souriait, berné par son amabilité. Mais Sano, lui, avait perçu le ressentiment sous-jacent dans la voix de Yanagisawa, terriblement humilié d'avoir dû céder à son chantage.

– Oui, son aide va certainement améliorer les choses, dit-il.

« Et mettre un terme à son sabotage ! » pensa-t-il en jetant un coup d'œil au chambellan qui lui lança un regard haineux.

– Mes troupes, mes employés et tout mon personnel sont à votre service, assura le *shoshidai.*

– Je vous en suis très reconnaissant, car je voyage avec une toute petite escorte, le remercia Yanagisawa.

Sano se dit qu'il fallait le surveiller étroitement pour éviter qu'il ne recrute de nouveaux hommes de main et ne recommence ses intrigues.

– Je comptais sur la présence du *yoriki* Hoshina, mon commandant en chef de la police, poursuivit le *shoshidai.* C'est un policier extrêmement compétent qui a assisté le *sôsakan-sama.* Mais on dirait qu'il a disparu !

– Dommage ! s'écria Yanagisawa.

Une menace subtile pointa dans sa voix. Sano espérait pouvoir cacher Hoshina jusqu'à la fin de l'enquête, mais que faudrait-il faire ensuite ? Il ne pourrait le protéger indéfiniment de la colère de Yanagisawa.

– Vous allez évidemment avoir besoin d'une résidence pendant votre séjour à Miyako, dit le *shoshidai* à Yanagisawa. Malheureusement, le château de Nijô est en rénovation, mais vous pourrez séjourner à l'hostellerie de Nijô avec le *sôsakan-sama.*

– La rénovation du château est suspendue ! déclara Yanagisawa.

Sano ne fut pas étonné qu'il veuille éviter de vivre sous le même toit que lui.

– Je vais tout de suite m'y installer, ajouta le chambellan.

– Très bien, très bien !

Le *shoshidai* parut hésiter, mais n'osa pas défier l'homme le plus puissant du Japon.

– Nous allons prendre congé de vous, dit Sano. Nous avons beaucoup de travail, car je dois informer l'Honorable Chambellan de l'avancée de l'enquête.

Dehors, ils se remirent en selle et guidèrent leurs chevaux dans la rue étroite où se pressaient les dignitaires du quartier administratif. Au loin, des nuages bas cachaient les collines, mais le soleil avait chassé la brume matinale et la chaleur faisait vibrer l'air ambiant. Ruisselant de sueur, Sano se dit qu'il avait vraiment besoin de prendre un bain.

– J'imagine que cette farce de coopération et de franche camaraderie vous a beaucoup amusé ? lança hargneusement Yanagisawa.

– Elle est peut-être amusante, mais surtout nécessaire ! lui rétorqua Sano.

Dans son esprit, officialiser leur association forcerait le chambellan à se comporter honorablement, mais il restait méfiant.

– Pour ce qui est de l'enquête, inutile de me mettre au courant, continua Yanagisawa. Je sais déjà tout ce que vous savez ! Et, de mon côté, je vous ai dit ce qu'Hoshina vous avait caché.

Ils avaient discuté pendant le trajet pour descendre en ville, mais Sano était sûr que Yanagisawa ne lui avait pas tout révélé.

– Je veux vos dossiers du *metsuke* sur le palais impérial, dit-il, persuadé que les rapports d'Edo avaient été expurgés avant qu'il les lise. Je veux aussi ce que vous avez pris dans le bureau du ministre de la gauche.

– D'accord, je vous l'enverrai à l'hostellerie de Nijô. Mais je ne vais rien faire d'autre aujourd'hui. Je ne me sens pas encore très bien et j'ai besoin de me reposer. À demain.

Le chambellan et ses gardes du corps s'éloignèrent, et Sano prit la direction de l'hostellerie de Nijô. Avant tout, il voulait voir Reiko. Puis il lui faudrait désigner des hommes pour espionner le chambellan.

Quand Reiko revint à l'auberge dans son palanquin, le policier Fukida l'attendait devant le portail.

– Mais où êtes-vous allée ? lui cria-t-il.

– J'ai enquêté sur le meurtre de mon mari, répondit Reiko en descendant du palanquin.

Tout excitée et les joues en feu, elle lui expliqua que dame Jokyôden l'avait conduite dans un pied-à-terre secret que possédait Konoe dans le quartier des textiles, et elle lui montra le bout de papier griffonné qu'elle avait trouvé dans le brasero.

– Regardez ! On dirait que le ministre de la gauche espionnait sire Ibe. Il est peut-être impliqué dans les meurtres !

Fukida fronça les sourcils.

– Vous êtes allée au palais ? s'exclama-t-il. Toute seule ?

– Oui. Dame Jokyôden m'a dit que sire Ibe a une maison dans le quartier des teinturiers, où il réside lorsqu'il vient à Miyako. Il faut que nous y allions tout de suite !

– Je ne crois pas que ce soit une bonne idée, dit Fukida. Il vaut mieux attendre.

– Attendre quoi ? demanda Reiko perplexe, puis incrédule. Vous avez l'intention de rester là à ne rien faire alors que le meurtrier de votre maître est en liberté ?

Au lieu de croiser le regard de Reiko, Fukida regarda longuement la rue animée.

– Le *sôsakan-sama* m'a dit de veiller sur vous. Je dois obéir à ses ordres et je ne peux pas vous emmener chez sire Ibe. Ce serait trop dangereux.

– Alors allez-y tout seul !

– Je ne peux pas vous laisser.

– Où est Marume ? Il peut y aller, lui !

Fukida semblait si désolé que Reiko en fut touchée, mais sa colère prit le dessus. Comment pouvait-il refuser de l'aider à venger la mort de Sano ?

– Très bien, dit-elle. Si vous ne voulez pas m'accompagner, j'irai sans vous !

– Je suis navré, mais je ne peux pas vous laisser faire.

Fukida se tourna vers les porteurs du palanquin et les gardes.

– Je vous demande de ne plus emmener dame Reiko nulle part sans ma permission.

Ils s'inclinèrent et répondirent en chœur :

– Oui, Fukida-*san*.

– Vous ne pouvez pas faire ça ! cria Reiko, furieuse.

– Rentrez à l'intérieur, je vous en prie, Honorable Dame Reiko ! dit Fukida.

Elle le regarda d'un air indigné, pleine de rage impuissante, et ses yeux se remplirent de larmes. Le chagrin qu'elle avait étouffé toute la matinée refaisait surface. La tête haute, elle entra dans l'auberge, se dirigea vers sa chambre et claqua la porte si fort que la cloison vibra. Une fois seule, elle lutta contre son envie de s'allonger pour pleurer. Elle changea son kimono de soie pour un kimono de coton bleu tout simple, et ses chaussures à semelle haute pour de confortables sandales de paille. Elle fixa sa dague sur son bras, dissimulée sous sa manche. Puis elle regarda par la fenêtre et par la porte pour voir si Fukida était là. Elle ne le vit nulle part. Il avait sous-estimé sa détermination. Elle sortit discrètement de l'hostellerie de Nijô et se mit en route.

Le soleil était brûlant et elle fut bientôt en nage. Elle rêvait d'une boisson fraîche, mais n'avait pas d'argent sur elle, ni de crédit chez les marchands de cette ville où elle était une étrangère. Des samouraïs à cheval et des paysans portant de lourds fardeaux la bousculaient dans les rues étroites bordées de boutiques. La poussière, le crottin et l'eau crasseuse des égouts à ciel ouvert salirent ses sandales et le bas de son kimono. Elle évitait de croiser le regard des passants, priant pour que personne ne l'accoste. Quelque chose dans son expression devait éloigner les hommes qui la lorgnaient, car ils la laissèrent tranquille. Peut-être la croyaient-ils folle ! Épuisée, les pieds dans un triste état, elle finit par arriver dans le quartier des teinturiers, situé au nord-est du pont de Sanjo.

Dans les ateliers, les artisans remuaient des pièces de tissu dans de grandes cuves de teinture fumantes. Certains peignaient des motifs sur de la soie. Suivant les indications de dame Jokyôden, qui lui avait donné l'adresse de la résidence de sire Ibe, Reiko prit un chemin qui longeait le fleuve Kamo. Elle savait que, tout en ayant de vastes propriétés à Edo et dans leurs provinces, les seigneurs féodaux n'avaient pas le droit de posséder une résidence à Miyako. Pour ne pas être repérés par les autorités, ils devaient se contenter d'un logement modeste et discret. Elle ne pouvait imaginer que les notes griffonnées sur le bout de papier, auxquelles étaient associés tous ses espoirs, n'aient rien à voir avec l'enquête et qu'elle se soit déplacée pour rien.

Des fabriques de textiles bordaient le chemin qui longeait la berge. Le vent faisait claquer des tissus mis à sécher sur les toits et les balcons. Des teinturiers rinçaient de longs tissus de couleurs vives dans l'eau du fleuve qui se couvrait de fleurs, de paysages et de dessins géométriques. Se conformant aux indications de Jokyôden, Reiko tourna sur sa droite pour entrer dans un quartier où se succédaient des maisons étroites à un étage, entourées de hautes clôtures. Des servantes et des porteurs se pressaient dans la rue au milieu des palanquins transportant des passagers. La maison de sire Ibe se dressait derrière un portail à deux battants, dont les piliers carrés étaient surmontés d'un toit à pignon.

Reiko fit le tour du pâté de maisons en observant discrètement les lieux. D'autres habitations montraient des signes de vie : des servantes secouaient des balais par les fenêtres ou des enfants jouaient dans les cours. Mais, chez sire Ibe, des stores de bambou étaient tirés sur les balcons du premier étage. Pendant l'heure où Reiko fit le guet, elle ne vit personne y entrer ou en sortir. Avec une certaine appréhension, elle finit par s'approcher du portail et frappa.

Il n'y eut pas de réponse. Elle frappa à nouveau, plus fort. Elle entendit le glissement d'une porte coulissante, des pas, le grincement d'une barre qu'on soulève, et le portail s'ouvrit sur un homme vêtu d'un kimono court en coton brun. Il avait la large carrure et les cheveux coupés ras d'un homme du peuple. Il regarda Reiko de haut en bas, et la méfiance assombrit son visage grêlé.

– Oui ? grogna-t-il.

Sa froideur et son air louche intimidèrent Reiko.

– Je... je cherche sire Ibe.

– Il n'y a personne de ce nom ici.

L'homme commença à refermer le portail.

– Attendez ! dit Reiko en repoussant les battants. Je sais que cette maison appartient à sire Ibe. Il faut que je lui parle.

Un sourire égrillard se dessina sur le visage de l'homme.

– Vous vous trompez, mais vous pouvez entrer quand même ! On ne va pas fermer notre porte à une jolie fille comme vous !

Il tendit la main et lui tapota le menton. Elle eut un mouvement de recul devant sa grossièreté.

– Qui êtes-vous ? lui demanda-t-elle sévèrement.

– Ça ne vous regarde pas. Pour qui vous prenez-vous ?

L'homme se renfrogna, visiblement contrarié qu'une femme ose lui poser des questions.

– Qui est avec vous dans la maison ? insista Reiko. Qu'est-ce qui se passe ?

– Va te faire voir, ma fille !

L'homme referma violemment le portail comme s'il avait quelque chose à cacher, et Reiko l'entendit remettre la barre en place. Elle leva les yeux vers la maison, désespérée. Il fallait qu'elle sache ce que le ministre de la gauche y avait découvert, car c'était sa seule chance d'élucider le meurtre de Sano. Mais comment faire ?

Elle alla frapper au portail de la maison voisine.

– Oui, madame ? lui dit une servante.

– Excusez-moi, mais j'aurais besoin d'utiliser vos commodités, demanda Reiko en souriant gentiment.

C'était le terme poli pour désigner les lieux d'aisances.

– Je suis désolée de vous déranger, mais c'est urgent...

– Mais oui, bien sûr ! dit la servante en lui rendant son sourire, contente de pouvoir l'aider. Venez par ici !

Elle conduisit Reiko derrière la maison dans une petite cour où se trouvaient un cellier protégé contre le feu et un abri pour les lieux d'aisances.

– Merci, vous êtes très gentille.

Puis, comme si elle parlait de la pluie et du beau temps, elle demanda en montrant du doigt la maison du daimyô :

– Qui donc habite là-bas ?

– Des hommes. Je ne les connais pas.

– Ils sont nombreux ?

Perplexe, la servante secoua la tête.

– Je n'en sais rien, ils restent entre eux. Si vous avez besoin de quelque chose, appelez-moi ! dit-elle en ouvrant la porte des lieux d'aisances.

– Merci beaucoup.

Reiko entra, attendit que la servante s'éloigne, et ressortit. Elle inspecta la cour. Des râteaux, des paniers, des jarres et un tonneau en bois étaient alignés le long de la clôture. Sans faire de bruit, Reiko releva le tonneau, monta dessus et regarda de l'autre côté. Elle vit une cour semblable à celle où elle se trouvait, avec un cellier et des lieux d'aisances. Des barreaux en bois protégeaient les fenêtres à l'arrière de la maison. Mais la porte s'ouvrit brusquement et un homme musclé vêtu d'un pagne en sortit. Son corps était couvert de tatouages – une pratique réservée à la pègre. En laissant la porte entrouverte, il se dirigea vers les lieux d'aisances.

Cette porte exerça aussitôt un attrait irrésistible sur Reiko qui, rejetant toute prudence, se mit à escalader la clôture. Voyant que son kimono la gênait, elle l'attacha d'un geste impatient autour de ses hanches et se laissa tomber de l'autre côté. Puis elle traversa la cour de sire Ibe sur la pointe des pieds. La présence d'un truand et d'un paysan grossier dans la maison d'un daimyô était anormale, et Reiko était sûre que les notes du ministre de la gauche faisaient allusion à leurs activités. Elle s'approcha de la porte et jeta un coup d'œil à l'intérieur : un couloir sombre desservait plusieurs pièces. Elle se retourna vers les lieux d'aisances où l'homme poussait des grognements, se glissa dans la maison et s'adossa au mur. Soudain, elle entendit des voix masculines et se raidit.

Des pas firent craquer le plafond. Des hommes étaient en haut et, même armée de sa dague, Reiko n'avait aucune envie de les affronter toute seule. Ce qu'ils feraient à une jeune femme entrée chez eux en douce n'était que trop clair. Elle regrettait maintenant son acte impulsif et voulut ressortir, mais elle entendit des pas dehors. Le truand revenait.

Elle se rua dans le couloir et entra dans la première pièce, une réserve remplie de caisses. En retenant son souffle, elle attendit qu'il passe et les marches grincèrent lorsqu'il monta l'escalier. Une odeur âcre attira son attention. Quand ses yeux se furent adaptés à la pénombre, elle regarda autour d'elle et vit sur le mur des râteliers pleins de lances, de sabres et d'arcs. Des piles de caisses en bois couvraient le plancher. Intriguée, Reiko souleva un couvercle et vit une armure. Un sentiment de malaise la gagna.

L'odeur s'intensifiait à mesure qu'elle s'approchait de la porte donnant sur la pièce suivante qui était aussi remplie de caisses. Reiko en ouvrit une, et son cœur bondit dans sa poitrine. Elle contenait des arquebuses – de longs fusils à chargeur tubulaire. Un peu plus loin, des barils, des boîtes rondes et des paniers carrés étaient entassés. Reiko souleva le couvercle du premier baril et sentit plus fortement l'odeur âcre. Elle plongea un doigt dans les minuscules grains noirs et, sans en avoir jamais vu, comprit que c'était de la poudre. Les boîtes étaient pleines de balles de métal, et les paniers contenaient des flèches. On pouvait à la rigueur imaginer qu'il y ait des sabres et des lances dans la maison d'un daimyô – quoiqu'il y en avait vraiment beaucoup ! Mais les armes à feu étaient normalement réservées au seul usage des Tokugawa. Reiko venait de découvrir une quantité de fusils et de munitions suffisante pour équiper une petite armée !

Les implications de cette découverte sautaient aux yeux. Le ministre de la gauche Konoe avait dû repérer que des hommes, dont les activités faisaient certainement l'objet de la surveillance mentionnée dans les notes, étaient en train de rassembler un arsenal dans cette maison. Si les conjectures de Reiko sur le but de cette opération étaient justes, il s'agissait d'une conspiration secrète qui constituait le vrai mobile du meurtre de Konoe.

Reiko revint en hâte vers la porte, regarda prudemment dans le couloir et ne vit personne. Luttant contre son envie de fuir, elle se força à longer le couloir jusqu'à l'escalier qui menait au premier. Les voix étaient maintenant audibles et Reiko en discerna au moins trois. Elle monta lentement l'escalier, le plus doucement possible pour ne pas le faire craquer. La peur lui donnait des sueurs froides, et elle s'arrêta un instant pour lutter contre des nausées. En se répétant qu'elle devait être forte pour Sano, elle gravit les dernières marches et vit un nouveau couloir vide où s'ouvraient d'autres portes. Les voix provenaient de la deuxième pièce sur la droite. Elle avança sur la pointe des pieds, suffoquant dans l'air chaud et la fumée de tabac. Une faible lumière filtrait à travers les stores des balcons et le papier des cloisons du couloir. Reiko se glissa près de la deuxième porte et écouta.

– Tu n'aurais pas dû être aussi grossier, dit la voix inquiète d'un jeune homme. Tu as éveillé ses soupçons !

Il y eut des murmures d'acquiescement.

– Qui se soucie de ce que peut penser cette idiote ? lui rétorqua son interlocuteur, sur la défensive. C'est sûrement une putain que sire Ibe fait venir quand il est en ville. C'est pour ça qu'elle sait que cette maison est à lui ! De toute façon, elle est partie.

Reiko avait reconnu la voix de l'homme du portail.

– Tu ne devrais jamais ouvrir sans regarder qui c'est, Gorobei-*san*, lui reprocha un autre homme avec l'élocution cultivée des habitants de Miyako.

– Je croyais que c'était Ikeda qui revenait avec un autre chargement d'armes, se défendit Gorobei d'un ton renfrogné. J'ai déjà dit que j'étais désolé.

– Oui, mais ce n'est pas ça qui va arranger les choses ! Tout le monde sait que les putains adorent cancaner ! Si elle a des clients dans le *bakufu*, elle va leur dire qu'il y a des gens bizarres ici et ils vont envoyer des soldats faire une descente !

– Ils ne se donneront pas cette peine, dit une autre voix. Ces bureaucrates du *bakufu* sont bien trop paresseux !

– On n'aurait pas dû utiliser cette maison, même si notre maître ne doit pas revenir avant l'hiver, s'inquiéta le premier homme.

– Mais qu'est-ce qu'on aurait pu trouver d'autre qui soit assez grand, assez discret et en pleine ville ?

« Ces deux-là doivent être des serviteurs de sire Ibe chargés de garder la maison, se dit Reiko. Et ils ont profité de l'absence de leur maître pour la transformer en cache d'armes ! »

– On n'aurait pas dû le faire, c'est trop dangereux !

– J'en ai assez de tes jérémiades. Ferme-la !

– Nous n'avons plus le temps de nous quereller, intervint l'homme à l'élocution cultivée. Nous ferions mieux de réfléchir à ce qu'il convient de faire pour que la négligence de Gorobei ne compromette pas notre mission.

La nature de cette mission semblait maintenant évidente à Reiko. Ces conspirateurs étaient en train de projeter une attaque militaire. De simples rivalités entre bandes crapuleuses n'auraient pas nécessité une telle quantité d'armes illégales, ni intéressé le *metsuke*. Il ne pouvait s'agir que d'une rébellion contre les Tokugawa. C'était pour parer à ce genre de menace qu'avait été édictée la loi empêchant les daimyôs de rassembler des troupes et des armes à Miyako, pour qu'ils ne puissent pas s'emparer de l'ancienne capitale comme première étape vers la conquête du pouvoir. Horrifiée, mais aussi galvanisée par l'importance de sa découverte, Reiko comprit que la conspiration devait inclure un grand nombre de gens, dont l'un d'eux était sûrement impliqué dans le meurtre de Sano.

Un silence inquiétant dans la pièce la mit sur le qui-vive. Puis l'homme à la voix cultivée lança :

– Il y a quelqu'un dans la maison.

Reiko se figea, épouvantée.

– Comment vous le savez ? demanda Gorobei.

– Je le sens.

– Vous êtes trop nerveux, dit l'un des gardes. Vous vous faites des idées !

– Après l'incident qui vient de se produire, je refuse de prendre le moindre risque. Venez ! Nous allons vérifier le rez-de-chaussée !

Reiko se glissa dans la pièce voisine, se cacha derrière un meuble, et vit les hommes passer l'un derrière l'autre dans l'encadrement de la porte. Le premier était un moine athlétique armé d'une lance, qui avait le crâne rasé et portait une robe jaune safran. Puis venaient trois samouraïs qui avaient dégainé leurs sabres et arboraient sur leurs vêtements les armoiries d'Ibe – les gardiens de la maison. Suivaient Gorobei le truand, trois paysans, armés de solides matraques, qui avaient l'air de vrais durs à cuire, et deux samouraïs pauvrement vêtus qui devaient être des rônins. En voyant l'expression de leurs visages, Reiko comprit qu'ils n'hésiteraient pas à la tuer s'ils la découvraient. Affolée et le cœur battant, elle courut sur le balcon et leva un store de bambou.

Surplombant la clôture latérale, ce balcon se trouvait juste en face de celui de la maison voisine. En entendant les hommes remonter l'escalier, Reiko grimpa sur la balustrade. Elle se concentra un instant, et sauta de toutes ses forces. Comme un grand oiseau maladroit, elle atterrit sur l'autre balcon en amortissant le choc avec les genoux et les bras pour protéger son ventre. Elle se blottit dans un coin et sanglota de soulagement. Puis elle se releva, se laissa glisser sur le sol et se hâta en direction de l'hostellerie de Nijô.

Elle devait raconter à Marume et Fukida ce qu'elle avait vu dans la maison de sire Ibe et les persuader de passer à l'action.

19

L'approche de la nuit avait atténué la terrible chaleur de la journée, et le ciel était gris et brumeux quand Reiko arriva à l'auberge. Elle chercha aussitôt Fukida, mais ni lui ni les autres policiers de Sano n'étaient dans leurs quartiers. Ses servantes avaient disparu elles aussi. Couverte de sueur et de poussière, les cheveux en désordre et complètement exténuée, Reiko s'enferma dans sa chambre pour attendre Fukida. Il ne servirait à rien d'aller voir seule les autorités qui n'accorderaient probablement même pas audience à une femme. Elle se désaltéra, se lava le visage avec un linge humide et pensa un instant prendre un bain, mais y renonça à cause de sa fatigue. Elle s'allongea pour se reposer, rafraîchie par la brise venant de la fenêtre.

Mais, malgré son épuisement, le sommeil ne vint pas. Désespérée, elle comprit qu'elle s'était presque convaincue que, si elle travaillait dur, Sano lui reviendrait. Qu'il était quelque part dans le monde et qu'ils se retrouveraient si elle se montrait suffisamment forte et courageuse. Mais, malheureusement, venger son meurtre ne le ramènerait pas ! Elle éclata en sanglots, torturée par son chagrin.

La porte de la chambre s'ouvrit. À travers ses larmes, elle vit la silhouette d'un homme de la taille de Sano, qui avait comme lui le haut du crâne rasé et les sabres d'un samouraï. Elle eut un sursaut d'espoir, puis une cruelle déception : une nouvelle illusion lui faisait prendre ses désirs pour des réalités, comme dans les rues de Miyako où elle n'avait cessé de voir des sosies de Sano. C'était sans doute un client de l'auberge qui se trompait de porte.

– Allez-vous-en ! lui cria-t-elle en sanglotant de plus belle.

– Reiko-*san*, c'est moi ! répondit l'homme avec la voix de Sano.

Stupéfaite, elle s'assit et se frotta les yeux.

– Non, ce n'est pas possible.

Il s'agenouilla près d'elle, et la lumière des fenêtres éclaira son visage inquiet. Partagée entre l'incrédulité et le ravissement, Reiko éclata d'un rire hystérique.

Sano la prit dans ses bras. Elle pleurait et gémissait en lui caressant le visage et la poitrine, savourant le miracle de sa résurrection. Tous ses efforts avaient porté leurs fruits : elle l'avait fait revenir !

– Je suis désolé, murmura-t-il dans ses cheveux. Je suis vraiment désolé. Je m'inquiétais pour vous. Où êtes-vous allée ?

Le désarroi la fit se ressaisir. Elle recula son visage pour le regarder.

– Où *moi* je suis allée ?

– Je suis revenu cet après-midi et j'ai vu que tout le monde était parti. Je vous ai cherchée partout. Où étiez-vous ?

Reiko comprit soudain qu'il devait y avoir une explication rationnelle au retour de Sano. Une explication qu'elle avait tellement envie de connaître que tout ce qu'elle avait fait lui semblait sans intérêt.

– Si vous n'avez pas été tué, qu'est-ce qui s'est passé ? Où êtes-vous allé, *vous* ?

– Avant de tout vous raconter, je veux vous dire que je n'ai jamais voulu vous faire de mal.

D'un air sombre, il lui expliqua que la vraie victime du meurtrier avait été Aisu, et qu'il avait simulé sa propre mort pour obliger le chambellan à se montrer au grand jour.

Reiko comprenait maintenant pourquoi elle ne pouvait s'empêcher de sentir que Sano était toujours en vie ! Et la présence de Yanagisawa à Miyako clarifiait de nombreux aspects de l'affaire. Mais la joie de le voir vivant laissa brusquement place à la perplexité.

– Pourquoi m'avez-vous laissée croire que vous étiez mort ?

– Il fallait que tout le monde en soit persuadé, car le chambellan a des espions partout. En fait, j'ai appris peu après qu'il savait la vérité, mais mon plan a quand même marché.

Il lui raconta comment il avait affronté Yanagisawa et s'était assuré de sa coopération.

Tout en sachant qu'elle aurait dû être contente de sa réussite, Reiko se sentit profondément blessée.

– Vous m'avez fait souffrir parce que vous pensiez que je ne saurais pas garder un secret ! Comment pouvez-vous me faire aussi peu confiance ?

– Ce n'est pas que je ne vous fais pas confiance ! lui dit Sano d'une voix implorante en la serrant contre lui. Mais je ne pouvais pas prendre le risque que quelqu'un devine la vérité en voyant votre comportement.

– J'aurais très bien pu jouer le rôle d'une veuve éplorée, lui rétorqua Reiko, de plus en plus indignée. Avez-vous la moindre idée de ce que vous m'avez fait subir ?

– Je m'en doute, répondit Sano d'un air navré, et je vous demande de me pardonner.

Reiko trouva soudain son contact répugnant et ses excuses hypocrites. Elle le martela de ses poings en criant :

– Vous pardonner ? Jamais ! Ce que vous avez fait était horriblement cruel !

Sano parut accablé de tristesse.

– Je mérite votre colère. Je vous en prie, comprenez que je suis vraiment désolé !

– Ça ne suffit pas !

Reiko se leva d'un bond et voulut se sauver. Sano la rattrapa et la prit fermement dans ses bras, mais elle se débattit en hurlant.

– Allez-vous-en ! Laissez-moi tranquille !

Subitement, sa colère se transforma en pleurs. Il la serra contre lui.

– Chut... Tout va bien..., murmura-t-il en lui caressant les cheveux.

Il l'allongea délicatement par terre et s'étendit près d'elle. La chaude pression de son corps éveilla le désir de Reiko. Elle gémit en se cambrant contre lui et sentit le sexe de Sano se durcir. Ils s'arrachèrent mutuellement leurs vêtements et s'enlacèrent dans la faible lumière du soir, puis firent l'amour avec une passion qui les submergea. Ils restèrent ensuite immobiles, trempés de sueur, dans un enchevêtrement de membres et de vêtements. Des volutes de fumée d'encens ondoyaient dans la brise rafraîchissante.

– Pourrez-vous jamais me pardonner ? dit doucement Sano en caressant la joue de sa femme.

Son corps lui avait déjà pardonné, et son cœur finirait lui aussi par le faire. Enfin détendue et apaisée, elle murmura :

– Je n'aurais jamais pensé que faire l'amour avec un mari défunt soit si délicieux.

Ils éclatèrent de rire, et elle vit le soulagement dans ses yeux. La joie de l'avoir à nouveau près d'elle valait presque la peine d'avoir traversé cette épreuve.

Soudain, il y eut du bruit dans le couloir, et on frappa à la porte.

– Honorable Dame Reiko, vous êtes là ? cria la voix de Fukida.

Sano se leva, enfila son kimono et entrouvrit la porte.

– Ah bon, vous êtes revenu, *sôsakan-sama* !

Malgré un léger soulagement, Fukida semblait fou d'inquiétude. Derrière lui, les servantes de Reiko et les gardes étaient groupés, le regard anxieux.

– J'ai le regret de vous dire que j'ai échoué dans ma mission : je n'ai pas réussi à protéger votre femme. Elle a quitté l'auberge sans nous prévenir. Nous l'avons cherchée partout sans la trouver.

– Elle est là, le rassura Sano. Tout va bien.

Il congédia son personnel, referma la porte et se tourna vers Reiko. Elle avait mis sa sous-robe blanche et le regardait d'un air gêné.

– Vous pouvez peut-être me dire maintenant où vous étiez ?

– Je suis allée au palais demander à dame Jokyôden de m'aider à résoudre l'affaire des meurtres.

– Quoi ? s'exclama-t-il en haussant les sourcils. Vous avez vu Jokyôden alors que vous m'aviez promis de ne plus l'approcher ?

– Je ne savais pas que vous étiez encore là pour vous soucier de mes promesses ! se défendit-elle. Le plus important me semblait de trouver votre meurtrier et de venger votre mort.

Sano se dit qu'il aurait dû se douter que la mort de son mari n'allait pas assagir son tempérament. Même cette brève absence avait été trop longue pour la laisser seule.

– Vous êtes folle ? s'écria-t-il. Vous n'avez pas compris que le second meurtre a réduit le nombre des suspects ? Il y a beaucoup de chances pour que Jokyôden soit la coupable, croyez-moi !

– Je vous crois ! Mais cela valait la peine de prendre ce risque.

Reiko prit son sac en soie brodée sur la table et en sortit un morceau de papier qu'elle tendit à Sano.

– J'ai trouvé ceci dans une maison que possédait le ministre de la gauche dans le quartier du textile.

Elle lui décrivit la boutique et lui expliqua comment elle y était allée. Elle conclut en disant qu'à son avis, Konoe s'en servait pour ses activités d'espionnage. Sano ne jeta qu'un bref coup d'œil aux mots griffonnés sur le papier.

– Dame Jokyôden vous a emmenée là-bas ?

L'agacement assombrit le visage de Reiko.

– Nous n'étions pas seules ! J'avais pris mes gardes avec nous. Je ne suis pas complètement idiote !

– Vous avez cru dame Jokyôden quand elle vous a raconté que cette maison appartenait à Konoe. Mais comment le sait-elle ?

– Elle ne me l'a pas dit.

Cette réponse évasive fit comprendre à Sano qu'elle mentait. Mais il ne voulait pas se disputer et décida d'élucider la question plus tard.

– Écoutez, je sais que vous étiez bouleversée et que vous n'aviez pas les idées claires. Mais vous auriez dû avoir le bon sens de ne pas faire confiance à une personne suspecte de meurtre ! D'ailleurs, rien ne prouve que cette maison appartenait à Konoe et que ce bout de papier était à lui. Elle vous a peut-être mis sur une fausse piste pour détourner les soupçons qui pèsent sur elle.

– Bon, c'est vrai, j'étais bouleversée. La faute à qui ? lui rétorqua Reiko d'un air sarcastique. J'ai déjà réfléchi aux problèmes que vous soulevez, et il y a sûrement un moyen de vérifier que la maison appartenait à Konoe et que c'est lui qui a griffonné ces notes. Quoi qu'il en soit, avec ce que j'ai découvert ensuite, je ne crois pas qu'il soit essentiel de savoir si oui ou non j'avais les idées claires, ou quels étaient les mobiles de Jokyôden pour m'emmener là-bas. J'ai pensé que ces notes faisaient allusion au fait que Konoe espionnait sire Ibe. Je suis allée chez lui, et...

– Attendez ! dit Sano en levant la main, convaincu qu'il allait entendre quelque chose de très contrariant. Ne parlez pas si vite ! Vous êtes allée où ?

– À la maison du daimyô dans le quartier des teinturiers, expliqua patiemment Reiko. Dame Jokyôden m'avait indiqué comment y aller.

– Elle vous l'avait indiqué, vraiment ?

Quand il avait rencontré la mère de l'empereur, Sano l'avait trouvée arrogante et désagréable. Mais, maintenant, il trouvait détestable qu'elle ait entraîné sa femme dans cette aventure.

– J'ai demandé à Fukida-*san* de m'accompagner, mais il a refusé, dit Reiko. Il m'a même retiré mon palanquin et mes gardes. Je comprends évidemment qu'il ne voulait rien entreprendre avant votre retour mais, sur le moment, j'ai pensé qu'il négligeait un indice important. Alors j'y suis allée seule.

Sano fut horrifié.

– Vous avez traversé la ville toute seule ? Vous avez pensé à ce qui aurait pu vous arriver ?

S'il avait su qu'elle commettrait ce genre d'imprudences, il aurait pris le risque de lui dire la vérité sur la fausse annonce de sa mort.

– Il ne m'est rien arrivé ! Ce n'est plus la peine de vous faire du souci maintenant.

Elle hésita avant de poursuivre :

– Chez sire Ibe, je suis tombée sur un homme un peu louche qui ne voulait pas répondre à mes questions et, comme j'avais des soupçons, je me suis faufilée en douce par la porte de derrière pour jeter un coup d'œil à l'intérieur.

Elle parlait comme si elle avait fait la chose la plus naturelle du monde, et Sano la regardait fixement, complètement abasourdi.

– Et devinez ce que j'ai trouvé ?

Tout excitée, Reiko lui décrivit un arsenal d'armes et une bande de conspirateurs constituée de samouraïs, de truands, de paysans et d'un moine guerrier.

Trop bouleversé par sa témérité pour réfléchir aux implications de sa découverte, Sano lui cria :

– Je ne peux pas croire que vous ayez pris ces risques ! Ils auraient pu vous tuer ! C'est l'acte le plus stupide, le plus imprudent, le plus irréfléchi, le plus dangereux, le plus...

– Le plus fructueux jusqu'à présent ! lui rétorqua Reiko.

– Vous n'auriez pas dû le faire !

– Ce qui est fait est fait. Arrêtez de crier, je vous en prie, et réfléchissez plutôt à ce que ça veut dire pour l'enquête.

– Je veux d'abord que vous me promettiez de ne plus jamais faire ce genre de choses, dit Sano.

– Seulement si, *vous*, vous me promettez de ne plus jamais me laisser croire que vous êtes mort !

Ce genre de discussion réveillait chaque fois chez Sano la nostalgie d'un mariage traditionnel, où le mari fixe des règles auxquelles la femme obéit, au lieu de ces négociations continuelles.

– D'accord, je vous le promets. Et vous ?

– Oui, dit Reiko qui enchaîna à toute allure. Je crois que cette bande conspire pour renverser le régime des Tokugawa et que c'est un membre de la cour impériale qui a organisé ce complot. Ils sont en train d'armer des troupes pour remettre l'empereur au pouvoir, et le ministre de la gauche a tout découvert. Alors ils l'ont tué pour l'empêcher de prévenir les autorités.

Comprenant la logique de ce raisonnement, mais inquiet de la tournure politique que risquait de prendre son enquête, Sano s'efforça de rester objectif.

– C'est une conclusion un peu hâtive, Reiko, uniquement fondée sur quelques mots griffonnés, quelques fauteurs de troubles et quelques fusils !

– Il y avait bien plus que quelques fusils ! s'écria-t-elle. J'ai vu un véritable arsenal, ce qui veut dire qu'il y a des centaines, et même des milliers d'hommes impliqués dans ce complot. Ils risquent de lancer à tout moment une opération de grande envergure contre Miyako !

Elle prit les mains de Sano.

– Vous devez tout de suite faire quelque chose !

– Je vais bien sûr enquêter sur votre découverte, dit Sano. Toute menace potentielle contre le régime doit être prise au sérieux. Mais ne dramatisez pas ! Vous êtes restée très peu de temps dans cette maison et vous aviez subi un gros choc émotionnel. Elle ne recelait peut-être pas autant d'armes que vous croyez, et il se peut que vous ayez mal interprété ce que disaient ces hommes.

– Je sais ce que j'ai vu et entendu, insista Reiko d'un air obstiné. Si vous ne les arrêtez pas et ne saisissez pas leur arsenal, ils vont déclencher une rébellion qui va se transformer en guerre civile dans tout le pays. Des provinces entières pourraient tomber sous le contrôle des rebelles avant que le *bakufu* ait le temps d'organiser une défense efficace. Et la guerre pourrait finir par atteindre Edo.

– Oui, c'est une possibilité

Sano avait des arguments contre cette théorie, mais il ne voulait pas contrarier Reiko, de peur de réveiller sa blessure et son ressentiment.

– Mais je dois agir avec prudence. Une rébellion dépasse le cadre d'une enquête sur un meurtre. Je vais en informer le *shoshidai* et le chambellan Yanagisawa.

– Vite, j'espère ? dit Reiko.

– Ce soir.

Au lieu de la soirée de repos dont il avait tellement besoin, Sano allait maintenant passer des heures en entrevues secrètes.

– Et demain, je commencerai à chercher qui est l'instigateur du complot au palais impérial.

20

À l'aube, un vent frais et vivifiant se leva. Dans sa chambre de l'hostellerie de Nijô, le cliquetis des stores réveilla Sano. Il sentit la fumée, entendit les cloches sonner l'alerte et se leva précipitamment, le cœur battant, en se souvenant d'un incendie qui avait failli lui coûter la vie. Mais l'auberge était silencieuse, à part les bruits habituels des clients qui se levaient. Sano fit sa toilette et s'habilla. Laissant Reiko dormir, il alla prendre son petit déjeuner avec ses policiers et leur donna ses ordres pour la journée. Puis il prit son cheval pour se rendre au palais impérial.

Un nuage de fumée flottait au-dessus de Miyako, ajoutant une odeur âcre à la chaleur brumeuse et oppressante. D'après ce que criaient les vendeurs de journaux, Sano comprit que le vent avait fait tomber des lanternes de la fête, ce qui avait provoqué un incendie dans le sud de la ville. Des citoyens inquiets surveillaient la moindre fumée. Mais Sano avait d'autres soucis. Il repensa à son entrevue avec le *shoshidai* Matsudaira et le chambellan Yanagisawa au château de Nijô la veille au soir, lorsqu'il les avait informés de la présence de hors-la-loi et d'armes dans la maison de sire Ibe.

Au début, Yanagisawa n'avait pas pris au sérieux la possibilité d'une tentative de restauration impériale.

– La cour n'a aucun pouvoir. Comment pourraient-ils oser attaquer le *bakufu* ?

– Cela s'est déjà produit ! avait insisté Sano, prêt à répliquer aux objections qui lui étaient venues à l'esprit quand Reiko lui avait donné son avis. Il y a quatre cent soixante-dix ans, l'empereur Go-Toba a essayé de renverser la dictature de Kamakura avec l'aide de moines guerriers et de clans de samouraïs rebelles.

– Je connais bien notre histoire, lui avait rétorqué Yanagisawa. Le coup d'État de Go-Toba a échoué, de même que, deux siècles plus tard, celui de l'empereur Go-Daigo qui a réussi à prendre le pouvoir, mais qui a régné très peu de temps. Je doute que ses descendants puissent mettre en danger le régime des Tokugawa.

– Je suis de votre avis, avait murmuré le *shoshidai*.

– C'est vrai, ces tentatives n'ont pas réussi, avait reconnu Sano. Mais, ce que je voulais dire, c'est qu'il y en a déjà eu. Et le coup d'État de l'empereur Go-Daigo a entraîné des changements de pouvoir et l'instauration d'un nouveau régime. Imaginez que la rébellion s'étende et que les daimyôs s'unissent contre les Tokugawa ! Miyako est un bon endroit pour commencer une guerre civile. La ville est très loin des forces du shogun à Edo, et l'empereur est un point de ralliement naturel pour des mécontents qui cherchent un nouveau dirigeant. Or une insurrection armée contre le *bakufu* est un acte de haute trahison, et tous ceux qui y sont impliqués sont punis de mort, ainsi que leurs familles et leurs alliés. Si Konoe était au courant, il devait être éliminé avant qu'il ne révèle sa découverte.

Voyant Yanagisawa froncer les sourcils, Sano avait compris qu'il discutait pour le simple plaisir de le contredire. Il était sûrement agacé que son rival l'informe d'un fait nouveau qu'il n'avait pas découvert lui-même, mais ne pouvait ignorer une menace contre le régime qu'il dirigeait, même s'il lui déplaisait de suivre les recommandations de Sano.

– Je vais m'occuper de la maison de sire Ibe, avait conclu Yanagisawa.

– Mes troupes sont à votre service, s'était empressé de dire le *shoshidai*, content de ne pas avoir à prendre les choses en main personnellement.

La veille, Sano avait espéré que cette tâche occuperait suffisamment Yanagisawa pour qu'il ne lui mette plus de bâtons dans les roues mais, maintenant, il craignait que la suite des événements ne lui fasse regretter son inquiétante association avec le chambellan.

Quand Sano arriva au palais, des membres de la cour se proposèrent pour l'accompagner. Des groupes de nobles qui discutaient à voix basse dans les allées, se taisaient et s'inclinaient sur son passage. Voyant de l'hostilité dans leurs yeux, il en conclut qu'ils devaient parler du meurtre, de la fausse nouvelle de sa mort et de l'arrestation de dame Asagao. Il était clair que sa présence n'était pas souhaitée. Mais Sano ne perdait pas espoir, car la découverte de l'arsenal et de la bande de rebelles lui donnait une nouvelle chance de résoudre l'affaire.

Chez le ministre de la droite, tout le monde s'était rassemblé dans la cour. Vêtu de ses robes et de sa coiffe noires officielles, Ichijô descendait l'escalier de sa résidence en s'appuyant sur une canne d'ébène. Voyant Sano arriver, il s'arrêta sur la dernière marche.

– Félicitations pour votre miraculeux retour dans le monde des vivants, *sôsakan-sama* ! dit-il en s'inclinant dignement, mais avec une raideur montrant son mécontentement. Veuillez m'excuser si je n'ai pas le temps de vous recevoir, car je dois rendre visite à ma fille. Elle est rentrée chez elle, mais elle est complètement bouleversée par son épreuve.

Sano s'arma de courage pour un interrogatoire difficile et dangereux. Le meurtrier avait tué un serviteur du régime des Tokugawa, et contrarier un suspect pourrait provoquer une nouvelle attaque, d'autant plus que, sans le vouloir, Sano avait involontairement détérioré les relations entre le *bakufu* et la cour impériale.

– Je vous demande pardon pour avoir arrêté l'Honorable Dame Asagao, dit Sano, obligé d'assumer les machinations du chambellan Yanagisawa. Veuillez accepter mes sincères excuses !

Ichijô parut légèrement s'adoucir.

– Je vous remercie d'avoir libéré ma fille.

Mais il ajouta aussitôt avec une certaine hargne :

– Ce n'est bien sûr que justice pour dame Asagao ! Elle a été clairement innocentée.

– Bien sûr, lui confirma Sano. Je ne vais pas vous retarder longtemps, mais je dois vous poser quelques questions.

– Quel genre de questions ?

– Où étiez-vous au moment du meurtre avant-hier soir ?

En secouant la tête d'un air contrarié, Ichijô passa devant Sano.

– Mes activités ne vous regardent pas. Je ne fais pas partie des suspects du meurtre du ministre de la gauche et ne suis donc pas concerné par ce nouveau meurtre qui, de toute évidence, a été commis par la même personne.

– Le chambellan Yanagisawa m'a donné des informations qui changent votre situation.

Ichijô s'arrêta, et Sano vit l'expression méfiante de son visage lorsqu'il se retourna à contrecœur. Il avait paru surpris de ne pas être interrogé sur le meurtre de Konoe, se souvint Sano, et il avait rôdé autour de ses enquêtes au palais. Il se demandait sans doute pourquoi il ne figurait pas parmi les suspects et, depuis qu'il avait été interrogé par Yanagisawa, il avait probablement peur pour sa vie. Et maintenant, Sano avait devant lui un vieux politicien rusé organisant sa défense.

– J'étais ici, chez moi, et je dormais quand le cri m'a réveillé, affirma Ichijô. Quelques minutes plus tard, un serviteur est venu me dire qu'il y avait eu un nouveau meurtre. Mes hommes pourront en témoigner.

Effectivement, les visages fermés des assistants d'Ichijô montrèrent qu'ils mentiraient pour le protéger du *bakufu* qu'ils méprisaient.

– Avant le second meurtre, vous avez reçu un message disant que je viendrais au palais cette nuit-là ? demanda Sano.

– Oui.

Ichijô tapota sa canne sur une dalle de pierre en regardant attentivement Sano avec ses yeux rusés.

– Mais vous n'avez rien fait ?

Le ministre de la droite lui fit un sourire amer.

– Je déteste les lettres anonymes et je l'ai ignorée. On m'a dit que des messages identiques avaient été remis à dame Jokyôden, au prince Momozono et à l'empereur. J'en ai parlé avec eux ce matin et ils n'y ont pas accordé d'intérêt non plus.

– Je vois, soupira Sano en fronçant les sourcils.

Ichijô avait dû conseiller aux autres suspects de dire la même chose que lui, afin de se protéger et d'entraver l'enquête.

– Si vous avez terminé, je vais y aller.

– Je n'ai pas fini, dit Sano qui, face à cette pression, décida de parler sans détour. Votre fille a été disculpée mais, vous, vous êtes toujours suspect. D'une part, le ministre de la gauche Konoe était pour vous un rival qui vous disputait le poste de Premier ministre, et d'autre part, l'arrestation de dame Asagao vous donnait une raison de vouloir ma mort, car me tuer pendant qu'elle était emprisonnée l'aurait innocentée.

Furieux, Ichijô fit une grimace qui laissa entrevoir ses dents noires, et sa main fine serra la poignée dorée de sa canne.

– En admettant que vous contestiez mon alibi, répliqua-t-il d'une voix sèche, vous pensez vraiment que j'ai le pouvoir de tuer avec un cri ?

– Nous devrions peut-être parler en privé, lui proposa Sano. J'ai d'autres sujets que vous préférerez sans doute ne pas aborder ici.

Il vit une lueur d'appréhension passer dans les yeux d'Ichijô : qu'il soit coupable ou non, il avait quelque chose à cacher. Puis, en prenant un air de martyr, il fit demi-tour et conduisit Sano dans son bureau.

– Maintenant que nous sommes seuls, que voulez-vous me demander ?

Sano se souvint que Yanagisawa le considérait comme le principal suspect. Si le ministre de la droite maîtrisait vraiment le pouvoir du *kiai*, Sano allait risquer sa vie chaque fois qu'il le rencontrerait. Une onde de peur le traversa tandis qu'il faisait le tour de la pièce en examinant les peintures ornant les murs. Le premier panneau représentait un jardin : sous une tonnelle couverte de glycines, deux hommes conversaient. Leurs costumes semblaient dater de mille ans.

– Nakatomi Kamatari, votre ancêtre, dit Sano en désignant le plus âgé. Et ce jeune homme maussade est Naka-no-Oye, un prince impérial du clan Soga qui dominait la cour. Tous deux complotaient pour s'emparer du pouvoir. Après leur victoire, le prince devint empereur, et Kamatari prit le nom de Fujiwara – glycine – en mémoire du jardin où ils conspiraient. Il était le mentor de l'empereur, ce qui donna beaucoup de pouvoir à son clan qui, durant les cinq siècles suivants, dirigea le Japon dans les coulisses du trône.

– Votre connaissance de mon héritage historique m'impressionne, déclara Ichijô d'un ton glacial, mais ce n'est sûrement pas pour ça que vous vous intéressez à moi.

– Au contraire ! lança Sano en avançant vers le panneau suivant. Il représentait la salle du Dragon Violet du palais impérial. Dans la véranda, un noble de la cour se tenait à côté d'un petit garçon portant la coiffe noire et les robes traditionnelles de l'empereur. Sano pointa l'homme du doigt.

– Voici Fujiwara Yoshifusa, le régent du jeune empereur Seiwa, qui régnait il y a sept siècles. C'est Yoshifusa qui a instauré la tradition mariant les filles Fujiwara aux empereurs. Un beau-père peut avoir beaucoup d'influence sur un jeune souverain, n'est-ce pas ?

Ichijô pinça les lèvres, agacé par cette allusion à sa relation avec Tomohito.

– Mais l'apogée de la gloire des Fujiwara a été le grand Michinaga, poursuivit Sano. Ses filles ont été les épouses de quatre empereurs. Deux autres empereurs étaient ses neveux, et trois autres ses petits-fils. Il a été au sommet du pouvoir pendant trente-deux ans.

Sano contempla la dernière peinture – un temple, la nuit, éclairé par une énorme lune ronde.

– Michinaga a fondé ce monastère du temple Hôjô. Il a écrit un poème où il se vantait d'être un maître de ce monde, « tel le disque parfait de la pleine lune parcourant les cieux ».

– C'est vrai, acquiesça impatiemment Ichijô, mais je ne vois pas le rapport avec votre enquête.

– Après la mort de Michinaga, le destin des Fujiwara a décliné et le pouvoir est passé à la classe des samouraïs.

Sano se tourna vers Ichijô.

– Ne regrettez-vous pas cette glorieuse époque ?

Le dédain assombrit le visage d'Ichijô.

– Même si je la regrettais, ce ne serait pas un mobile pour vouloir la mort du ministre de la gauche. Le poste de Premier ministre ne confère aucun pouvoir à l'extérieur du palais. Tuer mon rival n'aurait pas rétabli le pouvoir des Fujiwara sur le Japon.

Mais peut-être Konoe avait-il découvert qu'Ichijô projetait de restaurer l'autorité impériale et la suprématie des Fujiwara en organisant une rébellion contre les Tokugawa, se dit Sano. Le ministre de la droite était très bien placé pour influencer l'empereur, puisqu'il était son principal conseiller et le père de son épouse. Si un coup d'État réussissait, Ichijô dominerait le trône et la nation, comme l'avaient fait ses ancêtres. Il était donc tout à fait possible qu'il ait été l'instigateur d'une conspiration rebelle.

– Connaissez-vous sire Ibe Masanobu ? lui demanda Sano.

Ichijô haussa les sourcils, sans que Sano puisse deviner s'il était surpris par ce brusque changement de sujet ou par l'importance que ce nom avait pour lui.

– Le daimyô de la province d'Echizen ? Nous ne nous sommes jamais rencontrés.

– Vous êtes déjà allé dans sa maison du quartier des teinturiers ?

– Pour autant que je sache, les daimyôs n'ont pas le droit d'avoir une résidence à Miyako ! De toute façon, comme je ne connais pas sire Ibe, je n'ai aucune raison de lui rendre visite. Je ne comprends pas pourquoi vous me posez ces questions.

– Vous êtes en contact avec les prêtres des monastères locaux ?

– Bien sûr ! Ils accomplissent des cérémonies ici au palais.

En croisant les bras, Ichijô ajouta :

– J'ai l'impression que vous m'accusez d'autre chose que les meurtres. Dites-moi au moins de quoi il s'agit pour que je puisse me défendre !

Si Ichijô était au courant de ce qui se passait chez sire Ibe, il réussissait parfaitement à simuler l'ignorance. Mais ce vétéran de la politique maîtrisait forcément l'art de la dissimulation, et son clan avait organisé des complots en secret pendant des siècles ! Quoi qu'il en soit, Sano ne se sentait pas encore prêt à l'accuser ouvertement.

– Même si vous ne connaissez pas sire Ibe, je sais que votre famille a des liens étroits avec les autres clans de daimyôs. Avec les Kuroda et les Mitsu, notamment.

– Beaucoup d'entre nous se sont mariés dans ces familles, dit sèchement Ichijô. C'était une pratique courante qui permettait aux samouraïs de gagner du prestige en se liant à la cour impériale, et aux nobles de partager la richesse de ces clans de daimyôs.

– Vous avez donc eu l'occasion d'étudier les arts martiaux avec eux ?

– L'occasion, oui, mais le désir, non ! répliqua Ichijô avec une moue de dégoût. Nous, les nobles de la cour, nous sommes heureux de faire bénéficier la classe des samouraïs de notre culture. Mais, sans vouloir vous offenser, nous préférons préserver son intégrité en n'absorbant pas la vôtre.

Sano savait pourtant que cette influence culturelle agissait dans les deux sens : les hommes des clans de daimyôs étudiaient les arts et la musique avec leur belle-famille impériale, tandis que les membres de la noblesse pouvaient pratiquer le *bushidô* sous la direction de ces samouraïs. Sano sentait une forte volonté derrière l'allure raffinée d'Ichijô, et cette volonté était le fondement de la maîtrise du *kiai*, l'arme parfaite pour un noble de la cour cherchant un moyen de se défendre – ou de tuer.

– À moins que vous n'ayez un autre sujet à aborder, je dois vraiment y aller, insista Ichijô. Ma fille a besoin de moi.

– Juste une dernière chose, dit Sano.

L'expression impatiente et contrariée du ministre de la droite ne changea pas, mais une lueur inquiète passa dans ses yeux. Sano se demanda ce qu'il cachait. Yanagisawa n'aurait-il pas gardé pour lui une information le concernant ?

– Je dois parler avec Sa Majesté l'empereur, dame Jokyôden et le prince Momozono. Je préférerais les voir séparément, sans les prévenir à l'avance.

– C'est contraire au protocole de la cour, mais je suppose qu'on peut faire une exception.

Derrière ce consentement donné avec réticence, Sano perçut du soulagement. Ce qu'il dissimulait devait être important pour qu'il accède aussi aisément à sa requête, juste pour éviter d'autres questions.

– Je vais vous escorter dans l'enceinte impériale.

– Merci, dit Sano.

Ichijô se dirigea vers la porte. Resté en arrière, Sano se rua brusquement sur lui et passa son bras droit autour de ses épaules, en le serrant de toutes ses forces avec le gauche. Ichijô se raidit, et Sano fut surpris de sentir la résistance de ses muscles nerveux : en dépit de son âge, il entretenait sa forme ! Sano se rappela le cri sinistre et le cadavre ensanglanté d'Aisu. Si cet homme possédait vraiment la maîtrise du *kiai*, il était si près de lui qu'il pourrait le tuer en élevant à peine la voix ! Sano était conscient du risque qu'il prenait, mais ne voyait pas d'autre moyen de faire jaillir la vérité.

Soudain, Ichijô s'affaissa. Il se débattit faiblement et gémit :

– Au secours ! Au secours !

Sano le lâcha, à la fois soulagé et déçu. La porte s'ouvrit et deux serviteurs se précipitèrent pour aider leur maître qui toussait, affalé contre le mur. Les joues en feu et les yeux larmoyants, il jeta un regard furieux à Sano.

– Je sais pourquoi vous avez fait ça, et j'espère que vous êtes content. Vous avez failli me tuer !

– Dans ce cas, je vous prie de m'excuser, dit Sano, malgré tout sceptique.

Un adepte du *kiaijutsu* pouvait-il être assez habile pour cacher son talent en simulant la faiblesse ?

– J'aimerais maintenant aller voir la famille impériale.

21

Le cortège formé de cinquante splendides samouraïs à cheval, armés de pied en cap, s'arrêta devant le portail du quartier général de la police. Le chambellan Yanagisawa sauta à terre.

– Attendez-moi là, ordonna-t-il à ses soldats.

– Pourquoi s'arrêter ici ? s'étonna le policier Marume.

– Ne devons-nous pas aller directement à la maison de sire Ibe ? demanda le policier Fukida.

Yanagisawa accrocha son heaume à sa selle en s'efforçant de maîtriser son irritation. Ses propres assistants n'auraient jamais osé le questionner ainsi, mais ceux de Sano avaient le même franc-parler agaçant que leur maître. Malheureusement, il avait besoin de leur aide, ce qui aggravait encore sa mauvaise humeur. Non seulement il devait coopérer avec Sano, mais il allait à présent affronter la pire humiliation qui soit.

– J'ai une affaire à régler ici, leur dit-il.

Il franchit le portail et se dirigea vers le bâtiment principal. Là, deux *dôshin* et leurs assistants civils traînaient autour d'une estrade où un employé présidait, assis devant un bureau couvert de registres.

Yanagisawa traversa l'estrade, passa la porte et se retrouva dans un dédale de bureaux et de couloirs.

– Hoshina ! cria-t-il.

Marume et Fukida lui coururent après.

– Hoshina n'est pas là, lui assura Marume. Revenez, s'il vous plaît !

– S'il n'est pas là, pourquoi essayez-vous de m'arrêter ? lui demanda Yanagisawa en continuant à avancer. Vous pensiez que je ne trouverais pas l'otage de votre maître, mais je sais où il est !

La veille, Yanagisawa avait confié à ses espions de Miyako la mission de retrouver le *yoriki*. Leur tâche n'avait pas été facile, car Hoshina avait dans les forces de police des amis loyaux qui avaient tenté de le protéger. Ce n'est que tard dans la nuit que Yanagisawa avait appris où Sano l'avait caché. Et la colère provoquée par sa trahison l'étouffait maintenant comme un nuage brûlant de vapeur toxique.

Cette trahison était encore plus douloureuse quand il se rappelait ce qui s'était passé le soir du banquet du *shoshidai* : Hoshina et lui étaient restés des heures dans la maison près du fleuve, en alternant des moments charnels passionnés et de longues discussions sur la politique, sur leurs expériences, sur les événements du présent et sur leurs intérêts communs pour l'art et le théâtre. Ils avaient partagé une intimité que Yanagisawa n'avait jamais goûtée avec personne et, cette nuit-là, il s'était senti à la fois débordant de vie et apaisé. Juste avant qu'Hoshina s'en aille, ils s'étaient portés mutuellement un toast.

– Au succès de notre projet, avait dit Hoshina.

Ils avaient bu, puis Yanagisawa avait ajouté :

– Au meilleur commandant de la police de Miyako, qui est un excellent camarade et un membre précieux de mon équipe.

Le plaisir et la consternation s'étaient mêlés sur le visage d'Hoshina. En fronçant les sourcils, il avait baissé les yeux sur la coupe qu'il avait dans les mains.

– Mais je ne suis votre camarade et un membre de votre équipe que momentanément, tant que vous serez à Miyako.

– Euh, eh bien, je...

– Je comprends qu'il soit difficile pour vous de quitter Edo et je sais que je ne dois pas espérer vous revoir à Miyako. Et comme je ne peux pas abandonner mon service ici pour vous rendre visite...

Il avait haussé les épaules avec une fausse désinvolture.

– Quand vous serez parti, je ne vous reverrai plus.

– C'est vrai.

En essayant de gagner du temps pour clarifier ses pensées, Yanagisawa avait imaginé son retour au château d'Edo où ne l'attendaient que les fantômes de son père, de sire Takei et de Shichisaburô. Une perspective désolante.

Hoshina avait alors pris une profonde inspiration pour dire :

– Si je pouvais aller à Edo avec vous...

Prudemment, il avait fait une pause pour observer la réaction de Yanagisawa.

C'était une idée tentante. Si Hoshina l'accompagnait à Edo, le chambellan ne serait plus jamais seul, et qui mieux que lui pourrait l'aider à bâtir son empire personnel dans le *bakufu* ? C'était un homme solide, intelligent, et plus compétent que ses assistants habituels...

Mais c'était là que se situait le danger de cette promotion. Le *yoriki* avait déjà usurpé l'autorité du *shoshidai*, ce qui montrait son ambition, et la loyauté n'était pas son fort puisqu'il n'avait aucun scrupule à l'abandonner pour un meilleur protecteur. Que se passerait-il s'il se lassait de leur liaison et cherchait d'autres aventures amoureuses ? Le pire serait qu'il s'attire les bonnes grâces du shogun, se trouve des alliés dans le *bakufu* et finisse par s'emparer du pouvoir !

– Ce n'est pas une décision qu'on peut prendre à la hâte, avait atermoyé Yanagisawa.

Mais, au fond de lui, il avait déjà décidé d'emmener Hoshina à Edo et d'en faire son nouvel adjoint, quitte à prendre des risques pour connaître enfin le bonheur.

Comment avait-il pu être aussi bête ? se demandait-il maintenant.

Il trouva la cellule tout au fond du bâtiment. Deux soldats montaient la garde devant la porte bardée de fer.

– Ouvrez cette porte, leur ordonna Yanagisawa.

Les gardes hésitèrent.

– Si vous ne me faites pas entrer, leur déclara-t-il d'une voix calme et déterminée, vous serez exécutés.

Aussitôt, les gardes déverrouillèrent la porte et l'ouvrirent. Le chambellan resta sur le seuil. Dans la cellule, les fenêtres munies de barreaux éclairaient un sol recouvert de tatamis, avec un lit d'un côté et un pot de chambre de l'autre. Le *yoriki* était debout au centre. Ses vêtements étaient froissés, et ses cheveux pendaient sur ses épaules. Le désarroi se lisait dans ses yeux qui regardaient fixement Yanagisawa.

– Traître ! lui dit doucement le chambellan.

Hoshina tendit les mains dans un geste implorant.

– Laissez-moi vous expliquer, je vous en prie !

Yanagisawa fit trois grandes enjambées et le frappa sur la bouche. Le *yoriki* poussa un cri de surprise, toucha sa lèvre et fronça les sourcils en voyant du sang sur ses doigts.

– Qu'y a-t-il à expliquer ? s'écria Yanagisawa d'une voix méprisante. Tu as dit à Sano tout ce que tu savais. Tu lui as dit où j'étais. Tu m'as trahi !

Il lui lança un coup de pied dans le ventre qui lui fit perdre l'équilibre, heurter le mur et glisser sur le plancher.

– Sano t'a offert la promotion que tu voulais en échange de ta trahison. Tu t'es laissé soudoyer et tu as changé de maître !

Hoshina se remit péniblement debout.

– Mais non ! protesta-t-il. Je ne vous aurais jamais nui volontairement après...

– Tais-toi !

Que le *yoriki* ose mentionner la nuit qu'ils avaient passée ensemble mit Yanagisawa dans une fureur noire.

– Sano ne m'a pas soudoyé, expliqua Hoshina en levant les bras pour parer les coups. Il m'aurait tué si j'avais refusé de coopérer. Je ne suis pas un traître, mais seulement un lâche.

Il se mit à genoux et leva vers le chambellan des yeux désespérés.

– Je vous en prie, acceptez mes excuses ! Je vous supplie de me pardonner !

Yanagisawa éclata d'un rire dur et méprisant.

– Jamais ! Un million d'excuses ne t'absoudraient pas d'avoir tenté de m'assassiner.

– De vous assassiner ? De quoi parlez-vous ? s'écria Hoshina en le regardant d'un air déconcerté.

Yanagisawa regrettait amèrement de lui avoir fait confiance, car il avait fini par comprendre qu'Hoshina avait prévu de le trahir depuis le début.

– Sano n'était pas le seul à qui tu as caché des informations et que tu as trompé avec un faux rapport sur la mort du ministre de la gauche, dit-il entre ses dents pour que personne d'autre ne puisse entendre. Ta fonction te donne accès au palais impérial, et tu y étais la nuit où Konoe est mort, n'est-ce pas ? C'est avec toi qu'il avait rendez-vous au Jardin de l'étang, et tu l'as tué avec le *kiai*. Puis tu m'as manipulé pour te protéger et réaliser ton plan.

C'était ce qui humiliait le plus Yanagisawa – davantage encore que de devoir travailler avec Sano.

– Le ministre de la droite Ichijô, l'empereur Tomohito, dame Jokyôden et le prince Momozono avaient été informés que Sano serait au palais hier soir, mais tu étais le seul, à part Aisu et mes gardes, à savoir que *je* serais là, moi aussi. Tu nous as suivis. Tu as tué Aisu, mais Sano est arrivé avant que tu puisses t'en prendre à moi. Tu es ensuite revenu pour enquêter sur le meurtre que tu venais de commettre.

– Je n'ai pas tué Konoe ni Aisu, s'exclama le *yoriki* d'une voix indignée. Pourquoi l'aurais-je fait ?

– Ne parle pas si fort !

– Et pourquoi je vous aurais attaqué, vous ? murmura-t-il d'un air furieux.

– Pour éviter d'être inculpé de trahison, lui répondit Yanagisawa. Tu es bien trop ambitieux pour te contenter de diriger le bureau du *shoshidai* ou d'être mon adjoint. Tu fais partie de la conspiration que vient de découvrir Sano. Konoe était au courant, et tu l'as tué avant qu'il te dénonce au *metsuke*.

– Quelle conspiration ? dit Hoshina en haussant les sourcils. Qu'il me dénonce pour avoir fait quoi ?

– Ne fais pas l'idiot avec moi ! Tu as rassemblé des hommes et des armes dans la maison de sire Ibe, et tu ne pouvais pas prendre le risque que je découvre le complot qui veut renverser les Tokugawa. Ma mort aurait beaucoup perturbé le *bakufu*, et l'enquête sur le meurtre de Konoe aurait été retardée. Entre-temps, tu aurais pu faire ton coup d'État. Alors tu m'as suivi et tu as tué Aisu, parce que tu ne nous distinguais pas l'un de l'autre dans l'obscurité.

Yanagisawa frappa violemment Hoshina qui s'effondra contre le mur.

– Assassin ! Traître !

Il se releva, les yeux étincelants de colère.

– Ce sont de drôles d'insultes, venant de vous ! Je n'ai jamais tué personne, contrairement à vous. Tout le monde sait que vous ne vous en êtes pas privé ! Je ne complote pas pour renverser le gouvernement, mais vous, vous vous êtes arrogé le pouvoir du shogun. Si vous voulez voir un vrai meurtrier et un vrai traître, vous n'avez qu'à vous regarder dans un miroir ! hurla le *yoriki* en repoussant brutalement Yanagisawa.

La rage submergea le chambellan.

– Comment oses-tu porter la main sur moi ?

– Vous étiez pourtant content d'avoir mes mains sur vous l'autre nuit ! lui rétorqua Hoshina.

– Ne te moque pas de moi !

Yanagisawa lui lança des coups de pied dans les genoux et l'entrejambe et lui frappa la tête et la poitrine en hurlant des jurons. Au début, Hoshina se contenta d'esquiver les coups.

– Comment pouvez-vous me traiter ainsi après tout ce que j'ai fait pour vous ? cria-t-il. J'ai pris des risques en sabotant le travail de Sano. Pourquoi voulez-vous que je conspire contre le *sôsakan* du shogun si ce n'est pour vous aider ?

– Arrête de te justifier !

Yanagisawa lui donna un coup de poing au menton si brutal que sa tête bascula en arrière.

– Tu voulais le pouvoir et la richesse que j'aurais pu te donner. Tu voulais éliminer Sano pour qu'il n'entrave pas tes plans.

Le bras du *yoriki* jaillit et le frappa au visage. La douleur explosa dans la tête de Yanagisawa. Puis tous deux se retrouvèrent dans la tornade d'une vraie bagarre. L'armure du chambellan protégeait son corps, mais pas son visage. Il martelait Hoshina à coups de poing. Ils tombèrent par terre en essayant de se prendre à la gorge, et Yanagisawa sentit qu'il désirait cet homme aussi fortement qu'il avait envie de le tuer de ses propres mains.

Soudain, des policiers se précipitèrent dans la cellule et séparèrent Hoshina du chambellan en l'implorant :

– Arrêtez, Hoshina-*san* !

Yanagisawa vit que deux *yoriki* tenaient Hoshina qui se débattait, le visage grimaçant de fureur. Marume aida Yanagisawa à se mettre debout. Son œil gauche commençait à enfler et tout son corps lui faisait mal mais, apparemment, il n'avait rien de cassé. En sortant de la cellule, il éprouva une douleur atroce qui n'avait rien à voir avec une souffrance physique.

– Yanagisawa-*san* !

La voix suppliante d'Hoshina le poignarda comme une lame plantée dans son dos. Il ne put s'empêcher de se retourner.

Hoshina était maintenant docile dans les mains des policiers, le visage meurtri et ensanglanté.

– Je vous jure sur mon honneur que je n'ai jamais voulu vous nuire, et je suis réellement désolé si je l'ai fait.

La sincérité brillait dans ses yeux qui fixaient Yanagisawa.

– De nouveaux mensonges et de nouvelles excuses ne t'empêcheront pas de payer pour tes crimes. Je te condamne à mort !

Tout en prononçant cette sentence, Yanagisawa fut submergé par la passion et le chagrin. Il comprit alors la terrible vérité.

Il était amoureux d'Hoshina. L'amour était la source de l'ardent désir qu'il éprouvait pour lui. Il sous-tendait la camaraderie qui avait grandi entre eux. Il aurait dû le comprendre. Et il aurait dû réfléchir.

– Si vous me donnez une chance, vous ne le regretterez pas, dit Hoshina. Je vous aiderai à résoudre l'affaire des meurtres, je consacrerai ma vie à votre service, je ferai tout ce que vous voulez ! Je vous prouverai que je suis innocent de tous ces crimes. Je vous en prie ! le supplia-t-il d'une voix bouleversée par l'émotion. Ayez pitié de moi !

Le chambellan lui tourna le dos. Même si le *yoriki* n'était pas coupable de meurtre ou de trahison, il méritait de mourir. Il devait mourir pour que Yanagisawa puisse déjouer le chantage de Sano. Et il ne referait jamais l'erreur de tomber amoureux.

– Tu seras exécuté demain matin.

Dans un bruit de tonnerre, le bélier défonça le portail de la maison de sire Ibe, en faisant éclater le bois et en l'arrachant de ses gonds. Des soldats se précipitèrent dans la cour tandis que d'autres escaladaient la clôture, et tous brandirent leurs sabres et leurs lances en criant :

– Au nom du shogun, sortez et rendez-vous !

Le chambellan Yanagisawa pénétra dans la cour derrière ses hommes, content de mener cette opération qui chassait de son esprit la douleur de la trahison d'Hoshina. Il voulait oublier qu'il aimait toujours le *yoriki* et pleurait sa mort prochaine, qu'il avait lui-même ordonnée. Il allait maintenant neutraliser cette menace contre le régime, et la capture des insurgés permettrait sans doute de résoudre l'affaire des meurtres.

Les hommes étaient à présent dans la maison. Yanagisawa entra et les vit parcourir les couloirs et les pièces. Les pas de ceux qui étaient au premier étage faisaient vibrer les plafonds, et des cris résonnaient dans cette atmosphère sombre et confinée. Yanagisawa dégaina son sabre. Son désir d'être un grand policier ne l'avait pas quitté, et ce coup de filet allait prouver qu'il était capable d'autre chose que de simplement saboter le travail de Sano. Un frisson d'enthousiasme réveilla l'esprit du samouraï qui sommeillait en lui. Saisi d'une impatience grisante, Yanagisawa eut soudain soif de combat.

Mais le policier Marume revint en courant du fond de la maison.

– Il n'y a personne au rez-de-chaussée, Honorable Chambellan.

Le policier Fukida dévala l'escalier.

– Le premier étage est vide. Ils ont tous déguerpi !

Le moral de Yanagisawa retomba.

– Et les armes ?

Fukida secoua la tête.

– Nous n'avons rien trouvé, dit Marume.

Les soldats se retrouvèrent dans le couloir et rengainèrent leurs sabres. Le chambellan lâcha quelques jurons, en dissimulant derrière sa colère le désespoir qui le gagnait à mesure que s'éveillaient ses soupçons. Hoshina s'était sûrement débrouillé pour envoyer des ordres aux insurgés, leur demandant de vider la maison après que Sano l'avait emprisonné. Mais Yanagisawa n'allait pas se laisser faire, ni reconnaître sa défaite ! Il allait torturer le *yoriki* pour lui faire dire où se trouvaient les rebelles. Et il déchargerait sa colère tout en assouvissant son désir.

– Fouillez à nouveau toute la maison en cherchant des indices sur le déménagement ou les plans des conspirateurs.

Tandis que les hommes exécutaient ses ordres, Yanagisawa inspecta les pièces qui avaient servi de réserve. Elles étaient vides, mais sentaient toujours la poudre. Une balle avait roulé par terre sous la fenêtre. Yanagisawa la ramassa et la regarda dans le creux de sa main d'un air découragé. Son humeur fut encore plus sinistre quand les soldats revinrent lui dire qu'ils n'avaient rien trouvé.

– Demandez aux voisins s'ils savent quelque chose ! leur dit-il. Nous allons chercher cet arsenal dans toute la ville et dans ses alentours. Les occupants de la maison ont dû rejoindre leurs complices. Il faut les trouver avant que nous ayons une guerre sur les bras !

Il s'attarda un moment dans la maison vide. Localiser les insurgés exigerait probablement de longues et fastidieuses investigations qui le garderaient à Miyako pendant des lustres. Il n'avait pas la moindre envie de transmettre ces mauvaises nouvelles à ses subalternes du *bakufu*, qui allaient raconter partout son coup de filet raté et qui, si une rébellion éclatait, ne manqueraient pas d'en rejeter la responsabilité sur lui. Il avait peur de passer la nuit tout seul au château de Nijô en sachant qu'Hoshina allait bientôt mourir. Il s'accroupit, posa sa tête sur ses genoux et éclata en sanglots.

22

Devant la résidence de l'empereur, Sano et le ministre de la droite découvrirent un étonnant spectacle. Deux armées constituées de porteurs de bannières, d'archers, de fantassins armés de fusils et de lances, et de samouraïs à cheval se faisaient face dans la cour. Les soldats portaient des armures d'un modèle datant de quatre siècles, avec d'énormes rabats sur les bras, de longues tuniques et des laçages compliqués. Le soleil faisait étinceler leurs heaumes. Un tambour de guerre retentissait sur cette scène de bataille qui semblait ressusciter le passé.

Mais, en s'approchant, Sano vit son illusion se dissiper. Les armes étaient en bois. Les têtes de chevaux en papier mâché étaient peintes et fixées sur des perches. Pas un soldat n'avait plus de seize ans, et la plupart ne portaient que des parties de vieilles armures déglinguées, comme si le trésor impérial n'avait pas suffisamment d'équipements complets pour chacun. C'étaient de jeunes nobles de la cour qui s'amusaient, et non des samouraïs en guerre. Ils attendaient un signal pour commencer à se battre et riaient en se poussant les uns les autres.

Un cri résonna à l'arrière d'une des armées, et l'empereur Tomohito, vêtu d'une splendide armure complète, leva un éventail de guerre portant le chrysanthème doré des armoiries impériales. À califourchon sur son faux cheval, il remonta en courant le long du champ de bataille. « Tant pis pour la règle qui interdit aux pieds de l'empereur de toucher le sol ! » pensa Sano.

– Sa Majesté aime beaucoup jouer à la guerre, dit Ichijô avant de s'incliner et de partir.

Les archers firent voler des flèches épointées, des artilleurs visèrent avec des arquebuses en bois en criant :

– Pan ! Pan !

Des sabres et des lances en bois se heurtèrent bruyamment tandis que les fantassins et les cavaliers se battaient. Les garçons qui étaient aux côtés de l'empereur arboraient les insignes de clans de samouraïs du nord et de l'ouest. Certains avaient mis les robes blanches à capuchon des moines guerriers. L'autre armée portait des armures dont le laçage rouge indiquait l'appartenance au régime Minamoto, qui avait jadis gouverné le Japon. Sano reconnut la bataille et se demanda pourquoi l'empereur Tomohito avait choisi de la reconstituer.

Soudain, il entendit des glapissements non loin de lui. Près d'un assortiment d'armes de réserve, il vit le prince Momozono qui portait un kimono de coton ordinaire et un casque beaucoup trop grand pour lui. Ses bras et sa tête étaient agités de soubresauts.

Sano s'approcha de lui et le salua.

Inquiet, Momozono glapit de plus belle. Il se tourna en titubant pour faire face à Sano, mais ses jambes se dérobèrent sous lui. Il tomba et, terrifié, roula des yeux en s'efforçant de se relever.

– Je suis désolé de vous avoir fait peur, dit Sano en éprouvant à nouveau une répulsion instinctive.

Mais le prince faisait toujours partie des suspects, et il n'avait pas eu l'occasion d'enquêter sérieusement sur lui. Rien ne permettait d'affirmer qu'il soit inoffensif. En cachant son aversion, Sano lui tendit la main.

– Laissez-moi vous aider.

– N... non, merci, ça va !

Glapissements, halètements, hoquets. En s'agitant convulsivement dans tous les sens, Momozono parvint tant bien que mal à se relever.

Sano eut un élan de pitié et lui parla gentiment, comme à un enfant :

– C'est une bataille passionnante, n'est-ce pas ? Vous êtes le capitaine de l'arsenal ?

– Je ne suis pas bon à grand-chose, mais Sa... Sa Majesté est assez bonne pour me donner un... un rôle dans ses jeux.

D'autres bruits incongrus accompagnèrent sa réponse, mais Sano ne put se méprendre sur l'accent mis sur le dernier mot.

Momozono n'était pas un infirme simple d'esprit, mais un homme adulte qui comprenait la différence entre jouer à faire semblant et vivre la terrible réalité de sa propre existence.

– Vous aimez beaucoup l'empereur, n'est-ce pas ? demanda Sano en regardant Tomohito galoper sur le champ de bataille.

– Oui.

Momozono poussa quelques petits aboiements, comme un chien.

– Je sais que Sa Majesté vous traite gentiment et vous a donné une place à la cour, alors que les autres vous rejettent.

– Il a fait beau... beaucoup plus que ça, dit Momozono en se tenant les bras pour les empêcher de s'agiter. S'il n'était pas là, je serais mort.

Un mauvais souvenir assombrit son visage crispé.

– Racontez-moi ce qui s'est passé, lui demanda Sano.

Le prince Momozono hésita. Visiblement, il comprenait le danger, pour un suspect de meurtre, de se confier au *sôsakan* du shogun. Mais Sano sentit que son besoin de parler l'emportait sur sa prudence. La plupart des gens devaient l'ignorer. Comme il devait désirer ardemment communiquer ! Finalement, Momozono commença son récit :

– Quand... quand j'étais petit, je vivais au palais impérial avec les... les autres princes et princesses. Mais à huit ans, au printemps, ma maladie a commencé. On... on me grondait, on me... me battait, mais je ne pouvais pas me maîtriser. Les do... docteurs ne comprenaient pas ce qui n'allait pas chez moi. Ils me for... forçaient à avaler des médicaments et me do... donnaient des purges et des lavements.

À travers les grognements qui ponctuaient ses paroles, Sano perçut l'angoisse d'un enfant qui ne comprend pas ce qui lui arrive.

– Les prêtres di... disaient que j'étais possédé par un démon. Ils allumaient des feux autour de moi et récitaient des incantations pour le chasser. Mais... mais ça ne marchait pas. J'allais de plus en plus mal. Fi... finalement, on m'a enfermé dans un cabanon. Chaque jour, un ser... serviteur ouvrait la porte et me donnait à manger. Je n'avais le droit de sortir que quand... quand la pièce était nettoyée. Le ser... serviteur y jetait trois seaux d'eau et balayait les saletés. Ensuite il me dé... déshabillait et me je... jetait aussi de l'eau. Il n'y avait qu'une fe... fenêtre dans le cabanon. Tout ce que je pou... pouvais voir, c'était le ciel à travers les... les branches d'un cerisier. J'y ai passé une... une année entière.

Sano imagina le jeune Momozono glapissant et s'agitant convulsivement dans sa prison, regardant le cerisier fleurir, les pétales voleter par terre, les feuilles se déployer avant de tomber, jusqu'à ce que la neige recouvre les branches. L'empathie n'avait pas de place dans une enquête criminelle, mais l'histoire du prince émut profondément Sano.

– Puis une nuit, des... des hommes sont arrivés. Ils m'ont enveloppé dans des cou... courtepointes pour que je ne puisse pas bou... bouger, et ils m'ont attaché un bâillon sur la bouche. Ils m'ont emmené dans un pa... palanquin. Ils ne me di... disaient pas où on allait, mais je les ai en... entendus dire que j'allais vivre en exil. J'étais content pa... parce que je croyais que ce mot, « exil », était le nom d'un endroit où les enfants co... comme moi pouvaient être heureux. Je ne comprenais rien.

Sa voix se brisa et des larmes lui montèrent aux yeux. En grimaçant et en haletant, il continua :

– Le voyage a été très long. On s'est fi... finalement arrêtés dans un village de mon... montagne. Il faisait nuit, il neigeait, et il faisait très froid. Les hommes m'ont dé... débarqué à l'extérieur du vi... village, m'ont enlevé mon bâillon et sont partis avec le palanquin.

Momozono renifla et voulut s'essuyer le nez, mais sa main fila trop haut et il la rabaissa avec l'autre.

– J'étais terrorisé. Je ne sa... savais pas quoi faire. Alors je me suis assis et j'ai attendu. Le jour a fi... fini par se lever. Les vi... villageois sont venus. Ils ne vou... voulaient pas de moi, eux non plus.

Le prince avala sa salive et cligna des yeux.

– Je suis resté là tout seul pen... pendant deux jours. J'avais froid, j'avais faim et j'avais peur, dit-il d'une voix étranglée par les sanglots. Excusez-moi, je... je vous en prie !

Rempli de pitié, Sano imagina ce qui s'était passé lorsque les villageois l'avaient trouvé. Ils s'étaient sans doute moqués de lui et lui avaient lancé des pierres avant de le laisser mourir sur place.

– Alors j'ai co... commencé à avoir sommeil et je n'avais plus froid, dit Momozono. Je ne me suis plus inquiété de ce qui m'a... m'arrivait. Je croyais que j'allais mou... mourir, mais les hommes sont revenus. Ils m'ont ramené au pa... palais. On m'a lavé, on m'a donné à manger et on m'a installé dans une chambre de la résidence de l'empereur. Sa Ma... Majesté est venue. Il a dit qu'il avait rêvé d'un dé... démon qui menaçait de provoquer une terrible ca... catastrophe s'il ne me... me sauvait pas et ne faisait pas de moi son homme de com... compagnie. Plus tard, j'ai entendu des gens dire qu'il avait inventé cette histoire et m'avait fait re... revenir pour contrarier tout le monde. Mais je lui étais trop re... reconnaissant pour me soucier de la raison qui l'avait pou... poussé à me sauver !

Le visage déformé par les tics et l'émotion, il regarda l'empereur Tomohito qui frappait de son sabre le heaume d'un soldat. Les garçons poussaient des cris tandis que la bataille faisait rage.

– C'est grâce à Sa Ma... Majesté que je suis autorisé à vivre ici.

Et il ajouta doucement :

– Je fais de mon mieux pour... pour payer de retour sa gen... gentillesse.

« En lui donnant un faux alibi ? » se demanda Sano. Quelle que soit la raison pour laquelle l'empereur avait sauvé Momozono, celui-ci lui était maintenant entièrement dévoué. Mais présumer que son infirmité le rendait incapable d'un crime autre que mentir pour protéger Tomohito serait une erreur, se dit-il. Le prince était un homme intelligent. Pour avoir survécu à ses épreuves, il devait être beaucoup plus fort qu'il n'en avait l'air.

– Votre loyauté doit être une aide précieuse pour Sa Majesté, dit Sano.

Momozono secoua humblement la tête, mais ses yeux brillèrent de plaisir.

– Je crois que vous pourriez peut-être m'aider. Vous connaissiez bien le ministre de la gauche Konoe ?

Le prince se mit à sautiller en poussant de petits grognements et en agitant les poings. Étonné, Sano esquiva les coups.

– Vous ne l'aimiez pas, c'est ça ?

Momozono recula en roulant les yeux et en titubant.

– Par... pardonnez-moi, je ne peux pas m'en empêcher.

– J'ai l'impression que c'est plus que ça. Que vous avait-il fait ?

– Je suppose que vous l'a... l'apprendrez par quelqu'un d'autre si je ne vous le dis pas. C'est le mi... ministre de la gauche qui m'avait fait enfermer dans le cabanon. Et c'est lui qui avait do... donné l'ordre de m'exiler.

Momozono planta ses yeux dans ceux de Sano qui lutta contre l'envie de détourner son regard du visage contracté du prince.

– Oui, je... je le détestais, affirma Momozono avec un regard de défi. Quand nous l'avons trouvé mort, Sa Majesté et moi, je me suis réjoui ! Mais ce n'est pas moi qui l'ai fait. Si j'avais vou... voulu le tuer, pourquoi j'aurais attendu dix... dix ans ?

La haine pouvait couver pendant des années, Sano le savait. Momozono et l'empereur avaient le même alibi. Lequel d'entre eux protégeait l'autre ? Tomohito avait déjà sauvé une fois son cousin.

– Et comment imaginer que je puisse tu... tuer quelqu'un ? lui dit Momozono avec un petit rire d'autodérision.

À cet instant, l'empereur Tomohito lui fit signe depuis le champ de bataille en lui criant :

– Apporte-moi un autre sabre !

Momozono prit un sabre en bois dans la pile de jouets et le fit tomber à deux reprises en titubant vers l'empereur. Sano l'observa et essaya de l'imaginer en meurtrier. Non, c'était impossible. Momozono était si maladroit pour les tâches les plus simples ! Comment aurait-il pu maîtriser l'art du *kiai* ? Et où l'aurait-il appris ? Peut-être exagérait-il ses symptômes mais, puisque la conspiration et le meurtre du ministre de la gauche semblaient liés, comment un infirme méprisé de tous aurait-il pu organiser une insurrection ?

L'empereur aperçut Sano et, sans voir le sabre que lui tendait Momozono, il laissa tomber son faux cheval et s'approcha d'un air arrogant.

– Qu'est-ce que vous voulez ? demanda-t-il sèchement en le scrutant du regard.

Sano s'agenouilla et s'inclina devant ce jeune homme désagréable qui était le descendant des dieux. Lui avaient-ils vraiment accordé le pouvoir de manipuler les forces cosmiques ? Ses ancêtres impériaux lui avaient-ils transmis le secret du *kiai* ?

– Je suis venu vous poser quelques questions, dit Sano.

– Relevez-vous ! lui ordonna Tomohito.

Sano lui obéit et regarda à son tour l'empereur avec insistance. L'armure épaississait sa large stature et donnait un aspect menaçant à son visage d'enfant maussade.

– Vous avez le culot de revenir ici ! Alors que vous avez arrêté mon épouse et m'avez fait tomber par terre !

Ces offenses pouvaient effectivement être le mobile qui avait incité Tomohito à vouloir le tuer, pensa Sano.

– Puisse la foudre frapper tous les tyrans Tokugawa ! cria l'empereur.

Momozono émit des jappements inquiets, et Sano eut un instant d'effroi, suivi d'une terrible envie de rire. L'empereur avait le pouvoir d'invoquer la colère des cieux, mais sa malédiction ressemblait à la menace puérile d'un enfant. S'il avait la maîtrise du *kiai*, son caractère emporté le rendait encore plus dangereux.

Sano s'empressa de l'apaiser :

– Je regrette ce que j'ai fait. Dame Asagao a été libérée.

Mais, avec l'inconséquence de la jeunesse, Tomohito était déjà passé à autre chose.

– Vous êtes un vrai combattant, n'est-ce pas ? dit-il en examinant Sano avec une admiration réticente.

Il désigna du doigt son sabre long et lui ordonna :

– Montrez-le-moi.

Ne pouvant refuser d'obéir à un ordre de l'empereur, Sano dégaina son sabre et le lui tendit.

– Il est très beau, reconnut Tomohito en passant un doigt crasseux sur la lame.

Soudain, il bondit en arrière et le brandit vers Sano en criant :

– Ha ! Ha !

Celui-ci se baissa juste à temps pour ne pas être touché à la tête.

– Attention ! Ce n'est pas un jouet !

– Non, Vo... Votre Majesté ! gémit Momozono.

Il saisit le bras de l'empereur qui le repoussa. Ses yeux brillaient du plaisir de manier une vraie lame. Il fit des moulinets, des feintes et des attaques dans le vide, et Sano put admirer son savoir-faire. L'empereur surpassait nombre de samouraïs de son âge. Son jeu de jambes était rapide, et chacun de ses coups était exécuté avec élégance.

– Votre technique est excellente, Votre Majesté. Depuis quand étudiez-vous le *kenjutsu* ?

– Depuis que je suis né !

– Qui vous l'a enseigné ?

L'empereur lança le sabre vers les jambes de Sano qui sauta pour l'éviter, et il éclata de rire.

– Les meilleurs maîtres de Miyako.

– Quels autres arts martiaux vous ont-ils appris ?

– Vous posez trop de questions !

Tomohito maniait le sabre avec une technique impressionnante. Il pouvait donc discipliner ses énergies lorsqu'il le fallait. Et la discipline était cruciale pour la maîtrise du *kiai* !

– La bataille que vos soldats sont en train de livrer, c'est la guerre de Jôkyû, n'est-ce pas ?

C'était l'offensive par laquelle l'empereur Go-Toba avait essayé de renverser la dictature du shogun. Il avait convié les Minamoto à une fête organisée à Miyako, où son armée les avait attaqués.

– Peut-être bien ! Et alors ?

Tomohito tournait autour de lui en lui lançant des coups de sabre.

– Alors vous n'êtes pas fidèle à la réalité historique, lui objecta Sano en reculant devant la lame dangereusement proche. Votre faction impériale est en train de battre les Minamoto.

Sur le champ de bataille, les garçons dont les armures étaient lacées de rouge faisaient semblant d'être morts.

– En réalité, les Minamoto ont vaincu votre ancêtre qui n'a pas réussi à s'emparer du pouvoir et qui est mort en exil.

– Si j'avais été à sa place, j'aurais gagné !

– Est-ce un jeu, ou êtes-vous en train de vous entraîner pour une vraie rébellion ?

Tomohito poussa une exclamation de contrariété, car le sabre venait de lui échapper des mains. Sano le ramassa et le rengaina.

– Votre Majesté, veuillez répondre à ma question, s'il vous plaît.

Le prince Momozono eut une crise de convulsions. L'empereur se renfrogna.

– Bien sûr que cette bataille est un jeu, un simple passe-temps ! Il n'y a pas grand-chose à faire ici et je m'ennuie.

Mais Sano vit qu'il avait le regard fuyant.

– Quelqu'un vous a-t-il fait croire que vous pourriez restaurer le pouvoir de la cour impériale et gouverner le Japon vous-même ?

– Personne ne me dit ce que je dois penser ! De toute manière, je n'ai plus envie de parler. J'ai beaucoup mieux à faire !

L'empereur et Momozono se tournèrent vers le champ de bataille, mais Sano leur barra le chemin.

– Connaissez-vous une maison qui est située dans le quartier des teinturiers et qui appartient à sire Ibe, de la province d'Echizen ?

– Je ne connais rien ni personne à l'extérieur du palais, dit Tomohito en se renfrognant. Je ne peux pas sortir d'ici.

Mais un complice avait pu le faire, et Sano entrevoyait pour ce rôle un autre candidat que le ministre de la droite Ichijô.

– Où étiez-vous au moment du second meurtre ? lui demanda Sano.

Tomohito leva le menton d'un air agressif.

– J'étais en train de prier dans la chapelle lorsque j'ai entendu le cri. Mon cousin était avec moi.

Sano regarda le prince Momozono dont le visage fut pris d'une terrible crise de tics. L'empereur dut sentir son incrédulité, car il parut mal à l'aise et marmonna :

– Il faut qu'on y aille maintenant. Viens, Momo-*chan* !

– Att... attendez ! bredouilla le prince. Je viens de me ra... rappeler quelque chose sur la nuit où le mi... ministre de la gauche est mort. Après le cri, quand nous avons tra... traversé à toute allure le Jar... Jardin de l'étang, j'ai vu une lumière dans la petite mai... maison. Mais elle avait dis... disparu quand nous sommes arrivés.

Si c'était vrai, cela voulait dire qu'il y avait quelqu'un d'autre sur le lieu du meurtre. Sano regarda l'empereur.

– Oui, il y avait une lumière, confirma celui-ci avec impatience. Je m'en souviens. Je l'ai vue moi aussi !

Fallait-il le croire ? C'était de toute évidence un mensonge pour mettre le crime sur le compte d'un mystérieux coupable non identifié. En regardant l'empereur poursuivre sa bataille et le prince Momozono reprendre son poste près du tas de jouets, Sano fit le point sur les résultats de son interrogatoire. Il avait le mobile de Momozono pour le premier meurtre, celui de Tomohito pour le second, et un nouvel alibi commun, aussi fragile que le précédent. L'empereur pouvait avoir cette maîtrise du *kiai* dont Momozono était vraisemblablement dépourvu, et Sano était sûr qu'il était impliqué dans la conspiration. Mais il réfléchit à ce qui se passerait s'il accusait l'empereur : Tomohito dénoncerait le régime des Tokugawa, et une guerre civile s'ensuivrait. Tout ce qu'espérait Sano, c'était pouvoir prouver la culpabilité d'un autre suspect.

Pourquoi pas dame Jokyôden ? Sano avait prévu de lui rendre visite après avoir vu l'empereur, mais une autre idée lui vint soudain à l'esprit. Une idée troublante. Il quitta le palais en sachant que son choix était risqué, mais qu'il allait peut-être apprendre quelque chose d'intéressant.

23

La guerre de Jôkyû était terminée. Tous les soldats étaient partis et l'empereur se trouvait maintenant dans sa salle de bains. Une grande baignoire en bois de forme arrondie était remplie d'eau tiède. Le soleil brillait derrière le papier des fenêtres à croisillons. Des rideaux blancs ornés des armoiries impériales étaient tirés devant les vasistas ouverts. Tout nu, Tomohito était allongé sur une estrade où ses serviteurs lavaient son corps et ses cheveux. Ses yeux étaient fermés car, d'après le rituel, on ne pouvait faire la toilette d'un empereur que s'il dormait, pour que le fait de le toucher ne compromette pas sa dignité sacrée.

Assis dans un coin, le prince Momozono regardait ces ablutions en tremblant et en s'agitant. Les serviteurs ne lui prêtaient aucune attention. Tomohito semblait ne pas avoir conscience de ce qui se passait, mais Momozono sentait qu'il ne dormait pas. Il tressaillait et fronçait les sourcils quand on le frottait trop vigoureusement, tout en sachant que, s'il protestait, les soins cesseraient immédiatement. Momozono attendait en étouffant ses grognements avec sa main. Depuis des mois, il essayait de trouver le courage de parler franchement à son cousin. Il ne pouvait se taire plus longtemps, même s'il prenait le risque de l'offenser, car ce silence risquait de les condamner tous les deux.

Les serviteurs terminèrent enfin la toilette de l'empereur, s'inclinèrent vers sa silhouette inerte et partirent. Tomohito ouvrit les yeux et s'assit.

– J'ai cru qu'ils n'en finiraient jamais, dit-il d'une voix geignarde.

Il descendit de l'estrade et s'immergea dans l'eau tiède avec un soupir de satisfaction.

– Un jour, je n'aurai plus à supporter ces gens qui me lavent comme un bébé !

Un jour... Ce refrain, Momozono l'avait souvent entendu. Il se souvenait d'un petit Tomohito âgé de huit ans qui tentait de se faufiler par la porte du palais. Rattrapé par les gardes, il hurlait : « Un jour, je pourrai sortir si j'en ai envie ! » Il s'était aussi rebellé contre les études et les cérémonies : « Un jour, personne ne me forcera à faire ça ! »

Mais, aujourd'hui, Tomohito avait mis dans ses paroles un sérieux et un entêtement inquiétants. Il n'était plus un jeune prince héritier se complaisant dans des fantasmes puérils, mais un empereur adulte qui voulait les concrétiser dans la réalité. Momozono devait le ramener à la raison.

– Vo... Votre Majesté, il y a quel... quelque chose que je dois vous dire, lança-t-il timidement.

Tomohito s'enfonça dans l'eau jusqu'au menton, ses longs cheveux flottant autour de lui comme un éventail noir.

– Vas-y !

Plus que pour quiconque à la cour, la survie de Momozono dépendait du bon vouloir de l'empereur.

– Que... que pensez du *sôsakan-sama* ? dit-il pour gagner du temps.

– Il est censé être un as du sabre, mais je parie que je pourrais le battre !

Le cœur de Momozono se serra devant les illusions de son cousin. Malgré tout son talent, Tomohito ne ferait jamais le poids contre un vrai samouraï et, s'il ne s'en rendait pas compte, comment pourrait-il lui faire prendre conscience des dangers qui le menaçaient ? Il ne savait que trop bien qui lui avait inculqué ces idées de grandeur. La colère provoqua quelques contractions de ses membres, qu'il s'efforça de calmer.

– Cela ne vous... vous inquiète pas que le *sôsakan-sama* soit tou... toujours en vie et vous pose encore des questions ? lui demanda-t-il d'un air anxieux.

Tomohito éclata de rire.

– Il ne me fait pas peur !

Incapable de se contenir, Momozono s'exclama :

– Vo... Votre Majesté, vous *devriez* peut-être avoir peur !

L'empereur se redressa dans la baignoire et se renfrogna.

– Tu oserais me dire ce que je dois penser ?

– Non, non !

Momozono se précipita vers lui, s'agenouilla et s'inclina, tout tremblant dans sa hâte d'apaiser son cousin.

– Je... j'essaie seulement de vous pro... protéger, Votre Majesté.

Il l'avait déjà fait quelques années plus tôt. Quand Tomohito avait eu treize ans, l'insatisfaction de cette existence surprotégée lui était devenue insupportable. Il mourait d'envie de connaître la vie à l'extérieur du palais et s'était pris d'amitié pour trois jeunes nobles délurés qui avaient quelques années de plus que lui. Momozono avait vu les yeux de l'empereur briller d'excitation lorsqu'il les écoutait raconter leurs beuveries, leurs aventures sentimentales et leurs escarmouches avec les voyous. Et il avait rapidement eu envie de participer plus activement aux amusements du trio et s'était mis à leur proposer des aventures de son invention. Au début, c'étaient de simples farces, comme voler des fruits au marché ou cacher un veau dans une tour de guet contre les incendies. Quand les jeunes gens revenaient au palais, Tomohito adorait les entendre décrire l'émoi qu'ils avaient provoqué.

Puis, un jour, l'empereur avait proposé à ses amis de s'introduire dans la résidence du *shoshidai* et d'en rapporter un souvenir pour prouver leur exploit. Le prince Momozono, qui traversait justement le quartier des *kuge*, les avait vus de loin revenir de leur escapade. Il s'était caché et, en les entendant se disputer, il avait compris que la farce avait mal tourné.

– Nous n'aurions jamais dû le faire !

– Tout se serait bien passé si on était partis juste après avoir dérobé le sceau personnel du *shoshidai*. Mais non, il t'en fallait plus ! Tu as forcé ce coffre et volé les pièces d'or !

– Je ne pouvais pas savoir que sa fille allait entendre du bruit et nous surprendre !

– En tout cas, tu n'aurais pas dû la prendre de force !

– J'étais si saoul que je ne savais pas ce que je faisais !

– Qu'est-ce qu'on va dire à Sa Majesté ?

– Rien. Je vais cacher les pièces d'or et on lui dira que tout s'est parfaitement passé.

C'était sire Koremitsu, le chef du trio, qui avait dérobé les pièces d'or et violé la fille du *shoshidai*. Indigné par la mauvaise influence qu'il exerçait sur Tomohito et dévoré de jalousie, le prince Momozono le détestait.

– Personne ne saura ce que nous avons fait.

Le lendemain, pourtant, des policiers étaient venus au palais. Ils avaient informé les nobles de la cour du cambriolage et du viol, en expliquant que les gardes du *shoshidai* avaient pourchassé les coupables jusqu'au palais impérial, et qu'ils voulaient les identifier et les punir. En apprenant la nouvelle, le prince Momozono avait été terrifié. Qu'allait-il se passer si l'enquête du *bakufu* remontait jusqu'à Tomohito ? Ils ne l'arrêteraient pas mais, avec cette preuve de sa turpitude, ils le forceraient à abdiquer.

Momozono ne pouvait laisser se produire une telle catastrophe car, si son cousin bien-aimé abdiquait, l'empereur suivant pourrait l'expulser. Il devait faire en sorte que le *bakufu* trouve le coupable et que l'enquête s'arrête là. Mais il ne pouvait se contenter de dire ce qu'il savait, car on ne croirait jamais un idiot. Il devait trouver un autre moyen.

Il s'était alors précipité chez lui pour écrire sur un bout de papier : « Sire Koremitsu est l'homme que vous cherchez. » Il avait mis le message dans une boîte et s'était rendu dans le quartier des *kuge*, là où la police visitait toutes les résidences à la recherche des criminels. Il s'était caché au coin d'une rue et avait attendu que les policiers arrivent. Puis, en maîtrisant ses gestes et ses glapissements par la force de sa volonté, il avait lancé la boîte devant eux et s'était enfui.

La police était allée au domicile de sire Koremitsu et y avait retrouvé les pièces d'or. Il avait avoué en révélant le nom de ses complices mais, pour protéger leurs familles à la cour, les jeunes gens n'avaient pas mis en cause l'empereur. Ils avaient été exilés, et le *bakufu* n'avait jamais eu vent du rôle qu'il avait joué. Tomohito était sauf, et le prince Momozono aussi.

Mais de nouveaux ennuis avaient ensuite surgi. Le ministre de la gauche était une menace bien pire que sire Koremitsu pour l'empereur. Sa nouvelle aventure n'avait rien d'une farce inoffensive, et elle risquait d'avoir des conséquences beaucoup plus graves qu'un vol ou une agression. La mort de Konoe n'avait pas écarté le danger, et le second meurtre avait encore plus orienté l'enquête du *sôsakan-sama* vers Tomohito. Vu les circonstances, des lettres anonymes ne serviraient à rien et la seule chance qu'avait Momozono d'éviter un désastre était de convaincre l'empereur qu'il devait coopérer.

– Je vous en prie, Vo... Votre Majesté, je vous supplie d'entendre rai... raison. C'est un moment très dangereux. Le *sôsakan* Sano va con... continuer à chercher le meurtrier jusqu'à ce qu'il ait découvert tous les se... secrets du palais. Vous devez faire très attention et ne pas lui do... donner de raison de vous suspecter.

– Tu t'inquiètes trop, Momo-*chan*, lui dit Tomohito avec agacement. Le *sôsakan-sama* ne sait rien.

Et, en levant fièrement la tête, il ajouta :

– Il ne peut pas me faire de mal. Personne ne le peut. Je suis sous la protection des dieux !

Mais, d'après les questions que posait Sano, Momozono voyait bien qu'il avait de forts soupçons, même s'il ne connaissait pas la vérité.

– La protection di... divine ne vous préservera pas des Tokugawa !

– Tout ce que nous devons faire, c'est maintenir ce que nous avons déclaré, et tout ira bien ! lui affirma Tomohito. On jouait tous les deux aux fléchettes quand le ministre de la gauche Konoe est mort. Et, l'autre soir, je priais dans la chapelle, et tu étais avec moi.

– Mais le *sôsakan* Sano pense que nous men... mentons !

– Pourquoi s'inquiéter de ce qu'il pense puisqu'il n'a pas de preuve ? dit l'empereur en riant. Et il n'en aura jamais puisqu'on était ensemble ces deux soirs-là, *n'est-ce pas* ? dit-il en fixant son cousin d'un air entendu.

Momozono ne put que hocher la tête : ils allaient maintenir les fragiles déclarations qui étaient censées prouver leur innocence. Mais il ne voulut pas renoncer sans faire une dernière tentative.

– Cette... cette chose que vous... que vous avez entreprise...

Il avait déjà du mal à y penser, alors l'appeler par son nom !

– Vous ne pourrez ja... jamais la réussir. Et si vous essayez quand même, vous vous dé... détruirez avec toute la cour impériale !

– Ne sois pas idiot, marmonna Tomohito. Bien sûr que je vais réussir ! C'est mon destin de gouverner le Japon, et un jour...

Il s'allongea confortablement dans la baignoire, ferma les yeux et sourit.

– Un jour très proche, je pourrai enfin faire ce que je veux !

24

À l'hostellerie de Nijô, Reiko se réveilla seule dans son lit. Il faisait grand jour. Le cauchemar qu'elle avait vécu en croyant que Sano était mort lui semblait loin, et ses aventures quand elle cherchait son assassin aussi. Mais toutes ces émotions l'avaient épuisée, et elle avait dormi jusqu'à midi ! Elle s'assit et vit une servante entrer avec le plateau de son petit déjeuner.

– Où est mon mari ? demanda Reiko.

– Il est parti avec ses hommes, dit la servante.

– Et où sont mes gardes et les porteurs de mon palanquin ?

– Ils ne sont pas là non plus.

Elle fut contrariée que Sano ne lui ait laissé aucun moyen de transport. Comme c'était étrange ! La veille, elle aurait donné n'importe quoi, enduré les pires épreuves, pour qu'il revienne ! Et voilà que les petits incidents énervants de leur vie commune la tracassaient à nouveau comme avant. En buvant son thé et en mangeant ses légumes au vinaigre et son riz, elle réfléchit à ce qu'elle allait faire ce jour-là. Elle avait peur d'avoir compromis l'enquête en y impliquant dame Jokyôden et se demandait comment rattraper cette erreur, mais ne savait que faire.

Soudain, ses yeux furent attirés par un reflet : une des pièces du ministre de la gauche était posée sur la table. Elle la prit et la regarda pensivement. Les policiers Marume et Fukida n'avaient rien trouvé, mais peut-être aurait-elle plus de chance !

Elle fit sa toilette, s'habilla et sortit de l'auberge, accompagnée par deux servantes. Les rues étaient pleines de monde et il faisait très chaud. Elles se renseignèrent partout – dans les boutiques, les maisons de thé et aux étals des marchés –, mais personne ne connaissait ce genre de pièce. Les commerçants qui l'accueillaient avec le sourire devenaient curieusement très réticents dès qu'elle la montrait. Les employés, les clients et les colporteurs avaient le regard fuyant. Après des heures de recherches infructueuses, Reiko renonça, déçue et contrariée.

– Ils mentent tous, dit-elle à ses servantes. Je ne comprends pas ce qui se passe.

Elles s'installèrent dans un restaurant où l'on servait du thé et des nouilles froides. Une jeune servante au visage ingrat, mais sympathique, leur apporta leur repas, et Reiko remarqua qu'elle les regardait pendant qu'elles mangeaient. Lorsqu'elle s'agenouilla pour lui remplir son bol, elle murmura :

– Puis-je vous parler, s'il vous plaît ?

Intriguée, Reiko hocha la tête. La jeune fille jeta un regard furtif vers la cuisine où un couple âgé s'occupait des casseroles sur le feu.

– Je vous ai entendue poser des questions sur une pièce gravée d'une fougère, dit-elle à voix basse. Veuillez m'excuser si je vous parais impolie, mais vous êtes sûrement une nouvelle venue ! Je dois vous prévenir que personne ici ne parle de ce genre de choses et que vous ne devriez pas le faire, vous non plus.

– Pourquoi ? demanda Reiko.

– Parce que c'est dangereux ! dit la servante en s'approchant encore plus près. La feuille de fougère est l'emblème du clan Dazai. Ce sont des gens très méchants – des voleurs, des truands et des assassins. Ils viennent dans des endroits comme ici réclamer de l'argent, et ils tabassent les commerçants qui ne veulent pas payer. Ils kidnappent des jeunes filles pour les faire travailler dans des bordels clandestins. Ils ont des maisons de jeu et torturent ceux qui ne paient pas leurs dettes. Ils sont très puissants et tout le monde a peur d'eux. Ça ne sert à rien de les dénoncer à la police car ils distribuent des pots-de-vin pour qu'on les laisse tranquilles. Ils tuent tous ceux qui leur font des ennuis. Même parler d'eux porte malheur !

– Mayumi-*chan* ! cria l'homme dans la cuisine. Arrête de déranger nos clientes. Retourne travailler !

– Excusez-moi, il faut que j'y aille.

La servante s'inclina et murmura avant de s'éloigner :

– Je vous en prie, suivez mon conseil ! C'est pour votre bien.

Reiko réfléchit longuement à ce qu'elle venait d'entendre. Pourquoi le clan Dazai frappait-il des pièces portant leur emblème ? Pourquoi le ministre de la gauche en possédait-il trois ? Espionnait-il aussi les Dazai ? Reiko se souvint des hommes qu'elle avait vus dans la maison de sire Ibe. Faisaient-ils partie de ce clan qui était peut-être impliqué dans le meurtre de Konoe et le complot contre les Tokugawa ? Comme Sano, Reiko sentait que le mystère de ces pièces était crucial pour l'enquête. Mais comment découvrir la vérité si tout le monde à Miyako refusait d'en parler et redoutait les Dazai ?

Vieux de cinq cents ans, le temple Sanjûsangendô était situé dans le secteur sud de Miyako, non loin du fleuve Kamo. Des fidèles et des moines se pressaient autour des salles, des sanctuaires et des pagodes qui se trouvaient dans son enceinte. Des gongs retentissaient, des enfants gambadaient. Seul près du portail vermillon situé à l'est, Sano regardait cette animation tout en s'interrogeant sur la sagesse de sa décision.

Il avait besoin d'informations que le ministre de la gauche avait probablement cachées à la cour impériale, mais qu'il avait pu confier à une personne extérieure au palais, même si elle n'encourageait pas ses confidences. Il avait donc décidé de se rendre au temple Kôdai pour revoir Kozeri, mais se sentait de plus en plus troublé à mesure qu'il approchait. Ne voulait-il pas obtenir d'elle plus que de simples réponses à ses questions ? Il se raisonna, cherchant à se convaincre que sa recherche de la vérité lui demandait de résister à l'attrait qu'elle exerçait sur lui.

À son arrivée au couvent, on lui avait dit qu'elle était partie mendier au Sanjûsangendô. Son absence aurait pu être une bonne excuse pour éviter de la rencontrer, mais il avait besoin de son témoignage pour faire le lien entre la conspiration des rebelles et l'affaire des meurtres.

Sano passa le portail vermillon et se dirigea vers le temple principal, un bâtiment de couleurs vives, avec des piliers rouges, des murs blancs, des croisillons de fenêtres verts, et des moulures bleues et jaunes. L'intérieur était un vaste tunnel où se succédaient d'énormes piliers en bois. Il suivit les fidèles dont les murmures résonnaient sous les poutres du plafond et avança le long d'un autel qui s'étendait sur toute la longueur de la salle. Des bougies et des bâtonnets d'encens brûlaient sur leurs supports devant les statues des dieux du vent et du tonnerre. Au-dessus, disposées sur onze rangées comme les soldats d'une armée dorée, brillaient les célèbres mille et une statues de la déesse Kannon.

Les lueurs vacillantes des innombrables bougies animaient les silhouettes et les visages sereins couronnés d'auréoles crantées. Leurs multiples mains, qui tenaient des fleurs, des couteaux, des crânes et des moulins à prières, semblaient remuer et faire des signes. Puis Sano émergea dans la cour intérieure sous le soleil brûlant. Trois nonnes en robe de chanvre, la tête couverte d'un chapeau de paille, tenaient des sébiles en bois. Kozeri était au centre. La surprise et le plaisir firent briller ses yeux ravissants.

– Bonjour, *sôsakan-sama*, dit-elle.

Sa présence alluma en lui une sombre excitation, mais il se raisonna : elle n'était qu'un témoin susceptible de lui donner l'information dont il avait besoin. Il ne devait pas la laisser lui inspirer de dangereuses pensées.

– Qu'est-ce qui vous amène au Sanjûsangendô ? demanda Kozeri avec un sourire timide.

– Je vous cherchais.

En la voyant rougir, il comprit qu'elle aussi avait eu terriblement envie de le revoir et qu'elle avait pris sa réponse comme un signe d'intérêt. Il se sentit flatté, mais se le reprocha aussitôt : un rustre égoïste et vaniteux qui était en train de délaisser sa femme pour gagner le cœur d'une nonne, voilà ce qu'il était !

– En fait, j'ai d'autres questions à vous poser, précisa-t-il en essayant de prendre un ton professionnel. Sur le ministre de la gauche Konoe.

– Ah ! Je comprends.

Kozeri souriait toujours, mais la déception et la prudence avaient éteint la lumière qui brillait dans ses yeux.

– Très bien, soupira-t-elle en inclinant la tête.

– Y a-t-il un endroit plus tranquille où nous pourrions parler ? demanda Sano en jetant un regard circulaire sur l'animation du temple.

Sans croiser son regard, Kozeri hocha la tête.
– Veuillez m'excuser un instant, dit-elle à ses compagnes.
– Nous devrions peut-être vous accompagner, proposa la plus âgée des nonnes en regardant Sano d'un air méfiant.
« Oui, vous devriez ! » pensa Sano, tandis que son cœur bondissait à l'idée de se retrouver seul avec Kozeri.
– Ce n'est pas la peine, je reviens tout de suite.
Sano ne dit rien et quitta le temple avec elle. Ils marchèrent tranquillement le long d'une avenue bordée de belles demeures. Certains nobles de la cour avaient les moyens d'avoir des résidences secondaires hors du palais. Des palanquins passaient près d'eux, et les arbres agitaient sur la rue leurs ombres tachetées de lumière. Kozeri marchait en serrant sa sébile dans ses mains, la tête inclinée sous son chapeau.
– J'ai besoin de savoir ce que le ministre de la gauche vous a dit lors de votre dernière rencontre, lui demanda Sano.
– Il ne m'a rien dit... C'est-à-dire rien à part les mêmes choses qu'il disait dans ses lettres.
Kozeri parlait à voix basse, mais son ton était ferme. Elle se sentait sûrement plus à l'aise elle aussi sur un sujet impersonnel.
– Je n'ai pas eu de vraie conversation avec mon ex-mari depuis des années.
Sano comprenait sa réticence à discuter d'un sujet douloureux, mais son instinct lui disait que leur dernière rencontre était importante pour l'enquête.
– Je voudrais que vous me racontiez tout ce qui s'est passé avec lui ce jour-là. À partir de son arrivée au temple Kôdai.
Le bord de son chapeau monta et descendit tandis qu'elle hochait la tête avec réticence. Elle gardait les yeux baissés pendant qu'ils marchaient, sans doute embarrassée par la curiosité des passants qui s'étonnaient de voir une nonne se promener avec un samouraï. Mais Sano ne pouvait s'empêcher d'avoir envie qu'elle le regarde.
– C'était tôt le matin, commença Kozeri. Avec une autre nonne, nous étions en train de balayer la véranda quand il est arrivé. Il m'a dit : « Vous êtes aussi belle que lorsque nous nous sommes mariés il y a quinze ans, Kozeri. On dirait que vous ne vieillissez pas. » J'ai

lâché mon balai et j'ai reculé, mais il a monté les marches vers moi. Il souriait. J'ai demandé à l'autre nonne d'aller chercher de l'aide. Il a insisté : « Je suis si content de vous voir. Vous ne pourriez pas juste faire semblant d'être heureuse vous aussi ? »

Le souvenir de la peur qu'elle avait ressentie résonnait dans la voix de la nonne.

– Puis il s'est énervé. Il affirmait qu'il connaissait mieux mon cœur que moi, et que je devais me rendre compte que je l'aimais. Il parlait de... de choses qu'il voulait me faire.

Kozeri leva des yeux suppliants vers Sano, et l'ivoire de son teint rosit de honte.

– Il faut que je les répète ?

– Non, ce n'est pas nécessaire, dit aussitôt Sano. Qu'est-ce qui s'est passé ensuite ?

Kozeri soupira.

– C'est très difficile...

– Je comprends. Prenez votre temps.

Il s'aperçut trop tard qu'ils avaient quitté l'avenue animée et se trouvaient près du fleuve. Les branches des saules qui bordaient la rive formaient des refuges ombragés. Entre les troncs noueux des arbres, l'eau miroitait au soleil, mais leurs feuillages cachaient l'autre berge. Le haut talus dissimulait les maisons derrière eux, et le clapotis de l'eau couvrait les bruits de la ville, comme si Miyako et le reste du monde s'étaient évanouis. Sano allait proposer de retourner au temple quand Kozeri descendit au bord de l'eau et posa sa sébile.

– Il m'a coincée contre le mur et m'a attrapé les épaules.

Elle s'était adossée contre un saule, les mains serrées le long du corps et mimait la scène.

– Puis des moines sont arrivés et l'ont emmené.

Elle poussa un soupir de soulagement et passa ses mains sur sa poitrine et ses hanches, comme pour s'assurer que Konoe ne lui avait fait aucun mal.

En la regardant, Sano éprouva un élan de désir qui lui fit honte. Malgré lui, il comprenait l'amour obsessionnel du ministre de la gauche. Elle était terriblement séduisante, tout en ayant l'air si innocente ! Sano sentit le danger, ainsi que l'excitation qui le gagnait. Son cœur battait à tout rompre. Le souffle court, il respirait les odeurs de végétation pourrissante et les relents marécageux du fleuve. Il sentit la mousse fléchir sous ses pieds tandis qu'il avançait vers elle. Mais soudain, comme la première fois, une inquiétude surgit dans son esprit embrumé : qu'oubliait-il de lui demander ?

Kozeri se tourna vers lui. Un sourire timide flottait sur ses lèvres. Il se demanda si elle l'avait amené jusque-là intentionnellement. Ses sentiments étaient-ils aussi troubles que les siens ? Ses yeux brillants étaient fiévreux et, sous son ample robe, sa poitrine montait et descendait rapidement. Elle semblait à la fois effrayée et excitée par l'érotisme de la situation. Sano sentit son propre corps réagir et continua l'interrogatoire pour cacher sa détresse.

– Qu'est-ce qui s'est passé d'autre ?

– Rien.

Le regard de Kozeri devint brusquement songeur.

– Attendez... Quelque chose me revient ! Quand on l'a forcé à quitter le temple, il m'a crié quelque chose. Je ne me rappelle pas ses mots exacts, mais c'était à peu près : « Vous allez vite comprendre que vous avez fait une grave erreur en me quittant. Je suis sur le point de concrétiser mes plus hautes ambitions ! Bientôt tous les hommes seront à mes ordres, et toutes les femmes chercheront mes faveurs. Vous serez si impressionnée que vous me reviendrez, j'en suis sûr ! »

– Qu'est-ce qu'il voulait dire ? demanda Sano, intrigué.

– Depuis toujours, il voulait être le Premier ministre impérial, répondit Kozeri. Je suppose qu'il allait finalement obtenir ce poste.

De fait, cette promotion aurait augmenté son prestige à la cour, mais Sano croyait plutôt que Konoe avait découvert le secret du meurtrier et voulait s'en servir pour réaliser ses propres « ambitions », celles qui allaient lui apporter le pouvoir, la richesse et l'admiration de Kozeri. Malgré tout, Sano sentait une lacune dans les informations rassemblées au cours de l'enquête, même si le chambellan lui avait fourni la majeure partie de celles qui lui manquaient.

Debout contre le saule, Kozeri le regardait. Ses mains effleurèrent inconsciemment sa bouche, puis se serrèrent sur sa gorge, ce qui éveilla en Sano un irrésistible besoin de la toucher.

– Les nonnes vont se demander ce qui se passe, murmura-t-elle.

Sano s'aperçut que le soleil de l'après-midi, déjà bas dans le ciel, faisait luire le fleuve comme du bronze. L'ombre sous les saules était plus profonde, et un chœur d'insectes commençait à chanter avant la nuit. Sano avait le témoignage qu'il était venu chercher. Il devait à présent retourner au palais pour continuer ses investigations, ou aller se renseigner sur le coup de filet qu'avait organisé le chambellan dans la maison de sire Ibe.

– Oui, dit-il, nous allons rentrer.

Mais ni l'un ni l'autre ne bougèrent. Il vit dans ses yeux paniqués un élan contenu vers lui. « Vas-y, elle est à toi ! murmura le démon qui était en lui. Les hommes le font tout le temps. Tu n'as pas à te sentir coupable. Reiko n'en saura rien ! » Il avança lentement vers elle. Elle poussa un soupir effrayé, mais ne fit aucun effort pour l'empêcher d'approcher. Il était maintenant tout près d'elle. Elle respirait vite et ses lèvres tremblaient. Les mains de Sano se levèrent. « Non, ce n'est pas bien ! J'aime Reiko, que j'ai déjà terriblement blessée en lui faisant croire que j'étais mort. » Mais il brûlait de désir pour Kozeri.

Ses mains ne la touchaient pas encore, mais leurs visages étaient si proches que Sano vit son chaos intérieur se refléter dans ses yeux. Elle avait fait vœu de chasteté, mais c'était une femme sensuelle qui avait vécu quinze ans sans approcher un homme. Sano pouvait la voir frissonner de désir refoulé. Il se força à penser à Reiko et prit brusquement conscience d'un aspect ignoré de sa personnalité. Quelque chose en lui était attiré par des femmes à l'aura tragique, dont l'esprit avait les mêmes zones d'ombre que le sien.

Des femmes comme Aoi, l'espionne ninja dont il était tombé amoureux lors de sa première enquête, quand il avait été nommé grand investigateur du shogun.

Et il comprit que Reiko, avec sa personnalité lumineuse, ne pourrait jamais complètement satisfaire ce côté sombre en lui, quelle que soit la force de leur amour.

Soudain, Kozeri poussa un gémissement de complète et ardente soumission. En inclinant la tête, elle posa sa joue sur la main de Sano, les yeux fermés et les lèvres entrouvertes. La sensation de sa peau brûlante et moite électrisa Sano. De son autre main, il lui caressa la nuque, cette partie visible si érotique du corps féminin. Laissant lentement descendre ses doigts sur le dos de Kozeri, il l'attira vers lui.

Elle gémit plus fort et se pressa contre lui. Pendant un instant, Sano défaillit de plaisir. Puis l'horreur le fit émerger brutalement de cet étourdissement : il avait fait le premier pas sur un chemin interdit. Son désir le révulsa et, en poussant un cri d'angoisse, il s'écarta de Kozeri.

Elle le regarda avec de grands yeux étonnés.

– Qu'y a-t-il ?

En levant les mains dans un geste d'excuse désespéré, Sano secoua la tête.

– Je suis désolé.

– Vous ne voulez pas de moi ? s'écria Kozeri, les yeux pleins de larmes.

– Je ne peux pas faire ça, balbutia Sano.

Il fit demi-tour et s'enfuit comme s'il avait une armée à ses trousses.

25

Au temple Kôdai, l'après-midi s'était écoulé selon le programme habituel des prières et des tâches quotidiennes. Après avoir mendié en ville, les nonnes étaient revenues, et les rituels du soir avaient commencé. Pendant que les cloches sonnaient partout dans Miyako, la lueur flamboyante du soleil couchant illuminait les fenêtres du dortoir où les nonnes étaient agenouillées sur trois rangées, complètement nues et le crâne rasé. Les corps jeunes et fermes alternaient avec ceux, mous et affaissés, des femmes plus âgées. L'abbesse était assise sur une estrade devant elles.

– Respirez profondément, dit lentement l'abbesse.

Elle aspira par la bouche.

– Inspirez, expirez, concentrez l'énergie en vous.

À sa place habituelle dans la rangée du milieu, Kozeri sentit l'odeur musquée de ces femmes qui inhalaient et rejetaient l'air en même temps qu'elle. Elle essaya de détendre son mental et de sentir l'énergie s'éveiller en elle. Cela faisait quinze ans qu'elle pratiquait ces exercices pour atteindre l'illumination spirituelle et, en temps normal, elle glissait facilement dans une sorte de transe. Mais, ce soir-là, la concentration requise lui échappait. Le *sôsakan* du shogun avait troublé son harmonie intérieure, et des scènes de son passé jaillissaient de l'obscurité derrière ses paupières closes.

Elle vit le jardin de la maison familiale, le paradis de sa jeunesse. Elle courut à nouveau en riant sous les pluies du printemps, dans la chaleur brûlante de l'été, parmi les feuilles d'automne et dans la neige de l'hiver, avec son cousin et ami préféré, sire Ryôzen. Les années passant, elle était devenue une jolie jeune femme, et lui un beau jeune homme. Leur amitié s'était transformée en amour, et leurs familles avaient donné leur accord pour un mariage qui allait renforcer le lien entre leurs clans. À quinze ans, Kozeri et Ryôzen s'étaient agenouillés devant le prêtre shintô et avaient accompli le rituel des trois coupes de saké.

Puis Kozeri avait passé des jours heureux en installant leur foyer pendant que Ryôzen travaillait comme secrétaire du ministre de la gauche. Le soir, ils jouaient de la musique, récitaient de la poésie et faisaient l'amour. Bientôt, Kozeri avait été enceinte. Mais, cinq mois plus tard, les choses avaient brusquement mal tourné. Kozeri se reposait dans sa chambre un après-midi quand sa mère était entrée.

– Je t'apporte une terrible nouvelle, ma fille, lui avait-elle annoncé tristement. Ryôzen est mort. Quelqu'un l'a poignardé.

Kozeri avait secoué la tête, incrédule.

– Mais je l'ai vu ce matin ! Il doit y avoir une erreur !

– Il n'y a pas d'erreur, avait insisté sa mère d'un air désolé.

– Non !

Kozeri était sortie de la maison en chancelant et avait vu les serviteurs ramener un corps enveloppé d'un linceul sur une litière. En soulevant le tissu, elle avait vu le visage blême et figé de son mari. Elle avait versé un torrent de larmes, et une douleur atroce lui avait tordu le ventre. Elle avait poussé un cri et était tombée. D'autres douleurs avaient suivi, et elle avait entendu sa mère crier :

– Elle va accoucher ! Allez chercher le médecin !

Des heures plus tard, après avoir beaucoup souffert, Kozeri avait accouché d'un garçon mort-né. Elle avait perdu beaucoup de sang, et une longue fièvre l'avait terriblement affaiblie. Dix mois avaient passé avant qu'elle puisse se lever de son lit. Toujours très abattue, elle s'asseyait dans le jardin en pensant à Ryôzen. Puis, un jour, son père était venu la voir.

– Il est temps de penser à ton avenir, lui avait-il dit. Le ministre de la gauche t'a demandée en mariage et j'ai donné mon consentement.

La voix sonore de l'abbesse ramena Kozeri dans le présent.

– Sentez l'énergie se répandre dans tout votre corps et gardez sa force en vous.

Kozeri ouvrit les yeux et vit que l'abbesse prenait une longue bande de tissu. Elle l'imita en prenant celle qui était à côté d'elle et la serra étroitement autour de son ventre. Toutes les nonnes firent de même. Dans les dernières lueurs du jour, leurs visages rayonnaient d'une paix qu'elle leur enviait.

– Penchez-vous en avant, baissez la tête et les épaules, dit l'abbesse. Alignez votre nez sur votre nombril. Détendez-vous et respirez lentement. Un, deux...

Avec la bande qui comprimait ses muscles, Kozeri allait inspirer et expirer en comptant silencieusement quatre cents respirations. Un court instant, elle résista à l'afflux des souvenirs, puis les laissa venir...

Elle ne voulait pas se remarier, mais son devoir était d'obéir à son père qui convoitait le prestige que ce nouveau mariage allait apporter à son clan. Elle avait donc épousé Konoe, qui était pour elle un quasi-étranger dont le rang et la richesse l'impressionnaient. Pendant la cérémonie, elle n'avait même pas osé le regarder, et leur nuit de noces avait mal auguré de leur mariage.

Dans la chambre, le ministre de la gauche l'avait tendrement déshabillée.

– Ne vous inquiétez pas, je vais être doux avec vous.

Kozeri savait qu'elle devait lui être reconnaissante de l'avoir délivrée de son veuvage, mais elle ne pouvait s'empêcher de penser à Ryôzen et au bonheur qu'ils avaient connu ensemble. Des larmes lui brûlaient les yeux. N'éprouvant aucun désir pour Konoe, elle avait subi ses caresses et l'avait laissé monter sur elle. Mais lorsqu'il avait voulu glisser en elle son membre viril, ses muscles internes s'étaient contractés. Il avait insisté un long moment en haletant, mais n'avait pu la pénétrer. Et il lui avait fait si mal qu'elle n'avait pu s'empêcher d'éclater en sanglots.

Konoe s'était forcé à sourire et lui avait dit :

– La journée a été épuisante. Nous n'avons qu'à dormir et remettre ça à demain.

Il passait tout son temps libre avec Kozeri et dépensait beaucoup d'argent pour lui offrir des cadeaux et des distractions. Toutes les dames du palais l'enviaient. Mais le ministre de la gauche avait un tel prestige qu'elle ne parvenait pas à surmonter sa timidité. Quand il lui parlait, elle lui répondait gauchement, par monosyllabes. Voyant échouer toutes ses tentatives pour consommer leur mariage, il se mit à exprimer son insatisfaction de mille manières.

Le soir, il lui demandait :

– Qu'avez-vous fait aujourd'hui ? Qui avez-vous vu ?

Et il lui faisait raconter par le menu ses occupations pendant qu'il n'était pas là. Il lui avait interdit de sortir sans lui et passait la voir dans la journée à l'improviste, comme pour la surprendre en train de faire quelque chose de défendu. Elle ne pouvait pas recevoir de visites et, à part lui et son personnel, elle ne voyait que ses professeurs de musique, de calligraphie et de peinture.

Elle était si seule qu'elle avait fini par lui en vouloir. Il le sentait et la punissait par des remarques cinglantes et des actes violents. Un jour, dans un accès de rage, il lui avait arraché tous ses vêtements.

– Misérable ingrate ! avait-il hurlé en la mettant nue et en la jetant dans le jardin couvert de neige. Tu vas te geler dehors jusqu'à ce que tu te décides à montrer un peu d'affection à ton mari !

Le lendemain, il s'était confondu en excuses et lui avait acheté une nouvelle garde-robe. Il semblait avoir une double personnalité : d'un côté son moi public apparemment normal, et de l'autre le monstre qui la terrorisait. Leurs relations conjugales ne s'amélioraient pas. Elle l'aurait laissé avec plaisir la pénétrer, ne serait-ce que pour le calmer, mais son corps se fermait à chaque tentative. Furieux, Konoe avait abandonné l'approche douce et patiente : il lui avait fait prendre des aphrodisiaques, avait généreusement huilé son entrejambe et avait essayé de forcer le passage avec des ustensiles en bois. Ses cris de douleur l'avaient mis hors de lui. En marmonnant des jurons, il lançait son membre contre elle comme un bélier.

Une nuit, après un autre échec, il lui avait dit :

– Ça ne sert à rien. Vous ne me désirez pas. Vous ne m'aimez pas. Et vous ne m'aimerez jamais.

Il s'était levé, avait mis son peignoir et avait baissé vers Kozeri son visage crispé de colère et de frustration. Et pendant qu'elle se recroquevillait, tremblante de peur, il avait ajouté :

– Par amour pour vous, j'ai commis un acte abominable. J'ai risqué ma fonction et mon honneur, j'ai sacrifié ma tranquillité et ma liberté. Et tout ça pour rien !

Puis il était sorti de la chambre. Un horrible soupçon avait alors pris forme dans l'esprit de Kozeri. Cet aveu lui faisait voir le passé dans une autre perspective. Des petites choses, auxquelles elle n'avait pas prêté attention sur le moment, prenaient maintenant un sens inquiétant. Elle se rappelait des remarques de Ryôzen : « Le ministre de la gauche aime bien que je lui raconte nos soirées et le plaisir que nous prenons à jouer de la musique tous les deux. » Il semblait s'intéresser à leur vie privée, et Kozeri avait été contente qu'il apprécie Ryôzen, ce qui ne pouvait que favoriser sa carrière. Elle se rappelait les nombreuses visites que leur rendait le ministre de la gauche, et les cérémonies où son regard songeur s'attardait sur eux. Elle comprenait à présent que c'était sur elle, et non sur son mari, que se concentrait son attention.

Il était tombé amoureux d'elle quand elle était encore mariée. La police n'avait jamais arrêté l'assassin de Ryôzen. Ils n'avaient trouvé personne qui aurait pu souhaiter sa mort. Et comme le ministre de la gauche aurait pu lui prendre Kozeri en leur ordonnant simplement de divorcer, on ne l'avait pas suspecté de meurtre, même s'il avait épousé sa veuve. Mais Kozeri, elle, savait qu'il était jaloux. De peur que son premier mari devienne un rival, il avait commis cet « acte abominable ».

Le ministre de la gauche Konoe avait assassiné Ryôzen.

Les quatre cents respirations étaient maintenant terminées, l'abbesse commença à psalmodier :

– *Namu Amida Butsu. Namu Amida Butsu.*

– *Namu Amida Butsu*, répéta Kozeri avec les nonnes.

Leurs voix résonnaient d'une joyeuse certitude, mais la sienne sonnait faux tandis qu'elle se rappelait l'horreur de cette découverte et le désarroi qui avait suivi. Personne ne la croirait si elle accusait Konoe de meurtre. C'était un homme trop important et trop respecté. La cour impériale ne la laisserait jamais aller à la police, et sa famille ne la soutiendrait pas, de peur de déplaire au ministre de la gauche. Kozeri devait dissimuler ses émotions et ne pas se fâcher avec Konoe.

Mais rien de ce qu'elle disait ou faisait ne lui plaisait. Il était de plus en plus brutal dans ses efforts pour la pénétrer et la surveillait encore plus étroitement. Puis, peu de temps avant le premier anniversaire de leur mariage, son professeur de shamisen était mort. Il avait été remplacé par un jeune noble de la cour, âgé d'une vingtaine d'années, qu'on surnommait Saru – « le singe » – à cause de son talent d'imitation. Avec son sourire de travers et ses yeux globuleux, il n'était pas très beau, mais il était gentil. Il avait vite compris que Kozeri était malheureuse et la faisait rire avec ses imitations d'animaux et de personnes. Pour la première fois depuis la mort de Ryôzen, elle éprouvait un peu de plaisir dans la vie. Elle avait un ami !

Puis, un soir, Konoe était entré comme un ouragan dans sa chambre, le visage blême de rage. Il l'avait attrapée et jetée contre le mur.

– Femme adultère ! avait-il hurlé en la giflant. Sale putain !

– Pourquoi dites-vous ça ?

– Ne faites pas semblant de ne pas comprendre ! Tous les jours, vous chuchotez et vous riez avec lui. Je le sais, j'ai écouté derrière la porte. C'est votre amant, ne le niez pas !

Il parlait de Saru ! Kozeri avait été stupéfaite. Elle n'avait pas d'attirance sentimentale pour son professeur de musique qui, de son côté, était marié et heureux en ménage.

– C'est faux ! avait-elle protesté.

– Menteuse !

Konoe lui avait lancé un coup de pied dans le ventre. Elle était tombée par terre et s'était recroquevillée. Il lui avait donné un coup de pied sur la tête.

– Je vous ai entendus tous les deux vous moquer de moi ! Je l'ai chassé du palais avec toute sa famille. Ils vont crever de faim dans la rue !

Elle avait compris que son mari avait entendu l'imitation très drôle que Saru faisait de lui.

– Je suis désolée ! avait-elle crié. Je vous en prie !

Il l'avait battue à coups de poing, et elle avait saigné du nez. Elle avait hurlé lorsqu'il lui avait arraché des poignées de cheveux et, en poussant d'affreux jurons, il avait ramassé son shamisen et l'avait frappée avec l'instrument.

Finalement, il avait reculé avec une expression de triomphe haineuse sur le visage.

– J'espère que vous avez compris la leçon !

Mais le désespoir avait enhardi Kozeri.

– Pourquoi ne me tuez-vous pas comme Ryôzen ?

Pendant un long moment terrible, tous deux s'étaient regardés fixement. Elle avait vu la vérité dans les yeux de Konoe qui s'étaient embrasés de colère. Elle était prête au pire, mais il avait secoué la tête, s'était tourné et était parti.

Kozeri avait beaucoup pleuré et, quand ses larmes s'étaient calmées, une lucidité sereine s'était installée dans son esprit. Elle savait qu'il essaierait toujours de la forcer à l'aimer. Sa violence et sa cruauté empireraient jusqu'à ce qu'il finisse par perdre la tête, et il la tuerait. L'éducation religieuse de la jeune femme lui avait appris à accepter son destin et, comme elle désirait ardemment revoir Ryôzen, elle pensa au suicide pour échapper à ses souffrances et le rejoindre. Mais une partie d'elle ne voulait pas mourir. Couverte de bleus et de sang, le corps endolori, elle avait préparé un ballot avec les nouvelles robes que Konoe lui avait achetées et s'était enfuie au temple Kôdai, où sa famille avait autrefois trouvé refuge lors d'un incendie au palais. Le couvent était un havre de paix pour les femmes maltraitées qui étaient attirées par la religion. Les nonnes l'avaient recueillie en prenant sa garde-robe comme dot. Ce jour-là, Kozeri s'était imaginée à l'abri du ministre de la gauche pour toujours.

Un mois plus tard, Konoe avait fait irruption au couvent en interrompant les prières des novices.

– Je vous ai cherchée partout ! avait-il crié à Kozeri. Vous allez revenir à la maison avec moi !

Et il l'aurait emmenée de force si des moines ne s'étaient pas interposés. Pendant qu'ils le traînaient hors du temple, il hurlait :

– Vous êtes à moi ! Vous ne pouvez pas m'échapper !

Il était revenu à d'innombrables reprises et lui envoyait des lettres entre ses visites. Lorsqu'elle allait mendier en ville avec ses compagnes, Konoe l'accostait. Parfois, il la suppliait et lui demandait pardon mais, le plus souvent, il menaçait de la tuer si elle ne lui revenait pas. Puis elle n'entendait plus parler de lui pendant des mois et, juste quand elle commençait à croire qu'il l'avait oubliée, il réapparaissait et se remettait à lui écrire. Malgré la douceur de sa nature, elle avait fini par le détester. Il avait détruit sa vie, l'avait enlevée à sa maison et à sa famille. Pourquoi ne la laissait-il pas tranquille ? Elle souhaitait sa mort qui mettrait un terme à son supplice.

Et son vœu s'était réalisé ! Mais voilà que des ennuis encore pires la menaçaient. On la soupçonnait du meurtre de Konoe, comme le montraient les questions du *sôsakan* Sano. Que se passerait-il s'il découvrait comment le ministre de la gauche la traitait ? Elle avait peur de lui, et pas seulement parce qu'elle redoutait une inculpation. En venant au temple Kôdai, il avait détruit le calme qu'elle avait atteint par la prière et la méditation. Il avait réveillé en elle des émotions oubliées et des désirs depuis si longtemps refoulés.

Kozeri n'avait pas fait le choix d'une vie religieuse uniquement pour fuir le ministre de la gauche. Son second mariage ayant éclipsé les souvenirs heureux du premier, elle ne voulait plus jamais approcher un homme. Son besoin de paix l'emportait sur tout autre désir et, pendant des années, elle s'était satisfaite d'avoir de quoi manger et un toit, ainsi que sa foi et la compagnie des autres nonnes. Mais Sano avait ranimé quelque chose en elle, et le désir qu'elle éprouvait pour lui avait redonné vie à son corps. Elle avait maintenant besoin de l'amour d'un homme. Elle mourait d'envie de le revoir et de poursuivre ce qu'ils avaient commencé près du fleuve, même si cette perspective lui faisait très peur.

– À présent, levez-vous, dit l'abbesse en se relevant lentement. Bouche fermée, menton rentré, dos droit. Continuez à respirer et regardez droit devant vous. Un regard clair donne une conscience pure.

Les nonnes se levèrent et Kozeri visualisa leurs consciences comme de l'eau limpide, tandis que la sienne était agitée par la tempête. Elle savait certaines choses qui pourraient aider Sano à résoudre l'affaire, mais elle avait aussi de dangereux secrets qu'elle devait garder. Lui dire la vérité mettrait sa vie en danger, et se laisser aller à l'aimer pourrait détruire une paix si durement gagnée. Elle lui avait donc menti, tout en utilisant pour se défendre une arme que ce long entraînement lui avait donnée.

S'il s'en rendait compte, il l'accuserait de meurtre. Kozeri ne savait pas ce qui allait advenir de leur relation mais, avec l'enquête en cours et leur attirance mutuelle, une chose était sûre : il reviendrait.

Vêtue d'un peignoir, ses cheveux fraîchement lavés encore humides, Reiko sortit de la salle de bains de l'hostellerie de Nijô et retourna dans sa chambre. Sano était rentré. Assis par terre, il triait le contenu des boîtes provenant du bureau du ministre de la gauche, que le chambellan Yanagisawa venait de lui faire parvenir. Il l'accueillit avec un petit signe de tête et se replongea dans les papiers.

– Je commençais à m'inquiéter, murmura Reiko en s'agenouillant près de lui.

La nuit était tombée et les clients de l'auberge s'étaient déjà retirés dans leurs chambres.

– Dois-je demander votre dîner ?

– Non, merci, dit Sano en lisant une des lettres, les sourcils froncés. Je me suis arrêté manger quelque chose en ville. Je n'ai pas faim.

– Bien. Je suis contente que vous soyez rentré, reprit-elle, étonnée de son ton un peu sec. Devinez ce que j'ai fait ! J'ai des renseignements sur les pièces de Konoe !

Elle lui raconta les péripéties de son enquête et lui expliqua comment elle avait finalement appris que ces pièces étaient liées au clan Dazai.

– C'est une bonne piste, admit Sano en interrompant son travail pour la regarder, mais sans montrer d'enthousiasme. Sauf que le ministre de la gauche avait peut-être espionné les Dazai pour une autre affaire qui n'a rien à voir avec le complot de la restauration impériale ou avec son meurtre, ajouta-t-il.

– Oui, c'est vrai.

Même si elle comprenait son besoin d'objectivité, elle était déçue par son scepticisme.

– Et vous, qu'avez-vous appris aujourd'hui ?

– Je viens de rentrer du château de Nijô. Le chambellan Yanagisawa a fait une descente dans la maison de sire Ibe, mais les insurgés et les armes avaient disparu. Il poursuit ses recherches. Malheureusement, Marume et Fukida viennent de m'informer qu'il est passé voir le *yoriki* Hoshina. Je l'ai fait transférer ailleurs, mais il le retrouvera, c'est juste une question de temps. À part ça, j'ai interrogé le ministre de la droite Ichijô, l'empereur Tomohito et le prince Momozono.

Sano lui raconta les interrogatoires et conclut en disant :

– Ichijô ou Tomohito pourraient avoir la maîtrise du *kiai*, et l'un d'eux, ou même les deux, pourraient être impliqués dans le complot de la restauration impériale. Leurs alibis ne sont pas convaincants, mais ils vont être difficiles à réfuter.

– Et dame Jokyôden ? demanda Reiko.

Sano détourna le regard sur les papiers qui étaient empilés autour de lui.

– Je n'ai pas pu la voir.

– Ah bon ! Pourquoi ?

Reiko était surprise qu'il n'ait pas rendu visite à tous les suspects pendant qu'il était au palais. Elle avait très envie de savoir si Jokyôden avait pour le second meurtre un alibi solide qui la disculperait, car elle avait peur de s'être trompée en lui faisant confiance.

– Je suis allé voir Kozeri, dit Sano, à nouveau très concentré sur le classement des papiers.

– Encore ! Pourquoi ?

– Je voulais en savoir plus sur la dernière visite que lui a rendue Konoe, expliqua-t-il sans lever les yeux de son travail. Elle l'a vu peu de temps avant sa mort et il lui a dit qu'il était sur le point de réaliser ses ambitions. J'ai l'impression qu'il avait découvert la conspiration et voulait l'annoncer au *bakufu*, avec l'espoir d'être généreusement récompensé.

Censée justifier sa visite à la nonne, cette explication parut peu convaincante à Reiko. Et Sano avait un air absent qui ne lui ressemblait pas.

– Oui, ça semble prouver que Konoe était au courant du complot, dit-elle. Mais Kozeri n'est pas suspecte, n'est-ce pas ? Il n'y avait aucun étranger au palais la nuit du premier meurtre, et le chambellan ne l'a pas prévenue de votre venue au palais quand il a organisé son coup monté pour vous faire assassiner.

– Les déclarations de Kozeri confirment ma théorie sur le mobile du meurtre, ce qui est crucial pour résoudre l'affaire. Son témoignage est important et c'est pour ça que je suis allée la voir. Je rendrai visite à dame Jokyôden demain, s'écria Sano avec agacement. Pourquoi ne respectez-vous pas mon jugement ?

Il avait déjà été irascible la veille au soir, sans la moindre raison, se rappela Reiko.

– Vous êtes en colère contre moi parce que je suis allée enquêter en ville sur les pièces ?

– Je ne suis pas en colère, répliqua sèchement Sano.

– Alors qu'est-ce qui ne va pas ? s'exclama-t-elle en réalisant qu'il avait eu la même attitude après sa première visite à la nonne. Kozeri a dit ou fait quelque chose qui vous a contrarié ?

– Qu'allez-vous chercher ! se défendit-il d'une voix qui sonnait faux. Je vous ai déjà raconté ce qui s'est passé. Si je suis contrarié, c'est à cause de toutes ces questions que vous me posez.

L'aiguillon du doute troubla soudain Reiko. Mais non, elle avait une confiance absolue dans la fidélité de Sano. Il ne lui avait jamais donné la moindre raison de penser qu'il puisse s'intéresser à une autre femme.

Honteuse de le soupçonner, elle s'excusa :

– Je suis désolée. Je ne voulais pas vous contrarier.

Il hocha la tête sans lui prêter attention. Il comparait la note qu'elle avait trouvée dans le brasero avec une lettre provenant des dossiers personnels de Konoe.

– La calligraphie est la même. C'est bien lui qui a écrit la note sur la maison de sire Ibe. Et voilà autre chose ! Écoutez ce que dit ce document : « Moi, Nakane le Tisserand, accepte de vendre à l'honorable ministre de la gauche Konoe Bokuden la maison que je possède à Nishijin. » Il y a un plan qui indique l'emplacement de la maison où vous a emmenée dame Jokyôden. Cette maison était bien à lui !

Sano se força à faire un bref sourire à Reiko avant de reporter son attention sur les papiers.

– Il est donc possible que Jokyôden ne soit pas la meurtrière et que nous puissions lui faire confiance, ajouta-t-il.

– Peut-être, dit Reiko, mal à l'aise de ne pas lui avoir parlé de sa liaison avec Konoe.

Elle avait promis de garder le secret et devait tenir parole, à moins que cela ne devienne une preuve indispensable à l'enquête, ce qui n'était pas le cas jusqu'à présent. Mais elle avait peur que Sano lui cache aussi des secrets de son côté.

Pendant le reste de la soirée, ils se parlèrent très peu, mal à l'aise tous les deux, et quand ils se couchèrent, ils restèrent longtemps éveillés en se tournant le dos.

26

– Cela ne vous dérange pas que je m'active pendant que nous parlons ? demanda dame Jokyôden à Sano. Quels que soient les malheurs qui nous frappent, nous devons malgré tout observer les rites d'Obon.

– Continuez, je vous en prie, lui dit Sano.

C'était le matin. Tous deux se trouvaient dans la chapelle bouddhique de la résidence de Jokyôden. Les stores étaient relevés et une odeur de fumée apportée par le vent imprégnait l'atmosphère. Sur une estrade, dans une niche, une statue de Bouddha dorée était entourée de fleurs de lotus, dorées elles aussi. D'autres niches étaient aménagées avec une tablette où étaient disposés un vase de fleurs, un brûleur d'encens et un *butsudan* – un autel dédié aux ancêtres ayant la forme d'un meuble de rangement. Les ornements traditionnels de la fête des morts étaient suspendus au plafond : bandes de papier blanc tressées, jouets ayant jadis appartenu aux enfants morts, et un masque d'Otafuku, une des sept divinités de la Bonne Fortune.

Agenouillée au milieu des fournitures nécessaires à ses préparatifs, dame Jokyôden défit la cordelette entourant une pile de petites nattes de roseau. Debout à côté d'elle, Sano se dit qu'elle ne paraissait pas troublée par sa visite inattendue. Elle avait poliment accepté d'être interrogée sans s'inquiéter d'être seule avec lui, mais elle attendait qu'il parle le premier.

– Où étiez-vous au moment du second meurtre, il y a trois jours ? lui demanda-t-il.

Sereinement indifférente, Jokyôden se mit à installer les nattes sous les *butsudan*. Rien ne permettait de penser qu'elle puisse avoir la maîtrise du *kiai*, car il semblait hautement improbable qu'une femme ait pu suivre un entraînement d'une telle rigueur en arts martiaux. Tout en restant sur ses gardes, Sano se sentait moins inquiet que lorsqu'il avait interrogé le ministre de la droite Ichijô et l'empereur Tomohito.

– Je ne m'en souviens pas, répondit-elle.

– Vous devez bien avoir une idée, insista-t-il, étonné.

– Je crois que non.

– Le meurtre s'est produit juste avant minuit. Qu'étiez-vous en train de faire ?

Occupée à sa tâche, Jokyôden lui lança un regard paisible sous ses paupières lourdes.

– Je ne sais vraiment pas.

Sano pensait plutôt qu'elle ne voulait pas le dire. Elle n'était certainement pas aussi bête qu'elle en avait l'air mais, qu'elle soit innocente ou coupable, pourquoi ne lui proposait-elle pas un mensonge plausible au lieu d'une affirmation ridicule ?

– Étiez-vous près des cuisines ? lui demanda-t-il.

– Peut-être... mais je ne sais plus.

Pourquoi ne prétendait-elle pas avoir été ailleurs, loin du lieu du meurtre ?

– Avez-vous vu quelqu'un ? Avez-vous parlé à quelqu'un ? insista Sano. On vous a peut-être aperçue ?

– Je ne m'en souviens pas.

Ayant fini d'installer les petites nattes, Jokyôden se mit à remplir les vases avec un pichet d'eau. Ses mouvements étaient si précis que pas une seule goutte ne tomba à côté.

– Vous devriez demander aux autres habitants du palais s'ils m'ont vue.

– Vous ne pensez tout de même pas que je vais croire que vous avez oublié tout ce qui s'est passé cette nuit-là ? s'écria Sano, agacé par son calme imperturbable.

Elle se tourna vers lui avec un sourire indifférent.

– Je ne pense rien. Et je vous prie d'excuser la mauvaise mémoire d'une humble femme.

Lors de ses enquêtes précédentes, Sano avait rencontré des suspects qui prétendaient de ne rien savoir, mais personne ne l'avait fait aussi sereinement. Quelle femme exaspérante ! Il admirait pourtant son sang-froid.

– À mon avis, le monde se porte mieux avec un samouraï Tokugawa de moins ! La manière dont vous avez traité l'empereur est une honte, dit dame Jokyôden qui, les sourcils froncés, disposait des fleurs de lotus fraîches. Vous avez déshonoré la cour impériale, et cet affront devait être vengé.

Sano la regarda avec stupéfaction. Après avoir refusé de lui dire où elle était au moment du meurtre, elle venait de lui donner son mobile pour vouloir sa mort ! Que pouvait-elle bien manigancer ?

– Je comprends parfaitement que vous ne m'aimiez pas, mais peut-être vous entendiez-vous mieux avec le ministre de la gauche ?

– Pourquoi dites-vous ça ? demanda-t-elle sur un ton de curiosité polie.

– Vous connaissiez la maison qu'il avait secrètement achetée, ce qui prouve que votre relation était loin d'être superficielle !

Sano hasarda une idée audacieuse :

– Vous étiez amants, Konoe et vous ?

Jokyôden sursauta et lâcha le vase qu'elle avait dans les mains. Il se brisa par terre, les lotus s'éparpillèrent et l'eau se répandit sur le sol. En poussant une exclamation contrariée, elle prit un linge et se mit à l'éponger.

– Attendez, je vais vous aider.

Content de voir qu'il avait enfin ébranlé son calme, Sano ramassa les fleurs et les lui tendit.

– Merci, murmura-t-elle.

Elle les disposa dans un autre vase qu'elle posa précautionneusement sur un autel. Puis elle se leva et se tourna vers lui.

– Ainsi votre femme vous a raconté mon secret alors qu'elle m'avait promis de ne pas en parler. C'est ça ? Quoique, bien sûr, vous êtes assez malin pour le deviner tout seul ! ajouta-t-elle d'un air tendu. Oui, le ministre de la gauche et moi avons eu jadis une liaison.

Reiko le savait et ne le lui avait pas dit ! Sano se sentit furieux, mais cette cachotterie lui fit presque plaisir, comme si elle excusait en quelque sorte son comportement avec Kozeri.

– Mon mari n'est pas un compagnon très excitant, reconnut tristement Jokyôden, et son caractère m'impose de prendre en charge nombre de ses devoirs. Mon travail m'avait mis en contact étroit avec le ministre de la gauche, un homme séduisant qui n'était pas marié, et nous avions beaucoup d'intérêts en commun. J'étais très seule, et notre amitié a fini par se transformer en liaison amoureuse. Mais cela n'a pas duré longtemps.

– Pourquoi ? demanda Sano en s'efforçant oublier ses problèmes personnels pour se concentrer sur ce qu'elle disait.

– Au début, tout semblait merveilleux. Il me faisait des compliments, m'offrait des cadeaux, et faisait tout pour que je me sente aimée et choyée. Je suis tombée amoureuse, mais il a très vite changé. Il se mettait en colère lorsque je n'étais pas d'accord avec lui sur la politique de la cour. Il voulait me forcer à mettre le sceau officiel de mon mari sur des documents qui allaient lui donner davantage d'autorité, et quand j'ai refusé...

Jokyôden cligna des yeux et avala sa salive.

– Il s'est intéressé à d'autres femmes. Et il était toujours très occupé avec Tomohito : il lui parlait, supervisait ses leçons, lui faisait répéter les cérémonies et jouait avec lui, sans me prêter la moindre attention. Alors j'ai fini par lui dire que je voulais mettre un terme à notre liaison. Je croyais qu'il allait protester, s'excuser et me demander de lui laisser une chance, mais il m'a simplement avoué qu'il ne m'avait jamais aimée et qu'il s'était servi de moi pour accroître son influence sur la cour. Et il n'avait plus besoin de mon soutien, car il avait gagné la confiance de Tomohito. Son affection n'avait été qu'une mascarade. Cela m'a terriblement blessée et j'ai eu une crise de nerfs.

Dame Jokyôden s'agenouilla près d'un plateau chargé de raviers dont elle souleva les couvercles. C'étaient les offrandes traditionnelles d'Obon : nouilles, riz cuit avec des pétales de lotus, boulettes, gâteaux, aubergine au vinaigre et fruits. Avec un soin extrême, elle prit une paire de baguettes et répartit le tout sur de petites soucoupes de terre cuite rouge et non émaillée. Sano crut voir des larmes briller dans ses yeux.

– J'ai beaucoup aimé le ministre de la gauche, mais il serait hypocrite de ma part de dire que je regrette sa mort. Après notre rupture, j'ai dû continuer à travailler avec lui comme d'habitude, et sa présence me rappelait constamment ma stupidité. J'aurais préféré ne plus jamais le voir.

Elle poussa un soupir tremblant en déposant des nouilles sur une soucoupe.

– Sa mort a réalisé mon souhait.

Vouloir se venger d'un amant cruel était un puissant mobile pour un meurtre, mais quelque chose gênait Sano dans la confession de Jokyôden. Même si elle paraissait convaincante, il n'arrivait pas à croire qu'elle soit tombée dans ce piège. Et une fois de plus, elle lui avait donné l'information spontanément, et trop facilement. Laisser tomber le vase était un geste un peu mélodramatique pour une femme ayant son sang-froid ! Sano se demanda soudain si elle avait vraiment eu une liaison avec Konoe et s'ils s'étaient réellement disputés. Et si elle avait menti, pourquoi le faisait-elle et se compromettait-elle encore ?

– Je sais que vous vous occupez des affaires de la famille impériale. Vous devez avoir un talent remarquable pour ces tâches, dit Sano.

– Vous êtes trop généreux. Mes pauvres efforts ne méritent aucun éloge.

Jokyôden avait retrouvé son calme et semblait attendre patiemment la suite, tout en continuant à remplir les soucoupes.

– Ce serait humiliant pour vous d'être sous la domination d'un homme moins compétent que vous.

– Je n'ai retiré de ma liaison avec le ministre de la gauche qu'un sentiment d'humiliation, c'est vrai.

Jokyôden se leva et se mit à disposer les soucoupes sur les autels pour les esprits des morts. Elle lança à Sano un regard oblique, comme si elle ne savait pas où il voulait en venir, mais sentait un piège.

– Maintenant que le ministre de la gauche n'est plus là, vous n'avez plus à craindre ses ingérences, poursuivit-il en s'approchant. Mais vous sentez-vous vraiment libre, sachant que la cour impériale est dirigée par le *bakufu* ? Vous éprouvez du ressentiment parfois contre cette autorité ?

– Pourquoi voulez-vous que j'éprouve du ressentiment contre

des circonstances indépendantes de ma volonté ? eut l'air de s'étonner Jokyôden. Ce serait une perte d'énergie.

– Pas si vous espériez pouvoir changer cette situation, lui rétorqua Sano en lui tendant des soucoupes de fruits. Vous n'avez jamais pensé que vous pourriez diriger le Japon ? Ce serait un champ d'action beaucoup plus vaste pour vos talents que le petit monde de la cour. Vous ne vous êtes jamais dit que vous gouverneriez mieux que ne le fait le *bakufu* ?

Jokyôden tourna vers lui un regard sévère.

– Railler ainsi une pauvre femme ! Vos manières sont vraiment déplorables.

Elle se pencha sur un autel pour installer les soucoupes qu'il lui tendait, et Sano crut voir l'ombre d'un sourire éclairer son profil.

– Mais c'est vrai, il est peut-être temps d'effectuer ce changement de pouvoir, dit-elle. En moins d'un siècle, le Japon a souffert de nombreuses calamités : des famines, un tremblement de terre, une inondation qui a emporté le pont de Sanjo et noyé des centaines de victimes, le grand incendie de Meireki qui a détruit presque entièrement Edo, et deux terribles incendies ici à Miyako. Des catastrophes de ce genre révèlent que le gouvernement n'est plus en harmonie avec le cosmos. Transférer le pouvoir à un meilleur dirigeant pourrait nous éviter de futurs désastres, et qui serait mieux placé qu'une personne sage et compétente faisant partie de la famille impériale ?

Sano croyait que rien de ce que pourrait dire Jokyôden ne pourrait plus l'étonner, mais cette déclaration le stupéfia. Non seulement elle semblait reprocher aux Tokugawa les catastrophes qui avaient affecté le Japon, mais elle se croyait qualifiée pour assumer la responsabilité du gouvernement ! Était-elle à l'origine de la conspiration ? S'était-elle disputée avec Konoe parce que leur liaison avait mal tourné ou parce qu'il avait découvert son complot et voulait la dénoncer au *metsuke* ?

À moins que ce ne soit un nouveau coup dans une étrange partie dont elle seule connaissait les objectifs.

Plus déconcerté que jamais, Sano lui demanda :

– Avez-vous déjà pris des mesures pour restaurer cette harmonie avec le cosmos ?

– Peut-être... je n'en suis pas sûre.

Soit elle avait compris qu'elle était sur un terrain glissant, soit elle cherchait à le désorienter encore plus. Perdant patience, Sano tenta une contre-attaque.

– Savez-vous qu'une maison du quartier des teinturiers a été fouillée hier ? Cela devrait vous intéresser !

– Pourquoi voulez-vous que cela m'intéresse ?

Il était impossible de dire si cette nouvelle l'inquiétait, ni même si elle comprenait ce qu'elle signifiait. Mais il sentait flotter entre eux toutes ses pensées inexprimées.

– Savez-vous ce que sont devenues les armes qui étaient entreposées dans cette maison avant-hier ?

Jokyôden posa la dernière soucoupe sur un autel, puis se tourna vers Sano avec un sourire énigmatique.

– Les armes ne sont pas toujours nécessaires pour renverser un régime. Les meurtres survenus au palais montrent qu'il existe un pouvoir plus fort que n'importe quelle armée. Vous, les samouraïs, vous l'appelez *kiai* et vous croyez l'avoir inventé, mais le pouvoir de prendre la vie par un acte de volonté a été forgé bien avant la Voie du Guerrier. Quand vos ancêtres n'étaient encore que des chefs de tribus primitives qui se bagarraient dans la poussière, la cour impériale avait une culture raffinée que les dieux nous avait transmise. Nous maîtrisons la magie de l'univers et, à l'intérieur des murs du palais, nos traditions séculaires perdurent.

Une étrange intensité brillait dans les yeux mi-clos de Jokyôden qui se dirigea silencieusement vers les portes ouvertes. Ses robes de soie superposées ondulèrent dans la brise. Intrigué, Sano la suivit, ne sachant à quoi s'attendre. Une inquiétude diffuse imprégnait l'atmosphère du jardin. Des nuages et de la fumée flottaient dans le ciel. De minuscules vagues ridaient l'eau du bassin et les iris se balançaient. Le tonnerre gronda au loin dans les collines. Jokyôden était parfaitement immobile dans la véranda. Elle ferma les yeux et ses lèvres s'entrouvrirent.

Le temps passait. Sano attendait, les yeux fixés sur elle. Soudain, les branches d'un pin tout proche frémirent, et une boule grise atterrit sur le gravier du chemin avec un son mat. C'était un écureuil à la queue touffue. Pendant quelques instants, il resta sur place. Puis Jokyôden souffla doucement et il fila dans le jardin.

– Ne sous-estimez jamais le pouvoir de votre adversaire, *sôsa-kan-sama* ! lui dit dame Jokyôden.

Il la regarda longuement. Les bras croisés, elle lui souriait d'un air triomphant. Des pensées confuses se bousculaient dans l'esprit de Sano. Avait-elle un pouvoir qui avait vraiment fait tomber l'écureuil ? La nature est pleine de petits incidents de ce genre et, si l'on attend suffisamment longtemps, il se passe toujours quelque chose ! Le numéro qu'elle venait de faire lui rappelait certains tours de magie qui se fondent sur l'adhésion du public. D'un autre côté, le palais abritait peut-être une force maléfique très ancienne. Sano eut subitement peur de Jokyôden. Si elle avait le pouvoir du *kiai*, elle avait déjà assassiné deux hommes. Elle pouvait le tuer d'un instant à l'autre.

Il recula dans la chapelle pour s'éloigner d'elle.

– Je vous remercie pour cet entretien.

Son instinct lui disait de ne pas rester près de cette femme un instant de plus.

Il crut voir une lueur de soulagement dans son regard paisible. Comme avec le ministre de la droite Ichijô, il avait l'impression qu'elle avait des secrets qu'il ignorait. Une fois de plus, il se demanda si le chambellan Yanagisawa lui avait tout dit.

– Honorable Dame Jokyôden, vous m'avez donné de nombreux indices qui vous compromettent, dit Sano en s'arrêtant sur le pas de la porte. En me fondant sur eux, je pourrais vous inculper de meurtre, et même de trahison.

Elle sourit.

– Mais vous n'allez pas le faire, n'est-ce pas ?

Sano se rendit brusquement compte qu'elle avait parfaitement compris son état d'esprit, tout en restant pour lui mystérieuse. Elle savait qu'elle pouvait jouer ce jeu bizarre et dangereux avec lui parce qu'il ne ferait pas de nouvelle arrestation sans preuve irréfutable. Dès le départ, il avait perdu la maîtrise de l'interrogatoire.

– À quoi jouez-vous ? s'écria-t-il d'une voix exaspérée. Qu'est-ce que vous voulez me faire croire ? Que votre franchise veut dire que vous êtes innocente ? Que vous êtes coupable et que vous avez volontairement aidé ma femme à rassembler des preuves contre vous ? À moins que vous ne cherchiez à éveiller mes soupçons pour protéger quelqu'un d'autre ?

Jokyôden se mit à rire, ce qui le déconcerta encore plus.

– C'est vous qui êtes le policier ! C'est à vous de répondre à ces questions.

27

Seule dans la chapelle après le départ du *sôsakan-sama*, dame Jokyôden reprit ses préparatifs. Elle voulut ouvrir une boîte d'encens, mais ses mains se mirent à trembler. Elle la reposa pour ne pas la renverser. Ces tremblements gagnèrent tout son corps. Sa vision s'assombrit, et la pièce se mit à tournoyer à un rythme vertigineux. Elle s'agenouilla et mit son visage dans ses mains, réagissant après coup à la visite de Sano.

Elle savait qu'il allait venir l'interroger sur le second meurtre et elle avait adopté une stratégie qui consistait à prendre certains risques pour en éviter d'autres beaucoup plus graves. Elle avait cru qu'elle saurait jusqu'où aller sans se faire de tort, mais plusieurs questions l'avaient vraiment prise de court. Consciente maintenant de nouveaux périls dont elle ne soupçonnait pas l'existence, elle avait peur de regretter ce qu'elle avait dit à Sano.

Elle se força à respirer profondément et chassa son inquiétude par un effort de volonté. Les tremblements et les vertiges se calmèrent, mais elle avait désespérément besoin de conseils sur ce qu'il convenait de faire pour se protéger, ainsi que son fils et toute la cour impériale. Elle se leva et s'avança vers l'autel principal où elle prit une des bougies allumées devant la statue de Bouddha. Puis elle s'agenouilla devant l'une des niches, plaça la bougie sur la tablette et ouvrit la porte du *butsudan*. Le petit meuble en teck qui avait foncé avec le temps contenait une plaque en bois portant les caractères : « Wu Tse-tien ».

Wu Tse-tien avait vécu en Chine presque mille ans plus tôt. C'était une ancêtre de la famille impériale, que les femmes du clan de Jokyôden vénéraient comme une divinité protectrice. À quatorze ans, elle était devenue la concubine de l'empereur T'ai-tsung, de la dynastie Tang. Quand celui-ci était mort, elle avait gagné l'affection de son fils, Kao-tsung, qui était son héritier. Le nouvel empereur était un imbécile faible et paresseux, alors que Wu Tse-tien était une femme intelligente et ambitieuse. Elle devint la seule impératrice qui ait jamais régné sur la Chine, au mépris du code confucéen qui interdisait aux femmes de gouverner.

Et son exemple était particulièrement inspirant pour les femmes qui lui ressemblaient.

En fixant la flamme vacillante de la bougie, Jokyôden se concentra sur le flou lumineux de son champ visuel. Bientôt, une image commença à se former – d'abord la silhouette d'un visage humain, de ses épaules, puis un tourbillon de couleurs qui se mit en place. C'était l'impératrice Wu Tse-tien, dont la chevelure noire, ornée de peignes incrustés de pierres précieuses et relevée sous une haute coiffe compliquée, brillait de mille feux. Brodés sur sa robe de soie rouge, des dragons dorés rugissaient. Son rouge à joues et ses lèvres peintes rehaussaient la beauté qui avait séduit deux empereurs. Wu Tse-tien fixait Jokyôden de ses yeux vifs et perspicaces. Sa bouche remua, et Jokyôden entendit sa voix dans sa tête :

Je te salue, ma sœur.

L'esprit de Wu Tse-tien s'exprimait en chinois, mais Jokyôden la comprenait.

Pourquoi m'as-tu appelée ?

– J'ai besoin de ton aide.

Pendant l'enfance de Jokyôden, Wu Tse-tien lui était d'abord apparue comme une petite fille, et elle avait grandi au fur et à mesure de ses visites. Elle avait maintenant le même âge qu'elle – trente-neuf ans. L'impératrice chinoise était sa confidente et sa meilleure amie, mais elle avait la sagesse acquise tout au long de sa vie. Quand Jokyôden lui raconta la visite de Sano, Wu Tse-tien fronça les sourcils.

Ce n'était pas très malin de le provoquer comme ça. Une femme dans notre position doit polir son image jusqu'à ce qu'elle brille comme de l'or, et non la ternir en la couvrant de boue. Au lieu de compromettre ta réputation, tu dois la magnifier.

C'était exactement ce qu'avait fait Wu Tse-tien. Elle avait engagé des prêtres bouddhistes pour établir de faux documents « très anciens » prophétisant la venue d'une grande souveraine qui serait la réincarnation d'un bodhisattva. Ils avaient ensuite affirmé qu'elle était cette femme afin de légitimer son règne controversé. Mais Jokyôden, elle, avait des problèmes que ce genre de manœuvres ne pouvait résoudre.

– Je ne pouvais pas faire autrement !

Et elle expliqua pourquoi elle avait pratiquement avoué sa culpabilité à Sano. Wu Tse-tien hocha la tête.

C'est une stratégie intelligente, mais audacieuse, reconnut-elle. *Ton fils est la clé de ton succès, comme mes fils l'ont été pour moi.*

Après la mort de l'empereur Kao-tsung, Wu Tse-tien avait successivement mis sur le trône deux de ses fils qui suivaient ses ordres, et elle avait fondé sa propre dynastie Chou.

L'empereur Tomohito est une cible logique pour les soupçons du policier. Le protéger te protégera toi aussi en même temps.

– Mais j'ai peur de ce qui pourrait se passer si le *sôsakan-sama* enquête sur moi, dit Jokyôden. Il y a certaines choses que je ne peux pas lui laisser découvrir.

Je sais...

L'expression de Wu Tse-tien était affectueuse, mais sévère.

Mais tu connaissais les risques quand tu t'es engagée dans ce chemin interdit. Tu dois maintenant te préparer à faire face aux conséquences de ce choix, quelles qu'elles soient. Travailler dur et se battre obstinément pour finir par triompher, tel est notre destin.

Accomplir sa destinée en s'inspirant de celle de Wu Tse-tien, telle était l'ambition de Jokyôden. Elle était née dans la branche Takatsukasa du clan Fujiwara, d'où venaient de nombreuses épouses impériales. Les autres familles nobles de la cour considéraient leurs filles comme de simples pions pour progresser dans la hiérarchie et engendrer de futurs empereurs, mais les Takatsukasa avaient suivi une autre tradition. Pendant des générations, ils avaient appris à leurs filles la lecture, les mathématiques, l'écriture, la musique, la philosophie confucéenne, la stratégie militaire, l'astrologie, le mysticisme ancestral et l'art de la politique – tout ce que comporte l'éducation d'un empereur. Et un jour, le contrôle exercé sur un empereur qui partageait leur sang ne leur avait plus suffi. Ils voulaient évincer la famille impériale et fonder leur propre dynastie – grâce à une femme qui suivrait l'exemple de Wu Tse-tien.

Mais le destin avait contrarié leurs ambitions. Soit leurs filles manquaient d'intelligence ou de détermination, soient elles n'avaient pas la beauté indispensable pour séduire les empereurs. Et quand les clans de guerriers s'étaient emparés du pays cinq siècles plus tôt, la cour impériale avait perdu son pouvoir. N'ayant plus d'espoir de gouverner le Japon, les Takatsukasa avaient donc abandonné le programme éducatif des futures impératrices.

Mais les femmes sont souvent les gardiennes de la foi, et celles de la famille de Jokyôden avaient continué à transmettre à leurs filles l'éducation qu'on leur avait donnée. Et elles s'étaient réjouies lorsque Jokyôden était arrivée, car elle était la combinaison parfaite d'intelligence, de volonté et de beauté qui pouvait faire d'elle la première impératrice régnante du Japon. Jokyôden se rappelait les longues journées d'études et la sévère discipline qu'on lui imposait. Elle les considérait comme des défis stimulants dans un monde qui n'avait rien d'enthousiasmant. Depuis son enfance, elle croyait à la destinée qu'on lui avait prédite et, au début, sa vie avait semblé la conduire directement vers son objectif, guidée par Wu Tse-tien.

Il faut mettre un terme à cette compétition pour les faveurs de l'empereur, lui avait dit Wu Tse-tien.

Dès qu'elle avait été choisie comme nouvelle concubine, Jokyôden avait identifié sa principale rivale parmi les dames de la cour : c'était sa cousine Myôbu, une jeune fille ravissante et déterminée qui avait reçu la même éducation qu'elle et à qui on avait insufflé les mêmes ambitions. Elles étaient les deux favorites de l'empereur.

La cour est comme une ruche avec deux reines. Celle qui combattra sans pitié remportera la victoire.

Wu Tse-tien avait éliminé ses propres rivales, dont la mère de l'empereur Kao-tsung qu'elle avait fait noyer dans une cuve de saké. Pour ouvrir la voie à sa nouvelle dynastie, elle avait fait exécuter plusieurs centaines d'aristocrates et de membres de la vieille famille impériale Tang. Elle avait été jusqu'à assassiner sa propre fille en bas âge, de peur qu'elle ne la supplante en tombant sous la coupe de ses opposants, avant qu'elle-même n'engendre un fils qui sécurise sa position. Et Jokyôden avait bien sûr suivi son exemple.

Un jour, les dames du palais étaient allées en pèlerinage dans un temple à la montagne. Avant de partir, Jokyôden avait envoyé un message à Myôbu lui disant qu'elle avait une confidence à lui faire, et lui donnant rendez-vous dans un pavillon isolé, situé au bord d'une falaise au-dessus du temple. Quand Myôbu était arrivée, Jokyôden l'attendait. Une simple poussée, et elle avait fait une chute qui l'avait tuée. Jokyôden avait affirmé ensuite que sa cousine avait essayé de la faire tomber de la falaise et qu'elle avait dû se défendre. En l'absence de témoins, tout le monde l'avait crue, et elle était devenue l'épouse officielle de l'empereur.

Utilise sa paresse à ton avantage, lui avait conseillé Wu Tse-tien.

Dame Jokyôden avait peu à peu pris en charge les tâches de l'empereur. Et elle avait rapidement donné naissance au prince héritier Tomohito.

Avant de passer à l'étape suivante, assure-toi qu'il va vivre. La mère d'un empereur mort n'est rien.

Jokyôden avait attendu douze ans. Le prince Tomohito était en pleine forme, et elle avait convaincu l'empereur d'abdiquer pour mettre leur fils sur le trône. Le miroir, les joyaux et le sabre sacrés de la souveraineté impériale avaient été transmis à son fils, et Jokyôden avait atteint le plus haut rang que pouvait espérer une femme de la cour. Comme Tomohito était encore jeune, elle pouvait le modeler pour servir ses ambitions. Mais de sérieux obstacles bloquaient sa progression.

Au cours de toutes ces années, elle avait pris conscience de la baisse des moyens financiers de la cour et de son absence totale d'influence sur le monde extérieur. Les troupes Tokugawa gardaient le palais. Le *bakufu* distribuait au compte-gouttes de maigres subsides qui maintenaient la cour en vie, mais la rendaient dépendante. La famille impériale avait des millions de sujets fidèles, mais aucune armée. Jokyôden avait fini par réaliser qu'elle avait atteint le sommet de son monde et ne pouvait pas élargir son champ d'action. Toute son éducation et toutes ses intrigues n'allaient-elles vraiment servir qu'à diriger les affaires insignifiantes de quelques individus ?

La déception est source de créativité, lui avait dit Wu Tse-tien. *Révise tes objectifs. Contourne le problème.*

Jokyôden avait fini par trouver une nouvelle ambition pour animer sa vie. Un projet audacieux, peu féminin, qui violait à la fois la tradition et la loi, mais qui lui plaisait énormément. Malheureusement, il avait coïncidé avec un autre événement : l'apparition du ministre de la gauche Konoe en tant que soupirant.

Ne te laisse jamais tomber sous le pouvoir d'un amant ! l'avait prévenue Wu Tse-tien. *Les hommes sont la ruine des femmes.*

Mais Konoe avait réveillé les désirs que Jokyôden avait refoulés pour réaliser ses rêves. Elle avait en fait terriblement besoin d'affection et, en faisant l'amour avec lui, elle avait découvert que la sexualité avait d'autres intérêts que la procréation. Elle était donc tombée amoureuse et s'était laissée aller à des confidences. Et il l'avait trahie.

– Tu avais raison, reconnut Jokyôden qui comprenait maintenant son erreur. Je n'aurais pas dû lui faire confiance.

Ne perds jamais de temps à regretter le passé, lui dit sévèrement Wu Tse-tien, les yeux étincelants. *Concentre-toi sur le présent et l'avenir. La mort du ministre de la gauche n'a-t-elle pas résolu ton problème ?*

Jokyôden avait d'abord cru que le meurtre de Konoe l'avait sauvée des révélations, du scandale et du châtiment, et qu'elle allait pouvoir poursuivre son grand projet. Puis Sano était arrivé.

– J'étais contente que Konoe soit mort avant qu'il puisse me nuire, mais il était impliqué dans des intrigues dont j'ignorais l'existence. Le *sôsakan-sama* a survécu à une agression, et son enquête continue. Je n'avais pas prévu la direction qu'elle prendrait, ni les intérêts qui étaient en jeu. J'ai été stupide d'aider dame Reiko, mais je n'aurais jamais pu deviner ce qui allait se passer après lui avoir montré la maison secrète du ministre de la gauche.

C'était une grave erreur, dit Wu Tse-tien. *À présent, il n'y a qu'un seul moyen de vous protéger, toi et ton fils. Tu dois cesser tes activités pour que l'enquêteur du shogun ne les découvre pas. Ne fais rien jusqu'à ce qu'il ait quitté Miyako.*

Wu Tse-tien avait toujours insisté sur la valeur de la patience. Elle-même avait attendu quarante et un ans pour fonder sa nouvelle dynastie, jusqu'à ce que l'empereur Kao-tsung et ceux qui voulaient la contrer soient morts. Son pouvoir avait progressé tout au long de sa vie à mesure qu'elle remplaçait la vieille bureaucratie par des hommes qui lui étaient loyaux. Mais Jokyôden ne pouvait accepter ce genre de conseil.

– Je ne peux pas tout arrêter maintenant. C'est un moment crucial ! J'ai investi tous mes efforts, ma fortune et mes espoirs dans cette entreprise. Si je ne continue pas, je risque de tout perdre.

L'amertume durcit l'expression de Wu Tse-tien qui avait connu la défaite à la fin de sa vie. À quatre-vingt-trois ans, un de ses fils l'avait forcée à abdiquer pour rétablir la vieille dynastie Tang. Dans la vie de son mentor, c'était le seul exemple que Jokyôden ne devait pas imiter.

– Je vais continuer ce que j'ai commencé, décida Jokyôden.

Puis elle demanda humblement :

– Puis-je avoir votre bénédiction ?

Ma bénédiction, oui, mais mon approbation, non, dit d'un air maussade Wu Tse-tien qui, même depuis l'au-delà, aimait bien tout régenter.

– Puis-je vous demander ce que me réserve l'avenir ?

L'impératrice chinoise fit un geste moqueur de résignation.

Tu es sur un chemin périlleux que tu as choisi sans tenir compte de mes conseils. Le futur est incertain : le bon et le mauvais sont également possibles. Je te souhaite bonne chance, car tu es toute seule désormais. Et je te dis adieu, jusqu'à ce que nous nous retrouvions dans l'au-delà.

– Attendez !

Mais l'image de Wu Tse-tien s'évanouit. La bougie s'était éteinte. Jokyôden referma tristement le *butsudan*. Le monde avait changé depuis l'époque de l'impératrice chinoise, et elle devait aller là où celle-ci ne pouvait plus la guider. Tel était son destin, et elle pria pour qu'il ne se termine pas par une exécution pour meurtre et trahison.

28

La nouvelle arriva au château de Nijô au moment où le chambellan Yanagisawa s'apprêtait à sortir pour assister à l'exécution du *yoriki* Hoshina. On frappa à la porte de son appartement.

– Entrez ! cria-t-il.

Le capitaine des gardes ouvrit la porte et s'inclina.

– Veuillez m'excuser, Honorable Chambellan, mais j'ai une information à vous communiquer. Le *yoriki* Hoshina est parti.

Le choc ébranla Yanagisawa et son cœur bondit dans sa poitrine.

– Comment ça, parti ? Il est enfermé au quartier général de la police et doit être exécuté ce matin !

– Le *sôsakan-sama* a voulu le transférer hier soir, dit le capitaine des gardes. Deux *dôshin* l'ont emmené dans un lieu secret où ils devaient le garder, mais ces subordonnés sont ses amis, et il les a persuadés de le laisser partir.

– Pourquoi ne l'a-t-on pas rattrapé ?

– Des soldats sont à sa recherche, mais il a fait promettre aux *dôshin* d'attendre le lever du soleil pour annoncer sa fuite. Il a donc de l'avance sur nous.

Yanagisawa se détourna, essayant de mettre de l'ordre dans ses émotions. La fuite d'Hoshina le mettait en rage. Le *yoriki* savait qu'il avait saboté une enquête ordonnée par le shogun, ce qui constituait un grave danger. Mais, en dépit de sa colère et de sa peur, Yanagisawa se sentit soulagé. Si Hoshina s'était enfui, il n'allait pas mourir, et tous deux se reverraient peut-être un jour. D'un autre côté, il voulait qu'on le retrouve tout de suite, ne serait-ce que pour le voir une dernière fois sur le lieu d'exécution.

Yanagisawa se tourna vers le capitaine et lui cria :

– Je veux que ces *dôshin* soient exécutés pour manquement à leur devoir !

– Ils sont déjà morts. En arrivant dans le bureau du *shoshidai*, ils ont avoué qu'ils avaient libéré Hoshina et se sont fait *seppuku*.

– Je veux que les troupes ratissent la ville sans répit jusqu'à ce qu'on le retrouve !

– Oui, Honorable Chambellan.

Après le départ du capitaine, Yanagisawa s'adossa au mur, bouleversé. Puis il s'efforça d'oublier le *yoriki*. Le plus important était de résoudre l'affaire des meurtres et de triompher de Sano. Tous deux devaient se retrouver à l'heure du coq pour partager leurs résultats. D'ici là, les troupes du *shoshidai* allaient continuer à chercher les insurgés, tandis que lui allait suivre une des pistes dont il n'avait pas parlé à Sano lorsqu'ils s'étaient mis d'accord pour travailler ensemble.

Il enleva à la hâte ses robes cérémonielles noires et mit le kimono de coton indigo délavé, le pantalon bleu et les sandales de paille qu'il portait pour pratiquer les arts martiaux. Cette tenue convenait parfaitement, mais elle était trop propre. Il sortit dans le jardin et frotta les vêtements avec de la terre. Il se dit qu'il lui fallait quelque chose pour dissimuler son visage et vit alors un jardinier qui le regardait avec étonnement. Il avait sur la tête un vieux chapeau d'osier décoloré par le soleil.

– Donne-moi ton chapeau, lui ordonna-t-il.

Le jardinier obéit. Yanagisawa mit le chapeau et retourna dans sa chambre. Puis il fixa ses sabres à sa taille, se planta devant le miroir et fit à son reflet un sourire sarcastique. Avec ce visage contusionné et cette tenue ordinaire, il avait vraiment l'air d'un rônin miteux.

– Parfait, murmura-t-il.

Il se faufila par la porte de service du château de Nijô et sentit son pouls s'accélérer, avec le même frisson qu'il avait éprouvé la veille, quand la descente dans la maison de sire Ibe avait aiguisé son appétit pour le travail de policier.

Mais, une fois dans la rue, il douta soudain de la sagesse de cette entreprise. Il se sentait petit et vulnérable sans son entourage. Les samouraïs qu'il croisait lui lançaient des regards méprisants. Et même si les gens du peuple s'écartaient pour le laisser passer, personne ne lui prodiguait les marques de respect auxquelles il était habitué.

– Dégagez la route ! Dégagez la route ! entendit-il hurler.

Des claquements de sabots et des pas cadencés accompagnaient ces ordres. Les piétons se précipitèrent de chaque côté de la rue et Yanagisawa vit arriver vers lui un cortège. Des soldats et des officiels à cheval escortaient le *shoshidai* Matsudaira qui montait un splendide coursier noir.

– Pousse-toi ! Qu'est-ce qui te prend ? Tu es sourd ?

Un soldat le tira sur le côté. Tandis que le cortège passait devant lui, la consternation et la colère le submergèrent. Voir les troupes d'un subordonné le traiter aussi grossièrement ! Dire que le *shoshidai* ne l'avait même pas reconnu ! Ce déguisement escamotait son rang et son pouvoir. Consterné, il continua son chemin en hâte, espérant ne plus rencontrer personne de sa connaissance.

En arrivant devant le palais impérial, il prit l'avenue Imadegawa vers l'est jusqu'à l'entrée de service réservée aux fournisseurs. Dans le corps de garde, une sentinelle recevait les livraisons. D'après Hoshina, c'était là que le mystérieux visiteur de dame Jokyôden apportait tous les jours ses messages à heure fixe. Bien sûr, Yanagisawa se méfiait désormais des dires du *yoriki*, et il n'était pas certain de voir ce jeune homme insaisissable, connu sous le seul nom d'Hiro, qui n'avait sans doute rien à voir avec les meurtres ou la conspiration. Mais ce visiteur était l'un des deux indices qu'il avait cachés à Sano.

Le chambellan marchait sans se presser, se mêlant aux passants et surveillant discrètement l'entrée où des porteurs livraient du charbon et d'autres marchandises. Il décida de s'installer dans un minuscule restaurant situé juste en face et s'assit le plus loin possible des autres clients – des travailleurs crasseux qui avaient sûrement des puces. Une vieille femme édentée s'approcha en boitant pour le servir.

– Un bol de nouilles et du thé, lui demanda Yanagisawa sans quitter des yeux l'entrée du palais où de nouveaux porteurs ne cessaient d'arriver.

La commande de Yanagisawa lui fut servie, mais le thé avait un goût d'eau croupie, et les nouilles étaient trop cuites. Comment pouvait-on avaler cette pâtée répugnante ? Yanagisawa fit semblant de boire son thé à petites gorgées. L'attente n'en finissait plus. Des clients venaient manger, puis repartaient, et de nouvelles marchandises étaient continuellement livrées au palais. La chaleur et les odeurs de cuisine lui donnaient la nausée. Mais, au moment où il allait renoncer, une silhouette solitaire s'approcha de l'entrée.

C'était un jeune homme soigné, vêtu d'un kimono à carreaux marron et noirs, les cheveux tirés en chignon. Comme l'avait dit Hoshina, il devait appartenir à la classe inférieure des marchands. Il portait une boîte cylindrique rouge. Yanagisawa se pencha en avant pour mieux voir. Le jeune homme s'arrêta devant le corps de garde et parla à la sentinelle. Yanagisawa, qui avait une excellente vue et avait appris l'art de lire sur les lèvres, comprit facilement ce qu'il disait : *J'ai un message pour l'Honorable Dame Jokyôden.*

Le portail s'ouvrit, livrant passage à une femme de la noblesse, élégante et distinguée. Elle prit la boîte, s'inclina et rentra dans le palais. Le portail se referma.

Yanagisawa eut du mal à contenir sa jubilation. Tout se passait comme prévu ! Hoshina ne lui avait donc pas menti sur ce point. Il se concentra sur le messager qui s'était adossé au mur du palais pour attendre la réponse de Jokyôden. Qui était-il ? Un amant secret ? Jokyôden avait peut-être tué le ministre de la gauche parce qu'il avait découvert sa liaison et voulait la révéler à son mari ! Le jeune homme avait l'air intelligent, mais il n'était pas très beau avec ses dents en avant. Yanagisawa espérait que ses mystérieuses visites n'avaient rien de sentimental et concernaient plutôt le complot contre le régime des Tokugawa.

Au bout d'un petit moment, le portail s'ouvrit et la femme tendit la boîte au messager qui s'inclina en la remerciant. Yanagisawa lutta contre son envie de traverser la rue en courant, d'arrêter l'homme et de lui confisquer le message. Il craignait de se ridiculiser s'il n'avait rien à voir avec l'affaire des meurtres.

Le messager partit en hâte et Yanagisawa se leva pour le suivre. Mais la vieille édentée qui lui avait servi son repas se précipita vers lui.

– Vous me devez cinq *zeni* ! hurla-t-elle en lui bloquant le passage.

Yanagisawa la regarda d'un air ahuri. Il n'avait jamais d'argent sur lui car c'étaient ses assistants qui payaient ses dépenses. Les cris de la vieille femme allaient ameuter les passants. Voyant le dos du messager s'éloigner rapidement, il dégaina son sabre et le brandit devant elle.

– Je ne vais certainement pas payer cette nourriture infecte ! Laisse-moi passer !

Elle s'écarta en l'injuriant tandis qu'il s'élançait dans l'avenue Imadegawa. Il vit sa proie filer dans une rue transversale. En évitant un colporteur chargé de paniers, il courut derrière lui. Le jeune homme avançait en zigzaguant dans un dédale de ruelles où du linge séchait entre les balcons. Il évitait apparemment les grandes artères et regardait constamment derrière lui. Portait-il les ordres que Jokyôden donnait aux insurgés ? Allait-il le conduire à leur cachette ?

En se faufilant entre les étals d'un marché autour d'un sanctuaire, Yanagisawa se sentit gagné par une énergie grisante. Anonyme, sans être gêné par sa suite ou son costume officiel, il se sentait aussi rapide et invisible que le vent. À sa place, n'importe qui aurait perdu de vue le messager, mais lui n'avait aucun problème pour le suivre. Avec la même intuition qui lui faisait prévoir les agissements des autres dans les jeux politiques, il anticipait les brusques virages qui avaient déjoué les tentatives de poursuite des gardes du palais. Avec son sens de l'orientation, il pourrait décrire le trajet sur un plan de Miyako. Ils se trouvaient maintenant dans le quartier le plus commercial de la ville et, quelle que soit leur destination finale, il pourrait y guider ses troupes pour arrêter les rebelles. Yanagisawa réalisa subitement que cette traque lui faisait atteindre cette lucidité supérieure que cherchaient les adeptes du *bushidô*. Il sentait grandir en lui l'esprit du samouraï, ce qui était mille fois plus gratifiant que de saboter le travail de son rival.

Le messager fila dans un passage tout juste assez large pour que trois hommes y marchent de front. Des enseignes verticales étaient accrochées devant les boutiques, et nombre d'entre elles portaient la balance utilisée pour peser l'or – l'emblème des banquiers.

Surveillés par leurs gardes du corps, des marchands étaient accompagnés d'employés portant des registres et des caisses d'argent liquide. Soudain, le messager disparut dans une de ces boutiques. Perplexe, Yanagisawa s'arrêta. Ce n'était pas un lieu où des insurgés pouvaient se rassembler ou cacher des armes. Le messager de Jokyôden devait l'avoir repéré, et il avait sûrement traversé la boutique pour le semer.

Yanagisawa se précipita vers l'étroite devanture de la « Banque Daikoku » – le dieu de la richesse – et regarda attentivement l'intérieur. Il entendit le tintement des pièces de monnaie et les conversations des employés qui comptaient l'argent, faisaient des calculs sur les boules de leurs *soroban* et négociaient avec les clients. Tous portaient l'uniforme brun et noir que Yanagisawa avait suivi depuis le palais impérial. Soulagé, il vit le jeune homme montrer la boîte cylindrique au vieux propriétaire qui, assis sur une estrade, pesait des lingots d'or sur une balance. Tous deux passèrent dans l'arrière-salle, et Yanagisawa fit le tour du pâté de maisons en courant pour rejoindre l'arrière de la boutique. Il fallait qu'il sache ce que disait le message et quels étaient les liens de cette banque avec dame Jokyôden.

Dans la ruelle bordée de lieux d'aisances malodorants, des chiens errants fourrageaient dans des poubelles puantes. En fronçant le nez de dégoût, Yanagisawa s'approcha lentement de la fenêtre et vit un bureau sombre meublé d'étagères et de coffres métalliques. Les deux hommes étaient assis par terre. Le messager ouvrit la boîte, en sortit un document qu'il déroula sur la table et parcourut les colonnes finement calligraphiées.

– Elle est satisfaite de vos services.

– Évidemment ! dit le propriétaire. Nous pratiquons de meilleurs taux que les autres et nous avons plus de clients qu'eux ! Nos investissements dans les affaires locales ont rapporté d'excellents bénéfices, et les Matsui, le grand clan de marchands, nous ont choisis pour gérer leurs finances avec une bonne commission. Nous stockons le riz que reçoit sire Kii dans notre entrepôt, et nous percevrons de gros honoraires pour le convertir en argent liquide. Nos profits ont augmenté de dix pour cent par rapport à l'année dernière et, l'année prochaine, nous ouvrirons une succursale à Ôsaka.

Les performances de la banque et les ambitions mercantiles de son propriétaire n'intéressaient nullement Yanagisawa, et la puanteur de la ruelle lui donnait la nausée. Il essaya de lire le message, mais les caractères étaient trop petits et trop éloignés pour qu'il puisse les déchiffrer.

– Quels sont ses ordres ? demanda le propriétaire.

« Nous y voilà ! » se dit Yanagisawa. Cette banque devait servir d'intermédiaire entre Jokyôden et les rebelles. Il allait enfin connaître ses plans pour s'emparer de Miyako.

Le messager lut le message à voix haute.

– Achetez deux cents chargements de bois de construction, mille charges de charbon, deux mille de graines de soja et trois mille tonneaux d'huile.

Jokyôden devait s'approvisionner pour construire un fort et nourrir une armée.

– Achetez dix chargements de cuivre et dix chargements d'argent.

« C'est pour payer ses troupes ! » se dit Yanagisawa. L'exaltation le submergea. Il n'avait pas encore localisé les insurgés et les armes, mais il était en train de rassembler des preuves de l'implication de Jokyôden dans la conspiration.

– Elle prend une sage décision en achetant maintenant, déclara le propriétaire. Je suis sûr que les prix de ces produits vont bientôt grimper.

Peut-être Jokyôden spéculait-elle aussi pour récolter les fonds qui allaient financer son entreprise. Yanagisawa savoura le fait que c'était lui, et non Sano, qui avait fait cette découverte. « Et si Jokyôden est coupable, alors Hoshina ne l'est pas... »

– Transférez cinq cents *koban* sur son compte personnel, lut le messager.

Était-ce un emprunt pour financer l'insurrection ? Si Jokyôden contractait une si grosse dette en plus de ses énormes dépenses, elle devait s'être fortement investie dans la restauration de la suprématie de la cour impériale. Son audace impressionnait Yanagisawa. Avait-elle tué le ministre de la gauche parce qu'il avait découvert ses préparatifs ?

Non, ce n'était qu'une femme, et Yanagisawa ne pouvait croire à sa culpabilité. Même si elle dirigeait les affaires de la cour avec l'autorité d'un homme, et même s'il venait de trouver cette nouvelle preuve de son audacieuse entreprise, il ne pouvait imaginer que ce soit elle qui l'avait suivi cette nuit-là au palais. Il était impensable qu'une femme puisse maîtriser le *kiai*.

Soudain, deux énormes samouraïs arrivèrent en courant de chaque côté de la ruelle. Ils se ruèrent sur Yanagisawa, lui prirent ses sabres et le jetèrent à plat ventre sur le sol répugnant. Un pied appuyait lourdement sur sa nuque. La porte s'ouvrit et la voix du propriétaire lui demanda :

– Pourquoi rôdez-vous autour de ma boutique ?

– Lâchez-moi ! ordonna Yanagisawa, furieux.

Le personnel de la banque l'avait sans doute aperçu et avait appelé des gardes.

– Savez-vous qui je suis ?

– Un voleur de banque !

Deux pieds chaussés de sandales et surmontés de jambes nues, puis d'un kimono court, entrèrent dans le champ de vision de Yanagisawa. Cet homme portait un *jitte* – l'arme de défense utilisée par la police.

– Vous êtes en état d'arrestation.

Les assistants du *dôshin* ligotèrent les poignets de Yanagisawa, le remirent sur ses pieds et le poussèrent dans la ruelle.

– Si vous ne me libérez pas immédiatement, vous le regretterez ! Je suis le bras droit du shogun !

– Mais oui, c'est ça ! s'esclaffa le *dôshin*. On va faire une petite promenade au quartier général de la police pour tirer tout ça au clair !

29

Après avoir quitté dame Jokyôden, Sano se dirigea vers la résidence de l'épouse de dame Asagao. Elle ne faisait plus partie des suspects, mais il voulait éclaircir deux ou trois points la concernant.

Il la trouva allongée sur des coussins dans sa véranda. Les dames d'honneur agitaient autour d'elle de grands éventails pour créer une brise rafraîchissante. Elle était vêtue de robes superposées de couleur pastel et ses cheveux étaient tressés dans une natte. Portant la tenue bleu foncé de sa profession, un médecin lui faisait boire les potions qu'il avait préparées dans des bols en céramique. Quand elle vit Sano monter les marches de la véranda, elle se tourna vers lui, pleine d'appréhension. Avec ses traits tirés et son teint cireux, son visage rond semblait quelconque sans son maquillage habituel. Ses suivantes regardèrent Sano avec méfiance, et le médecin fronça les sourcils d'un air furieux.

– Dame Asagao ne doit pas être dérangée, dit-il. L'épreuve de la prison a miné sa santé et elle a besoin de repos et de calme pour se remettre.

Sano s'agenouilla près d'elle et s'inclina.

– Je vous prie de m'excuser pour cette épreuve, Votre Altesse. C'était une abominable erreur, et je vous supplie de me pardonner.

Que le chambellan Yanagisawa les ait manipulés tous les deux pour provoquer cette arrestation imméritée atténuait à peine le sentiment de culpabilité qu'il éprouvait devant elle.

– Mais je dois vous demander votre aide. Auriez-vous la bonté de répondre à quelques questions ?

L'épouse de l'empereur fit la moue.

– Pourquoi le devrais-je ? répliqua-t-elle de mauvaise grâce.

« Oui, pourquoi ? » pensa Sano. Elle n'avait pas à se défendre contre d'autres accusations et n'avait aucune raison d'aider celui qui l'avait arrachée aux siens pour l'incarcérer. La loi autorisait l'intimidation, les menaces et la torture pour soutirer des informations aux témoins, mais Sano ne voulait plus la faire souffrir ni contrarier davantage la cour impériale. Il devait donc lui donner une nouvelle raison de coopérer.

– J'ai découvert l'existence d'un complot qui veut renverser le régime des Tokugawa. J'ai la quasi-certitude qu'il est lié aux meurtres et je dois impérativement arrêter le ou la coupable pour l'empêcher de tuer à nouveau et de déclencher une guerre civile au Japon. Sa Majesté l'empereur et votre père font toujours l'objet d'une enquête.

Sano fit une pause pour lui laisser le temps de bien assimiler l'information, puis il ajouta :

– De nouvelles erreurs pourraient se produire. Un autre innocent pourrait subir le même traitement que vous. Ne voulez-vous pas m'aider à l'éviter ?

Asagao se tortilla sur ses coussins. Comme des petits poissons essayant de s'échapper d'un filet, ses yeux lançaient partout des regards nerveux. « Elle n'est peut-être pas très intelligente, se dit Sano, mais elle est suffisamment maligne pour comprendre la menace qui va peser sur sa famille si elle ne coopère pas. » Elle jeta un coup d'œil implorant à ses compagnes et fit une faible tentative pour se lever.

– Je me sens mal, gémit-elle. Portez-moi dans ma chambre.

Le médecin et les dames d'honneur s'approchèrent pour l'aider, mais Sano s'arma de courage pour ne pas la laisser s'échapper en prétextant un malaise.

– Laissez-nous, ordonna-t-il aux suivantes et au médecin qui obéirent à contrecœur.

Asagao se recroquevilla sur ses coussins, à la fois craintive et butée.

– Nous allons parler de la nuit où le ministre de la gauche est mort, lui dit Sano. Vous avez affirmé à ma femme que vous étiez avec vos dames d'honneur, qui ont ensuite déclaré que vous vous étiez éclipsée pour aller voir quelqu'un. Quelle est la vérité ?

Savoir où se trouvait Asagao ce soir-là n'allait certainement pas résoudre l'affaire, mais Sano n'aimait pas garder des questions sans réponses.

– Où étiez-vous ?

– J'étais dans le pavillon de la cérémonie du thé, répondit Asagao. Avec mon père.

Sano se souvint que c'était ce qu'avait déclaré le ministre de la droite au chambellan. Mais le *yoriki* Hoshina avait établi que ce pavillon était occupé par un couple d'amants, et non par Ichijô et Asagao. De toute évidence, Ichijô avait demandé à sa fille de mentir pour lui assurer l'alibi dont elle n'avait plus besoin. Sano eut une idée pour tourner à son avantage la motivation d'Asagao.

– Étiez-vous présente quand votre père conseillait l'empereur ? lui demanda-t-il.

– Parfois, admit-elle en haussant les sourcils d'un air perplexe.

– De quoi parlaient-ils ?

– Je ne m'en souviens pas. Des affaires de la cour, je suppose. Je n'y prêtais pas beaucoup attention, répliqua Asagao d'une voix impatiente, espérant que son ignorance la protégerait jusqu'à ce qu'elle comprenne où il voulait en venir.

– Sa Majesté parlait-elle des empereurs qui ont jadis tenté de renverser les régimes militaires ? dit Sano. L'avez-vous entendu exprimer le désir d'en faire autant ?

Asagao lui lança un regard stupéfait.

– Non, jamais ! s'écria-t-elle en se redressant.

– Sa Majesté aimerait gouverner le Japon, n'est-ce pas ? insista Sano. Il ne fait pas seulement semblant de livrer des batailles, il a des projets concrets. Il ne vous a pas dit qu'il avait introduit des armes à Miyako et recruté des soldats pour faire la guerre aux Tokugawa ?

– Il ne ferait jamais ça !

– Pourquoi pas ? dit Sano en se demandant si Asagao était vraiment surprise ou si elle était en fait au courant de la conspiration. Votre époux s'ennuie et ne supporte plus cette vie surprotégée. Il est pétri d'orgueil et ne rêve que de gloire. Mais préparer un coup d'État est une trahison et, pour un crime de cette gravité, même un empereur ne peut échapper à la mort.

– Je ne sais pas de quoi vous parlez. Tomo-*chan* n'a aucune intention de renverser le *bakufu* !

La panique brillait dans les yeux d'Asagao. Mais qu'elle mente ou non importait peu à Sano. Pour le moment, son but n'était pas d'avoir un témoignage contre Tomohito. L'empereur lui servait juste d'appât pour la piéger.

– Hier, des soldats et des armes ont été vus dans une maison appartenant à sire Ibe, de la province d'Echizen. Sa Majesté vous en a-t-elle parlé ?

– Non !

– Le ministre de la gauche avait-il découvert les plans de Sa Majesté ? L'empereur savait-il que Konoe était un espion et craignait-il qu'il le dénonce ?

C'était maintenant le moment de refermer le piège.

– Où était Sa Majesté la nuit du meurtre de Konoe ?

– Tomo-*chan* n'était pas dans le jardin. Il n'a pas tué le ministre de la gauche !

Le regard désespéré d'Asagao chercha de l'aide, mais la cour était vide sous le soleil brûlant. Derrière elle, la maison était silencieuse comme si tout le monde était parti. Les insectes chantaient dans les arbres, et un oiseau poussa un cri perçant.

– Comment pouvez-vous savoir où était Sa Majesté puisque vous étiez dans la maison de thé avec votre père ?

Sano se leva et se pencha vers Asagao.

– La même histoire ne peut fournir un alibi aux deux hommes, et je vais inculper l'un d'eux de trahison et de meurtre. Vous pouvez m'aider à décider lequel.

– Non !

Asagao essaya de se lever, mais ses jambes s'emmêlèrent dans ses robes et elle retomba sur les coussins, trop faible.

– Vous voulez bien sûr sauver votre père, suggéra Sano, désolé en son for intérieur de lui faire subir cette nouvelle épreuve. Il vous a donné la vie. Il vous a nourrie et logée pendant votre enfance. Vous n'aimeriez pas le voir souffrir et c'est votre devoir de le protéger. Mais vous avez aussi des devoirs envers l'empereur ! Ses alibis pour les deux meurtres sont peu convaincants. Il a besoin de vous pour que mes soupçons se détournent de lui... et se portent sur un autre.

– Laissez-moi tranquille, je vous en prie ! l'implora Asagao.

Des gouttes de sueur perlaient sur son visage, et ses lèvres pâles tremblaient.

– Ne me demandez pas ça !

Sano refoula la pitié qu'elle lui inspirait.

– Si l'on découvre que Sa Majesté a commis une trahison, un nouvel empereur montera sur le trône. Il choisira sa propre épouse et vous perdrez votre position et vos privilèges. Vous deviendrez la dame d'honneur de votre remplaçante, ou vous épouserez un noble qui acceptera de se marier avec une épouse impériale déchue. Ou bien vous entrerez dans un monastère.

Ces diverses éventualités représentaient une terrible humiliation pour une femme du rang d'Asagao.

– Si c'est ce que vous voulez, n'hésitez pas, liez votre sort à celui de votre père. Sinon, vous devriez peut-être revoir votre position et vous demander s'il est sage de le protéger aux dépens de l'empereur.

Sano laissa résonner l'écho de ses paroles très dures. Il attendit qu'Asagao choisisse, entre les deux hommes les plus importants de sa vie, celui qu'elle allait trahir. Il espérait que ça ne serait pas l'empereur Tomohito, car il n'avait pas envie de subir les conséquences d'une inculpation du souverain sacré du Japon.

Asagao gémit en serrant ses bras autour d'elle.

– Où étiez-vous quand le ministre de la gauche Konoe est mort ? lui demanda Sano.

Pendant un long moment, il pensa que sa loyauté envers son père allait l'emporter. Mais, soudain, elle s'effondra, vaincue, et se mit à pleurer.

– J'étais dans la maison de thé, répondit-elle, mais mon père n'était pas là. J'y avais rejoint sire Gojô et je ne voulais pas que ça se sache. Quand les policiers sont venus interroger tout le monde, Gojô a dit qu'il était avec un ami. Il l'a soudoyé pour qu'il mente.

Tout s'éclaira dans l'esprit de Sano. Sire Gojô était l'homme que Reiko avait vu flirter avec Asagao dans la pièce de kabuki. C'était avec lui qu'elle avait une liaison, et non avec le ministre de la gauche. Asagao et sire Gojô étaient les amants qui s'étaient retrouvés dans la maison de thé. Elle avait un alibi qu'elle n'avait pu utiliser, puisqu'il aurait révélé son infidélité à l'empereur Tomohito.

– J'ai dit que mon père était avec moi parce qu'il me l'a demandé.

Des larmes ruisselaient sur son visage qu'elle essuya avec sa manche.

– Je ne l'ai pas vu ce soir-là.

Elle avait sacrifié les liens du sang pour ceux du sexe et du pouvoir, en laissant tomber son père pour protéger Tomohito. Mais, malgré cette avancée de l'enquête, Sano n'éprouva aucun plaisir. Avoir ainsi manipulé Asagao lui faisait horreur. Sa quête de justice lui demandait trop souvent d'employer des méthodes indignes.

– Merci, dame Asagao.

Elle lui lança un regard furieux et amer qui le brûla.

– Je suis désolé, ajouta-t-il.

Honteux et déprimé, il s'approcha de la porte pour appeler les suivantes. Elles voulurent aussitôt faire rentrer Asagao qui se retourna sur le seuil et s'écria entre ses sanglots :

– Mon père n'était pas dans le Jardin de l'étang quand le ministre de la gauche est mort, mais je sais qui y était !

Une ruse désespérée brilla dans ses yeux rougis. Sano n'était pas surpris qu'elle tente de protéger Ichijô en accusant quelqu'un d'autre. Il la regarda chercher son souffle et se demanda qui elle allait incriminer.

– C'était l'ex-femme du ministre de la gauche !

– Quoi ?

Le choc ébranla Sano. Kozeri aurait été au palais la nuit de la mort de Konoe ? Mais elle avait un alibi ! Lequel déjà ? Et où était-elle le soir du meurtre d'Aisu ? Sano réalisa brusquement que c'étaient les informations cruciales qu'il avait oublié de lui demander. Sa négligence s'expliquait-elle par l'attirance qu'il éprouvait pour elle ? C'était malheureusement possible, mais un doute commença à se former dans son esprit. Il enfla jusqu'à devenir un soupçon, puis se transforma en colère lorsqu'il comprit ce que Kozeri avait fait.

Asagao éclata de rire entre ses sanglots.

– Kozeri vous a bien eu, n'est-ce pas ? Avant que le ministre de la gauche meure, je l'ai entendu donner des ordres à ses assistants. Demandez à son ex-femme pourquoi il voulait le Jardin de l'étang pour lui seul ce soir-là ! Et aussi pourquoi elle était là-bas !

Sano saisit Asagao par les épaules.

– Qu'est-ce que vous voulez dire ?

Elle leva les yeux dédaigneusement vers lui.

– Vous n'avez qu'à demander à Kozeri comment est mort son premier mari et si c'est elle qui a tué Konoe. Et aussi de vous dire où elle était la nuit de l'autre meurtre !

Les suivantes emmenèrent dame Asagao dont le rire moqueur résonna un long moment dans les oreilles de Sano.

30

Au lieu de suivre sa première impulsion et de courir voir Kozeri pour la confronter avec les allégations de dame Asagao, Sano alla d'abord au corps de garde impérial pour vérifier les registres d'entrées et de sorties du palais. Il rendit ensuite visite à la famille de Kozeri, un clan de la noblesse qui vivait dans le quartier des *kuge*. Ce qu'il apprit lui fit comprendre qu'il avait fait une grave erreur. Il lui fallait maintenant la réparer, mais il devait d'abord se rendre au rendez-vous que le chambellan et lui avaient prévu pour se communiquer les résultats de leurs investigations.

Quand il arriva au château de Nijô, les gongs annonçaient le début des rites d'Obon. Le disque orange du soleil descendait vers les collines de l'ouest et la fumée des autels prenait une teinte dorée, comme si l'air était rempli de poussière scintillante.

– L'Honorable Chambellan est sorti tôt ce matin et n'est pas encore rentré, lui déclara la sentinelle du portail.

De l'autre côté de la rue, il vit Marume et Fukida postés devant une maison de thé, alors qu'il les avait chargés d'espionner Yanagisawa avec leurs hommes. Il les rejoignit en hâte.

– Yanagisawa est parti !

Les policiers haussèrent les sourcils.

– Nous ne l'avons pas vu sortir ! s'exclama Marume.

Tous trois allèrent voir ceux qui surveillaient les autres entrées, mais personne n'avait vu le chambellan.

– Il s'est faufilé dehors sans qu'on le voie, dit Sano, consterné.

La disparition de Yanagisawa était un nouveau problème qui s'ajoutait à celui de Kozeri. Il ne voulait pas admettre qu'elle l'avait dupé, même s'il savait que c'était vrai. Il ne voulait pas non plus penser à ce qui allait se passer lorsqu'il la reverrait. Faudrait-il la livrer à la justice ? L'enquête allait-elle se compliquer ? Et que diable pouvait bien manigancer Yanagisawa ?

Dans les casernements du château de Nijô, le capitaine des gardes informa Sano que le chambellan avait été retardé.

– Où ça ? demanda Sano. Par qui ?

Le capitaine avait l'air gêné, comme s'il ne savait pas comment annoncer la nouvelle.

– Euh... on vient juste de m'informer que l'Honorable Chambellan est au quartier général de la police. J'ai envoyé des hommes le chercher. On l'avait arrêté.

– Pourquoi ? demanda Sano, déconcerté.

– Je ne sais pas.

Sano et ses policiers se rendirent au quartier général de la police. Dans la grande salle d'audience, les hommes de Yanagisawa montaient la garde le long des murs. Une vingtaine de *yoriki* et de *dôshin* étaient prosternés, les mains tendues. Agenouillé devant l'estrade, le *shoshidai* Matsudaira levait craintivement les yeux vers l'homme qui y était assis. Avec un choc, Sano reconnut Yanagisawa. Ses vêtements débraillés étaient crasseux et son visage meurtri avait une expression féroce.

– C'est un terrible affront ! cria-t-il au *shoshidai*. Si l'un de vos *yoriki* ne m'avait pas reconnu, je serais en prison à l'heure qu'il est !

Avec une fureur cinglante, il réprimanda l'assemblée pour l'avoir traité comme un criminel.

– Mille excuses ! gémit le *shoshidai*. Je vous prie de pardonner l'horrible erreur de mes hommes. Ils seront sévèrement punis. Je vous assure que cela ne se reproduira pas.

– Veillez-y, le menaça Yanagisawa, ou vous perdrez votre poste ! Et vous feriez bien de retrouver le *yoriki* Hoshina dès ce matin. Retirez-vous !

Les policiers s'enfuirent.

– Il est déguisé ! s'étonna Fukida. C'est pour ça qu'il a pu nous passer sous le nez. Qui aurait pu penser que ce soit lui ?

Sano s'approcha de Yanagisawa et du *shoshidai* Matsudaira.

– Pourquoi avez-vous été arrêté ? demanda-t-il au chambellan.

En voyant Sano, la colère assombrit le visage de Yanagisawa. Il ne répondit pas.

– Pour avoir tenté de cambrioler une banque dans le quartier des marchands, lança timidement le *shoshidai*.

– Je vous ai déjà dit que ce n'était pas vrai ! lui rétorqua Yanagisawa d'un air glacial. Je me promenais tranquillement quand trois brutes m'ont attaqué, et la police a cru ce marchand qui m'accusait de vouloir voler son sale argent.

– Oui, bien sûr, dit le *shoshidai* sur un ton d'excuse.

– Que faisiez-vous dans ce quartier de la ville ? s'étonna Sano. Pourquoi êtes-vous habillé comme ça ?

– Cette mésaventure n'a rien à voir avec l'affaire, dit Yanagisawa. Je n'ai pas d'explications à vous donner.

Sano le suivit lorsqu'il sortit du bâtiment.

– Que vouliez-vous dire en leur demandant de retrouver le *yoriki* Hoshina ?

Un sourire sarcastique se dessina sur le visage de Yanagisawa quand il monta sur son cheval, aidé par ses serviteurs qui l'attendaient dans la rue.

– Votre otage s'est enfui.

Encore un problème ! Sano cacha son désarroi. Avec la fuite d'Hoshina, il n'avait plus de moyen de pression sur le chambellan. Comment allait-il lui faire respecter leur marché ? Il fallait qu'il retrouve le *yoriki* avant lui.

Sano et ses hommes remontèrent sur leurs chevaux et descendirent l'avenue Oike avec Yanagisawa. Le globe rouge du soleil allait disparaître derrière les collines, voilé par la fumée et la brume. Les derniers rayons cuivrés illuminaient la foule. Une forte odeur de friture venant des cuisines imprégnait l'atmosphère étouffante.

– Avez-vous trouvé les insurgés et les armes ? demanda Sano à Yanagisawa.

– Toujours pas, répondit Yanagisawa d'une voix agacée, en se mettant sur la défensive.

Déçu par toutes ces nouvelles, Sano lui raconta que dame Asagao s'était rétractée sur l'alibi de son père.

– Alors le ministre de la droite pourrait être le coupable, n'est-ce pas ? lança Yanagisawa tandis qu'un sourire énigmatique jouait sur ses lèvres. Intéressant !

– Cela ne veut pas dire que les autres suspects sont hors de cause, dit Sano.

Lancinante, la pensée de Kozeri suppurait comme une blessure dans son esprit.

– Dame Jokyôden a refusé de me dire où elle était au moment du meurtre d'Aisu, et nous n'avons pas trouvé de lien entre Ichijô et la conspiration.

– Pas encore, vous voulez dire !

En faisant claquer ses rênes, Yanagisawa partit au galop devant Sano.

– À mon avis, il ne se promenait pas tranquillement et innocemment lorsqu'ils l'ont arrêté, ironisa Fukida.

– Et il sait quelque chose qu'il ne nous dit pas, marmonna Marume.

Sano hocha la tête d'un air sombre en se reprochant de ne pas avoir mis le chambellan hors circuit quand il en avait eu l'occasion. Il donna de nouveaux ordres à Marume et Fukida pour enquêter à ce sujet, et leur demanda de revenir lui faire leur rapport le plus vite possible.

– Où serez-vous ? s'enquit Fukida.

C'était maintenant au tour de Sano de se dérober, car il ne voulait pas perdre la face en leur racontant son erreur avec Kozeri.

– Si vous ne me trouvez pas, laissez-moi un message à l'hostellerie de Nijô, leur cria-t-il en s'éloignant.

Sano avait envie d'aller directement au temple Kôdai, mais Reiko devait attendre les nouvelles avec impatience. Il se rendit donc d'abord à l'hostellerie de Nijô où il la trouva dans leur chambre, devant la table, en train de grignoter un dîner de boulettes de riz, de poisson grillé et de légumes verts tout en buvant du thé. Sano s'agenouilla en face de sa femme et s'inclina. Ce salut un peu formel leur rappela le malaise qu'ils avaient ressenti en se séparant ce matin-là.

– Les insurgés et les armes n'ont pas été retrouvés, dit Sano.

– Je suis désolée de l'apprendre, dit Reiko, les yeux baissés.

Vous en voulez ? ajouta-t-elle en montrant son repas. Je crois que je n'ai pas très faim.

– Non merci. Je n'ai pas faim non plus.

Elle lança un coup d'œil aux sabres qu'il n'avait pas enlevés comme il le faisait d'habitude lorsqu'il rentrait le soir.

– Vous allez ressortir ?

– Oui, dit Sano en sentant son cœur battre plus vite.

– Où devez-vous aller ?

– Voir Kozeri.

Dans sa bouche, ce nom avait un goût de poison.

– Encore ? s'étonna Reiko en levant vers lui un regard inquiet. Puis-je vous demander pourquoi ?

– Dame Asagao affirme que Kozeri était dans le Jardin de l'étang quand le ministre de la gauche est mort, dit Sano. On n'a pas enregistré son passage au corps de garde ce jour-là mais, en revanche, elle était au palais le soir où Aisu a été assassiné. Elle rendait visite à sa famille. Selon eux, elle est arrivée dans la soirée et elle a passé la nuit dans leur maison du quartier des *kuge*. Elle est repartie le lendemain matin. C'était la première fois qu'elle revenait depuis son entrée au couvent il y a quinze ans. Dame Asagao m'a aussi suggéré de lui demander comment son premier mari était mort. Sa famille m'a dit qu'elle avait été mariée au secrétaire du ministre de la gauche, un jeune noble de la cour nommé Ryôzen – l'homme qu'avait assassiné Konoe.

Sano regrettait de ne pas avoir découvert plus tôt le lien entre Kozeri et le crime qui avait mis Konoe sous la coupe du *bakufu*.

– Au vu de ces nouveaux faits, je dois la réinterroger.

L'expression du visage de Reiko devint narquoise.

– Je suppose que vous aviez interrogé sa famille pour vérifier ce qu'elle vous avait dit sur son mariage avec le ministre de la gauche. Mais en admettant que vous ne l'ayez pas fait, l'information sur son premier mari ne figurait-elle pas dans les dossiers du *metsuke* que le chambellan vous a transmis ?

À sa grande honte, Sano réalisa que, persuadé de l'innocence de Kozeri, il n'avait pas pris la peine de lire le sien.

– Vous avez déjà interrogé Kozeri à deux reprises, et vous venez seulement de découvrir qu'elle avait eu la possibilité de tuer Aisu, et peut-être aussi Konoe ! Vous ne lui aviez pas demandé où elle était au moment des meurtres ?

– Non, reconnut Sano en rougissant, même s'il avait une bonne raison pour expliquer cette négligence. Chaque fois que j'étais avec elle, j'avais une drôle de sensation qui engourdissait mon esprit et je sentais que j'oubliais quelque chose d'essentiel. Maintenant, je sais pourquoi. Les nonnes du temple Kôdai pratiquent le *shugendô*, et Kozeri concentrait son énergie mentale sur mon esprit pour m'empêcher de lui demander où elle était au moment des meurtres.

Reiko le regarda d'un air incrédule.

– Vous voulez dire que Kozeri se servait de pouvoirs magiques pour vous manipuler ? Cela vous paraît possible ?

– Si le pouvoir du *kiai* existe, pourquoi pas celui de contrôler l'esprit d'autrui ?

Consterné, il vit qu'elle était sceptique.

– Je crois plutôt que vous aviez inconsciemment décidé qu'elle était innocente. Quand je pense que vous m'avez critiquée pour avoir fait confiance à dame Jokyôden !

C'était un terrain dangereux. Sano devait vite détourner la conversation pour ne pas évoquer l'autre raison qui l'avait aveuglé face à Kozeri.

– En parlant de dame Jokyôden, dit-il, elle a eu jadis une liaison avec le ministre de la gauche Konoe.

– Ah bon ! C'est intéressant ! s'exclama Reiko, un voile de prudence sur les yeux. Comment l'avez-vous découvert ?

– C'est elle qui me l'a dit.

Sano lui raconta son entretien avec la mère de l'empereur, puis lui lança un regard accusateur.

– D'après elle, vous le saviez. Pourquoi ne m'en avez-vous pas parlé ?

Reiko se redressa et leva le menton.

– Elle m'a demandé de garder le secret et j'ai accepté. J'ai pensé que sa relation avec Konoe était moins importante que ce qu'elle m'avait donné car, sans son aide, nous n'aurions jamais découvert la conspiration. Je pense que mes raisons de lui faire confiance sont plus crédibles que les vôtres avec Kozeri.

La suspicion rétrécit les yeux de Reiko.

– Elle est belle ?

L'atmosphère de la pièce se tendit comme des voiles gonflées par une bourrasque. Sano eut un rire forcé.

– Kozeri est une nonne ! Elle a le crâne rasé et elle n'est pas toute jeune.

– Ce n'est pas ce que je vous ai demandé, mais peu importe : je peux lire la réponse sur votre visage, dit Reiko en se levant et en regardant Sano d'un air indigné. C'étaient vos sentiments personnels pour elle, et non une quelconque magie, qui vous ont fait oublier de lui demander son alibi avant de décider qu'elle était innocente !

Reiko recula, horrifiée. Sano perçut sa souffrance derrière la colère de sa voix. Il se leva et se précipita vers elle en lui tendant les mains.

– Ce n'est pas ce que vous pensez, protesta-t-il en repoussant ses souvenirs, honteux d'avoir caressé Kozeri. Il ne s'est rien passé.

Reiko mit ses mains derrière son dos pour qu'il ne puisse pas les prendre.

– Vous me prenez pour une idiote ! lui cria-t-elle.

Elle se détourna brusquement de lui. Ses épaules tremblaient et elle respirait mal. La voir ainsi souffrir lui poignarda le cœur. Elle était si belle et si fière devant le paysage de montagne peint sur la cloison ! Il éprouva un élan de désir qui aggrava sa confusion. Comment avait-il pu s'intéresser à une autre femme ? Que fallait-il faire pour regagner sa confiance ?

– Kozeri m'a empêché de réfléchir, c'est tout.

Le mensonge lui donna mauvaise conscience.

– C'est vous que j'aime, et personne d'autre !

– Je ne vous crois pas, dit Reiko d'une voix brisée.

– Vous ne me croyez pas parce que vous n'avez pas rencontré Kozeri.

– C'est vrai, je ne l'ai pas rencontrée.

Elle se tourna pour faire face à Sano, et son regard plein de larmes se durcit, comme un étang qui se couvre de glace.

– Mais il est temps que je la rencontre, effectivement !

Affolé, Sano répliqua aussitôt :

– Ce n'est pas une bonne idée ! Si c'est elle qui est la meurtrière, elle est dangereuse ! Elle pourrait vous faire du mal. Je l'ai déjà interrogée sur sa relation avec le ministre de la gauche Konoe et sur la dernière visite qu'il lui a faite. Je dois seulement lui demander où elle se trouvait au moment des meurtres. Il n'est pas nécessaire que vous...

La lueur de mépris qu'il vit dans les yeux de Reiko interrompit ses excuses.

– Si, c'est nécessaire, dit-elle. Peu importe qu'elle vous ait trompé par des pratiques magiques ou des ruses féminines ! Ce qui compte, c'est qu'elle l'a fait à deux reprises et qu'elle pourrait le refaire. Il sera plus facile pour moi d'obtenir des réponses de sa part.

Sano ne voyait que deux solutions, toutes les deux inacceptables : laisser faire Reiko en prenant le risque que Kozeri lui raconte ce qui s'était passé près du fleuve, ou refuser en compromettant l'enquête et en détruisant son mariage. À la fois terrifié et résigné, il comprit qu'il n'avait pas le choix.

– Très bien. Nous irons au temple Kôdai demain matin.

– Non, pas demain, affirma Reiko d'un air résolu. Je veux y aller tout de suite.

Accompagnés de leurs gardes, Reiko dans son palanquin et Sano à cheval parcoururent les rues encombrées où brillaient d'innombrables lanternes d'Obon. Au temple Kôdai, on leur dit que Kozeri n'était pas au couvent, car les nonnes étaient allées exécuter les danses traditionnelles au sanctuaire de Gion. Ils repartirent en silence. Depuis qu'ils avaient quitté l'hostellerie de Nijô, Reiko n'avait pas échangé un mot avec Sano. Sa rage et sa souffrance étaient si intenses qu'elle pouvait à peine le regarder. Elle ne pouvait croire qu'il ne s'était rien passé entre Kozeri et lui. Sa jalousie lui faisait horreur, et Sano aussi puisque c'était lui qui l'avait provoquée.

Soudain, une pensée inquiétante lui vint à l'esprit. Avec les récents événements, elle avait oublié de suivre son cycle féminin. Elle calcula qu'elle avait maintenant deux mois de retard, ce qui rendait sa grossesse encore plus certaine. Elle prit conscience d'une nouvelle rondeur, d'un léger renflement de son ventre, et pencha la tête vers la fenêtre de son palanquin pour regarder Sano sur son cheval.

– Apparemment, Kozeri s'absente souvent de son couvent, dit-elle. Ses vœux religieux ne restreignent pas ses déplacements et ne lui interdisent pas l'accès du palais impérial.

– Apparemment non ! fut tout ce que trouva à dire Sano, conscient qu'elle avait voulu lui lancer une pique.

Sa remarque sous-entendait qu'il n'aurait pas dû présumer qu'une nonne manquait de la liberté de mouvement nécessaire pour accéder au lieu du crime. Mais cette allusion blessante fit honte à Reiko au lieu de soulager sa colère.

La nuit était tombée, moite et enfumée, et les lumières de la ville illuminaient le ciel d'une sinistre lueur mauve. La fête battait son plein dans les maisons de thé, et des hommes ivres faisaient du tapage dans les rues bordées de « pare-chiens » – ces barrières de bambou qui empêchaient les chiens errants et les passants bagarreurs d'approcher des maisons. Sano et Reiko laissèrent leurs gardes à l'extérieur du sanctuaire et franchirent le torii. Des lanternes étaient suspendues aux arbres au-dessus de la foule joyeuse et bruyante qui s'attroupait autour des buvettes. Des gongs résonnaient sans cesse, mais Reiko entendit des battements de tambour vers lesquels tous deux se dirigèrent.

Dans la grande cour du sanctuaire, une rangée de femmes vêtues de robes blanches tourbillonnantes glissaient, se balançaient et agitaient lentement les bras en suivant les mouvements du rituel. La lumière des lanternes faisait briller leurs crânes rasés, et un public captivé les regardait tourner en cercle et taper des mains. Des danseurs portant des pagnes et des chapeaux de paille les entouraient, et les deux lignes se déplaçaient dans des directions opposées. Un chant mélancolique s'éleva des spectateurs.

– Laquelle est-ce ? demanda calmement Reiko.

Sano la montra du doigt.

– C'est celle qui est entre les deux nonnes âgées. Faites attention, je vous en prie, ajouta-t-il.

Reiko sentit qu'il avait peur de ce qu'elle pourrait apprendre de Kozeri – et de ce qu'elle allait faire.

– Attendez-moi là, dit-elle.

Elle s'approcha des danseuses sans quitter Kozeri des yeux. La silhouette de la nonne était bien proportionnée et gracieuse. Ses yeux aux paupières lourdes semblaient somnoler pendant qu'elle s'inclinait et ondulait, et ses lèvres charnues étaient incurvées dans un sourire serein. Comme l'avait dit Sano, elle n'était pas jeune, mais l'âge n'avait pas de prise sur elle, et sa tête rasée ne faisait qu'accentuer son charme. Reiko, qui n'avait jamais douté de sa propre beauté, sentit la haine et la jalousie la submerger.

– Kozeri-*san* ! cria-t-elle.

La nonne se retourna, et un froncement de sourcils perplexe remplaça son sourire. De toute évidence, elle se demandait pourquoi cette étrangère s'adressait à elle de manière aussi péremptoire.

– Je voudrais vous parler, dit Reiko en la suivant tandis que le cercle tournait.

L'incertitude assombrit le visage de Kozeri, mais elle rejoignit Reiko et s'inclina.

– Oui, Honorable Dame ?

Sa voix douce et légèrement rauque devait faire partie de l'attrait qu'elle exerçait sur les hommes.

– Je suis l'épouse du *sôsakan-sama* du shogun, annonça Reiko sur le ton fier et autoritaire de sa classe.

– Oh ! dit Kozeri d'un air consterné. Je ne savais pas qu'il était marié. Ni qu'il avait amené sa femme à Miyako.

« Bien sûr, il ne le lui a pas dit », pensa amèrement Reiko.

– J'aide mon mari dans son travail, poursuivit-elle. Nous enquêtons tous les deux sur le meurtre du ministre de la gauche Konoe et je voudrais vous poser quelques questions.

Pour que Kozeri comprenne qu'elle avait une relation très particulière et très étroite avec Sano, elle ne dissimula pas son but derrière le faux prétexte d'une simple visite.

– Venez avec moi.

Kozeri hésita un bref instant et accepta :

– Je vous suis.

En fendant la foule avec elle, Reiko aperçut au loin Sano qui fronçait les sourcils en lui faisant signe de s'arrêter. Elle l'ignora et continua à marcher, jusqu'à ce qu'elles se retrouvent dans un jardin désert derrière le bâtiment. Au-dessus d'une porte, une lanterne brillait à travers les branches d'un pin, projetant un réseau d'ombres sur l'herbe. Le chant des grillons étouffait le vacarme lointain de la fête. Les deux femmes se faisaient face. Kozeri serra les bras sur sa poitrine, comme pour se protéger, en attendant que son interlocutrice prenne la parole. Reiko tremblait intérieurement, malade de curiosité. « Que vous a-t-il dit ? avait-elle envie de lui demander. Qu'avez-vous fait ensemble ? »

Mais elle n'en fit rien car elle avait peur des réponses.

– Pourquoi n'avez-vous pas dit à mon mari que vous étiez au palais la nuit du second meurtre ?

Le visage de Kozeri refléta son désarroi devant l'agressivité de Reiko.

– Je rendais simplement visite à ma famille. Cela ne semblait pas important.

– Je ne crois pas que ce soit la seule raison, dit froidement Reiko.

Kozeri lança un coup d'œil de regret vers les lumières de la cour. Puis elle soupira et regarda par terre.

– J'avais peur qu'il ne croie que j'étais l'assassin.

– Vous l'êtes ?

– Mais non ! s'écria Kozeri en regardant Reiko d'un air horrifié.

– Vous saviez que mon mari était au palais cette nuit-là ? demanda Reiko.

– Je l'ai appris le lendemain matin, quand on a informé ma famille de son meurtre. Et nous avons su par la suite que c'était un autre homme qui était mort.

Kozeri se passa nerveusement la langue sur les lèvres.

– Je ne sais même pas qui était cet homme. Je n'ai pas quitté la maison de ma famille ce soir-là.

Et elle ajouta avec un petit sourire timide et suppliant :

– Je n'ai jamais voulu causer d'ennuis à votre mari, croyez-moi !

Reiko la regarda avec mépris.

– Vos ruses de femme ne vont pas marcher avec moi. Le ministre de la droite Ichijô, dame Jokyôden, le prince Momozono et l'empereur ont tous été prévenus que mon mari allait venir au palais. J'imagine que les nouvelles circulent vite à la cour impériale. Vous avez pu l'apprendre et décider de le tuer pour qu'il ne puisse pas vous inculper du meurtre de Konoe. Vous êtes discrètement sortie de la résidence de votre famille et vous l'avez cherché, mais vous êtes tombée sur le chambellan Yanagisawa et ses hommes. Vous avez cru à tort que c'étaient mon mari et ses policiers, et vous avez tué quelqu'un d'autre.

– Ce n'est pas vrai ! cria Kozeri, paniquée. Je n'ai tué personne. Demandez à votre mari. Il sait...

Ses protestations faiblirent en voyant le regard furieux de Reiko. Elle soupira, courba la tête comme si elle s'avouait vaincue, et se mit à parler d'une voix basse et triste.

– Très bien. Je vais vous dire ce qui s'est passé. Le ministre de la gauche est venu au temple Kôdai la veille de sa mort. Il m'a dit qu'il allait fermer le couvent et me forcer à revenir chez lui. Et il m'a ordonné de venir au Jardin de l'étang le lendemain soir pour fêter un événement.

Kozeri avala sa salive.

– J'étais terrifiée. Quand j'étais sa femme, il me maltraitait tellement que j'ai failli en mourir. Je savais que si je retournais chez lui, il me tuerait. Il fallait que je trouve un moyen de lui échapper.

Cette histoire n'avait rien à voir avec ce que Kozeri avait raconté à Sano sur son mariage et sur sa dernière rencontre avec Konoe !

– Comment le ministre de la gauche aurait-il pu fermer le couvent, alors que la cour impériale n'a aucune autorité sur les ordres religieux ? lui demanda Reiko d'un air méfiant.

Kozeri leva les mains, puis les laissa tomber.

– Il m'a dit qu'il pouvait le faire, et je l'ai cru.

Avait-elle eu si peur de son ex-mari qu'elle avait pris sa menace au sérieux ? se demanda Reiko. Ou mentait-elle encore ?

– Quel événement deviez-vous fêter ?

– Il ne me l'a pas dit et je ne le lui ai pas demandé. Mais je savais qu'il voudrait prendre son plaisir avec moi.

– Continuez !

– J'ai accepté de le rencontrer. Le lendemain soir, ses serviteurs sont venus au temple quand tout le monde était endormi, et ils m'ont emmenée dans un palanquin au palais impérial. Nous n'avons rencontré personne. Nous nous sommes arrêtés au Jardin de l'étang, et ils m'ont conduite dans le pavillon sur l'île. Ils ont allumé une lanterne et m'ont laissée seule.

Le prince Momozono avait effectivement vu une lumière dans la maison juste avant que l'empereur et lui ne découvrent Konoe, se souvint Reiko. Il y avait donc une troisième personne dans le Jardin de l'étang. Konoe voulait que ce rendez-vous reste secret, ce qui expliquait que les registres impériaux ne signalent pas la présence de Kozeri au palais cette nuit-là et que le *yoriki* Hoshina ne l'ait pas fait figurer parmi les suspects.

– Sur la table, il y avait une carafe de saké et deux coupes, dit Kozeri. Je me suis assise, j'ai bu une coupe et j'ai prié pour avoir le courage de le tuer.

Reiko n'en crut pas ses oreilles.

– Attendez ! Vous reconnaissez que vous êtes venue dans le Jardin de l'étang pour le tuer ?

– Oui.

Kozeri avança sous un arbre. La brise agitait les branches, créant des motifs d'ombre et de lumière sur son visage hagard. Le rythme des tambours ponctuait les chants dans la cour.

– J'avais une petite fiole dans ma manche. Elle contenait une drogue que j'avais achetée à un colporteur. Je voulais la verser dans son saké. Il la boirait et s'endormirait pour ne jamais se réveiller. Je voulais ensuite m'éclipser discrètement et j'espérais que tout le monde croirait qu'il était mort d'une attaque.

Elle avait prévu d'utiliser du poison, et non le *kiai* ? Reiko l'écoutait, interloquée.

– Soudain, je l'ai entendu appeler au secours. Il a commencé par courir, puis on aurait dit qu'il se traînait par terre. Il respirait bizarrement. J'ai regardé par la fenêtre, et je l'ai vu près de la maison. Il a crié : « Non ! Je vous en prie, non ! » J'étais terrifiée. C'est alors qu'il y a eu le terrible cri qui a duré longtemps, longtemps, dit Kozeri en frissonnant. Je l'ai vu se tordre de douleur, et le sang jaillissait de son corps. Puis il n'a plus bougé, et le cri s'est arrêté.

Elle fixait Reiko d'un étrange regard voilé.

– Il était mort.

Elle avait voulu le tuer pour qu'il ne la maltraite plus jamais,

mais le meurtrier lui avait évité cette peine. Cette explication parut plausible à Reiko et son scepticisme s'atténua.

– Qu'est-ce que vous avez fait ensuite ?

– Je savais que tout le monde au palais avait entendu ce cri, reprit Kozeri en caressant sa gorge. Quelqu'un allait venir et le trouver. Je ne voulais pas qu'on pense que je l'avais tué, alors j'ai éteint la lanterne et je me suis enfuie. Dans le quartier des *kuge*, j'ai trouvé une échelle dans une tour de guet contre l'incendie. J'ai escaladé le mur du palais et j'ai emporté l'échelle. Je l'ai jetée dans une ruelle pour qu'on ne sache pas que quelqu'un s'était enfui du palais, et je suis rentrée au temple Kôdai.

Reiko eut un élan de sympathie pour la nonne qui avait tant souffert et qui avait assisté à cet horrible meurtre.

– Pardonnez-moi de vous avoir dérangée, je vous en prie, dit-elle en prenant les mains douces et lisses de Kozeri dans les siennes. Je vais raconter à mon mari tout ce que vous m'avez dit. Une tentative de meurtre est un crime mais, vu les circonstances, je suis sûre qu'il vous pardonnera.

Des larmes de gratitude ruisselèrent sur le visage de Kozeri.

– Je vous remercie infiniment, murmura-t-elle en souriant. Vous êtes si compréhensive et si bonne.

Reiko n'avait jamais été attirée par les femmes, mais toucher Kozeri lui donnait un plaisir sensuel. Sa colère s'était volatilisée et elle n'arrivait plus à se rappeler pourquoi elle la détestait quelques instants plus tôt. Un désir charnel s'éveilla en elle et, lorsqu'elle en prit conscience, elle sursauta, aussitôt sur le qui-vive.

– Vous êtes en train de me faire ce que vous avez fait à mon mari ! s'écria-t-elle en s'éloignant de la nonne.

– Que... que voulez-vous dire ? balbutia celle-ci en haussant les sourcils.

– Vous avez concentré votre énergie mentale pour l'empêcher de vous demander où vous étiez pendant les meurtres. Je ne l'ai pas cru quand il me l'a dit, mais je comprends maintenant que c'était vrai, car vous avez troublé mon esprit de la même façon !

Reiko regrettait à présent d'avoir accusé Sano de mensonge.

Une lueur de peur brilla dans les yeux de Kozeri, mais elle dit bravement :

– Je ne voulais pas vous faire de mal ! Je voulais juste vous plaire, pour que vous me croyiez.

– Et à lui aussi vous vouliez plaire !

À mesure que la vérité se faisait jour, Reiko regrettait d'avoir douté de l'amour de Sano. Quoi qu'il se soit passé entre Kozeri et lui, il n'en était pas vraiment responsable. Si elle pouvait séduire une femme, l'effet de sa magie sur les hommes devait être irrésistible !

– Menteuse ! hurla soudain Reiko. Vous n'avez pas essayé d'empoisonner le ministre de la gauche. Vous ne l'avez pas simplement vu mourir. Vous l'avez assassiné, et Aisu aussi !

– Non, ce n'est pas vrai ! répliqua Kozeri, à la fois blessée et indignée. Je ne souhaiterais jamais une mort aussi atroce à personne.

– Même pas à l'homme qui a tué votre premier mari ?

Le sang se retira du visage de Kozeri, laissant ses lèvres si pâles que Reiko put voir les marques rouges là où elle les avait mordues.

– Comment... comment le savez-vous ?

– Vous étiez jadis mariée au secrétaire de Konoe, qui l'a poignardé pour vous épouser. Vous avez fini par le découvrir et vous avez décidé de vous venger.

Kozeri se redressa, et ses joues rougirent de colère.

– D'accord. C'est vrai, je le savais ! Je détestais le ministre de la gauche parce qu'il avait tué Ryôzen. Et c'est à cause de lui que, juste après le meurtre, j'ai fait une fausse couche et perdu l'enfant que je portais. Mais tout cela s'est passé il y a de nombreuses années. Si j'avais voulu me venger de lui, j'aurais pu le faire lorsque nous vivions ensemble. Pourquoi aurais-je attendu si longtemps ?

– Parce que vous n'aviez pas encore la capacité de le tuer, lui rétorqua Reiko. Vous vous êtes donc enfuie au temple Kôdai. Les nonnes vous ont appris à canaliser votre énergie mentale dans votre voix et vous avez acquis la maîtrise du *kiai*.

– C'est ridicule ! s'écria Kozeri en éclatant d'un rire hystérique. Nous faisons des exercices pour trouver la sérénité dans nos prières. Nous pouvons influencer les pensées d'autrui, mais nous rejetons la violence.

– Je ne vous crois pas.

Voulant à tout prix impliquer Kozeri dans un autre crime, Reiko lui demanda :

– Vous êtes déjà allée dans la maison de sire Ibe, dans le quartier des teinturiers ? Vous connaissez les insurgés qui y ont habité ? Où sont-ils à présent ? Où ont-ils transporté les armes ?

Pendant que sa bouche formait sans les prononcer les mots « insurgés » et « armes », Kozeri regarda Reiko comme si elle était devenue folle. Mais celle-ci était désormais persuadée que la nonne s'était liée d'amitié avec les rebelles au cours de ses pérégrinations en ville, et qu'elle s'était ralliée à leur cause pour contrer son mari. Konoe avait découvert le complot, et elle avait décidé de le tuer avant qu'il en parle au *bakufu*. Elle l'avait alors contacté en simulant un désir de réconciliation et avait organisé le rendez-vous secret au Jardin de l'étang.

– Ne faites pas semblant de ne pas comprendre ! cria Reiko, les poings serrés, devant le visage terrifié de Kozeri. Où sont les armes ? Où sont les rebelles et que manigancent-ils ?

– Je ne sais pas de quoi vous parlez ! protesta Kozeri en lançant partout des regards affolés.

Elle recula, puis lâcha :

– Il y a quelque chose que je voulais dire à votre mari. Quelque chose qui va l'aider dans son enquête.

Reiko se contenta de la regarder, muette de fureur.

– Quand j'ai quitté le Jardin de l'étang après la mort du ministre de la gauche, j'ai vu un homme qui se cachait dans l'ombre. C'était le ministre de la droite Ichijô.

Kozeri la croyait-elle assez naïve pour tomber dans ce nouveau piège ? Reiko sentit son visage s'empourprer de colère.

De plus en plus angoissée, Kozeri se mit à bafouiller :

– Il... il ne m'a pas vue, mais je... je l'ai reconnu, dit-elle avec un sourire hésitant qui n'effaça pas la peur dans ses yeux. Vous ne comprenez pas ce que ça veut dire ? Il y avait quelqu'un d'autre que moi dans le jardin ! C'est sûrement Ichijô qui a tué mon ex-mari.

Le trop-plein d'émotions de Reiko explosa.

– Je ne veux plus entendre un seul de vos mensonges, hurla-t-elle. Ichijô n'était pas là. Il n'y avait que vous.

– Je vous assure que je ne mens pas ! insista Kozeri.

Reiko la prit par les épaules et la secoua de toutes ses forces en faisant ballotter sa tête dans tous les sens.

– Vous faites partie de la conspiration rebelle et vous avez tué Konoe. Avouez-le !

– Arrêtez, vous me faites mal !

Son corps n'opposait aucune résistance et elle se mit à sangloter. Reiko comprenait maintenant que l'amour de Konoe se soit transformé en rage meurtrière. Si douce et si contrariante à la fois, si faible malgré ses pouvoirs magiques, elle était touchante, mais exaspérante.

« C'était ça que voulait Sano chez une femme ? »

Reiko eut subitement envie de la frapper jusqu'à ce qu'elle avoue et implore pitié. Si fort était son désir qu'elle soit coupable et meure pour ces crimes qu'elle ne s'inquiétait plus que la nonne puisse la tuer avec son cri.

La tambours se turent et les applaudissements éclatèrent : la danse était finie. Reiko entendit Sano l'appeler.

– Reiko-*san* ! Où êtes-vous ?

Elle se figea, ne sachant que faire. Elle avait envie de courir vers lui, tout en ayant peur de l'affronter après ce qui venait de se passer. Elle ne pourrait pas supporter que Sano les trouve toutes les deux comme ça, et elle avait envie de s'enfuir, mais elle ne pouvait pas le laisser seul avec Kozeri.

La nonne dit brusquement d'une voix plaintive :

– Je peux comprendre que vous me croyiez coupable, mais pourquoi me détestez-vous tellement ? Vous pensez que votre mari est amoureux de moi ?

Que sa jalousie soit si évidente humilia Reiko. Elle fit demi-tour et s'éloigna en trébuchant, incapable d'en entendre davantage.

– Je voulais qu'il me fasse l'amour parce que j'en avais envie, et non pour le tromper, cria Kozeri derrière elle. Mais lui n'a pas voulu et, maintenant que je vous ai rencontrée, je comprends pourquoi. Il vous aime ! Il me désirait, mais ne pouvait pas vous trahir.

Reiko s'arrêta net. Elle avait tellement envie de la croire ! Mais la plupart des maris prenaient des maîtresses. Elle avait cru que le sien était différent des autres, et elle lui avait naïvement fait confiance. De toute manière, Kozeri avait tellement menti qu'elle mentait peut-être encore en prétendant que Sano et elle n'avaient pas fait l'amour ensemble !

Soudain, Reiko s'enfuit en courant si vite que le vent refroidissait les larmes qui ruisselaient sur ses joues. Elle ne savait plus que penser ou faire. Elle ne savait pas non plus si elle devait croire Kozeri quand elle disait avoir vu Ichijô sur le lieu du meurtre.

31

À l'heure du sanglier, toutes les boutiques étaient fermées sur l'avenue Kawaramachi, sauf quelques maisons de thé. Cette grande artère, qui traversait du nord au sud le quartier le plus commercial de Miyako, ressemblait maintenant à un long tunnel sous la voûte sombre du ciel nocturne, avec le haut mur en terre du Grand Rempart à l'est, la rangée de boutiques et de maisons éclairées par les lanternes d'Obon à l'ouest. Les portes qui s'ouvraient dans le rempart donnaient accès au fleuve Kamo, et des gardes étaient de service aux carrefours, devant les entrées des autres quartiers. Certains habitants dormaient déjà sur des futons installés sur les balcons pour profiter des brises du fleuve, mais d'autres parlaient et fumaient, assis sur le seuil des portes, tandis que des passants rentraient tranquillement chez eux après leur visite au cimetière.

Dans la foule clairsemée, la silhouette solitaire du ministre de la droite Ichijô marchait, vêtue d'un modeste kimono gris et d'un chapeau d'osier au lieu de son costume de cour habituel. Il s'appuyait sur sa canne d'ébène et avançait d'un pas vif pour un homme de son âge, sans regarder de côté ni derrière lui. Son profil élégant et ses épaules voûtées s'inclinaient en avant, comme s'il était impatient d'arriver à destination.

Le chambellan avait remis sa tenue de rônin et le suivait de loin. Cette filature était beaucoup plus facile que celle du messager de dame Jokyôden. Soit Ichijô n'imaginait pas qu'on puisse l'espionner, soit il s'en moquait. Au lieu de se faufiler dans des ruelles, il marchait au milieu de l'avenue et n'avait vraiment pas l'air d'un homme en mission secrète. Mais Yanagisawa était sûr que cette apparence était trompeuse.

Ses espions lui avaient transmis une information intéressante : Ichijô avait dit à ses serviteurs qu'il allait sortir seul ce soir-là, sans révéler ses projets. S'agissait-il d'une des mystérieuses équipées dont Hoshina lui avait parlé ? Yanagisawa avait toujours envie de croire que le *yoriki* avait sincèrement essayé de l'aider en lui dénichant de vrais indices, et il avait surtout besoin de preuves contre Ichijô, sachant ce que ses espions lui avaient rapporté sur dame Jokyôden.

Les servantes de la mère de l'empereur affirmaient l'avoir vue dans son bureau juste avant d'entendre le cri qui avait tué Aisu. Elle y était aussi quand les gardes impériaux étaient venus l'informer du second meurtre. Personne ne l'avait vue ailleurs. Yanagisawa ne comprenait pas pourquoi elle refusait de le reconnaître devant Sano, mais il semblait difficile qu'elle ait pu sortir discrètement, tuer Aisu et revenir dans son bureau sans être vue. Et si ce n'était pas elle qui avait assassiné Aisu, la probabilité qu'elle ait tué le ministre de la gauche diminuait. Le messager et la banque Daikoku n'avaient sans doute rien à voir avec la conspiration. Ichijô était donc le principal suspect puisque Sano avait réfuté son alibi pour le meurtre de Konoe. Yanagisawa n'avait pas parlé à Sano des déplacements d'Ichijô. S'ils révélaient un lien entre le ministre de la droite et les rebelles, il voulait être le héros qui allait arrêter l'assassin et éviter une guerre civile.

Au croisement de l'avenue Gojô, Ichijô s'arrêta devant une porte dans le Grand Rempart. Caché sous un porche, Yanagisawa le vit parler à la sentinelle qui le laissa passer. Le ministre de la droite disparut. Yanagisawa se précipita vers le garde.

– Ouvrez-moi, lui cria-t-il. Vite !

– Donnez-moi votre nom et votre fonction ! dit celui-ci en toisant avec mépris son humble apparence.

Cette fois, Yanagisawa avait tout prévu : du sac qu'il avait à la taille, il sortit un petit document indiquant son nom et son rang et le lui montra. L'homme devait être analphabète, mais il reconnut le sceau du shogun et lui ouvrit aussitôt la porte.

À l'extérieur de Grand Rempart, Yanagisawa vit Ichijô descendre les marches de pierre menant au fleuve. Il le suivit, et tous deux traversèrent le pont de Gojô sous lequel le fleuve luisait faiblement.

Des lumières brillaient sur la rive opposée où les braises des feux éteints fumaient encore. L'odeur de fumée, les rires des couples qui se promenaient sur la berge, la musique qui s'échappait des maisons de thé et la chaleur de la nuit, tout rappelait à Yanagisawa la nuit qu'il avait passée avec Hoshina, et une vague de nostalgie le submergea.

Où était-il maintenant ? Malgré toutes les recherches entreprises, on n'avait pas retrouvé trace de lui. Le chambellan fit un effort de volonté pour chasser de son esprit la pensée de l'amant qui l'avait trahi.

Au bout du pont, Ichijô pénétra dans un quartier désert. Les maisons étaient serrées les unes contre les autres, et quelques lanternes d'Obon étaient encore allumées. Yanagisawa se glissait sans bruit sous les avant-toits et les balcons pour qu'Ichijô ne le voie pas. Soudain, sa peur de marcher seul en ville lui revint. Si Ichijô était le commandant des insurgés, il lui fallait communiquer avec eux et, comme il ne pouvait pas les faire venir au palais ni échanger des messages qui risquaient être interceptés, il devait donc les retrouver secrètement. C'était peut-être ce qu'il allait faire. Tout en voulant absolument localiser leur repaire, Yanagisawa appréhendait de rencontrer cette bande de rônins, de truands et de moines guerriers. Que se passerait-il s'ils le surprenaient en train de les espionner ? Qui plus est, si Ichijô était le meurtrier, il était clair que Yanagisawa courait un danger mortel.

Le ministre de la droite accéléra le pas et se retrouva devant des douves dont l'eau brillait. Au centre d'une vaste esplanade entourée de piliers, un tertre recouvert d'herbe, large d'une centaine de pas, se dressait aussi haut que les maisons voisines. Caché dans l'ombre d'une ruelle, Yanagisawa regarda le ministre de la droite contourner l'édifice. Au sommet du tertre, un monument de pierre avait la forme d'une pagode trapue. Des lanternes éclairaient les caractères qui y étaient gravés. En les lisant, Yanagisawa comprit qu'il s'agissait du tertre des Oreilles, construit après la guerre que Toyotomi Hideyoshi avait livrée à la Corée plus d'un siècle auparavant. L'invasion avait échoué, mais les forces d'Hideyoshi avaient tué beaucoup d'ennemis. À cause de la distance, l'armée n'avait pu comme d'habitude présenter les têtes des ennemis vaincus à son commandant, mais les oreilles d'environ quarante mille soldats coréens avaient été conservées dans la saumure, embarquées pour le Japon et ensevelies dans le tertre des Oreilles.

Ichijô traversa le pont qui enjambait les douves du côté nord. Yanagisawa se cacha dans l'entrée d'une maison située juste en face. Ce pont menait à un escalier de pierre donnant sur l'esplanade et, derrière une grille en fer, un autre escalier montait vers un autel décoré de fleurs et éclairé par des lanternes, où brûlait de l'encens. Ichijô s'approcha du premier escalier et s'assit délicatement sur une marche. Il posa sa canne sur ses genoux, s'épongea le front, croisa ses mains et ne bougea plus.

Pendant un long moment, il ne se passa rien, et Yanagisawa finit par s'impatienter. Mais, soudain, il entendit un bruit de sabots qui se rapprochaient rapidement. Le ministre de la droite leva la tête. « C'est là qu'il a rendez-vous avec les insurgés ! » se dit le chambellan. Ichijô était trop malin pour aller les voir dans leur repaire et risquer d'y conduire des espions. Une rencontre dans un lieu public pouvait sembler fortuite. L'impatience et la peur saisirent Yanagisawa qui voulait voir les rebelles et connaître leurs plans, tout en sachant que, s'ils le découvraient tout seul dans ce lieu isolé, ils ne se gêneraient pas pour le tuer.

D'une ruelle à sa droite, il vit émerger deux samouraïs à cheval qui jetèrent des regards furtifs vers le tertre des Oreilles. À travers le treillis de bambou qui le dissimulait, il vit Ichijô leur faire un signe de la main. Les deux samouraïs mirent pied à terre devant le pont, attachèrent leurs chevaux à des poteaux et se dirigèrent vers le ministre de la droite qui se leva pour les accueillir. Il y eut une série de courbettes et de salutations inaudibles, puis les trois hommes s'assirent sur les marches, leurs silhouettes auréolées par la lumière des lanternes de l'autel derrière eux.

Yanagisawa sortit de sa cachette, se glissa le long des bâtiments pour contourner le tertre des Oreilles et marcha sur la pointe des pieds jusqu'au bord des douves. Il pouvait maintenant entendre les voix des trois hommes – une voix rauque et bourrue, une autre plus haute et geignarde, et celle d'Ichijô.

– ... beaucoup de temps pour venir ici, était en train de dire Ichijô. C'était vous qui étiez censés m'attendre !

– Nous sommes venus dès que nous avons pu, protesta la voix bourrue.

– Avec les ennuis que nous avons eus, vous devriez être content de nous voir, ajouta l'autre homme de sa voix plaintive.

– Je vous ai embauchés pour vous en occuper, dit froidement Ichijô. Vous devez obéir à mes ordres, et j'attends le service que vous m'avez promis.

– Nous ne sommes pas des esclaves ! s'écria la voix bourrue d'un ton agressif. Après tout, nous risquons notre vie pour faire votre sale boulot.

– Vous connaissiez les tâches que comportait ce travail et vous saviez qu'il était dangereux, leur rétorqua Ichijô. Si vous êtes trop paresseux et trop froussards pour continuer, je n'ai plus besoin de vous ! Je ne peux pas me permettre de laisser des affaires aussi importantes dans les mains d'hommes sur qui je ne peux pas compter. Et si vous ne remplissez pas votre mission, vous n'aurez pas les récompenses promises.

Le cœur de Yanagisawa se mit à battre. Les deux samouraïs étaient des rônins – peut-être ceux de la maison de sire Ibe. Si leurs « ennuis » faisaient allusion au déménagement précipité des soldats et des armes, les « affaires importantes » devaient concerner la restauration impériale, et les « récompenses » les butins de la guerre.

– D'accord, d'accord, nous sommes désolés d'être en retard ! dit aussitôt la voix geignarde.

– Cet endroit me rend nerveux, lança la voix bourrue. Dépêchons-nous de régler tout ça.

Il y eut un bref silence, puis Ichijô leur demanda :

– Comment ça va là-bas ?

– Leur sécurité est assurée et tout va bien, affirma la voix bourrue.

« Il parle des insurgés, se dit Yanagisawa. Il veut dire que leur position est sûre et qu'ils attendent les ordres. »

– Mes marchandises sont-elles arrivées ?

– Oui, les dernières sont arrivées il y a une douzaine de jours.

C'étaient sans doute les fusils et les munitions, fabriqués illégalement et introduits clandestinement dans Miyako par petites quantités.

– Bon, je suppose qu'il vaut mieux que vous y retourniez, dit Ichijô avec une étrange tristesse.

Il y eut un cliquetis de pièces d'or.

– C'est tout ? s'étonna la voix bourrue sur un ton désapprobateur.

– Vous aurez le reste plus tard, lui déclara Ichijô.

« Quand l'empereur gouvernera le Japon et quand la cour impériale fera main basse sur les richesses de la nation ? » se dit Yanagisawa en frissonnant. Il était convaincu d'avoir assisté au paiement d'une avance versée à ceux qui allaient déclencher l'insurrection contre les Tokugawa, et il se délectait à l'avance d'arrêter Ichijô. Il était impatient de voir la tête de Sano lorsqu'il...

Une sensation familière le mit sur le qui-vive : quelqu'un le regardait. Instinctivement, il s'accroupit et balaya du regard les ruelles et le haut des toits. Dans l'obscurité, il ne pouvait voir personne, mais cette présence invisible raviva son souvenir de l'agression du palais impérial. Le meurtrier le traquait-il encore ?

Non, c'était impossible, puisqu'il était là, devant lui, sur le tertre des Oreilles. Il entendit Ichijô et les samouraïs échanger quelques mots de plus, mais sa panique l'empêcha de comprendre ce qu'ils disaient. Y avait-il un autre meurtrier ? Et si c'était Hoshina ? Yanagisawa voulait en apprendre davantage sur les conspirateurs, mais aussi se sauver, et vite !

Il entendit la voix d'Ichijô.

– Au revoir. Nous nous reverrons bientôt et, d'ici là, je m'en remets à vous.

Un bruit de pas résonna sur le pont et les brides des chevaux cliquetèrent quand les samouraïs les détachèrent. Yanagisawa comprit ce que voulait dire Ichijô : le déclenchement de la rébellion était proche et il faisait confiance à ces mercenaires pour déployer les troupes et les armes pendant qu'il allait poursuivre son existence normale jusqu'à la bataille. Yanagisawa sentit se réveiller son instinct de samouraï, si longtemps enfoui sous ses ambitions et ses tourments personnels. Au lieu d'avoir peur pour sa propre sécurité, son devoir lui demandait d'arrêter les traîtres. Il vit les deux samouraïs s'éloigner dans une ruelle et se leva d'un bond pour les suivre.

Mais ses vieilles habitudes reprirent aussitôt le dessus. « Quelqu'un te surveille, lui rappela sa voix intérieure. Seul un idiot se lancerait tout seul à la poursuite des hors-la-loi jusqu'à leur repaire ! »

Cette hésitation lui fit perdre un temps précieux et, lorsqu'il courut derrière eux, ils avaient disparu. Il entendit s'éloigner les sabots de leurs chevaux, mais il eut beau les chercher, ils s'étaient volatilisés dans la nuit.

32

– Je dois partir, dit Sano à Reiko le lendemain matin.

Lorsqu'ils étaient rentrés à l'hostellerie de Nijô la veille au soir, il avait trouvé un message du policier Fukida lui donnant une information intéressante, qui lui demandait d'agir dès le lendemain.

– Ça va aller ? lui demanda-t-il.

– Oui.

Assise près de la fenêtre de leur chambre, Reiko était impeccablement habillée et coiffée. Son visage était pâle et fatigué, mais calme. Elle ne regardait pas Sano.

– Vous êtes sûre ?

Le soir précédent, il l'avait rattrapée quand elle s'enfuyait en courant du sanctuaire de Gion, les yeux hagards et à bout de souffle. Il l'avait raccompagnée à l'auberge où elle s'était calmée et lui avait raconté ce que Kozeri lui avait avoué : elle était au Jardin de l'étang au moment du meurtre de Konoe, mais elle affirmait y avoir vu le ministre de la droite Ichijô. Sano ne savait que croire, et il sentait que Reiko ne lui avait pas tout dit. Dans le lit, elle était restée raide et silencieuse à côté de lui et, à son réveil le matin, il l'avait trouvée près de la fenêtre, la mine sombre. Il mourait d'envie de savoir ce qui s'était passé entre elle et Kozeri, tout en ayant peur de le lui demander.

– Je vais bien. Ne vous faites pas de souci pour moi, lui dit Reiko.

– Qu'allez-vous faire aujourd'hui ?

– Je vais terminer l'examen des papiers du bureau de Konoe. J'y trouverai peut-être de nouveaux indices.

Sano fut content qu'elle s'intéresse à l'affaire et qu'ils aient toujours ce terrain d'entente. Malgré son attitude réticente, il avait tellement envie de connaître la vérité qu'il ne put s'empêcher d'insister.

– Reiko-*san*, commença-t-il.

– Oui ?

Il sentit de l'appréhension dans sa voix. Elle ne le regardait pas. La forcer à parler maintenant ne ferait qu'empirer les choses.

– Marume a interrogé les adjoints du *yoriki* Hoshina pour essayer de savoir où il se cache, dit-il, mais ça n'a rien donné. On dirait qu'il s'est complètement volatilisé. Cependant Fukida m'a transmis des informations intéressantes. Il pense que le chambellan Yanagisawa est sur une piste dont il ne nous a pas parlé.

Reiko se leva, s'approcha des boîtes remplies de papiers et s'agenouilla en baissant la tête.

– J'espère que vous allez trouver ce que c'est.

– Merci.

Sano fit une pause avant de prendre congé.

– Au revoir.

« Les choses ne peuvent pas continuer comme ça, se dit-il en quittant l'auberge. Il faut que l'orage éclate et, quand le ciel se sera éclairci, j'espère que nous serons à nouveau heureux ensemble. »

Sano, Marume et Fukida entrèrent d'un pas décidé dans les appartements privés du château de Nijô, où le chambellan était en train de terminer son repas matinal. Les portes étaient ouvertes sur le jardin qui donnait une illusion de fraîcheur mais, au-dessus des toits, le ciel brumeux et éblouissant annonçait une nouvelle journée étouffante. Sano était de très mauvaise humeur.

Sans aucune salutation préliminaire, il interpella Yanagisawa :

– Qu'est-ce que vous attendez pour me mettre au courant des agissements d'Ichijô ? Vous vouliez encore me cacher des indices ?

– De quoi parlez-vous ?

Image vivante de l'innocence, Yanagisawa s'essuya les lèvres avec sa serviette. Sur son visage, les contusions étaient à présent d'un horrible violet bleuâtre, mais l'enflure avait diminué.

– Je vous ai dit tout ce que je savais.

– Ne vous fatiguez pas à nier ! lui cria Sano, furieux.

Il entendit les gardes du corps s'agiter derrière les cloisons coulissantes.

– Vous avez suivi Ichijô au tertre des Oreilles et vous avez écouté la conversation qu'il a eue avec les deux samouraïs qui sont venus le voir.

La main du chambellan qui levait son bol eut un léger sursaut involontaire.

– Je vous ai suivi, moi aussi, lui expliqua Fukida.

Yanagisawa se leva d'un bond et lança à Sano un regard indigné.

– J'en ai assez de vos sales magouilles stupides ! Avec un meurtrier en liberté et une insurrection qui se trame, vous gaspillez nos forces en envoyant un larbin m'espionner, *moi*, comme si j'étais le criminel ! Nous travaillons ensemble, vous vous en souvenez ?

– Je ne l'ai pas oublié, contrairement à vous, lui rétorqua Sano en le défiant du regard. N'essayez pas de noyer le poisson ! Vous mettre sous surveillance n'était pas une mauvaise idée, visiblement ! Vous n'auriez pas espionné Ichijô si ce n'était pas important pour l'enquête. Je veux savoir pourquoi vous l'avez fait et ce que vous avez appris.

Yanagisawa lui fit un sourire insolent.

– Je n'ai rien appris.

– Vous étiez suffisamment près pour entendre ce qu'ils disaient, affirma Fukida.

– Taisez-vous ! lui ordonna Yanagisawa sans le regarder. Et même si j'avais entendu quelque chose, pourquoi voulez-vous que je vous le dise ? lança-t-il à Sano. Je vous remercie d'avoir réfuté l'alibi du ministre de la droite mais, vous et moi, c'est fini ! Je sais qu'Ichijô est l'auteur des meurtres et le responsable de la conspiration.

Marume et Fukida regardèrent Sano qui éprouva diverses émotions. D'abord de la consternation : son ennemi avait résolu l'affaire et, avec la disparition d'Hoshina, Sano ne pourrait pas prouver que son travail avait été saboté et n'aurait donc aucun moyen de remettre en cause la victoire du chambellan. Ensuite de la colère : le chambellan s'était servi des résultats obtenus par Sano, puis avait suivi ses propres pistes sans lui en parler. Et enfin de la peur : la peur du déshonneur, la peur de perdre son poste et de voir sa famille anéantie.

Mais il entrevit soudain une lueur d'espoir : si Ichijô était le traître et le meurtrier, Kozeri était innocente ! Et elle avait peut-être dit la vérité le soir précédent ! Reiko et lui parviendraient-ils à l'oublier et à se réconcilier ?

En retrouvant son calme, Sano dit à Yanagisawa :

– Vous avez laissé les amis d'Ichijô s'en aller la nuit dernière. Si j'avais été au courant de vos plans, nous aurions pu les capturer ! Et si Ichijô est le meurtrier, pourquoi ne l'avez-vous pas arrêté ?

Les yeux du chambellan se rétrécirent, et Sano comprit qu'il avait frappé juste.

– Vous croyez savoir qu'Ichijô est le chef de la conspiration, mais vous avez peur de ne pas réussir à lui faire dire où sont les insurgés et les armes. Vous avez besoin de moi, parce que vous ne savez plus quoi faire à présent.

– Vous êtes fou ! s'écria Yanagisawa.

– Je sais que j'ai raison, lui rétorqua Sano.

– Allez-vous-en !

– Alors, bonne chance ! lança Sano en faisant signe à Marume et Fukida qui le suivirent vers la porte. J'ai un plan pour contraindre Ichijô à avouer, mais je suppose qu'il ne vous intéresse pas. Et j'espère pour vous que ce que j'ai découvert à son sujet n'est pas la preuve cruciale qui vous manque pour obtenir sa coopération !

Sano et ses hommes avaient déjà parcouru la moitié du couloir lorsque Yanagisawa leur cria :

– Attendez !

Marume et Fukida firent un grand sourire à Sano, et tous trois retournèrent dans la chambre.

– C'est quoi, cette preuve cruciale ? demanda Yanagisawa.

– Je veux d'abord savoir ce que vous avez appris en espionnant le ministre de la droite hier soir, exigea Sano.

Le chambellan lui lança un regard meurtrier et, en voyant son rival hocher la tête d'un air encourageant, il fit une grimace exaspérée.

– Les deux samouraïs sont des rônins qui travaillent pour lui.

Il raconta leur conversation et ajouta :

– Ils font sûrement partie de l'armée qu'il a recrutée pour renverser les Tokugawa. Mais il n'a pas dit quand et où ils attaqueraient, et je ne sais pas où ils sont actuellement.

Un frisson d'excitation parcourut Sano qui éprouva malgré lui un élan d'admiration pour son ennemi. Yanagisawa avait apparemment établi un lien entre Ichijô et la conspiration.

– Qu'est-ce qui vous a donné l'idée d'espionner le ministre de la droite ? demanda Sano.

Un regard menaçant lui ordonna de laisser tomber le sujet.

– C'est à votre tour de parler, dit Yanagisawa.

– Avant de vous dire quoi que ce soit, je voudrais que vous me confirmiez notre association, lui demanda Sano.

Yanagisawa hocha la tête à contrecœur.

– Je voudrais aussi que vous acceptiez de ne plus rien faire derrière mon dos, de ne plus saboter mon travail, et de ne plus essayer de me nuire en aucune manière lorsque nous travaillons ensemble.

– D'accord, d'accord ! lui assura Yanagisawa en levant les mains. Vous avez ma parole. À présent, dites-moi ce que vous savez sur Ichijô. J'espère que c'est une bonne information !

Sano n'avait aucune confiance dans sa parole, mais il devait se contenter de ce pacte s'ils continuaient à coopérer.

– J'ai un témoin qui a vu Ichijô sur le lieu du meurtre du ministre de la gauche.

Il lui raconta les révélations de Kozeri, qui lui semblait confirmées par ce que venait de lui apprendre Yanagisawa.

– Ce témoignage tombe à pic ! s'écria Yanagisawa, visiblement soulagé et satisfait de voir se dissiper ses derniers doutes sur la culpabilité d'Ichijô. Et le fait qu'il a tenté d'étouffer l'affaire le confirme. Alors, qu'allez-vous faire maintenant ?

– Nous allons lui dire ce que nous savons et lui offrir une chance d'avouer et de livrer ses complices à la police, répondit Sano. S'il refuse, nous le mettrons sous les verrous et nous l'interrogerons sans répit. Il ne mangera, ne dormira et ne se lavera que lorsque nous le lui permettrons, et ne verra personne d'autre que nous.

Nous ne le maltraiterons pas, mais c'est un homme fier qui a l'habitude de commander. L'emprisonnement finira par le faire craquer.

– Mais ça va prendre du temps !

– Quand les mercenaires d'Ichijô apprendront son arrestation, ils auront peur qu'il les dénonce et prendront leurs jambes à leur cou, ce qui mettra un terme à la rébellion.

Il leva la main pour devancer les objections de Yanagisawa.

– Mais nous n'allons pas simplement attendre que ça se produise ! Pendant que l'un de nous minera la résistance d'Ichijô, l'autre fera la même chose avec l'empereur Tomohito.

Une lueur d'approbation surgit dans les yeux de Yanagisawa.

– Ichijô a dû donner à l'empereur des détails sur le complot, poursuivit Sano. À mon avis, Sa Majesté nous les communiquera si nous lui permettons en échange de garder son trône.

– Ce plan est excellent. Je suis content de l'avoir trouvé ! déclara Yanagisawa d'un air narquois.

Marume et Fukida froncèrent les sourcils en le voyant s'approprier l'idée de leur maître. Mais Sano hocha la tête, prêt à lui en attribuer le mérite si cela permettait de livrer un meurtrier à la justice et d'éviter une guerre.

– Qu'est-ce que nous attendons ? s'écria Yanagisawa.

Ils sautèrent sur leurs chevaux, mais leur plan tomba à l'eau dès qu'ils arrivèrent au palais. Les troupes Tokugawa s'étaient rassemblées devant l'enceinte avec un bataillon de *yoriki*, de *dôshin* et de policiers civils. Les commandants hurlaient des ordres et, sous les yeux ahuris de Sano, Marume, Fukida et Yanagisawa, cette petite armée envahit la ville.

Yanagisawa s'approcha du portail où deux soldats affolés montaient la garde.

– Que se passe-t-il ?

– L'empereur a disparu ! dirent-ils en s'inclinant.

Abasourdi, Sano se tourna vers Marume et Fukida qui le regardèrent avec inquiétude.

– Où est le *shoshidai* Matsudaira ? s'enquit Yanagisawa.

– À la résidence de l'empereur, répondirent en chœur les gardes.

– Vous pensez que c'est lié à l'affaire des meurtres ? demanda Fukida.

– Je ne sais pas, dit Sano, mais s'il est arrivé quelque chose à l'empereur, nous courons au désastre.

Le moindre malheur affectant le souverain sacré du Japon annonçait des catastrophes pour le pays : tremblements de terre, incendies, typhons, famines. Et si l'empereur Tomohito mourait, une interruption même temporaire dans la continuité de la succession impériale serait source d'un désordre cosmique porteur de maux pour l'humanité.

Yanagisawa, qui avait mis pied à terre, entra dans l'enceinte impériale. Sano, Marume et Fukida sautèrent de leurs chevaux et le suivirent. Des gardes et des soldats Tokugawa couraient partout dans les allées du quartier des *kuge*. Devant la résidence de l'empereur, sous un soleil de plomb, des hommes et des femmes de la noblesse, visiblement anxieux, se tenaient à l'écart d'un groupe de samouraïs en colère. Le *shoshidai* Matsudaira en sortit et vint se jeter aux pieds de Yanagisawa.

– Je vous en supplie, Honorable Chambellan, pardonnez-moi ! gémit le *shoshidai*. Comment ai-je pu laisser l'empereur disparaître ? J'ai failli à mon devoir et je vais me faire *seppuku* pour expier ma négligence.

– Arrêtez de pleurnicher et racontez-moi exactement ce qui s'est passé, lui ordonna Yanagisawa. Depuis quand l'empereur a-t-il disparu ?

Le ministre de la droite quitta le groupe des nobles et s'approcha.

– Personne n'a vu Sa Majesté depuis qu'il s'est retiré dans sa chambre hier soir. Ses serviteurs se sont aperçus qu'il n'était pas là lorsqu'ils sont venus le réveiller pour sa prière rituelle au lever du soleil. Nous avons fouillé le palais et, quand j'ai vu que nous ne retrouvions pas Sa Majesté, j'ai prévenu le *shoshidai*. Mais cela faisait sans doute des heures qu'il était parti.

– Avez-vous inspecté ses appartements ? demanda Sano.

– Oui, dit Ichijô. Tout était en ordre, mais une tenue de jour manque dans sa garde-robe.

– Il est donc probablement parti volontairement, en déduisit Sano. Comment est-il sorti du palais ?

– Il a dû escalader le mur.

– Avait-il dit ou fait récemment quelque chose qui pourrait laisser penser qu'il allait partir ou indiquer pourquoi ? demanda Sano.

Il regarda Yanagisawa qui enrageait de voir cette catastrophe perturber leurs plans.

– Rien qui ait attiré mon attention, répondit Ichijô. Ses serviteurs disent qu'il s'est comporté tout à fait normalement et ne leur a rien dit. Mais on n'a pas retrouvé l'idiot, le prince Momozono, et je le soupçonne d'avoir suivi Sa Majesté.

Un garde impérial arriva en courant dans la cour. Il agitait dans sa main un rouleau de papier lié avec un cordonnet de soie doré et orné de chrysanthèmes dorés.

– Voici une lettre de Sa Majesté ! Elle était accrochée dans la salle du Dragon Violet !

– Donnez-la-moi.

Yanagisawa lui arracha le rouleau des mains et l'ouvrit. Sano vit de grands caractères enfantins que le chambellan lut à voix haute :

Pour mon Honorable Famille et mes Fidèles Courtisans,

Ce n'est pas la peine de me chercher. Nous nous reverrons bientôt, et le monde entier saura alors ce que j'ai fait. Nous sommes à l'aube d'une nouvelle ère. Cette nuit, je mènerai mon armée à la bataille contre les oppresseurs Tokugawa qui ont assujetti le trône impérial depuis trop longtemps. Je vais m'emparer de la capitale et reprendre ma place de souverain légitime du Japon. Personne ne peut m'en empêcher. Les dieux ont ordonné mon triomphe. Au revoir et à bientôt.

Le Divin Empereur Tomohito.

Un silence de mort retomba sur la cour, aussi lourd que la chaleur étouffante. Sano secoua la tête d'un air perplexe. Si l'empereur Tomohito était l'instigateur de la conspiration, que devenaient les preuves et les témoignages incriminant le ministre de la droite ?

– Le sabre sacré a disparu de la salle du trésor, ajouta le garde. L'armure de Sa Majesté également.

Une femme vêtue d'un simple peignoir sortit du groupe des dames de la cour, et Sano eut du mal à reconnaître Jokyôden. Elle n'était pas maquillée et ses cheveux pendaient sur ses épaules. Bouleversée par la disparition de l'empereur, elle avait dû oublier de s'habiller et n'était plus qu'une femme d'âge moyen ravagée par l'inquiétude.

– Quelle folie s'est emparée de mon fils ! cria-t-elle en se tordant les mains.

Et soudain, ce fut le chaos. Les nobles se mirent à crier pour nier tout implication dans la rébellion, et leurs femmes éclatèrent en sanglots. Leur groupe se rua vers le portail de la cour. Sano comprit qu'ils avaient peur d'être punis comme complices involontaires de la trahison, mais cette agitation était bien la dernière chose dont il avait besoin.

– Empêchez-les de partir ! ordonna-t-il aux fonctionnaires du *bakufu*. Assignez immédiatement tous les résidents du palais à domicile !

Les fonctionnaires se hâtèrent d'obéir. Yanagisawa lança un regard accusateur au ministre de la droite.

– C'est vous qui êtes responsable de ce désastre. Vous avez poussé l'empereur à se révolter. Vous avez recruté une armée et organisé le siège !

Avec une dignité hautaine, Ichijô répondit :

– Je n'ai joué aucun rôle dans les intrigues de Sa Majesté. Si j'avais été au courant de ses projets, je l'aurais dissuadé de les mettre à exécution.

– Ne me mentez pas ! hurla Yanagisawa. Je vous ai vu avec ces rônins hier soir. Ce sont vos mercenaires ! Vous les avez payés pour mener la bataille que l'empereur croit diriger. Où vont-ils lancer leur attaque ?

Ichijô blêmit sous le choc.

– Vous... vous m'avez vu ?

Chancelant, il recula en s'appuyant lourdement sur sa canne.

– Ce que je traitais avec ces hommes n'a rien à voir avec l'empereur ou avec une conspiration contre les Tokugawa !

– Dame Asagao a reconnu que vous n'étiez pas avec elle quand le ministre de la gauche est mort, intervint Sano, et nous avons un témoin qui vous a vu dans le Jardin de l'étang aussitôt après le meurtre.

– Oui... j'y étais. Mais je ne l'ai pas tué !

Ichijô avait l'air égaré, comme s'il ne savait plus ce qu'il disait ou ne s'en souciait pas.

– Si, vous l'avez tué ! dit Yanagisawa. Vous avez assassiné Aisu, et vous avez tenté de me tuer, moi aussi. Avouez ! Dites-moi où est l'empereur !

Le regard absent, Ichijô murmura :

– Konoe... Dieux miséricordieux ! J'aurais dû m'en douter...

Pris de vertige, il vacilla et s'évanouit.

– Réveillez-vous ! cria Yanagisawa en le giflant.

Mais le ministre de la droite resta inconscient. Les fonctionnaires du *bakufu* emmenèrent les nobles de la cour qu'ils avaient rassemblés. Yanagisawa lança un regard noir à Sano.

– Et maintenant, quel nouveau plan brillant proposez-vous ?

Les heures suivantes s'écoulèrent dans une sorte de brouillard. Pendant tout l'après-midi, les équipes de recherche ratissèrent la capitale sans retrouver l'empereur. Le ministre de la droite Ichijô, qui avait repris conscience, continuait à affirmer qu'il ne savait rien sur les rebelles. Folle d'angoisse, dame Jokyôden disait ne rien savoir non plus. Ces deux suspects étaient assignés à domicile comme tous les résidents de la cour. Des soldats gardaient désormais toutes les voies d'accès à Miyako, et des canons avaient été installés le long du Grand Rempart. Tous les samouraïs avaient été réquisitionnés mais, après un siècle de paix, l'armée Tokugawa locale ne comptait que les quelques milliers d'homme requis pour maintenir une présence visible. Les rebelles en avaient sans doute recruté davantage et pouvaient tenter de prendre le pouvoir, même si l'annonce inconsidérée de l'empereur leur avait fait perdre l'avantage de la surprise.

Le château de Nijô jouait à présent son rôle de fortin militaire, et des soldats occupaient ses tours de garde. Comme des généraux rivaux forcés de s'unir contre une menace commune, Sano et Yanagisawa partageaient à la hâte un repas dans les appartements privés du chambellan.

– En fait, nous avons peut-être l'indice qui pourrait nous aider à retrouver l'empereur et à empêcher l'insurrection, dit Sano en prenant avec ses baguettes quelques nouilles qu'il porta à sa bouche.

Yanagisawa but une gorgée de thé.

– Vous parlez de ces drôles de pièces ? Nous n'avons vraiment pas le temps de nous y intéresser et je doute qu'elles nous aident à résoudre notre problème immédiat.

– Je ne parlais pas des pièces, quoique j'ai découvert qu'elles ont un lien avec un clan de truands local, les Dazai. Je faisais allusion aux papiers que vous avez pris dans le bureau du ministre de la gauche Konoe. S'il espionnait les rebelles, il savait probablement où ils projetaient de se rassembler et avait noté cette information.

– Je les ai parcourus et je ne me rappelle pas avoir vu quoi que ce soit qui fasse référence à un siège de Miyako.

– Je pourrais tout de même y rejeter un coup d'œil, insista Sano.

– Comme vous voulez, dit Yanagisawa en haussant les épaules.

Quand Sano arriva à l'hostellerie de Nijô, Reiko l'attendait au portail, visiblement très inquiète.

– J'ai vu les soldats traverser la ville, cria-t-elle à Sano qui mettait pied à terre. Le *shoshidai* a ordonné à tous les samouraïs de l'auberge de se présenter pour être incorporés dans l'armée. Cela veut dire que l'insurrection va bientôt commencer ?

– Oui, dit Sano qui lui raconta la disparition de l'empereur et la découverte de sa lettre. Malheureusement, nous ne savons pas où et quand les rebelles vont attaquer.

– Qu'allez-vous faire ?

Sano fut content de voir qu'ils se parlaient à nouveau. Un valet d'écurie emmena son cheval et il rentra à l'auberge avec Reiko.

– Nous allons réexaminer tous les deux les papiers du bureau de Konoe.

En entrant dans leur chambre, Sano vit que Reiko avait trié le contenu des boîtes. Registres, manuscrits roulés et feuilles de papier étaient classés en piles autour de la pièce. En les montrant successivement du doigt, elle énuméra leur teneur :

– Là, ce sont les agendas du ministre de la gauche avec ses rendez-vous, les cérémonies et les jours fériés. Voilà ses notes sur les affaires du palais. Les brouillons des décrets impériaux. Les lettres du *bakufu* et de nobles de la cour. Les menus des banquets. Ses journaux intimes où l'on trouve le récit de sa rivalité avec Ichijô, des propos insultants à l'encontre de dame Jokyôden, et des récriminations sur le mauvais caractère de l'empereur Tomohito. J'ai tout vérifié et je n'ai trouvé aucun indice sur l'identité de l'assassin.

– Ce n'est pas grave. Le chambellan et moi, nous avons la quasi-certitude qu'Ichijô est le meurtrier.

Très attentive, Reiko écouta Sano lui exposer tous les faits qui semblaient démontrer l'implication d'Ichijô dans le complot de la restauration impériale.

– Ichijô reconnaît qu'il se trouvait dans le Jardin de l'étang au moment du meurtre de Konoe, et son alibi pour le meurtre d'Aisu est fragile. C'est un haut fonctionnaire de la cour et un politicien intelligent et ambitieux, et même s'il prétend être innocent et ne veut rien dire, il est sans doute l'instigateur de la rébellion. Mais ce que je voudrais trouver dans ces papiers, c'est un indice sur la stratégie des rebelles.

– Alors Kozeri l'a vraiment vu ! Elle m'a dit la vérité ! s'exclama Reiko en se laissant tomber à genoux.

Les yeux écarquillés, elle pressa une main sur sa gorge comme si elle étouffait.

– Que se passe-t-il ? s'inquiéta Sano en s'agenouillant près d'elle.

Il sentit avec bonheur que Reiko se laissait prendre dans les bras. Elle tremblait et lui expliqua entre ses sanglots :

– Hier soir, Kozeri m'a dit qu'elle avait tenté de vous séduire, mais que vous ne l'aviez pas laissée faire parce que vous m'aimez. Je ne l'ai pas crue sur le moment, mais je la crois désormais. Et je sais qu'elle s'est servie de magie pour vous duper et vous séduire, parce qu'elle a essayé de le faire avec moi. Je vous en prie, pardonnez-moi d'avoir douté de vous !

Sano serra Reiko très fort dans ses bras, pleurant presque lui-même du bonheur de la retrouver.

– Tout va bien maintenant, murmura-t-il à son oreille.

Il remercia silencieusement le destin qui avait entrelacé tous les fils de ces événements pour aboutir à leur réconciliation.

Au bout d'un moment, Reiko se dégagea.

– Ça suffit, dit-elle en essuyant ses larmes.

Sa voix était brusque, mais son visage rayonnait de soulagement et de joie.

– Nous avons du travail !

Ils se mirent à éplucher les documents qu'elle avait classés. Malgré la menace d'une guerre imminente, Sano prit plaisir à s'acquitter de cette tâche avec elle, mais son espoir fut déçu.

– Je ne trouve rien d'utile. L'information est peut-être codée.

Reiko posa un rouleau et en prit un autre.

– Non, je crois que je m'en serais aperçue. Le sens de tout ce que j'ai lu m'a paru parfaitement clair. Je peux identifier l'objet de chaque document, et il n'y a pas de phrases ambiguës. Je n'ai rien vu qui me semble équivoque.

« ... phrases ambiguës... le sens... parfaitement clair... équivoque... »

Les paroles de Reiko formaient un filet qui dérivait dans l'esprit de Sano et se referma autour d'un vague souvenir encore informe. Où avait-il lu récemment une phrase ambiguë dont le sens lui avait paru clair, mais qu'on pouvait interpréter différemment ? Son instinct lui disait que la réponse était d'une importance cruciale. En retenant son souffle, il se concentra, et le souvenir se cristallisa avec une précision éclatante.

– Nous ne cherchons pas au bon endroit !

Reiko lui jeta un coup d'œil surpris.

– Vous voulez dire que cette information ne se trouve pas dans les papiers du ministre de la gauche ?

– Si, mais il y en a d'autres, dit Sano en se précipitant vers le placard. Il a également écrit ces lettres à Kozeri.

Avec des doigts tremblants, Sano sortit la dernière lettre.

– Celle-ci a été écrite sept jours avant son meurtre. Écoutez la conclusion !

Bientôt, les forces de la défense et du désir se battront sur les hauts sommets sacrés où les flèches percent le ciel, où les plumes s'envolent et où l'eau pure jaillit.

– On dirait une allusion poétique à l'acte sexuel entre un homme plein de désir et une femme qui le rejette, comme le ministre de la gauche et Kozeri, dit Reiko.

– C'est ce que j'ai d'abord pensé. Mais si cette phrase évoquait un autre événement, en le situant dans un lieu précis ? « Les forces de la défense et du désir » pourraient faire allusion à l'armée Tokugawa et aux rebelles qui veulent s'emparer du pouvoir.

Sano eut une nouvelle inspiration.

– Ne m'avez-vous pas dit que Konoe avait demandé à Kozeri de le rencontrer au palais pour « fêter » quelque chose ?

Reiko hocha la tête. La compréhension faisait briller ses yeux.

– Il le lui a demandé la veille de sa mort, six jours après avoir écrit cette lettre, répondit-elle, les yeux brillants. Peut-être insinuait-il qu'il avait découvert la stratégie des rebelles...

– Et l'endroit où ils avaient prévu de lancer l'attaque ! dit Sano.

– Ce qu'il voulait « fêter », c'était l'échec de la rébellion, parce que Konoe allait prévenir le *bakufu* à temps pour que l'armée...

– ... évite le siège de Miyako. Alors le *bakufu*...

– ... récompenserait le ministre de la gauche en acceptant de fermer le couvent du temple Kôdai et en forçant Kozeri à retourner avec lui ! conclut triomphalement Reiko.

Ravis du partage de leur raisonnement, ils éclatèrent de rire.

– J'ai eu cet indice sous les yeux le jour de mon arrivée à Miyako et je n'ai pas compris sa signification, reconnut Sano. Maintenant, il nous faut juste deviner où se trouve cet endroit.

– « Des hauts sommets sacrés », cita Reiko d'un air songeur. Konoe parlait sans doute d'une montagne, mais laquelle ?

– Les flèches pourraient évoquer un temple, suggéra Sano, mais il y en a des dizaines sur les hauteurs dans la région de Miyako.

– Et « les plumes qui volent » et « l'eau pure » ?

Reiko secoua la tête.

– Cela n'a aucun sens pour moi.

– J'ai déjà lu quelque chose de ce genre à propos de Miyako..., dit Sano en cherchant dans sa mémoire. Ma connaissance de la ville est limitée, mais un habitant pourrait peut-être comprendre l'allusion.

Il se précipita dans le couloir et trouva la femme de l'aubergiste à genoux, l'oreille collée au mur. Le souffle coupé par la surprise, elle se releva et le salua.

– Bonjour, maître.

– Entrez, dit Sano en la poussant dans la pièce.

Il lui lut le passage de la lettre.

– Cela vous évoque quelque chose ?

La femme sourit, visiblement soulagée de ne pas être réprimandée pour avoir espionné leur conversation.

– Oui, bien sûr. Cette phrase parle du temple Kiyomizu, le « temple de l'Eau Pure sur la montagne du Bruissement de Plumes ». C'est un très bel endroit ! Vous devriez le visiter pendant votre séjour à Miyako.

– Je vais certainement y aller. Merci pour votre aide.

Sano se rappelait maintenant ce qu'il avait lu. Stratégiquement situé sur une éminence, le temple Kiyomizu avait été pendant des siècles un point de ralliement pour mobiliser des troupes, et un lieu de rendez-vous secret pour les espions et les rebelles. Reiko et lui échangèrent des sourires radieux, mais froncèrent aussitôt les sourcils en tournant les yeux vers la fenêtre. La nuit tombait.

Il ne restait pas beaucoup de temps pour empêcher l'attaque des rebelles.

33

C'était la dernière nuit d'Obon. Les âmes des morts venues visiter le monde des vivants devaient maintenant repartir. Dans toute la ville, les gens jetaient des graviers sur les toits pour chasser les esprits. Tandis que le rose pâle du ciel devenait de plus en plus vif à l'ouest, la foule rassemblée le long du fleuve Kamo mettait à l'eau d'innombrables petits bateaux de paille. Chacun contenait de l'encens, une lanterne pour éclairer le chemin de l'au-delà, de la nourriture pour le voyage et des textes de prières. Sur les hauteurs, d'énormes feux brûlaient, formant des caractères de bon augure et guidant les esprits qui retournaient dans les cimetières.

Venant du château de Nijô et se dirigeant vers le sud-est, les deux mille hommes de l'armée Tokugawa progressaient lentement dans les rues bondées.

– Écartez-vous ! criaient les porteurs de bannières qui étaient en tête. Mettez-vous à l'abri ! Rentrez chez vous !

Les artilleurs, les archers et les cavaliers se frayaient un chemin dans la foule insouciante. Armé de pied en cap, Sano chevauchait avec les commandants à l'arrière.

– Les rebelles vont probablement choisir d'attaquer cette nuit car ils doivent penser que tous les soldats participent aux rituels d'Obon, expliqua-t-il à Marume et Fukida.

– Si l'empereur n'avait pas annoncé ses plans, ils auraient pu s'emparer de Miyako, fit remarquer Marume.

– Ils risquent de faire beaucoup de dégâts si nous n'arrivons pas à temps au temple Kiyomizu, dit Fukida.

L'armée traversa le pont de Gojô. En bas, les minuscules embarcations lumineuses étaient poussées par le courant. Sano avait l'impression de vivre un cauchemar. La longue paix Tokugawa avait endormi la classe des samouraïs dans une fausse sécurité arrogante. Il n'aurait jamais pensé combattre un jour dans une guerre civile et voyait ses pires craintes devenir maintenant réalité. Sous son plastron de métal, son cœur battait comme un tambour de guerre. Il sentait l'odeur forte de la nervosité et de l'appréhension de ses camarades. Allait-il connaître la conclusion ultime du destin d'un samouraï, en mourant au combat pour son seigneur ? Sano pria en silence pour que Reiko et lui se retrouvent bientôt, sains et saufs. Elle était à l'hostellerie de Nijô, protégée par ses gardes, et lui avait promis de ne pas participer aux combats si la guerre faisait irruption en ville. Il espérait qu'elle tiendrait parole.

Un homme s'approcha de lui.

– Vous êtes prêt, *Sôsakan* Sano ?

Monté sur un coursier noir, le chambellan Yanagisawa portait une splendide armure laquée rouge et un casque à cornes dorées. Depuis qu'il avait appris les plans des rebelles, il avait mis tout son talent d'organisation au service de la défense du régime. Il avait rassemblé et mis en route les meilleurs combattants dans un temps incroyablement court, tout en laissant à l'arrière des forces armées pour garder la ville. Sano avait découvert avec étonnement que le cœur d'un samouraï battait dans la poitrine de son ennemi.

Yanagisawa avait l'autorité d'un général menant ses troupes à la victoire et, tandis qu'ils traversaient les faubourgs de l'est vers le temple Kiyomizu, Sano s'inclina devant lui. Il n'aurait jamais imaginé se battre sous le commandement de l'homme qui avait si souvent essayé de l'éliminer. Mais l'aura des grands chefs de guerre comme Tokugawa Ieyasu et Toyotomi Hideyoshi transfigurait le chambellan, et le guerrier qui était en Sano lui était entièrement dévoué. Il était prêt désormais à risquer sa vie pour le servir.

– Vous avez bien compris mes ordres ? demanda Yanagisawa.

Son regard passa sur Sano, Marume et Fukida sans la moindre animosité, concentré sur des objectifs plus vastes que de simples querelles personnelles.

– Oui, Honorable Chambellan, nous allons tous les trois chercher l'empereur pour le capturer vivant, dit Sano.

– Bon, je compte sur vous.

Tandis que Yanagisawa allait s'entretenir avec ses autres commandants, Sano eut l'étrange impression que ce bref échange avait stimulé son énergie. Tous les hommes présents allaient sûrement se battre de leur mieux pour Yanagisawa ce soir-là.

Le temple Kiyomizu était en haut d'une rue en pente bordée de boutiques où des artisans fabriquaient de la poterie depuis des générations. L'armée montait vers le grand portail au toit évasé qui se détachait sur un paysage de falaises boisées. Au-dessus, le ciel avait la couleur du sang.

Un murmure se propagea dans les rangs de soldats.

– Écoutez !

Derrière l'enceinte du temple, on entendait claquer les sabots des chevaux, et les torches de l'armée rebelle diffusaient une lueur sinistre. Sano sentit la rage du combat brûler en lui et autour de lui comme d'invisibles flammes.

Le chambellan Yanagisawa cria :

– Mettez-vous en embuscade en haut de la côte !

L'armée accéléra sa progression et arriva en haut au moment où des milliers de rebelles franchissaient le portail et descendaient les larges marches de pierre vers l'esplanade. Certains étaient des samouraïs portant de magnifiques armures, mais beaucoup étaient dépenaillés comme des paysans. Des truands arboraient des tuniques de cuir à même leur peau couverte de tatouages. Des foulards blancs étaient noués autour des crânes rasés des moines en robe safran. Les porteurs de bannières agitaient des drapeaux arborant les armoiries impériales. Les fantassins étaient armés d'arcs, de fusils et de lances. Les cavaliers brandissaient des sabres et des lances. Leurs torches illuminaient des visages stupéfaits : ils ne s'attendaient pas à rencontrer de résistance aussi vite et marquèrent un temps d'arrêt.

– Vous êtes piégés ! leur cria Yanagisawa à l'arrière de ses troupes. Rendez-vous !

Un cri de défi jaillit d'un général rebelle – un samouraï à cheval vêtu d'une splendide armure.

– Tenez bon et battez-vous !

Aussitôt, les archers et les artilleurs des deux armées se laissèrent tomber à genoux et mirent en joue leurs ennemis avec leurs arcs et leurs arquebuses. Une pluie de flèches traversa l'esplanade, et des salves de coups de feu déchirèrent la nuit. Dans la fumée de la poudre, des hommes tombèrent, morts ou blessés. Des soldats soufflèrent dans des conques et battirent des tambours pour annoncer des mouvements de troupes. Puis un ouragan de lames tourbillonnantes et de chevaux cabrés envahit la place tandis que les combats commençaient. Essayant de se frayer un chemin dans la mêlée, Sano sentait les flèches heurter son armure. Un samouraï rebelle galopa vers lui en agitant un sabre. Sano lui trancha la gorge et le cheval continua sa course en traînant un cadavre. L'exaltation du sang versé horrifia Sano, tout en galvanisant en lui l'esprit du samouraï.

– Venez ! cria-t-il à Marume et Fukida. Il faut qu'on trouve l'empereur !

Ils repoussèrent leurs attaquants tandis que leurs montures piétinaient des corps tombés à terre. À la lumière des torches éparpillées sur le sol, Sano scrutait les visages ennemis, mais il ne vit pas l'empereur parmi eux. Les rebelles n'avaient sans doute pas voulu que Tomohito participe à la bataille. Ils voulaient le mettre au pouvoir et devaient le protéger.

– Il est sûrement au temple, dit Sano.

Tous trois firent grimper à leurs montures les marches qui étaient au fond de la place. Des coups de feu retentirent derrière eux, et des balles ricochèrent sur l'armure de Sano qui sursauta. La lance de Marume transperça un samouraï qui lui bloquait le passage, mais un autre rebelle l'arracha de sa monture. Pendant qu'ils se battaient, une balle toucha le cheval de Fukida qui poussa un hennissement et dégringola les marches. Fukida sauta de la selle, mais son bras se prit dans les rênes. Sano mit pied à terre et le libéra. Ils se battirent avec les rebelles devant deux statues de chiens-lions rugissants, puis montèrent une seconde volée de marches, laissant des morts dans leur sillage. Marume les rejoignit et ils passèrent le portail en courant.

Édifié sur une haute colline aménagée en terrasses, le temple et ses alentours étaient plongés dans l'obscurité. Seules des lanternes de pierre étaient allumées le long des allées. Le bruit des coups de feu et du cliquetis des armes diminuait à mesure que Sano et ses hommes avançaient. Ils montèrent d'autres marches, passèrent un autre portail et longèrent une pagode. Ils firent une pause pour retrouver leur souffle, et Sano vit des bâtiments sur sa gauche qui semblaient déserts. En marchant prudemment avec ses hommes, il passa devant une fontaine gazouillante et franchit un autre portail. Devant eux, une galerie couverte menait au temple principal.

Avec son immense toit arqué, il avait l'air gigantesque dans la nuit. D'énormes piliers carrés soutenaient les avant-toits qui abritaient les galeries extérieures. Les fenêtres étaient sombres, mais Sano montra du doigt une lueur du côté sud. Avec Marume et Fukida, il longea la galerie sans faire de bruit et avança vers elle le long du mur ouest. Elle provenait de lanternes de cuivre suspendues au plafond d'une vaste véranda qui surplombait la gorge Kin-un-kyô. Au loin, tout en bas, les lumières du fleuve et de la ville scintillaient. En entendant quelqu'un parler, Sano s'arrêta.

– Je veux combattre dans cette bataille ! Pourquoi faut-il que je reste ici ?

C'était la voix de l'empereur qui était de très mauvaise humeur.

– Parce que vous serez tué si vous descendez là-bas, dit sévèrement une voix d'homme. Nous sommes là pour vous protéger.

Il y eut un bruit de bagarre, et Tomohito poussa un cri indigné.

– Laissez-moi partir ! Je suis l'empereur. Vous devez m'obéir !

– Si vous voulez rester en vie et gouverner le Japon, c'est *vous* qui devez nous obéir, dit une autre voix.

Sano se pencha pour jeter un coup d'œil. Éclairée par les lanternes, la véranda ressemblait à une scène de théâtre. Deux samouraïs portant des armures en cuir tournaient le dos à Sano. Entre eux, il vit au fond Tomohito, qui avait revêtu son antique armure impériale et portait un long sabre à la taille.

– C'est la première fois que je sors du palais et je n'ai rien vu d'autre que ce temple idiot, se plaignit-il en faisant la moue. En venant ici, vous ne m'avez même pas laissé regarder par la fenêtre du palanquin ! Et maintenant, ajouta-t-il avec des sanglots dans la voix, je rate la bataille dont je rêve depuis si longtemps !

Furieux, il essaya encore de passer en force, et les soldats le supplièrent de rester tranquille. À leur ton soucieux, Sano comprit qu'ils savaient que la tentative de coup d'État avait mal tourné. Il chuchota des consignes à ses policiers, longea la galerie et entra dans la véranda juste derrière Tomohito.

– Rendez-vous calmement, ou vous serez immédiatement tué.

L'empereur se retourna. Son visage enfantin parut stupéfait sous son superbe casque.

– Vous ! s'exclama-t-il.

Les deux samouraïs rebelles se figèrent sur place, puis dégainèrent leurs sabres et s'avancèrent vers Sano. Derrière eux, Marume et Fukida se ruèrent à l'attaque, et les quatre hommes se battirent dans une tornade de mouvements rapides et de lames étincelantes.

– Qu'est-ce que vous faites ici ? fulmina l'empereur en reculant devant Sano.

– Je suis venu vous ramener chez vous, Votre Majesté.

– Je n'irai pas ! déclara Tomohito en bombant le torse et en se calant sur ses jambes. Pas avant que j'aie vaincu les Tokugawa !

Sano eut pitié du pauvre garçon qui vivait dans ses chimères, encouragé par son isolement et par ceux qui l'avaient gâté toute sa vie.

– Je suis désolé, mais le destin en a décidé autrement, lui expliqua Sano. L'armée du shogun est en train de massacrer vos troupes. Écoutez ! Vous allez entendre le bruit de la défaite.

Il y avait de moins en moins de coups de feu et de cliquetis d'armes sur la colline. Marume et Fukida avaient repoussé les gardes dans l'allée qui longeait la salle. Mais l'empereur Tomohito secoua la tête en refusant de se rendre à l'évidence.

– Nous ne pouvons pas perdre. J'ai l'approbation des dieux ! Ma victoire est certaine.

– Le moment est venu pour vous de faire face à la réalité, dit Sano. Les quelques rebelles qui arriveront en ville vont s'apercevoir que d'autres troupes les attendent, grâce à la lettre que vous n'avez pu vous empêcher de nous laisser. C'était une mauvaise stratégie militaire, mais elle va vous sauver. La rébellion va être écrasée avec un minimum de dégâts, et vous pouvez éviter tout châtiment en vous rendant.

– Me rendre ? s'écria Tomohito avec un rire méprisant. Plutôt mourir !

Il saisit la poignée incrustée d'or de son sabre et le dégaina. Sano eut un regard admiratif pour la lame d'acier gravée de motifs et de caractères archaïques, qui brillait d'un éclat presque surnaturel. C'était le sabre impérial sacré qui se transmettait de génération en génération, et que ce jeune homme téméraire avait pris dans le trésor du palais. Tomohito le fit tournoyer et avança vers Sano d'un air arrogant.

– Je vais enfin me battre, et vous serez le premier ennemi que je vais tuer, affirma-t-il en souriant.

Remplis d'une jubilation anxieuse, ses yeux reflétaient la brillance de la lame.

– Ne faites pas ça ! l'implora Sano. Vous ne pourrez pas me vaincre.

Tomohito éclata de rire.

– J'aurais pu vous tuer hier, et je vais le faire maintenant.

Il brandit son sabre et Sano fit un bond en arrière. La lame siffla devant son menton. L'empereur hurla en lançant des attaques furieuses que Sano esquiva. Il voulut lui trancher les jambes, et Sano sauta au-dessus de la lame. Plusieurs coups frappèrent le haut de son armure.

– Ce n'est pas vous qui avez eu l'idée de cette rébellion, Votre Majesté, dit Sano.

Il s'abrita derrière un pilier, et le sabre de Tomohito se planta dans le bois.

– C'est le ministre de la droite qui vous y a incité, n'est-ce pas ?

Tomohito dégagea sa lame en la tirant d'un coup sec et se tourna vers Sano.

– Ichijô n'a rien à voir avec ça. Je veux me débarrasser des Tokugawa, et ce n'est pas vous qui m'en empêcherez !

– Vous n'auriez pas pu recruter une armée et vous procurer des armes tout seul, lui objecta Sano en esquivant les coups. C'est lui qui s'en est occupé.

– Arrêtez de dire n'importe quoi !

La lame de l'empereur visa la tête de Sano qui dut reculer. Il avait peur de le blesser s'il se défendait. Mais ne pas lui résister ne ferait que renforcer les illusions de Tomohito, qui se croyait capable de le tuer et de se battre contre l'armée Tokugawa. Sano dégaina son sabre et se mit à parer les coups.

– Quand Ichijô s'est aperçu que le ministre de la gauche Konoe était un espion du *metsuke* et qu'il avait découvert le complot, il l'a tué, dit Sano.

Sa lame heurta celle de l'empereur, qu'il repoussa à travers la véranda jusqu'à la balustrade. Mais celui-ci se contenta de rire et ses attaques se firent de plus en plus violentes.

– Si vous dénoncez Ichijô, je suis sûr que le shogun vous pardonnera.

– Je me moque qu'Ichijô ait tué ou non le ministre de la gauche. Je n'ai plus besoin de lui. Je n'ai pas besoin non plus du pardon du shogun. Quand je gouvernerai le Japon, il sera mon serviteur !

Sano avait mal au bras à force de parer les coups, et sa tête résonnait du tintement de l'acier. Il était de loin le meilleur, mais un adversaire qui veut gagner a un avantage sur celui qui ne veut pas se battre. Le sabre de Tomohito toucha le haut de son bras gauche. La lame transperça la cotte de mailles et le rembourrage de sa manche. Inquiet, Sano sentit une douleur fulgurante, puis la chaude humidité du sang.

– Ha ha ! s'exclama Tomohito. Je vous ai eu ! Préparez-vous à mourir !

Les yeux brillant de plaisir, l'empereur leva son sabre à deux mains et se précipita sur son adversaire en hurlant. En désespoir de cause, Sano fit une feinte vers son entrejambe. L'empereur fit un bond en arrière et baissa son arme. Sano dirigea alors sa lame vers les mains de Tomohito qui poussa un cri de douleur. Son sabre tomba bruyamment par terre et glissa dans la véranda. Figé sur place, Tomohito regarda d'un air horrifié sa main droite tendue devant lui. Une fine coupure traçait une ligne rouge sur les jointures. Il leva les yeux vers Sano.

– Je saigne ! s'exclama-t-il d'une voix rauque.

N'ayant sans doute jamais été blessé, il n'avait jamais vu son propre sang et devait se croire invincible.

– Je suis désolé, dit Sano, consterné d'avoir blessé le souverain sacré, mais espérant que cette expérience allait lui donner une leçon. Croyez bien que ce n'est rien, comparé à ce qui se passera si vous ne voulez pas coopérer !

– Les dieux vont vous foudroyer pour m'avoir fait ça, gémit Tomohito qui se laissa tomber sur les genoux et berça sa main ensanglantée.

– Le châtiment de la trahison est la mort par décapitation, l'avertit Sano en gardant son sabre pointé sur lui pour souligner la menace. Même votre statut divin ne vous sauvera pas... sauf si vous acceptez de dénoncer le ministre de la droite Ichijô.

Marume et Fukida arrivèrent en courant dans la véranda.

– Les gardes sont morts ! annonça Marume.

– Retournez sur le champ de bataille, dit Sano. J'ai la situation en main ici.

Les policiers partirent à toute allure, et Sano s'approcha de Tomohito.

– Le ministre de la droite vous a manipulé en vous persuadant que c'est vous qui avez eu l'idée du complot et qu'il n'a fait qu'exécuter vos ordres. C'est un meurtrier qui ne mérite pas que vous le protégiez. Dénoncez-le, Votre Majesté. Préservez votre vie et laissez Ichijô subir son châtiment !

Hébété, Tomohito secoua la tête d'un air épouvanté.

– Non, murmura-t-il.

Le teint blême, il semblait sur le point de s'évanouir.

– Ce n'est pas lui. Je ne peux pas...

– Regardez autour de vous ! insista Sano en décrivant avec son sabre un arc englobant les montagnes au-dessus du temple et la ville illuminée en contrebas. Le Japon est plus grand que vous ne pouvez l'imaginer. L'armée Tokugawa est forte de centaines de milliers d'hommes. Si des rebelles échappent au massacre ce soir, ils vont peut-être se disperser dans le pays, attirer quelques partisans ici et là, et fomenter des troubles, mais ils finiront par être vaincus. Les ambitions d'Ichijô sont bien au-dessus de ses moyens.

Regardant la vue comme s'il la voyait pour la première fois, l'empereur frissonna. Les ombres de ses rêves évanouis passaient dans ses yeux. Sano rengaina tristement son sabre. Tomohito pleurait.

– Je voulais gouverner le Japon. Je voulais être quelqu'un, et pas seulement un dieu inutile, enfermé à l'écart du monde. Maintenant, j'ai peur de mourir.

Il venait de comprendre qu'il était mortel, ce qui le terrifiait. Des larmes ruisselaient sur son visage quand il leva les yeux vers Sano.

– Ce n'est pas Ichijô qui a organisé la rébellion. Si vous voulez savoir qui c'est, je vous le dirai, mais à condition que vous épargniez ma vie.

Son insistance sur l'innocence du ministre de la droite contraria Sano qui croyait enfin obtenir le témoignage nécessaire pour l'inculper. Et si Ichijô n'était pas l'instigateur de la rébellion, cela voudrait-il dire qu'il n'avait pas tué non plus le ministre de la gauche et Aisu ?

Avec réticence, Sano envisagea la possibilité que la rébellion et les meurtres ne soient pas liés, où qu'ils le soient d'une autre manière. Il se mit à ordonner les faits différemment, en cherchant une nouvelle théorie. L'empereur Tomohito était la clé de voûte de la cour impériale, et le point de ralliement de la rébellion. Les intérêts de tous les résidents du palais étaient liés aux siens. Donc, une autre personne que le traître avait pu commettre les meurtres, en tuant Konoe pour protéger Tomohito du châtiment qu'il subirait si la conspiration était dénoncée, puis en voulant tuer Sano pour arrêter son enquête. Si le traître et le meurtrier n'étaient pas la même personne...

La lumière se fit dans son esprit. Le suspect qu'il avait écarté en le croyant incapable de fomenter une insurrection retrouvait sa place dans ce nouveau raisonnement avec les autres coupables potentiels. Le prince Momozono, qui était le confident de l'empereur, devait aussi être au courant des secrets de tous ceux qui ne prenaient pas la peine de baisser la voix devant un idiot. Il avait peut-être appris qu'un complot se tramait et que le ministre de la gauche était un espion du *metsuke*. Sano entrevit toutes sortes de raisons confirmant sa culpabilité et fut brusquement certain que sa nouvelle théorie était la bonne. Il haussa les sourcils, étonné par le tour inattendu que prenait l'affaire.

Soudain, du côté est du temple, il entendit des glapissements, suivis de pas lents et trébuchants. Il se souvint qu'Ichijô avait dit que le prince Momozono devait s'être sauvé avec l'empereur Tomohito.

– Au secours, Momo-*chan* ! cria l'empereur.

Le meurtrier arrivait.

34

Du haut de son cheval, le chambellan Yanagisawa regardait la bataille. Les arquebuses crachaient leur mitraille dans un bruit de tonnerre et les flèches volaient en tous sens. Les sabres qui s'entrechoquaient étincelaient à la lumière des torches tombées à terre, et un arbre avait pris feu. Des centaines de corps jonchaient l'esplanade et les marches menant au temple. Des chevaux sans cavalier galopaient librement sur le sol maculé de sang. Malgré ses morts et ses blessés, l'armée de Yanagisawa était à présent nettement supérieure en nombre à celle des rebelles. La victoire était proche.

Le chambellan allait et venait autour du champ de bataille. En agitant son éventail de guerre, il criait des ordres aux commandants qui les transmettaient aux soldats avec des conques, des tambours de guerre et des drapeaux. Sa gorge était irritée et sa voix enrouée. Ses oreilles n'entendaient plus à cause du vacarme. La fumée et l'odeur de la poudre remplissaient ses poumons. Il sentait l'impact des balles contre son armure et cette violence barbare l'écœurait, mais il était fier de sentir que la bataille avait pleinement ranimé en lui l'esprit du samouraï qui s'était éveillé au cours de l'enquête.

Ses querelles politiques lui semblaient maintenant de dérisoires succédanés de la guerre. Voyant qu'un rebelle à cheval le chargeait, il leva son sabre et lui trancha la gorge. Un élan d'exaltation le haussa vers un plan plus subtil où se trouvait la véritable ambition de sa vie : conduire l'armée de son seigneur à la victoire, ou mourir en combattant pour lui.

Deux moines insurgés s'échappèrent du champ de bataille et, leur lance à la main, dévalèrent la pente vers la ville. Leurs robes safran en lambeaux voltigeaient autour d'eux.

– Arrêtez-les ! cria Yanagisawa.

Avant que ses troupes ne réagissent, un homme jaillit de l'ombre et leur barra le chemin. Brandissant son sabre long dans la main droite et le court dans la gauche, il attaqua les rebelles.

Yanagisawa regarda la scène d'un air perplexe. Qui était ce samouraï vêtu d'un kimono ordinaire qui rejoignait tardivement le combat ? Le nouveau venu terrassa l'un de ses adversaires, et ses attaques firent remonter l'autre vers la place. Il émergea brusquement dans la lumière, et Yanagisawa reconnut les larges épaules familières et la grâce des mouvements. Il cligna des yeux.

– Non, ça ne peut pas être lui ! marmonna-t-il.

Le samouraï vint à bout du second moine et monta la côte en quelques enjambées, puis regarda autour de lui. C'était le *yoriki* Hoshina. Soudain, il aperçut Yanagisawa et ne bougea plus, un sabre dans chaque main, pendant que tous deux se regardaient. Le bruit des combats s'éteignit dans la conscience du chambellan.

Hoshina avança d'un pas hésitant. Abasourdi et se rendant à peine compte de ce qu'il faisait, Yanagisawa descendit de son cheval et marcha vers lui. Était-ce une hallucination qui revenait le tourmenter ? En le rejoignant dans la pénombre d'un bâtiment, il sentit ses jambes flageoler.

– Qu'est-ce que tu fais ici ?

Hoshina s'arrêta à quelques pas de lui. Ses joues étaient bleues des coups qu'il lui avait infligés pendant leur bagarre. C'était bien lui, et non un fantôme.

– Je suis revenu.

– Pourquoi ? s'écria Yanagisawa, submergé par la rage et la souffrance. Pour me duper encore une fois ? Pour me tuer parce que je t'ai humilié devant tes camarades de la police ?

Hoshina secoua la tête sans répondre devant le chambellan qui brandissait son sabre, puis il laissa tomber ses armes et fit un geste de reddition.

– Parce qu'il fallait que je vous revoie, dit-il, comme si c'était la raison la plus évidente du monde.

De plus en plus déconcerté, Yanagisawa dit :

– Mais je t'ai condamné à mort ! Je pourrais te tuer maintenant !

– Ça m'est égal.

Haletant, la sueur perlant sur son visage, Hoshina redressa fièrement la tête.

– Je voulais vous revoir, même si je devais mourir.

Yanagisawa cacha sa stupéfaction derrière une grimace méprisante.

– Si tu n'as pas peur de mourir, pourquoi t'es-tu enfui ?

– Je voulais vous prouver que je ne suis pas un traître, et vous convaincre que tout ce que je voulais, c'était vous aider.

Yanagisawa mourait d'envie de le croire, mais il ne pouvait supporter d'être à nouveau blessé.

– C'est encore une de tes ruses ! Tu crois pouvoir échapper à la mort en rampant devant moi pour me prendre par les sentiments. Tu es trop lâche pour accepter ton destin et mourir en samouraï !

Hoshina lui sourit tristement.

– Si j'étais un lâche, je ne serais pas revenu. Si j'étais toujours l'intrigant que j'ai été toute ma vie, je me serais bien gardé de tenter une ruse qui a déjà échoué, avec un homme qui a compris qui j'étais. Je veux me racheter d'avoir trahi votre confiance et vous prouver mon amour.

Hoshina fit un pas vers Yanagisawa.

– Je serai alors heureux de mourir.

– Menteur !

Même si cette ardente déclaration le faisait trembler intérieurement, le chambellan pointa son sabre vers Hoshina pour garder entre eux la longueur de la lame.

– Je vais te tuer !

– Non, je ne crois pas.

Au lieu de ramasser ses armes, Hoshina se rapprocha de lui. Sur le champ de bataille, des coups de feu sporadiques résonnaient encore. Le regard ferme du *yoriki* transperçait Yanagisawa. Le sabre trembla dans sa main tandis qu'il reculait.

– Vous auriez pu me tuer hier, lui dit Hoshina, mais vous n'avez même pas dégainé votre arme. C'est pour ça que j'ose mettre ma vie en jeu. Mais si je perds mon pari, je vous aurai au moins donné une preuve qui va vous aider à résoudre l'affaire, ce qui rachètera ma trahison.

– Quelle preuve ? De quoi parles-tu ?

– Quand je me suis enfui, je me suis caché dans les bas-fonds de Miyako, expliqua Hoshina. J'y ai retrouvé des informateurs de la police et je leur ai posé des questions. Ce qu'ils m'ont dit va vous aider dans votre enquête.

– Je ne veux pas l'entendre ! cria Yanagisawa en reculant d'un pas et en tendant son sabre.

Hoshina avança en glissant la main dans le sac en tissu fixé à sa taille. Craignant une arme cachée, Yanagisawa lui cria :

– Stop ! Pas un geste !

Hoshina sortit un tout petit objet du sac et le lui tendit sur sa paume ouverte.

– Cela vous rappelle quelque chose ?

C'était une des pièces gravées d'une fougère qui avaient été trouvées chez le ministre de la gauche.

Sans comprendre, Yanagisawa hocha la tête.

– Je sais maintenant ce que c'est, dit Hoshina qui devint anxieux en voyant que Yanagisawa ne réagissait pas. Je comprends votre méfiance, mais je vous en prie, écoutez ce que j'ai à vous dire. Puis vous déciderez si vous pouvez me pardonner le mal que j'ai fait.

Au lieu de s'enfuir, Hoshina était resté à Miyako pour continuer l'enquête ! Et il avait tenu sa promesse en cherchant à se renseigner sur ce mystérieux indice ! Troublé et ébranlé, luttant pour rester ferme, Yanagisawa continua à reculer, son sabre tendu vers le *yoriki*.

– Tu essaies de me manipuler pour que je te pardonne !

Le désespoir voûta les épaules d'Hoshina, et son visage parut brusquement ravagé par la fatigue.

– Si c'est vraiment ce que vous croyez, alors tant pis !

Mais il continua à avancer. Le dos du chambellan heurta un gros pilier de bois qui l'empêcha de reculer, et Hoshina se rapprocha jusqu'à ce que sa gorge entre en contact avec la lame de Yanagisawa.

– Tuez-moi tout de suite, et je mourrai satisfait de savoir que j'ai fait de mon mieux pour l'homme qui compte plus pour moi que ma propre vie.

Voir la pointe de la lame sur sa peau nue impressionna Yanagisawa. Un homme cherchant son propre intérêt ne risquerait jamais sa vie de cette façon ! Il fut soudain convaincu de l'honnêteté d'Hoshina. Et sentit qu'il allait peut-être enfin pouvoir oublier une tragédie et expier ses propres péchés.

Shichisaburô était mort par amour pour lui. Au lieu de se conduire honorablement, Yanagisawa avait laissé condamner l'acteur qui avait été exécuté. Mais il n'avait pas envie de revivre cette injustice. Il prit une profonde inspiration. S'il pouvait trouver en lui la force de pardonner, le courage de renoncer à son amour-propre...

Remplis d'un mélange de confiance et de peur, les yeux d'Hoshina le fixaient. Yanagisawa prit sa décision. Il poussa un profond soupir et laissa tomber son sabre. Le visage d'Hoshina s'éclaira. En échangeant un long regard silencieux, ils se transmirent pardon et gratitude, se dirent leur amour et sentirent leur désir s'éveiller, tandis que des cris de joie venant de l'esplanade annonçaient la victoire imminente des Tokugawa.

Puis ils ramassèrent leurs sabres, les rengainèrent, et regardèrent le champ de bataille côte à côte, ne sachant que dire. Hoshina rompit le silence :

– Je peux vous dire maintenant ce que j'ai appris sur cette pièce de monnaie ?

– Oui, si tu veux.

Le cœur de Yanagisawa baignait dans une telle félicité qu'il se souciait à peine de l'indice.

– Elle a été frappée par un clan de truands très puissant à Miyako, les Dazai.

– C'est intéressant, dit Yanagisawa sans lui avouer qu'il le savait déjà, pour qu'Hoshina ne pense pas que ses efforts n'avaient servi à rien.

– Mon informateur est un serviteur des Dazai. Il m'a expliqué que ce clan écoule des marchandises volées. D'habitude, le chef les achète aux cambrioleurs et fait son bénéfice en les revendant. Mais, quand elles sont particulièrement rares ou précieuses, il ne paie qu'après avoir trouvé le client. Il donne alors à son fournisseur une de ces pièces, dit Hoshina en la lui montrant à nouveau. Les Dazai sont d'anciens samouraïs. Ils ont le sens de l'honneur, et la pièce garantit qu'ils paieront ou rendront la marchandise.

Cette information inattendue donnait une nouvelle dimension surprenante à l'affaire de meurtre.

– On a trouvé trois de ces pièces chez Konoe ! s'exclama Yanagisawa. Cela veut dire qu'il a vendu des choses aux Dazai. Des choses qu'il avait obtenues illégalement et ne pouvait pas vendre officiellement.

– Et le fait que ces pièces ont été trouvées chez lui veut dire qu'il n'a pas été payé, continua Hoshina d'une voix ardente. J'ai donc demandé à mon informateur si les Dazai avaient toujours la marchandise. Il m'a dit que oui. Je lui ai demandé de me faire entrer dans l'entrepôt où ils cachent les objets volés, et j'ai vu ce que Konoe leur avait confié : des kimonos très anciens dont le tissu porte les chrysanthèmes des armoiries impériales. Je les ai reconnus, car je les avais vus en inspectant les entrepôts impériaux.

– Konoe volait au palais ! s'écria Yanagisawa qui n'arrivait pas à croire qu'un espion du *metsuke* puisse être un malfaiteur. Pourquoi ?

Puis il secoua la tête et ajouta :

– Les Dazai ne le lui ont pas demandé. Tout ce qui les intéresse, c'est l'argent qu'ils peuvent gagner en vendant des objets du trésor impérial à de riches collectionneurs.

– Moi, je sais pourquoi, reprit Hoshina d'un air excité. Konoe n'a pas seulement vendu des kimonos aux Dazai. Il leur a procuré des objets de valeur pendant des années, par petites quantités à la fois. Et le plus intéressant, c'est que, la plupart du temps, les Dazai ne payaient pas Konoe. Ils avaient passé un marché secret avec lui. Ils gardaient une partie de l'or et donnaient le reste à un moine habitant chez sire Ibe, avec des armes et des munitions. Vous comprenez ce que ça veut dire ?

Cela voulait dire que Sano et lui s'étaient complètement fourvoyés sur un aspect crucial de l'affaire des meurtres, réalisa Yanagisawa.

– C'est Konoe qui a organisé la tentative de restauration impériale, dit-il lentement, abasourdi par cette révélation. Les troupes étaient armées avec l'argent obtenu en volant les trésors du palais.

Pas par des emprunts à la banque où Yanagisawa avait suivi le messager de Jokyôden. Pas avec les pièces d'or données par Ichijô lors de ses rendez-vous secrets au tertre des Oreilles.

– Le marché que Konoe avait conclu avec les Dazai devait être un pacte associant leurs forces pour renverser les Tokugawa. Il a mis le projet en route et ses associés ont continué après sa mort. Dieux miséricordieux...

– L'espion était le traître ! s'exclama Hoshina.

– Nous avons cru, Sano et moi, que la rébellion était impliquée dans le meurtre du ministre de la gauche, dit Yanagisawa avec dépit. Mais s'il était responsable du complot, il n'est pas mort parce qu'on voulait l'empêcher de prévenir le *bakufu* !

– Donc le complot n'a rien à voir avec la mort de Konoe, conclut Hoshina.

– J'ai du mal à le croire ! s'écria Yanagisawa en arpentant nerveusement la rue.

– Les faits parlent d'eux-mêmes. Dès que les choses seront réglées ici, dit Hoshina en montrant le champ de bataille, nous pourrons retourner au palais pour reprendre l'enquête.

– Tu as sans doute raison.

Yanagisawa ralentit le pas, mais n'acceptait toujours pas la défaite. Il cherchait à élaborer une nouvelle théorie sur la conspiration, comme s'il voulait reconstruire une maison pour y installer un meuble gigantesque qui ne peut pas y entrer.

– Avant, la question qui se posait était : « Qui était le traître que Konoe a démasqué ? » Mais on peut la retourner et se demander : « Qui savait que Konoe était un traître ? »

– Je ne vois pas où cela peut nous mener, dit Hoshina, perplexe.

Yanagisawa sentait pourtant qu'il s'orientait dans la bonne direction.

– Si Konoe n'est pas mort parce qu'il avait des informations compromettantes sur les insurgés, il a peut-être été tué par une personne qui connaissait sa trahison ?

– Oui, mais cette personne aurait pu le mettre hors d'état de nuire en prévenant simplement le *bakufu*, lui objecta Hoshina. Il n'y avait aucune de raison de l'assassiner.

Yanagisawa entrevit les autres défauts de sa théorie. Rien ne prouvait que le ministre de la droite Ichijô ou dame Jokyôden aient été au courant du complot. L'empereur Tomohito en avait bien sûr connaissance, mais il était partie prenante et n'aurait pas pu trahir Konoe sans s'attirer des ennuis. Soudain, Yanagisawa pensa à quelqu'un qui devait être au courant – et qui n'aurait rien eu à gagner en dénonçant le ministre de la gauche Konoe au *bakufu*.

En suivant un raisonnement trop rapide pour être énoncé, Yanagisawa conclut dans un murmure :

– C'est le prince Momozono qui est l'assassin.

Hoshina éclata de rire.

– Vous plaisantez !

Puis, voyant que Yanagisawa était sérieux, il ajouta :

– Qu'est-ce qui vous fait croire ça ?

Yanagisawa entrevit subitement les implications de sa découverte. Il se précipita sur l'esplanade où, parmi les corps piétinés, une centaine de rebelles se battaient encore vaillamment. Il scruta les rangs de son armée : ses cavaliers poursuivaient les ennemis, ses samouraïs se battaient au sabre avec chaque moine, chaque brigand et chaque insurgé. Mais il ne vit pas Sano qui avait dû partir à la recherche de l'empereur. Sano qui n'avait pas les informations que venait de lui communiquer Hoshina. Et qui ne savait pas ce qui se passerait s'il essayait de capturer l'empereur.

Comme une constellation rayonnante, Yanagisawa vit apparaître à l'horizon la réalisation de ses vœux les plus chers : Sano disparu pour toujours, la solution de l'affaire des meurtres entre ses propres mains, la certitude de sa victoire sur les rebelles, un avenir assuré auprès du shogun. Il n'avait strictement rien à faire. Il respira l'odeur de sang et de poudre en savourant son triomphe... Mais, curieusement, il ne se sentit pas aussi satisfait qu'il s'y attendait. Avec étonnement, il constata que quelque chose avait changé en lui : il avait goûté à la Voie du Guerrier, et la saveur de l'honneur avait atténué son hostilité envers Sano. Qu'un général laisse délibérément mourir un de ses soldats semblait extrêmement choquant pour un samouraï.

Le *yoriki* Hoshina le rejoignit sur l'esplanade.

– Que se passe-t-il ?

Yanagisawa regarda Hoshina et comprit que leur réconciliation l'avait également changé, en modifiant sa vision du monde. Pendant deux ans, Sano lui avait empoisonné l'existence, mais il avait toujours agi loyalement envers le shogun et s'était entièrement dévoué à son travail, sans jamais chercher à nuire au chambellan. Et, maintenant, il lui avait évité un châtiment et même sauvé la vie ! En échange, Yanagisawa lui avait promis de ne pas lui faire de tort. Pouvait-il remercier le sort qui lui faisait connaître le bonheur en n'honorant pas leur pacte et en l'abandonnant alors qu'il était en danger ?

Il leva les yeux vers le temple Kiyomizu où Sano avait dû trouver l'empereur Tomohito... mais aussi le prince Momozono ! Yanagisawa fit un pas hésitant, mais ses vieilles habitudes reprirent le dessus. Un brusque changement dans son cœur n'allait pas réduire à néant les objectifs de toute une vie ! Il recula de deux pas.

Fallait-il laisser le destin suivre son cours ou voler au secours de Sano ? Devait-il privilégier son ambition et son intérêt personnel, ou la fraternité et l'honneur ?

35

– Tout va... va aller bien, Votre Ma... Majesté.

La tête ballotante et le corps agité de mouvements convulsifs, le prince Momozono traversa la véranda en titubant vers son cousin agenouillé qui pleurait. La lumière des lanternes du plafond projetait son ombre disgracieuse sur le sol. Ses glapissements ponctuaient les coups de feu qui, en contrebas, résonnaient dans la nuit. Les cordes qui avaient été nouées autour de son poignet et sa cheville gauches traînaient par terre. Une bande de tissu pendait autour de son cou. Les rebelles avaient dû le ligoter et le bâillonner pour le faire tenir tranquille.

Sano regarda le prince avec stupéfaction : Momozono avait l'air aussi pitoyable que d'habitude, mais la force du *kiai* l'habitait. Il prit conscience des complications périlleuses qu'impliquait son arrivée. Sentant passer sur lui le souffle glacé du danger, il se mit à réfléchir à toute allure.

– Je suis content de vous voir sain et sauf, Honorable Prince, improvisa-t-il en s'efforçant de ne pas lui montrer qu'il avait tout compris.

Les ramener tous les deux en ville et remettre Momozono au *bakufu* semblait la meilleure stratégie.

– Maintenant que vous êtes là, je peux vous ramener au palais, Sa Majesté et vous.

– Non ! Je ne pourrai pas supporter qu'on voie ma disgrâce ! s'écria l'empereur dont les sanglots se transformèrent en halètements paniqués. Je ne veux pas rentrer chez moi !

Le prince Momozono s'approcha en titubant de son cousin.

– Nous n'a... n'allons pas vous... vous suivre.

Tous deux avaient le regard d'enfants effrayés défiant un colosse. Le cœur de Sano se serra.

– Vous n'avez rien à craindre, dit-il en cherchant des arguments. Le prince Momozono ne participait pas à la rébellion, et votre Majesté n'aura pas à subir les conséquences d'une trahison.

Tomohito lança à Sano un regard hésitant qui trahit son besoin de se mettre sous la protection des autorités, mais Momozono lui cria :

– Ne... ne le croyez pas, Votre Majesté. Vous devez apprendre à vous méfier des... des gens qui veulent vous utiliser pour leurs... leurs propres objectifs. Regardez ce qui s'est pa... passé quand vous avez fait confiance au mi... ministre de la gauche !

Cette confusion déconcerta Sano : Momozono voulait sûrement parler du ministre de la droite ! Mais un doute s'infiltra dans son esprit : Ichijô était-il vraiment derrière la conspiration ?

– Le ministre de la gauche était mon ami, protesta Tomohito. Je voulais gouverner le Japon et il m'a aidé ! Il achetait des armes avec l'argent qu'il gagnait en vendant des objets du trésor impérial. Il a levé une armée en mon nom pour renverser les Tokugawa et, avant de mourir, il a organisé le siège de Miyako.

Sano le regarda fixement, la bouche ouverte.

– Vous voulez dire que c'est Konoe qui était responsable de la rébellion ?

Malgré sa surprise, il comprit que cette révélation était parfaitement logique. Les mobiles et les moyens qu'il avait attribués à Ichijô convenaient également à la victime du meurtre. Le ministre de la gauche était lui aussi un homme ambitieux qui usait de son influence sur l'empereur. Sa fonction, comme celle d'Ichijô, lui donnait la liberté nécessaire pour recruter des troupes. Et, en tant que tout premier noble de la cour, il aurait gouverné dans l'ombre du trône, s'il avait survécu et si le coup d'État avait réussi.

Mais son statut d'agent du *metsuke* avait aveuglé Sano qui avait mal interprété des indices importants. Les notes sur le bout de papier trouvé dans le brasero concernaient sans doute l'organisation du coup d'État, et non ses activités d'espionnage. Un homme capable de tuer le mari de Kozeri, puis de la poursuivre de ses assiduités pendant quinze ans après qu'elle l'avait quitté, était assez fou pour s'attaquer aux Tokugawa. Sano se rappelait à présent qu'Ichijô avait dit : « Konoe ! J'aurais dû m'en douter. » Il avait compris que le ministre de la gauche était l'instigateur du complot. Et Tomohito avait dit qu'il n'avait plus besoin de lui parce que Konoe avait déjà tout organisé. Sa présence n'était plus nécessaire pour que l'insurrection réussisse. Sano se maudit silencieusement de n'avoir pas vu ce qui maintenant lui sautait aux yeux.

Le prince Momozono se pencha vers l'empereur et lui passa maladroitement un bras autour des épaules, pendant que l'autre s'agitait comme une aile brisée.

– Il est t... temps de voir les faits en face, Votre Majesté. Jour après jour, j'ai écouté le mi... ministre de la gauche faire l'éloge de vos... vos ancêtres qui gou... gouvernaient le Japon. J'ai ob... observé les experts en arts martiaux qu'il avait en... engagés pour vous enseigner le ma... maniement du sabre et vous convaincre que vous étiez un grand gue... guerrier. Il ne savait pas que je comprenais ce qu'il fai... faisait. Je l'entendais vous remplir la tê... tête avec des rêves de gloire pour que vous acceptiez de mener un soulèvement contre le *ba... bakufu*.

– C'était mon idée, dit Tomohito en plissant le front comme s'il commençait à en douter. Il se contentait de m'aider à accomplir ma destinée.

Le prince Momozono secoua la tête.

– Vous... vous étiez trop enthousiasmé par son pro... projet pour re... remarquer ce qu'il se ma... marmonnait à lui-même chaque fois qu'il dé... décrivait l'avenir merveilleux qui nous... nous attendait quand la cour impériale retrouverait sa su... suprématie. Mais moi, je l'entendais ! Il di... disait : « Alors elle m'aimera. Elle se... sera forcée d'obéir à son ma... mari et seigneur. » Votre Majesté, il organisait cette ré... rébellion pour retrouver son pou... pouvoir sur la femme qui l'avait quitté !

– Non, il le faisait pour moi ! insista Tomohito en tambourinant ses talons sur le plancher de la véranda tandis que les larmes ruisselaient sur ses joues.

Ainsi, le siège de Miyako n'avait pas seulement pour objectif de s'emparer du pouvoir politique, mais aussi de satisfaire un amour obsessionnel, se dit Sano. La concrétisation des ambitions de Konoe n'était pas son accession au poste de Premier ministre impérial. Ce que qu'il voulait « fêter » avec Kozeri n'était pas la récompense de la dénonciation d'un traître à la police. Il faisait en fait allusion à son accession au pouvoir, qui allait la mettre sous son autorité comme tous les Japonais. Et, dans sa dernière lettre, il avait évoqué le site de la rébellion qu'il connaissait parce qu'il l'avait lui-même choisi.

Momozono s'agenouilla près de l'empereur.

– Je ne pou... pouvais pas laisser le mi... ministre de la gauche vous causer des ennuis. Alors je l'ai tu... tué.

Sano fut horrifié. Il avait besoin de ces aveux, mais pas ici, où rien ne pouvait dissuader Momozono d'éliminer un membre du *bakufu* devant lequel il venait de reconnaître qu'il était coupable de meurtre.

– C'est *toi* qui as tué le ministre de la gauche ? s'exclama Tomohito d'un air consterné, tandis que les souvenirs affluaient dans son esprit. C'est vrai, la nuit où il a été assassiné, tu étais déjà dans le Jardin de l'étang quand j'y suis arrivé ! Lorsqu'on a trouvé son corps, tu m'as demandé où j'étais juste avant. Je t'ai dit que j'étais dans la salle d'études, tout seul, et on s'est mis d'accord pour dire qu'on y était tous les deux. Et au moment du second meurtre, j'étais seul dans la chapelle, et tu m'as promis de dire que tu y étais aussi. Je croyais que tu le faisais pour mon bien. Mais c'était toi qui avais besoin d'un alibi !

Il se releva d'un bond et se mit à marteler le prince avec ses poings en hurlant :

– Tu as tenté de ruiner mon avenir. Comment as-tu osé ?

– Je l'ai fait pour vous sau... sauver ! Une lettre... anonyme révélant ce que faisait le mi... ministre de la gauche n'aurait pas été su... suffisante pour convaincre le *bakufu*. C'était un homme important et re... respectable. Je n'avais pas d'autre choix que de le tu... tuer. Je ne savais pas que la ré... rébellion continuerait quand il ne se... serait plus là !

En levant maladroitement le bras pour se défendre, Momozono heurta le menton de l'empereur qui enragea encore plus.

– Je vais te tuer ! hurla-t-il.

– Arrêtez !

Sano éloigna Tomohito pour éviter que le prince s'en prenne à son cousin qui n'appréciait pas à sa juste valeur l'acte qu'il avait commis. Il se demanda s'il ne ferait pas mieux de le tuer puisque ses crimes étaient passibles de la peine de mort, mais ce geste lui faisait horreur. Il préférait l'arrêter sans violence.

Toujours à genoux, la tête bringuebalante, Momozono cria :

– Si la rébellion avait ré... réussi et si le mi... ministre de la gauche Konoe avait pris le pou... pouvoir, il m'aurait exilé, comme il a tenté de le fai... faire il y a des années. Si elle avait échoué, Votre Ma... Majesté aurait été ex... exécutée. Et qu'est-ce qui se serait pa... passé pour moi ensuite ?

– Je m'en moque ! lança Tomohito en essayant de contourner Sano pour frapper le prince.

Sano savait que le mobile d'un meurtrier a toujours un fondement égoïste. Momozono avait agi au nom de l'empereur, mais aussi pour défendre sa propre position si précaire. De tous les suspects, c'était lui qui avait le plus à gagner de la mort de Konoe, et le plus à perdre dans une guerre avec les Tokugawa, qu'elle soit victorieuse ou non. Une seule question demeurait.

– Pourquoi avez-vous tué une seconde fois ? lui demanda Sano.

– J'ai eu le me... message disant que vous veniez au pa... palais. Je voulais vous tu... tuer pour que dame Asagao soit li... libérée et pour que vous ne découvriez pas la con... conspiration. En chemin, je suis tom... tombé sur quatre sa... samouraïs dans l'enceinte du pa... palais. J'ai écouté ce qu'ils di... disaient. Un homme avec une voix traînante était en train de faire l'é... l'éloge de son chef pour le coup monté contre da... dame Asagao et ses aveux forcés.

« Aisu et Yanagisawa avec leurs gardes », se dit Sano.

– J'ai compris qu'ils étaient re... responsables de son arrestation. Ils ont con... continué à bavarder, et il était clair qu'ils vou... voulaient me voir vous tu... tuer, puis m'arrêter. C'était un piège ! s'écria Momozono qui eut une crise de contractions faciales. Il fa... fallait que je fasse ce que j'avais prévu, mais je ne pou... pouvais pas les laisser m'attraper. Alors je les ai suivis. Deux d'entre eux sont pa... partis en courant. J'ai tu... tué celui qui avait la voix traî... traînante et j'ai paralysé l'autre, mais je v...

vous ai entendu a... arriver. Je n'avais pas le temps de retrouver la fo... force de pousser un autre cri, et je me suis enfui.

Une rencontre fortuite avait provoqué la mort d'Aisu et épargné sa propre vie, réalisa Sano. Il lui fallait maintenant faire preuve d'habileté pour que la chance lui sourie à nouveau.

– Je vous félicite pour votre loyauté envers Sa Majesté et je sens que vous avez traversé des moments très difficiles, dit Sano avec douceur, tout en cherchant un moyen de le persuader que l'empereur et lui devaient se rendre.

Mais quelles perspectives favorables pouvait-il présenter à un meurtrier ayant avoué ses crimes ?

– Retournons au palais où vous pourrez vous reposer, et...

Avec un effort qui lui arracha un gémissement, le prince se releva. La détresse contractait convulsivement les muscles de son visage.

– Vous m'avez traité avec plus de res... respect que n'importe qui d'autre dans ma vie, et je vous en re... remercie humblement. Mais je ne peux pas vous laisser em... emmener Sa Ma... Majesté, et je suis forcé de vous tuer, vous aussi.

– Attendez ! cria Sano en sentant que sa chance l'abandonnait.

Il se tourna vers l'empereur qui regardait Momozono en haletant de fureur.

– Votre cousin est dangereux ! Il faut nous en aller. Je vous en prie, venez avec moi, le supplia-t-il.

– Non !

Tomohito se rua à nouveau sur Momozono. Quand Sano le retint et voulut l'emmener, il se débattit en poussant des jurons.

Soudain, le prince devint hystérique, et ses cris résonnèrent dans les collines. Son visage grimaça, et ses membres s'agitèrent violemment dans une danse étrange. Puis il rejeta la tête en arrière et serra les mâchoires. Sa crise prit fin, le laissant étrangement calme et silencieux. Son énergie survoltée, maintenant maîtrisée, émanait de lui comme une aura blafarde qui absorbait les bruits de la bataille et des gongs qui résonnaient au loin.

Une tension familière et inquiétante fit frémir l'air autour de Sano. La vibration silencieuse le traversa et une brusque lassitude lui enleva ses forces. Il tendit la main vers la poignée de son sabre long, mais son bras se mouvait lentement, comme dans de l'eau. Son esprit essaya de se protéger contre la sinistre volonté de Momozono, et il réalisa avec stupéfaction que, contrairement à ce que tout le monde croyait, la maîtrise du *kiai* n'était pas toujours le résultat d'un entraînement rigoureux dans les arts martiaux. Chez lui, c'était un symptôme de sa mystérieuse infirmité. Un coup du sort avait fait de lui un paria, tout en lui donnant l'arme absolue. Il avait dû s'exercer sur les oiseaux qu'on avait retrouvés morts dans les jardins du palais.

– Qu'est-ce que tu fais, Momo-*chan* ? demanda l'empereur, visiblement mal à l'aise. Ça me fait peur. C'est quoi, ce bruit ? Et cette lueur, elle vient d'où ? Je t'ordonne de t'arrêter !

– Veuillez m'excuser, Votre Majesté.

Le prince ne bégayait plus et n'avait plus de tics. Sa voix était claire, ferme, et pleine de regret.

– Il n'y a pas d'autre issue. Il sait que j'ai tué deux hommes et que vous étiez partie prenante de la rébellion. Il doit mourir.

Devenus épais et maladroits, les doigts de Sano tâtonnèrent pour dégainer son arme. Le sabre lui parut cent fois plus lourd que d'habitude et lui échappa des mains. Il tomba bruyamment sur le sol. L'énergie qui rayonnait de Momozono le fit tomber à genoux et sa peur se transforma en terreur. Son idéal de justice s'effaça devant la nécessité de sauver sa vie.

– Vous n'avez aucune raison de me tuer, dit-il d'une voix étranglée. Le ministre de la gauche était un traître. En le supprimant, vous avez fait preuve de loyauté envers le régime des Tokugawa. Le shogun ne vous condamnera pas à mort et vous accordera peut-être même son pardon.

Momozono secoua tristement la tête.

– On ne peut pas laisser en vie quelqu'un qui a un pouvoir comme le mien. Mais ça m'est égal de mourir. C'est Sa Majesté que je dois protéger. Je ne peux pas vous laisser le capturer et l'exécuter pour trahison.

– L'empereur n'est pas responsable de ce complot, se hâta de dire Sano, conscient que faire parler Momozono l'empêcherait de prendre son souffle pour pousser le terrible cri. Le *bakufu* tiendra compte de son âge et de l'influence que le ministre de la gauche exerçait sur lui. Ils ne voudront pas provoquer de scandale ni se brouiller avec la cour impériale. Si Sa Majesté se repent, elle ne sera pas punie.

– Oui, je me repens ! cria l'empereur Tomohito. Plus jamais je ne me conduirai mal. Allez, arrête, Momo-*chan* !

En reculant pour s'éloigner de son cousin, il trébucha, tomba et se mit à ramper entre les piliers vers l'entrée de la salle.

– Au secours ! À l'aide ! Vite !

Des vagues de panique brûlantes traversaient Sano, et son cœur battait de plus en plus fort. Soudain, il se rappela un rituel classique que pratiquaient jadis les samouraïs en temps de guerre : le *kugi goshin-hô*, censé annihiler les forces du mal avec les neuf idéogrammes magiques. Il croisa ses mains devant la poitrine en plaçant ses index l'un contre l'autre.

– *Rin ! Rin ! Rin !* psalmodia-t-il.

À son grand soulagement, il sentit la tension se relâcher légèrement. Le bouillonnement de son sang se calma et les battements de son cœur ralentirent.

– Je ne suis pas assez stupide pour croire que Sa Majesté sera pardonnée, dit Momozono avec amertume. Qui me croira si j'affirme que c'était le ministre de la gauche qui était responsable de la rébellion ? C'est pour ça que je l'ai tué. Vous me voyez dire au *bakufu* qu'il était en train d'organiser un coup d'État ? On se moquerait de moi et on ne me croirait pas.

L'aura autour de lui brillait de plus en plus, et la vibration de l'énergie s'intensifiait.

– Mais moi, je vous crois ! Je convaincrai mes supérieurs.

Assailli par la force invisible de Momozono, Sano recula. Avec un immense effort, il mit ses doigts en place et dit d'une voix haletante :

– *Sha ! Sha ! Sha !*

Le soulagement physique fut minime, mais il reprit courage.

– Je sais que vous êtes sincère, dit Momozono, mais si vous croyez que confirmer mes paroles sauvera Sa Majesté, vous êtes encore plus idiot que moi.

En désespoir de cause, Sano trouva un autre argument :

– Vous avez pensé à ce qui va se passer si vous me tuez ? Si je ne suis plus là pour persuader le *bakufu* que l'empereur est innocent, il sera condamné pour trahison. Mes policiers viendront lorsqu'ils entendront votre cri. Ils trouveront mon cadavre, et ils vous arrêteront. Vous n'obtiendrez pas votre liberté ou celle de l'empereur avec ma mort.

Momozono repoussa ce scénario avec mépris.

– Sa Majesté dira au *bakufu* que les insurgés nous ont enlevés au palais et nous ont amenés ici. Vous avez attaqué l'empereur parce que vous pensiez qu'il était un traître, et je l'ai défendu de la seule manière qui m'était possible. Ça m'est égal que tout le monde sache que je suis un meurtrier.

Avec un geste éloquent, Momozono montra le vaste espace derrière la balustrade. Sous les grandes poutres qui soutenaient la véranda, la falaise tombait à pic. Personne ne pouvait survivre à une telle chute.

– Je serai mort avant que la police ne puisse m'arrêter.

Tandis que son cœur battait à tout rompre et que des frissons de panique secouaient son corps, Sano psalmodia :

– *Jin ! Jin !*

Quand il essaya de former l'idéogramme, ses doigts s'emmêlèrent et se plièrent.

– Pitié, je vous en prie ! murmura-t-il.

Il sentit son dos fléchir et s'effondra. La volonté de Momozono comprima ses poumons. Son cœur semblait près d'exploser. Ses oreilles résonnaient. Il entendit à peine Tomohito crier :

– Non, Momo-*chan*, non !

– Écartez-vous, Votre Majesté, ordonna le prince.

Avec ce qui lui restait de conscience, Sano perçut de faibles bruits de pas précipités tandis que l'empereur s'éloignait.

– Au secours !

Sa voix était un murmure qui s'étrangla dans sa gorge. Marume, Fukida et les soldats Tokugawa étaient loin, sur le champ de bataille. Momozono se dressa devant lui et se mit à respirer bizarrement – des inspirations sifflantes de plus en plus profondes. Sano sentit ses dernières forces dépérir. Le pouvoir du *kiai* le paralysa. Il ne pouvait plus bouger un muscle ni prononcer un mot.

Les étranges respirations de Momozono cessèrent. Immobile, il regardait Sano. Des courants d'énergie tourbillonnaient dans le noir de ses yeux. La force qui émanait de lui s'intensifia. La nuit se mit à vibrer, comme si le cosmos allait voler en éclats. Alors la bouche de Momozono s'ouvrit si grand que toutes ses dents brillèrent autour du trou noir béant de sa gorge. Impuissant, Sano le regarda inspirer une énorme goulée d'air. Sentant ses pensées se dissoudre dans un chaos de souffrance et de terreur, il lutta désespérément pour rester lucide. Selon la Voie du Guerrier, un samouraï devait affronter la mort avec courage et dignité, et Sano ne pouvait pas mourir sans faire une dernière prière.

« Reiko ! Je vous aime ! Mon esprit veillera sur vous jusqu'à ce que nous nous retrouvions dans l'au-delà. »

L'inspiration gonflait la maigre poitrine de Momozono tandis qu'il se préparait à libérer toute la force de son pouvoir. Calme et stoïque, Sano se résigna à accepter l'inévitable.

Mais, au lieu d'un cri assourdissant, Momozono poussa un grognement. La tension qui était palpable dans l'air ambiant se volatilisa instantanément, comme une bulle qui éclate, et la vibration cessa. L'inquiétude remplaça la sauvagerie qui brillait dans ses yeux. Il chancela et fit un pas. Puis son visage se vida de toute expression et il s'effondra à plat ventre dans la véranda. Sur son dos, une tache rouge s'élargissait autour d'une fente dans son kimono. À côté de son corps sans vie se tenait l'homme qui venait de sauver Sano : le chambellan Yanagisawa.

Il était courbé en deux, aussi essoufflé que s'il avait couru depuis le champ de bataille. La lame de son sabre ruisselait du sang de Momozono. Submergé de gratitude, Sano vit que le teint de Yanagisawa était blême entre ses ecchymoses. Son corps était secoué de frissons après les terribles efforts qu'il avait dû faire pour approcher et tuer l'homme qui était sur le point de pousser l'horrible cri. Mais son visage arborait un grand sourire sarcastique.

– Vous m'avez un jour reproché de poignarder mes ennemis dans le dos, dit-il à Sano. N'êtes-vous pas content que je me sois montré à la hauteur de ma réputation ?

36

La veille de leur départ de Miyako, Sano et Yanagisawa allèrent faire leurs adieux officiels à la cour impériale. Les festivités d'Obon étaient terminées, et un vent frais avait chassé la fumée des feux de bois. Des nuages tamisaient l'éclat éblouissant du soleil et projetaient des ombres mouvantes sur le sable de la cour, devant la salle du Dragon Violet. Les nobles étaient agenouillés en ligne, immobiles, tandis que des tambours battaient le rythme lent du rituel. Ce matin-là, deux jours après que l'armée Tokugawa avait réprimé la rébellion, le palais impérial avait retrouvé sa sérénité. Pour Sano qui marchait derrière Yanagisawa, suivi par les gardes, les fonctionnaires du palais et le *shoshidai* Matsudaira, la scène avait quelque chose d'intemporel et d'immuable, comme s'il ne s'était rien passé. Mais il connaissait maintenant tous les dessous de ce monde policé.

Le cortège monta les marches menant à la véranda. Les portes de la salle étaient ouvertes, révélant l'impressionnant trône impérial surmonté d'un dais, où était assis l'empereur Tomohito. Sano et Yanagisawa s'agenouillèrent dans la véranda face à lui, encadrés par leur escorte, et s'inclinèrent solennellement.

Le *shoshidai* Matsudaira prit la parole :

– L'Honorable Chambellan et le *sôsakan-sama* sont venus prendre congé de la cour impériale.

Il parlait d'une voix tremblante et semblait malade. Yanagisawa l'avait sévèrement blâmé pour avoir laissé se fomenter un complot juste sous son nez. Il allait être rétrogradé et laisser son poste à un autre membre du clan Tokugawa.

De sa place sous le trône de l'empereur, le ministre de la droite Ichijô s'adressa à Yanagisawa et Sano :

– Nous vous remercions d'être venus et d'avoir résolu les difficiles problèmes de notre capitale.

Sous son attitude courtoise, Sano décela un mélange de soulagement de les voir partir et d'euphorie refoulée. Le bruit courait que sa promotion au rang de Premier ministre serait bientôt annoncée. Il allait enfin atteindre le but de sa vie.

– Nous vous remercions de votre coopération, dit Yanagisawa, et nous regrettons de devoir partir aussi vite.

Sano présenta ses propres remerciements et regrets, tout en sachant que leurs discours polis ne trompaient personne.

– Je vous donne ma bénédiction pour votre voyage de retour à Edo, dit l'empereur.

Tomohito avait perdu son arrogance, et son expression assagie lui donnait une nouvelle maturité. En son for intérieur, Sano prédit un long et paisible règne au jeune souverain, qui avait finalement compris où se trouvait sa place dans le monde.

Mais, pendant que les prêtres psalmodiaient leurs invocations, il sentit soudain un manque : la quiétude du palais n'était plus perturbée par les glapissements et les mouvements désordonnés du prince Momozono, et le poids de son absence se sentait. La veille, Sano avait donné des ordres pour sa crémation et son inhumation. Peut-être son esprit allait-il enfin trouver la paix !

Alors que la cérémonie s'achevait, Sano réfléchit à l'effet le plus spectaculaire de l'enquête sur les meurtres : les changements survenus chez le chambellan. Il ne lui avait donné aucune explication après lui avoir sauvé la vie, mais Sano n'en avait pas eu besoin. Le chambellan avait amené le *yoriki* Hoshina avec lui quand il avait volé à son secours, et la joie avait ensuite illuminé son visage quand il lui avait raconté les circonstances qui l'avaient fait courir au temple. L'enquête avait fait de lui un policier, la bataille l'avait transformé en samouraï, et l'amour avait réparé les blessures de son âme.

Le cortège ressortit de la cour. Sano et Yanagisawa parcouraient pour la dernière fois les rues étroites du quartier des *kuge* quand le ministre de la droite Ichijô les rejoignit.

– J'aimerais vous dire un mot en privé, si vous permettez ?

Sano et Yanagisawa laissèrent passer le cortège, puis continuèrent à marcher avec le ministre de la droite.

– Nous savons tous que votre enquête n'est pas tout à fait achevée, leur dit Ichijô.

– C'est vrai, reconnut Yanagisawa.

– Je voudrais vous expliquer ce que vous avez vu au tertre des Oreilles, mais j'aimerais que cette information reste confidentielle.

Yanagisawa haussa les sourcils en regardant Sano qui sourit. Certaines choses ne changeraient jamais, et Ichijô était un politicien accompli. N'ayant pas envie de s'attarder à Miyako, Yanagisawa et Sano s'étaient mis d'accord pour retourner à Edo, en laissant le policier Fukida sur place pour régler les points de détail. Mais peut-être pourrait-on lui demander de laisser celui-là de côté.

– D'accord, dit Yanagisawa.

– J'ai une maîtresse et une fille secrètes dans le village de Kusatsu, leur confia Ichijô à voix basse. Je leur rends visite le plus souvent possible, et je leur envoie de l'argent par des intermédiaires. C'est ce que je faisais au tertre des Oreilles. J'ai embauché ces deux rônins pour les protéger des attaques de brigands et pour leur apporter mes subsides.

– Ce n'est pas illégal, lui fit remarquer Sano. Pourquoi voulez-vous que cela reste secret ?

– Cette femme est une paysanne. Pour un homme de mon rang, une liaison de ce genre est inconvenante, et elle nuirait à ma carrière. Je traversais le Jardin de l'étang en allant à Kusatsu le soir où le ministre de la gauche a été assassiné et, comme je ne voulais pas être vu sur le lieu du crime, j'ai continué mon chemin.

Et il ajouta :

– Konoe connaissait mon secret. Il me faisait du chantage.

La fin du cortège arrivait au portail du palais.

– Merci pour votre explication, lui dit Sano, content qu'un mystère soit éclairci.

– Si vous voulez bien m'excuser, j'ai des affaires à régler, murmura Ichijô en s'inclinant.

– Moi aussi, dit Yanagisawa, dont le visage prit une expression perplexe et soucieuse.

« Et moi de même », pensa Sano en fronçant les sourcils.

Au palais de l'empereur retiré, Reiko était assise dans la véranda avec dame Jokyôden. Elles contemplaient le parc ensoleillé où se promenaient les hommes et les femmes de la noblesse. Les carillons éoliens tintaient dans la brise, et des libellules voletaient au-dessus des parterres de fleurs parfumées.

– Tout est exactement pareil ! s'étonna Reiko. On dirait que rien ne peut troubler la paix de votre monde.

– Je vais m'efforcer de préserver cette paix, dit Jokyôden, et je vais accorder davantage d'attention à Sa Majesté l'empereur.

Ce fut leur seule allusion à la rébellion. Reiko réfléchit à la remarque que venait de faire Jokyôden sur la surveillance plus stricte qu'elle allait exercer sur son fils. Les hommes dominaient la politique et faisaient la guerre mais, en coulisse, une femme pouvait avoir beaucoup d'influence. L'empereur n'oserait sans doute plus jamais défier sa mère et mal se comporter, et le régime Tokugawa en serait redevable à Jokyôden.

– Merci beaucoup pour votre aide, dit Reiko en s'inclinant.

Avec une grâce pleine de dignité, Jokyôden s'inclina également.

– C'est un honneur pour moi d'avoir pu vous servir.

– J'aimerais savoir...

Reiko fit une pause, impatiente de satisfaire sa curiosité tout en hésitant à aborder une question personnelle.

– Puis-je vous demander pourquoi vous avez décidé de m'aider, alors que vos intérêts étaient opposés aux miens ?

– Je me suis vue en vous ! expliqua Jokyôden avec un sourire ironique. Mais ce n'est pas tout : une femme m'a aidée à de nombreuses reprises au cours de ma vie. Elle n'est plus de ce monde, et j'ai voulu lui exprimer ma gratitude en vous rendant service.

Et, comme pour elle-même, Jokyôden ajouta à voix basse :

– Puisse cet acte compenser ceux qui étaient moins vertueux.

Reiko frissonna. Elle avait maintenant lu les dossiers du *metsuke* que Yanagisawa avait envoyés à Sano, et elle savait que la rivalité de Jokyôden avec une autre femme de la cour s'était terminée par une chute mortelle au pied d'une falaise – une chute qui n'avait probablement pas été accidentelle. Même si elle n'avait pas assassiné le ministre de la gauche Konoe ou Aisu, et même si elle n'avait pas la maîtrise du *kiai*, c'était une femme dangereuse.

Elle sourit tristement à Reiko, comme si elle avait lu dans ses pensées.

– Tout le monde croit que les femmes sont des êtres faibles mais, dans certaines circonstances, nous pouvons faire beaucoup de mal.

Avec un choc désagréable, Reiko réalisa qu'elle-même était dangereuse. En tant qu'épouse du *sôsakan-sama* du shogun, elle avait davantage de pouvoir qu'une femme ordinaire, et elle avait joué un rôle dans l'inculpation de dame Asagao. Aurait-elle un jour des fautes à regretter, elle aussi ?

Sa visite avait un autre objet que les adieux qu'elle voulait faire à son amie : Sano lui avait demandé de résoudre une petite énigme qui restait en suspens dans l'enquête. Sachant que Jokyôden percerait à jour le moindre subterfuge, Reiko lui demanda carrément :

– J'aimerais connaître la nature de votre lien avec la banque Daikoku.

Jokyôden parut surprise, puis se ressaisit et hocha la tête.

– Je me suis déjà fiée à votre discrétion et vous ne m'avez pas déçue, alors je vais vous le dire. Comme vous le savez sans doute, la famille impériale a des problèmes financiers. J'ai vendu mes kimonos précieux et, avec cet argent, j'ai fondé la banque Daikoku. Par l'intermédiaire de mes agents, j'accorde des prêts et je spécule sur les denrées. Ces profits viennent compléter le revenu de la cour.

– Vous m'étonnez ! murmura Reiko.

Jokyôden était sûrement la première femme banquière de l'histoire de la noblesse.

– Malheureusement, j'ai fait l'erreur de le dire au ministre de la gauche, ajouta Jokyôden. Il a exigé une partie des profits pour ne pas révéler que j'avais franchi les limites imposées aux femmes et m'étais immiscée dans le domaine réservé des marchands.

– Je suis certaine que mon mari acceptera de fermer les yeux si je lui en parle, car vous ne faites aucun mal. C'est grâce à vous que nous avons découvert la conspiration !

– Je lui serais très reconnaissante de sa générosité, dit Jokyôden.

Reiko sentit qu'elle lui avait révélé son secret parce qu'elle avait prévu cette réaction. « Le monde des femmes n'est pas si différent de celui des hommes », pensa-t-elle. Les faveurs étaient une monnaie d'échange et elle avait envers Jokyôden une dette beaucoup plus grande que ce qu'elle avait pu payer. Pour s'en acquitter, elle se promit d'aider d'autres femmes qui en auraient besoin, et de mettre son pouvoir au service de bonnes causes.

Elles se levèrent et s'inclinèrent l'une en face de l'autre pour se dire adieu.

Peut-être nous reverrons-nous un jour ! dit Jokyôden.

Malgré la distance entre Miyako et Edo, Reiko avait bon espoir. Tant de choses inimaginables s'étaient déjà produites : la découverte d'un homme qui avait la maîtrise du *kiai*, le retour de Sano qui n'était pas mort, la guerre qui avait pu être évitée. Tout semblait possible.

– Peut-être ! dit-elle.

Tandis qu'elle quittait le palais impérial dans son palanquin, ses pensées se tournèrent vers un autre événement proche – un événement plus courant que ses récentes expériences, mais tout aussi miraculeux, et qui était désormais une certitude. Bientôt, elle devrait le dire à Sano.

Au château de Nijô, pendant que les troupes et les serviteurs faisaient les bagages et préparaient les chevaux pour le retour à Edo, le chambellan marchait de long en large dans la véranda de sa chambre. Il tirait des bouffées de sa pipe, en espérant que le tabac allait calmer sa nervosité. Soudain, il entendit des pas derrière lui, s'arrêta et se tourna. Le *yoriki* se tenait à l'autre bout de la véranda.

– Vous m'avez envoyé chercher.

L'hésitation dans la voix d'Hoshina en faisait presque une question.

– Oui...

Ils marchèrent lentement l'un vers l'autre et s'accoudèrent à la balustrade devant le jardin austère où ne poussait aucun arbre.

– Vous partez demain ?

Yanagisawa hocha la tête et sentit son esprit et son corps s'animer, comme toujours en présence d'Hoshina. Après avoir ramené l'armée victorieuse à Miyako et reconduit l'empereur au palais, ils avaient longuement célébré leurs retrouvailles avec une ardente passion physique. Mais aucun d'eux n'avait osé évoquer l'avenir.

– Il y a quelque chose dont je voudrais te parler, commença Yanagisawa.

– Je suppose que c'est notre dernier jour ensemble, lui dit en même temps Hoshina.

Il y eut un silence embarrassé. Puis, comme s'il sautait dans le vide, Yanagisawa murmura :

– Pas forcément.

– Quoi ? s'écria le *yoriki*, partagé entre l'espoir et l'incrédulité.

Et Yanagisawa déclara d'une voix forte et claire :

– Je voudrais que tu viennes à Edo avec moi.

L'éclat des yeux d'Hoshina et le tremblement de sa bouche montrèrent qu'il le voulait lui aussi, mais il ne dit rien.

– Je ferai de toi mon nouvel adjoint, ajouta Yanagisawa.

– Vous le feriez ? Après que je vous ai trahi ? s'écria Hoshina d'un air incrédule.

– Tu m'as ensuite prouvé ta loyauté. Alors oui, je le ferai.

Yanagisawa était pleinement conscient du risque qu'il prenait en encourageant un rival potentiel.

– Si vous me l'aviez proposé il y a quelques jours, j'aurais sauté sur l'occasion ! Mais maintenant, dit Hoshina avec un sourire désabusé, au lieu de me projeter dans un brillant avenir, j'ai peur de vous faire du tort. Je vous ai loyalement servi cette fois, mais qu'en sera-t-il plus tard... si je redeviens celui qui a un jour voulu profiter de votre générosité ? Comment pouvez-vous me faire confiance ?

– Je suis peut-être toujours celui qui t'a condamné à mort pour m'avoir déçu, répondit Yanagisawa. Si tu as confiance en moi, j'aurai confiance en toi.

Ils échangèrent un long regard interrogateur, puis hochèrent la tête en se souriant gravement.

– Va vite régler tes affaires à Miyako et faire tes bagages, dit Yanagisawa. Nous partirons à l'aube.

En traversant Miyako à cheval, Sano vit que les étals qui vendaient les offrandes et les accessoires d'Obon avaient disparu, et que les lanternes et les brûleurs d'encens ne décoraient plus les maisons. La ville débordait de gaieté et d'animation et, le long du fleuve Kamo, il ne restait de la fête des morts que des tas de cendres. Mais, en arrivant devant le temple Kôdai, Sano se sentit mal à l'aise. Reiko avait accepté de bon gré qu'il rende une dernière visite de courtoisie à Kozeri et, avec ce qu'il savait à présent sur la nonne, il pensait pouvoir lui résister... sans en être vraiment certain.

Le vent agitait les pins au-dessus du mur du temple et des nuages cachèrent le soleil. Il traversa les paisibles jardins en espérant conclure ce tête-à-tête de manière franche et courtoise, comme Reiko pensait qu'il allait le faire.

Dans la cour, un palanquin attendait avec quatre porteurs. Une femme vêtue d'un kimono de coton bleu descendait les marches du couvent. Elle portait un ballot de linge et avait un tissu blanc drapé autour de sa tête. Sano eut du mal à reconnaître Kozeri.

Ses pas se firent hésitants lorsqu'elle l'aperçut. Les yeux baissés, elle se dirigea vers le palanquin où Sano la rejoignit.

– Où allez-vous ?

Kozeri lui lança un regard timide sous ses paupières baissées.

– Je quitte le couvent.

– Pourquoi ? lui demanda Sano.

Mais il connaissait la réponse : il avait détourné Kozeri de sa vocation spirituelle. Préoccupé par son propre trouble, il n'avait pas envisagé que leurs rencontres aient pu l'affecter. Un sentiment de culpabilité lui serra le cœur.

– Je suis désolé, dit-il.

Un sourire fugitif passa sur son visage qu'elle avait détourné.

– Ce n'est pas de votre faute. Notre rencontre m'a forcée à admettre ce que je savais depuis le début : je ne suis pas faite pour être nonne. Maintenant que le ministre de la gauche est parti, je n'ai aucune raison de rester ici.

Elle leva la tête et regarda Sano dans les yeux. Le désir brûla entre eux, alors même qu'il s'était armé de courage pour lui résister. Il comprit qu'une attirance surgit parfois entre un homme et une femme contre leur gré, en l'absence de tout sortilège magique, et qu'il lui fallait vite partir avant de succomber.

– Je suis venu vous prier de m'excuser pour les désagréments que vous a causés mon enquête, dit-il à la hâte.

– Ce n'est rien, murmura Kozeri. J'ai dû vous mentir et j'espère que vous me pardonnez.

Sa douceur agaça Sano. Cette femme ne lui plaisait pas vraiment. Avec ses airs de martyr et sa passivité, elle ne lui inspirait aucun respect ni admiration, mais de la pitié. Elle n'avait jamais ouvert de brèche dans la partie de son esprit où résidait son amour pour Reiko. Il s'était sévèrement critiqué pour sa faiblesse, en oubliant qu'il avait résisté à la tentation et pourrait le refaire. Mais qu'allait-il advenir de Kozeri, aux dépens de qui il avait appris cette leçon ?

– Où partez-vous ? lui demanda-t-il.

– Pour l'instant, je vais m'installer dans la résidence d'été de ma famille. Nous nous sommes mis d'accord quand je leur ai rendu visite il y a quelques jours pour leur annoncer que je voulais quitter le couvent. Peut-être arrangeront-ils un jour un nouveau mariage pour moi.

Sano vit dans ses yeux son espoir d'avoir un bon mari à aimer et un enfant pour remplacer celui qu'elle avait perdu. Elle ouvrit la porte du palanquin et y déposa son ballot.

– Adieu, *sôsakan-sama*. Je souhaite que tout aille bien pour vous.

– Pour vous également, dit Sano.

Soulagés tous les deux, ils se sourirent et s'inclinèrent. Puis ils quittèrent le temple Kôdai, elle dans son palanquin et lui sur son cheval, et partirent dans des directions opposées.

Un soleil pourpre se levait au-dessus des collines brumeuses à l'est de Miyako. La capitale impériale dormait encore profondément lorsqu'un cortège formé de samouraïs à cheval, de soldats, de serviteurs, et d'un palanquin, sortit des portes de la ville et prit la direction de l'est sur la grande route du Tôkaidô dans la campagne luxuriante. Les claquements de sabots et le martèlement des pieds se mêlaient au chant des oiseaux qui s'éveillaient. Une chaleur humide et vaporeuse montait de la terre, mais un soupçon de fraîcheur dans l'air ambiant annonçait déjà l'automne.

Chevauchant derrière Sano, Marume s'écria :

– C'était une enquête sacrément mouvementée, et je suis vraiment content de rentrer à Edo !

Le policier Fukida déclama :

> *« Nostalgie de ma ville natale,*
> *De ses rues tortueuses,*
> *De son château sur la colline... »*

Le chambellan quitta la tête du cortège pour venir chevaucher à côté de Sano.

– Je crois que nous pouvons nous féliciter d'avoir mené à bien cette mission, *sôsakan-sama.*

– Une grande partie du mérite vous revient, dit Sano.

– C'est vrai, affirma Yanagisawa d'un air suffisant.

– Puis-je espérer que notre coopération se poursuive une fois rentrés chez nous ? lui demanda Sano.

Le chambellan le gratifia d'un long regard indéchiffrable, présageant un avenir incertain. Qui pouvait dire combien de temps allait durer cette trêve ?

Le *yoriki* Hoshina rejoignit Yanagisawa. En les regardant, Sano sentit l'inquiétude le gagner. Là où il avait auparavant un ennemi, en aurait-il désormais deux ?

Le léger sourire de Yanagisawa laissa entendre qu'il avait lu dans ses pensées. Puis il repartit en tête avec Hoshina, laissant Sano dans l'incertitude.

Cet ouvrage a été imprimé par
CPI Firmin Didot à Mesnil-sur-l'Estrée
pour le compte des Éditions du Rocher
en septembre 2008

Éditions du Rocher
28, rue Comte-Félix-Gastaldi
Monaco

Imprimé en France

Dépôt légal : octobre 2008
N° d'impression : 91805